O Triunfo da Morte

Título original:
Il trionfo della morte (1894)

Autor:
Gabriele D'Annunzio

Tradução:
Celestino Gomes

Revisão:
Isabel Neves

Capa: FBA

Biblioteca Nacional de Portugal — Catalogação na Publicação

D'ANNUNZIO, Gabriele, 1863-1938

O triunfo da morte. – (Grandes clássicos do século XX)
ISBN 978-972-8866-34-9

CDU 821.131.1-31"18/19"

Depósito Legal n.º 447904/18

Paginação:
João Félix — Artes Gráficas

Impressão e acabamento:
Forma Certa Gráfica Digital

para
Minotauro
Dezembro de 2022

MINOTAURO, uma chancela de Edições Almedina, S.A.
Avenida Engenheiro Arantes e Oliveira, 11 – 3.º C — 1900-221 Lisboa/Portugal

Esta obra está protegida pela lei. Não pode ser reproduzida,
no todo ou em parte, qualquer que seja o modo utilizado,
incluindo fotocópia e xerocópia, sem prévia autorização do Editor.
Qualquer transgressão à lei dos Direitos de Autor será passível
de procedimento judicial.

GABRIELE D'ANNUNZIO

O Triunfo da Morte

Há livros que têm para a alma e a saúde um sentido oposto, conforme se servirem deles a pequenez ou grandeza de alma, ou a menor ou maior energia vital. No primeiro caso, são livros perigosos, demolidores e dissolventes; no outro, são brados de Arautos que incitam à valentia os mais valentes.[1]

FRIEDRICH NIETZSCHE

---

[1] Em alemão, no texto original: *«Es giebt Bücher, welche für Seele und Gesundheit einen ungekehrten Werth haben, je nachdem die niedere Seele, die niedrigere Lebenskraft oder aber die höhere und gewaltigere sich ihrer bedienen: im ersten Falle sind es gefährliche, anbröckelnde, auflosende Bücher, im anderen Heroldsrufe, welche die Tapfersten zu ihrer Tapferkeit herausfordern.»* Nietzsche, *Para Além do Bem e do Mal*, af. XXX.

I

O PASSADO

1

Ippolita parou de repente quando viu um grupo de homens debruçados no parapeito a olhar para a rua.

– Que terá acontecido? – perguntou, esboçando um pequeno gesto de receio ao pousar involuntariamente a mão no braço de Giorgio, como que para o segurar.

– Certamente foi alguém que se atirou do terraço – disse ele, observando a atitude dos homens. – Queres voltar para trás?

Ela hesitou por um momento, suspensa entre a curiosidade e o temor, mas acabou por responder:

– Não. Vamos.

Avançaram ao longo do parapeito, até ao extremo da alameda. Ippolita acelerava instintivamente o passo em direção ao grupo de curiosos. Naquela tarde de março, o Píncio estava quase deserto e naquela atmosfera pesada e entorpecida vagos rumores desfaleciam.

– Como previ – confirmou Giorgio. – Matou-se alguém.

Pararam perto do ajuntamento. Todos os espectadores fitavam, com olhares atentos, a calçada lá em baixo. Era gente do povo, sem nada para fazer, com fisionomias muito distintas, sem um reflexo de compaixão ou tristeza; a imobilidade do olhar refletida nos olhos como uma espécie de espanto bestial.

Apareceu um rapazelho afogueado, mas, antes que se debruçasse, alguém o interpelou, num tom indefinível no qual se misturava satisfação e censura, como se a pessoa que falava tivesse a certeza de que já ninguém mais podia gozar o espetáculo:

– É tarde de mais! Já o levaram.

– Para onde?

– Para Santa Maria del Popolo.

– Morto?

– Sim, morto.

– Que é que ficou aí no chão? – perguntou em voz alta um indivíduo descarnado e amarelento, tirando o cachimbo da boca, com um grande lenço de lã à volta do pescoço, debruçando-se para tentar ver alguma coisa. Tinha a boca torcida num lado, arrepanhada como que por uma queimadura, convulsa como pelo regurgitar contínuo de saliva amarga, e uma voz tão profunda que dir-se-ia sair de uma caverna. – Que é que ficou aí no chão? – repetiu.

Em baixo, na rua, estava sentado um carroceiro junto da muralha. Eles, para ouvir melhor a resposta, calaram-se, quietos. Apenas se via nas pedras uma lama escura.

– É sangue – respondeu o carroceiro, sem se levantar, procurando qualquer coisa com a ponta duma cana, na poça.

– Mais nada? – inquiriu outra vez o homem do cachimbo.

O carroceiro levantou-se. Tinha na ponta do cajado o que quer que fosse que os de cima não conseguiam distinguir.

– Cabelos.

– De que cor?

– Loiros.

Na espécie de precipício que formavam os altos paredões, as vozes ganhavam uma ressonância singular.

– Vamo-nos embora, Giorgio! – suplicou Ippolita, perturbada, um tanto pálida, puxando pelo braço o amante que se debruçava do parapeito, perto do grupo, fascinado pela atrocidade da cena. Em ambos persistia a ideia dolorosa daquela morte, e lia-se-lhes nos rostos a tristeza.

– Felizes os mortos, que nunca mais duvidam – comentou ele.

– É certo.

Um infinito desfalecimento fatigava-lhes as próprias palavras.

– Pobre amor! – suspirou ela, baixando a cabeça, num misto de azedume e lástima.

– Qual amor? – perguntou Giorgio, absorto.

– O nosso.

– Sente-lo, então, acabar?

– Em mim, não.

– Em mim, talvez?!

Azedava-lhe as palavras uma irritação mal contida. Repetiu, com os olhos fitos nela:

– Queres dizer, em mim? Responde.

Ela calou-se, com a cabeça mais baixa.

– Não respondes? Bem sabes que não dirias a verdade.

Houve uma pausa em que ambos sentiram uma inexprimível necessidade de ler a alma um do outro. Depois, ele continuou.

– É assim que começa a agonia. Tu ainda não dás por isso; mas eu, desde que voltaste, observo-te constantemente e todos os dias descubro em ti um novo indício...

– Um mau indício?

– Um mau indício, Ippolita... Que coisa horrível é amar e ter esta lucidez em todos os momentos!

Ela abanou a cabeça com violência e ficou triste. Também naquele momento, como em tantos outros, interpunha-se entre os dois amantes uma hostilidade. Cada um deles se sentia ferido pela injustiça da suspeita e revoltava-se intimamente, com essa cólera surda que, de tempos a tempos, irrompia em palavras cruéis e irreparáveis, em acusações graves e recriminações absurdas. Vinha-lhes um indizível furor de torturar-se à compita, de se arranhar, de martirizar o coração.

Ippolita entristeceu-se, fechou-se, com as sobrancelhas franzidas e a boca cerrada. Giorgio olhava para ela com um sorriso irritante.

– É assim que começa – repetiu, persistindo num sorriso acerbo, a olhá-la com aquele olhar perscrutador: – Há no âmago do teu ser uma inquietação, uma espécie de vaga impaciência que não és capaz de reprimir. Quando estamos juntos, sentes levantar-se contra mim, do fundo da tua alma, uma espécie de repugnância instintiva que não podes refrear. E então ficas taciturna; e tens de fazer um esforço enorme para me dirigir a palavra; compreendes tudo ao contrário do que eu digo; e, sem querer, endureces a voz até na mais insignificante resposta.

Ela não fez sequer um gesto para o interromper. Ele continuou magoado por aquele mutismo; e o que o impelia a isso não era apenas o furor de atormentar a companheira, mas antes um certo gosto desinteressado pelas investigações, tornado mais agudo e mais literário pela cultura. De facto, tentava pôr sempre nas suas palavras a segurança e a exatidão demonstrativa que lhe tinham dado as páginas dos analistas: mas, como nos monólogos, as fórmulas a que recorria para traduzir o seu questionário interior exageravam e alteravam o estado de consciência de que eram objeto. Assim, nos diálogos, a preocupação da perspicácia obscurecia frequentemente a sinceridade da sua emoção e induzia-o em erro sobre os motivos secretos que queria descobrir nos outros. O seu cérebro, atafulhado de observações psicológicas, pessoais ou colhidas nos outros analistas, acabava por confundir e embrulhar tudo, nele e fora dele, dando-lhe ao espírito atitudes artificiais e irreparáveis. Continuou:

– Nota bem que não te censuro. Tu não tens culpa. Cada alma humana apenas contém em si uma determinada quantidade de força sensitiva para gastar num amor. É inevitável que esta quantidade se consuma com o tempo, como tudo o mais. Quando se gastou, nenhum esforço pode impedir que o amor acabe. Ora tu amas-me há já muito tempo, quase há dois anos! Faz no dia 2 de abril dois anos! Já pensaste nisto?

Ela meneou a cabeça. Ele repetiu para os seus botões:

– Dois anos!

Dirigiram-se para um banco e sentaram-se. Ao sentar-se, Ippolita tinha o ar de sucumbir a um cansaço esmagador. Um pesado coche negro passou no arruamento, fazendo ranger o saibro; veio da via Flamínia o som enfraquecido de uma corneta; depois o silêncio instalou--se de novo no arvoredo em redor. Caíram raras gotas de chuva.

– O nosso segundo aniversário vai ser fúnebre – continuou Giorgio, implacável contra a amante taciturna. – No entanto, temos de o festejar. Gosto das coisas amargas.

Ippolita mostrou a sua mágoa num leve sorriso; depois, com uma imprevista doçura:

– Para que são todas essas más palavras? – perguntou, fitando Giorgio nos olhos, longa e profundamente.

Tomou-os outra vez a ambos uma inexprimível ansiedade de ler a alma um do outro. Ela bem sabia de que mal horrível sofria o amante, conhecia bem a causa obscura de tanta acrimónia.

– Tu que tens? – acrescentou, para o obrigar a falar, para lhe permitir que descarregasse a sua amargura.

Aquele tom de bondade, pelo qual ele não esperava, deixou-o como que perplexo. Por esse modo de falar, compreendeu que ela o adivinhava e lastimava; e sentiu aumentar nele a piedade por si mesmo. Agitou-lhe todo o ser uma profunda comoção.

– Que tens tu? – repetiu Ippolita, tocando-lhe com a mão, como para aumentar sensualmente o poder da sua meiguice.

– Que tenho? – replicou ele. – Amo!

As palavras de Giorgio já nada tinham de agressivo. Descobrindo a sua chaga incurável, apiedava-se do seu próprio mal. Os vagos rancores que lhe subiam do fundo do espírito contra ela pareceram dissipar-se. Reconhecia a injustiça de todo o ressentimento contra aquela mulher, porque reconhecia uma ordem superior de necessidades fatais. Não, o seu mal não provinha de nenhuma criatura humana, mas da própria essência da vida! Não tinha de que se queixar da amada, mas do amor. O amor, para o qual todo o seu ser se lançava espontaneamente com uma invencível veemência, o amor era a mais lamentável de todas as tristezas terrenas. E ele estava, talvez até à morte, condenado a essa suprema tristeza.

– Julgas então, Giorgio, que não te amo? – perguntou Ipollita, vendo-o calar-se, mergulhado em pensamentos.

– Penso – respondeu ele. – É certo! Creio que me tens amor. Mas podes provar-me que amanhã, dentro de um mês, de um ano, te sentirás sempre feliz sendo minha? Podes provar-me que hoje, neste mesmo instante, és completamente minha? Que possuo eu de ti?

– Tudo.

– Nada, ou quase nada. E não possuo o que quereria possuir. Para mim, és uma desconhecida. Como todas as outras criaturas humanas, encerras interiormente um mundo que me é impenetrável e ao qual nenhum ardor de paixão me pode abrir as portas. Apenas conheço uma parte mínima das tuas sensações, dos teus sentimentos, das tuas ideias. A palavra é um sinal imperfeito. A alma é intransmissível. Tu não podes dar-me a tua alma. Mesmo na mais alta embriaguez, nós somos dois, sempre dois, separados, estranhos, intimamente solitários. Beijo-te a fronte, e por detrás dela agita-se talvez um pensamento que não é para mim. Falo contigo, e uma das minhas frases desperta, porventura, em ti, recordações de outros tempos e não do meu amor. Passa um homem, observa-te, e cria-se no teu espírito uma emoção qualquer que eu não sou capaz de surpreender. E não sei quantas vezes um reflexo da tua vida anterior ilumina o momento presente. Tenho um medo louco dessa vida! Estou ao teu lado, sinto-me invadido pela felicidade deliciosa que, a certas horas, me vem só da tua presença; afago-te, falo-te, ouço-te, abandono-me. De repente, arrepia-me uma ideia: e se eu, sem dar por isso, tivesse despertado em ti uma recordação, o fantasma de uma sensação já sentida, uma melancolia volvida dos tempos longínquos? Nunca serei capaz de te dizer o meu sofrimento. Este ardor, que me dava o sentimento ilusório de não sei que comunhão entre as nossas almas, extingue-se de súbito. Furtas-te, afastas-te, tornas-te inacessível. E eu fico só, numa terrível solidão. Dez, vinte meses de intimidade já não servem para nada. Pareces-me tão estranha como quando ainda me não amavas. E deixo de te acariciar, já não falo, fecho-me, evito qualquer manifestação exterior, temo que o mais leve choque agite no fundo do teu espírito os sedimentos obscuros que lá depôs a vida irrevogável. E então caem entre nós esses longos silêncios angustiados em que se consomem inútil e miseravelmente as forças do coração. Pergunto-te: «Em que estás a pensar?» E tu respondes-me: «E tu, em que pensas?» Desconheço o teu pensamento e tu desconheces o meu. De minuto a minuto, cava-se mais a separação, abre-se um abismo... E o defender-me desse abismo é uma angústia tão forte que, com uma espécie de instinto cego, me lanço sobre o teu corpo, enlaço-te, afogo-te, impaciente de possuir--te. A volúpia é alta até mais não. Mas que volúpia pode compensar a imensa tristeza que chega nesse momento?

– Eu não sinto nada disso. Sinto mais abandono. Amo, talvez, mais – retorquiu Ippolita.

Esta afirmação de superioridade feriu outra vez o doente.

– Tu raciocinas demasiado – continuou ela. – Reparas de mais no que pensas. Talvez te sintas mais atraído pelas tuas ideias do que por mim, porque elas são sempre novas e sempre diversas, ao passo que eu já perdi toda a novidade. Nos primeiros tempos do teu amor, raciocinavas menos e eras mais espontâneo. Não tinhas tomado o gosto pelas coisas amargas, porque eras mais pródigo de beijos que de palavras. Já que, como dizes, a palavra é um sinal imperfeito, é preciso não abusar. E tu abusas delas quase sempre com crueldade.

Depois, após um intervalo de silêncio, seduzida ela também por uma frase e sem poder resistir à tentação de a proferir, acrescentou:

– A anatomia diz respeito aos cadáveres.

Mas, mal pronunciou estas palavras, arrependeu-se. Semelhante frase pareceu-lhe vulgaríssima, pouco feminina, acrimoniosa. Arrependeu-se de não ter conservado aquele tom de meiguice e de indulgência que, há um instante, tanto confundira Giorgio. Faltara uma vez mais ao seu propósito de ser para ele uma paciente e dedicada enfermeira.

– Vês? – disse ela com uma voz que exprimia o seu arrependimento. – Tu é que me estragas.

Ele mal sorriu. Ambos sentiam que, naquela discussão, apenas tinham ferido o seu amor.

O coche prelatício voltou a passar num trote vagaroso da sua parelha de cavalos negros de caudas fartas. Na atmosfera que a bruma do crepúsculo tornava cada vez mais lívida, as árvores tomavam aparências de espectros. Nuvens de chumbo violáceo defumavam os topos do Palatino e do Vaticano. Uma faixa de luz amarela como enxofre e reta como uma espada rasava o Monte Mario por detrás dos ciprestes agudos.

Amar-me-á ela ainda? Porque se irrita assim? Sentirá talvez que digo a verdade ou, pelo menos, o que está para ser verdade? A irritação é uma sintoma... Mas não haverá também, no fundo de mim próprio, uma irritação surda e contínua? Em mim, sei eu qual é a causa verdadeira. Tenho ciúmes. De quê? De tudo! Das coisas que se refletem nos seus olhos..., pensava Giorgio. Olhou para ela, meditando: *Está hoje lindíssima. Está pálida. Agrada-me vê-la sempre apoquentada e sempre doente. Quando ela readquire as suas cores, parece-me outra. Quando se ri, não posso evitar um vago sentimento de hostilidade e quase de cólera contra o seu riso. Todavia, nem sempre.*

O seu pensamento perdeu-se-lhe no crepúsculo. Notou fugitivamente, entre o aspeto da tarde e o da amada, uma secreta correspondência que lhe agradou. Sob a palidez daquele rosto moreno transparecia um ligeiro derrame de violeta; e trazia em volta do pescoço uma estreita fita de um amarelo delicadíssimo, que deixava a descoberto dois sinais escuros.

É muito bela. Tem quase sempre no rosto uma expressão profunda, significativa, apaixonada. É nisso que reside o segredo da sua sedução. A sua beleza nunca me cansa; sugere-me constantemente um novo sonho. De que se compõe essa beleza? Não seria capaz de dizê-lo. Materialmente, não é bela. Às vezes, ao observá-la, tenho sentido a penosa surpresa de uma desilusão. É que, nesse momento, as suas feições me surgiram na sua verdade física, sem ser transfiguradas, sem ser iluminadas pela força de uma expressão espiritual. Ela possui, contudo, três elementos divinos de beleza: a fronte, os olhos, a boca. Sim, divinos.

Voltava-lhe à ideia a imagem do riso: *Que me contava ela ontem? Já não sei o quê, um pequeno incidente cómico sucedido em Milão, em casa da irmã, quando ela lá estava... O que nós nos rimos!... Portanto, longe de mim, ela podia rir, estar alegre. Ora eu tenho todas as cartas dela; e todas elas estão cheias de tristeza, de lágrimas, de desesperadas saudades.*

Sentiu a dor de uma punhalada, depois uma inquietação tumultuosa, como se tivesse estado em presença de um facto grave e irreparável, mas ainda mal esclarecido. Sobrevinha-lhe o fenómeno ordinário do exagero sentimental por imagens associadas. Aquela risada inocente transformava-se numa hilaridade contínua, de todos os dias, de todas as horas, durante todo o período da ausência. Ippolita vivera alegremente uma existência vulgar, com gente desconhecida dele, entre os amigos do cunhado, entre admiradores e gente estúpida. As suas cartas aflitas mentiam. Voltou-lhe à memória, com precisão, esta passagem de uma carta: «A vida aqui é insuportável. Os amigos não nos largam: não nos deixam em paz uma hora. Tu conheces a afabilidade milaneza...» E teve na mente a visão clara de Ippolita no meio de uma multidão burguesa de empregados, de advogados, de negociantes. Ela sorria a todos, a todos estendia a mão, ouvia conversas disparatadas, dava respostas insípidas, integrava-se naquela vulgaridade.

Caiu-lhe então em cima do coração todo o peso do sofrimento padecido durante dois anos, à ideia da vida que a amante vivia e do meio desconhecido em que passava as horas que lhe era impossível passar com ele. *Que está ela a fazer? Com quem convive? Com quem fala? Como procede ela com as pessoas que conhece e com quem passa o tempo?* Eternas interrogações sem resposta!

Pensou com angústia: *Cada uma dessas pessoas lhe toma alguma coisa e, por conseguinte, me tira alguma coisa. Nunca seria capaz de saber a influência que essas pessoas exerceram sobre Ippolita, as emoções e os pensamentos que lhe suscitaram. Ela tem uma beleza cheia de sedução, aquele género de beleza que atormenta os homens e faz nascer neles o desejo. No meio daquela multidão odiosa. Hão de tê-la muitas vezes desejado. O desejo de um homem transparece num olhar, e o olhar é livre, e a mulher é indefesa contra o olhar de quem a deseja. Que impressão pode sentir uma mulher que se apercebe de que a desejam? Com certeza que não fica impassível. Deve produzir-se nela uma perturbação, uma emoção qualquer, quando mais não seja de repugnância e desgosto. E eis que um homem qualquer pode perturbar a mulher que me ama! Que espécie de posse é, pois, a minha?*

Sofria muito, porque lhe ilustravam o seu raciocínio interior imagens físicas.

Eu amo Ippolita com uma paixão que julgaria indestrutível, se não soubesse que todo o amor humano tem de ter um fim. Amo-a e suponho que não há volúpia mais intensa do que a que ela me dá. E, no entanto, mais de uma vez, ao ver passar uma mulher fui assaltado por um súbito desejo; mais de uma vez, dois olhos femininos, vistos algures fugitivamente, me deixaram na alma como que um vago sulco de melancolia. Mais de uma vez dei por mim a divagar, ao ver uma mulher a passar, uma mulher que poderia encontrar num salão, a amante de um amigo: «Qual será a sua maneira de amar? Em que consiste o seu segredo voluptuoso?» E, durante algum tempo, essa mulher aguçou-me a imaginação, não até à obsessão, mas a intervalos, com uma lenta insistência. Algumas destas figuras me vieram até repentinamente à ideia quando tinha Ippolita nos meus braços. Pois bem: porque não havia também ela de ser surpreendida por um desejo, ao ver passar um homem?

Se tivesse o dom de lhe ver a alma e desse por ela atravessada por um desses desejos, sem dúvida nenhuma que julgaria a minha amante conspurcada por uma mancha indelével e julgaria morrer de dor. Jamais poderei ter esta prova material, porque a natureza quer que a alma dela seja invisível e impalpável, o que a não impede de estar muito mais exposta às violações que o próprio corpo. Mas a analogia esclarece-me. É certa a possibilidade. Talvez neste mesmo instante ela distinga dentro de si uma mácula recente e a veja aumentar sob os seus olhares.

Teve um grande sobressalto, afligido pela dor. Ippolita perguntou-lhe com voz doce:

– Que tens? Em que pensavas?

– Em ti.

– Bem, ou mal?

– Mal.

– Queres que nos vamos embora? – suspirou ela.

– Vamos.

Retomaram o passo e voltaram pelo mesmo caminho. Ippolita disse, lentamente, com lágrimas na voz:

– Que triste tarde, meu amor!

Parou por breves instantes para absorver e saborear a tristeza esparsa na luz que morria. Em volta deles, agora, o Píncio estava deserto, silencioso, cheio de uma sombra violácea onde os bustos, sobre os plintos, se assemelhavam a monumentos funerários. Lá em baixo, a cidade cobria-se de cinza. Caíam raras gotas de chuva.

– Onde vais esta noite? Que tencionas fazer? – perguntou ela.

– Não sei que vou fazer – respondeu acabrunhado.

Ao lado um do outro, sofriam; e pensavam com terror noutro sofrimento que os esperava, muito mais cruel. A horrível tortura com que as meditações noturnas despedaçariam as suas próprias almas indefesas.

– Se quiseres, ficarei esta noite contigo – disse Ippolita, timidamente.

Giorgio, devorado por um surdo rancor íntimo, impelido por um furioso desejo de ser mau e de se vingar, replicou:

– Não.

Mas o seu coração protestava: *Tu não te atreves a ficar longe dela esta noite! Não, não te atreverás!* E, apesar dos cegos impulsos hostis, o sentimento dessa impossibilidade, a clara consciência dessa absoluta impossibilidade, causou-lhe uma espécie de arrepio íntimo, um estranho arrepio de orgulho exultante em presença daquela grande paixão que o possuía. Repetiu a si próprio: *Não me atreverei a ficar longe dela esta noite; não, não me atreverei...* E teve a obscura sensação de ser dominado por uma força estranha. Um sopro trágico trespassou o seu espírito.

– Giorgio! – exclamou Ippolita, apertando-lhe o braço, aterrada.

Ele estremeceu. Reconheceu o sítio onde tinham parado para observar a mancha sangrenta deixada pelo suicida e perguntou-lhe:

– Tens medo?

– Algum – respondeu, sempre colada ao seu braço.

Giorgio desprendeu-se dela, aproximou-se do parapeito e debruçou-se. A sombra já tinha invadido o fundo da rua; mas ele julgou distinguir a mancha escura nas lajes, porque existia essa imagem ainda fresca na sua memória. As sugestões do crepúsculo criaram um vago fantasma do corpo morto; uma forma indecisa de rapaz de cabeça loira, ensanguentado. *Quem era ele? Porque se matara?* E, naquele fantasma, vê-se a si próprio, morto. Atravessam-lhe o cérebro pensamentos rápidos, incoerentes. Como ao clarão de um relâmpago, vê outra vez o seu pobre tio Demétrio, o irmão mais novo do pai dele, suicida do mesmo sangue: um rosto coberto por um véu negro sobre a travesseira branca; uma comprida mão, pálida e, no entanto, muito viril; na parede, uma pequena pia de água benta, de prata, suspensa por três cadeiazinhas, a qual, de tempos a tempos, tilintava com o vento. *Se eu me atirasse? Um simples salto para diante, e a queda era rápida. Perdem-se os sentidos através do espaço?* Imaginou fisicamente o choque do corpo contra a pedra e arrepiou-se. Depois sentiu em todos os membros uma espécie de repulsa rude, angustiante, misturada com uma estranha doçura.

A sua imaginação transportou-o para as delícias da próxima noite: adormecer a pouco e pouco na languidez; acordar com um manancial de misteriosa ternura acumulada durante o sono…

Sucediam-lhe, com extraordinária rapidez, imagens e pensamentos.

Quando se voltou, os seus olhos encontraram os de Ippolita, dilatados, desmedidamente abertos; e julgou ler neles coisas que lhe aumentaram a perturbação. Aproximou-se, meteu o braço no braço dela, num gesto afetuoso que não era habitual em Giorgio. E ela cingiu-o fortemente contra o coração. Sentiam ambos uma súbita necessidade de se abraçar, de se fundirem um no outro, perdidamente.

– Vai-se fechar! Vai-se fechar!

O brado dos guardas ressoava sob a verdura, no silêncio.

– Vai-se fechar!

Depois do brado, o silêncio parecia mais lúgubre. E aquelas duas palavras, pronunciadas em voz alta: por homens que não se viam, causavam aos dois amantes um choque insuportável. Para mostrar que tinham ouvido e se dispunham a sair, apressaram o passo. Mas, aqui e além, nos arruamentos desertos, as vozes teimavam em repetir:

– Vai-se fechar!

– Malditos! – exclamou Ippolita com um movimento de impaciência, exasperada, apressando ainda mais o passo.

O sino da Trinità dei Monti bateu as ave-marias, Roma surgiu, como uma imensa nuvem cinzenta, informe, que poisasse no chão. Já nas casas vizinhas rubesciam algumas janelas, ampliadas pelo nevoeiro. Caíam raras gotas de chuva.

– Vens esta noite a minha casa, não é verdade? – perguntou Giorgio.

– Sim, sim, virei.

– Cedo?

– Por volta das onze.

– Se não viesses, eu morreria.

– Virei.

Fitaram-se, trocando uma embriagadora promessa. Giorgio, vencido pela ternura, perguntou:

– Perdoas-me?

Olharam-se de novo, com olhares cheios de carícias. Ele disse, baixinho:

– Adorada!

Ela disse:

– Adeus! Até às onze horas, pensa em mim!

– Adeus!

Separaram-se no fim da via Gregoriana. Ippolita desceu pela rua de Capo Le Case. Enquanto se afastava pelo passeio húmido e luzidio do reflexo das lojas, ele seguiu-a com o olhar.

É isto. Ela deixa-me. Volta para uma casa que me é desconhecida; volta para a vida vulgar, despe-se do ideal de que eu a revisto, torna-se outra mulher, uma mulher comum. Já não sei mais nada dela. As necessidades grosseiras da vida tomam-na, absorvem-na, aviltam-na...

A loja de uma florista atirou-lhe à cara um perfume de violetas, e encheu-se-lhe o coração de confusos anseios.

Ah! Porque nos havia de ser proibido reproduzir a existência conforme a nossa fantasia e viver para sempre só em nós mesmos?

2

À s dez horas da manhã, Giorgio dormia ainda um desses sonos profundos e reparadores que, na mocidade, se seguem a uma noite de volúpia, quando o criado entrou para o acordar. De muito mau humor, gritou-lhe, voltando-se na cama:

– Não estou para ninguém. Deixem-me sossegado. Mas ouviu a voz de um importuno que, do compartimento vizinho, lhe dirigia uma súplica:

– Desculpa, Giorgio, ter insistido. Mas necessito absolutamente de falar contigo.

Giorgio reconheceu a voz de Alfonso Exili e ficou ainda mais aborrecido. Este Exili era um antigo companheiro de colégio, rapaz de inteligência medíocre que, arruinado pelo jogo e pela devassidão, se tornara uma espécie de aventureiro à caça de coroas. Conservava ainda todas as aparências de um belo rapaz, apesar da sua cara devastada pelo vício; mas havia na sua pessoa e no seu estar esse não sei quê de manhoso e ignóbil que adquirem as pessoas reduzidas a viver de expedientes e de humilhações.

Entrou e esperou que o criado saísse, tomou um ar transtornado, e disse, comendo metade das palavras:

– Desculpa, Giorgio, se ainda desta vez recorro a ti. Tenho de pagar uma dívida de jogo. Ajuda-me. É coisa pouca: trata-se apenas de 300 liras. Desculpa.

– Ah! Tu pagas as tuas dívidas de jogo? – perguntou Giorgio.
– Estou admirado!

Infligiu-lhe aquela afronta sem qualquer cerimónia. Não tendo podido cortar de todo as relações com aquele pegajoso parasita, empregava contra ele o desprezo, como outros se servem de uma bengala para se defender de um animal imundo.

Exili esboçou um sorriso.

– Vamos, não te faças de mau – pediu numa voz suplicante, como uma mulher. – Dás-me as 300 liras? Palavra de honra que tas pago amanhã!

Giorgio desatou a rir. Tocou a campainha para chamar o criado, que chegou pouco depois.

– Procura o molho das chaves pequenas, aí, no fato que está em cima do canapé.

O criado encontrou as chaves.

– Abre a segunda gaveta. Dá-me a carteira grande. O criado deu-lhe a carteira.

– Bem. Podes ir-te embora.

Quando o criado desapareceu, Exili, com um sorriso entre tímido e convulso, perguntou:

– Não podiam ser 400?

– Não. Aqui tens. São as últimas. Vai-te embora.

Giorgio, em vez de lhe entregar as notas à mão, poisou-as na borda da cama. Exili sorriu, pegou nelas e meteu-as na algibeira; depois, num tom ambíguo em que a ironia se misturava com a lisonja, disse:

– Tens um nobre coração – e acrescentou, olhando à sua volta: – Também tens um quarto delicioso.

Instalou-se no canapé, encheu um calicezinho de licor, atafulhou a cigarreira.

– Quem é agora a tua amante? Não é a do ano passado, suponho eu.

– Vai-te embora, Exili. Quero dormir.

– Que esplêndida criatura! Os mais lindos olhos de Roma! Ainda cá está? Suponho que se ausentou. Há alguns dias que não a vejo. Parece-me que tem uma irmã em Milão.

Deitou outro copinho e bebeu-o de um gole. Talvez apenas falasse para ter tempo de esvaziar a garrafa.

– Está separada do marido, não está? Quer-me parecer que tem as finanças em baixo, e, todavia, veste sempre bem. Aqui há dois meses encontrei-a na Via del Babuino. Conheces o teu provável sucessor?... Mas não, não deves conhecê-lo. É Monti, negociante da província, um rapaz alto e forte, aloirado. Justamente, nesse dia ia atrás dela na Via del Babuino. Bem sabes, quando um homem vai atrás de uma mulher, vê-se logo... Tem os seus patacos, esse Monti!

Pronunciou a última frase com um acento indefinível: um acento odioso de inveja e cupidez. Depois bebeu o terceiro cálice, sem ruído.

– Estás a dormir, Giorgio?

Em vez de responder, Giorgio fingiu que dormia. Ouvira tudo, mas receava que Exili lhe percebesse as pancadas do coração através da roupa.

– Giorgio!

Fingiu sobressaltar-se, como um homem que é despertado.

– Como? Ainda aqui estás? Não te vais embora?

– Vou – disse o outro aproximando-se da cama. – Mas repara: um gancho de tartaruga!

Baixou-se para o apanhar do tapete, examinou-o curiosamente e poisou-o em cima da coberta.

– Que homem afortunado! – disse ainda no mesmo tom ambíguo de ironia e adulação. – E agora, adeus. Mil agradecimentos!

Estendeu-lhe a mão; mas Giorgio deixou ficar a sua sob a colcha. O tagarela dirigiu-se para a porta.

– O teu *cognac* é magnífico. Bebo-te mais um cálice dele.

Bebeu e foi-se deixando Giorgio na cama, a saborear o veneno.

3

Faziam dois anos no dia 2 de abril.

– Desta vez – disse Ippolita – festejamo-lo fora de Roma. Temos de passar uma grande semana de amor, sozinhos, seja onde for, mas não aqui.

– Lembras-te do primeiro aniversário, o do ano passado? – perguntou Giorgio.

– Lembro-me, sim…

– Era domingo, o domingo de Páscoa…

– E eu vim ter contigo a tua casa, de manhã, às dez horas…

– E vestias aquele casaquinho inglês de que eu tanto gostava! Tinhas trazido o teu livro de missa…

– Oh! Nessa manhã não fui à missa…

– Estavas com tanta pressa…

– Partira de casa quase como quem foge. Bem sabes que nos dias de festa não tenho nem um momento para mim. E, mesmo assim, consegui encontrar meio de ficar contigo até ao meio-dia. E tínhamos visitas para o almoço, nessa manhã!

– Depois não pudemos tornar a ver-nos durante todo o dia. Foi um triste aniversário…

– É certo!

– E que sol!

– E aquele jardim de flores no teu quarto!…

– Eu saíra um instante nessa manhã e comprara toda a Piazza di Spagna...

– Atiravas-me punhados de folhas de rosas, meteste-me um ror delas no decote, nas mangas... Lembras-te?

– Lembro.

– E depois, em casa, ao despir-me, encontrei-as todas.

Ela sorriu-se.

– E, no regresso, o meu marido descobriu uma folha no meu chapéu, numa dobra da renda!

– Tu contaste-me.

– Já não saí nesse dia. Não quis tornar a sair. Matutava, matutava... Sim, foi um triste aniversário!

Após um intervalo de silêncio meditativo, ainda disse:

– Acreditavas que chegássemos ao segundo aniversário?

– Eu, não – replicou ele.

– Eu também não.

Giorgio pensou: *Que amor é esse que traz consigo o pressentimento do fim?* Em seguida, pensou no marido dela, sem ódio e até com uma espécie de benevolência compassiva.

Agora, ela é livre. Porque me inquieto, então, mais que dantes? Esse marido era uma espécie de garantia para mim. Via nele um guarda que me defendia a amante de qualquer perigo... Talvez me iluda, porque também sofria muito, então; mas o sofrimento passado parece sempre menor que o sofrimento presente. Seguindo as suas próprias reflexões, ele já não escutava as palavras de Ippolita.

– Pois bem – dizia ela. – Para onde havemos de ir? É necessário resolver. Amanhã é o 1.º de abril. Já disse à minha mãe: «Sabes, mamã, um destes dias saio em viagem.» É preciso prepará-la; mas está descansado, que hei de inventar uma boa desculpa. Deixa isso comigo.

Foi-se embora alegremente. Sorria; e, no sorriso que iluminou o fim da sua frase, ele vislumbrou o contentamento instintivo que uma mulher sente quando forja uma mentira. A facilidade com que ela conseguia enganar a mãe desagradou-lhe. Tornou a pensar, e não sem desgosto, na vigilância do marido. *Para quê sofrer tão cruelmente com essa liberdade se ela está ao serviço do meu prazer? Não sei que daria para fugir a esta ideia fixa, aos meus temores que a ofendem. Amo-a e ofendo-a: amo-a e vejo-a capaz de uma ação indigna!*

Ela dizia:

– Contudo, não devemos ir para muito longe. Tu deves conhecer bem um lugar pacato, solitário, cheio de árvores e um pouco estranho. Tivoli, não. Nem Frascati.

– Pega no Baedeker aí de cima da mesa, e procura.

– Procuremos ambos.

Ippolita pegou no livro vermelho, ajoelhou-se junto do sofá onde ele estava sentado e, com gestos graciosos, com uma graça infantil, pôs-se a folheá-lo. De vez em quando, lia algumas linhas em voz baixa.

Giorgio contemplava-a, seduzido pela finura da nuca donde os cabelos subiam para o alto da cabeça, enrolados numa espécie de voluta, negros e luzidios. Reparava nos dois sinaizinhos castanhos, os *gémeos,* postos ao lado um do outro na palidez do pescoço aveludado, a que davam um encanto inefável. Notou que não trazia brincos nas orelhas. Há três ou quatro dias que não usava os seus brincos de safiras. «Tê-los-á sacrificado a alguma necessidade familiar? Talvez se veja aflita em casa, com duras necessidades quotidianas.» Encarou de frente a ideia que o obcecava com uma espécie de íntima violência. Era isto. «Quando se cansar de mim (e será em breve), cairá nas mãos do primeiro que apareça a oferecer-lhe uma existência fácil e que, em troca de prazer, lhe alivie as necessidades domésticas. Tal homem poderia bem ser o negociante de que Exili falava. Pela repugnância das pequenas misérias, acabará por triunfar da outra repugnância, e adaptar-se-á. Talvez até não tenha que vencer nenhuma repugnância, desde que o oferente lhe agrade».

Lembrou-lhe a amante de um amigo, a condessa Albertini. Esta mulher, separada do marido, ficando livre mas em más condições, tinha, a pouco e pouco, descido até os amores remunerados, salvando habilmente as aparências.

Recordou-se ainda de outro exemplo que tornou ainda mais verosímil a possibilidade do que temia. E, perante a clara possibilidade que emergia do futuro obscuro, sentiu uma dor indescritível. Doravante, nunca mais as suas apreensões o deixariam em sossego; via-se condenado, cedo ou tarde, a presenciar a queda da criatura que tão alto colocara. A vida estava cheia de tais degradações.

Ela dizia, quase lamentando-se:

– Não encontro nada. Gubbio, Narni, Viterbo, Orvieto... Ora vê a planta de Orvieto: mosteiro de S. Pedro, mosteiro de Jesus, mosteiro de S. Bernardino, mosteiro de S. Luiz, convento de S. Domingos, convento de S. Francisco, convento dos Servitas de Maria...

Lia numa toada de cantilena, como se recitasse uma ladainha. De repente pôs-se a rir, atirando a cabeça para trás e oferecendo a bela fronte aos lábios do amante. Estava num daqueles momentos de bondade expansiva que lhe davam o ar de rapariga.

– Tantos mosteiros! Tantos conventos! Deve ser uma estranha terra! Queres ir a Orvieto?

Giorgio sentiu uma súbita onda de frescura invadir-lhe o coração. Entregou-se gratamente a esse reconforto. E, como beijava a fronte de Ippolita, sorveu ali a recordação da deserta cidade guelfa que se recolhe na muda adoração do seu Duomo maravilhoso.

– Orvieto! Nunca lá foste? Imagina, em cima de um rochedo de tufo, por cima de um vale melancólico, uma cidade tão silenciosa que julgar-se-ia desabitada: janelas fechadas, vielas cinzentas onde a erva cresce; um capuchinho que atravessa um largo; um bispo que, em frente de um hospital, desce de um coche negro com um criado decrépito à portinhola; uma torre num céu branco chuvoso; um relógio que bate lentamente as horas; e, de súbito, ao fundo da rua, um milagre: o Duomo!

Ippolita disse, um tanto sonhadora, como se tivesse nos olhos a visão daquela cidade de silêncio:

– Que paz!

– Estive lá em fevereiro, por um tempo como o de hoje, incerto; alguns pingos de chuva e alguns raios de sol. Fiquei um dia, e parti com tristeza; trazia comigo a nostalgia daquela paz... Oh, que paz! Não tinha outra companhia além de mim próprio, e pensava: «Ter uma amante ou, para dizer melhor, uma irmã amante que fosse cheia de devoção. E vir ali, morar ali um longo mês, um mês de abril um pouco chuvoso, acinzentado mas morno, com intervalos de sol. Passar horas e horas na catedral, defronte, à volta dela; ir colher rosas nos jardins dos conventos; ir comprar doces às religiosas; receber o *Est, Est, Est,* numa tacinha etrusca, amar e dormir muito, numa cama fofa, coberta de linho branco, virginal...»

Aquele sonho fez sorrir Ippolita, que exclamou, feliz:

– Eu sou devota! Leva-me a Orvieto!

E, enovelando-se aos pés do amado, agarrou-lhe nas mãos, invadida por uma enorme tranquilidade, sentindo já o antegozo desse sossego, dessa ociosidade, dessa melancolia.

– Continua a falar.

Ele beijou-a na testa, devagar, com uma casta emoção. Depois contemplou-a demoradamente.

– Tens uma testa tão bonita! – disse, com um ligeiro arrepio.

Via agora a Ippolita real corresponder à figura imaginária que construíra no coração. Via-a bondosa, terna, submissa, respirando uma nobre e doce poesia. Segundo a divisa que Giorgio lhe dera, ela era grave e suave: *gravis de um suavis.*

– Fala! – murmurou ela.

Entrava pela varanda uma luz discreta. Ouvia-se, de tempos a tempos, um débil sussurro na vidraça, onde os pingos de chuva produziam um surdo crepitar.

4

Visto termos já saboreado em imaginação a melhor parte do prazer, provando sensações e sentimentos da mais rara delicadeza, acho que devíamos renunciar à experiência da realidade. Não iremos a Orvieto. E escolheu outro lugar: Albano Laziale.

Ele não conhecia Albano, nem a Aricia, nem o lago de Nemi. Ippolita estivera em Albano em pequena, na casa de uma tia já falecida. Para ele, essa viagem teria, portanto, o encanto do desconhecido, e, para ela, a miragem das recordações remotas. *Um novo espetáculo de beleza basta para renovar e purificar o amor. As recordações da idade virginal inebriam a alma com um perfume sempre fresco e confortante.*

Resolveram partir no dia 2 de abril, no comboio do meio-dia. Encontraram-se na estação à hora combinada, no meio da turba, sentindo ambos instalar-se-lhes no coração uma ansiosa alegria.

– Não irão ver-nos? Olha lá: não nos verão? – perguntava Ippolita, meia sorridente e meia trémula, imaginando que todos os olhos estavam fitos nela. – Quantos dias faltam ainda para a partida? Meu Deus! Tenho medo!

Esperavam ir num compartimento vazio, no comboio, mas, com grande pena sua, só conseguiram lugar na companhia de três viajantes. Giorgio cumprimentou um senhor e uma senhora.

– Quem são? – perguntou Ippolita ao ouvido do companheiro.

– Digo-te depois.

Ela examinou com curiosidade o casal. O senhor era um velho com uma grande barba venerável, amplo crânio calvo e amarelento, marcado ao meio por uma profunda depressão, uma espécie de umbigo enorme e disforme, tal como a dedada de um gigante numa matéria gelatinosa. A senhora, envolta num xaile persa, mostrava sob uma espécie de quebra-luz um rosto emaciado e meditativo; e o seu vestuário e a sua expressão lembravam a caricatura inglesa de uma *blue-stocking*. Os olhos do velho, azuis, irradiavam contudo uma vivacidade singular; pareciam iluminados por uma chama interior, como se estivesse sempre inspirado. Aliás, respondera ao cumprimento de Giorgio Aurispa com um sorriso suavíssimo.

Ippolita procurava na memória. Onde teria ela encontrado aquele casal? Não conseguia precisar a sua recordação; mas tinha o sentimento confuso de que essas estranhas figuras de velhos entravam numa das suas recordações de amor.

– Quem é? Diz lá – repetiu ao ouvido do companheiro.

– Os Martlet: Mr. Martlet e a mulher. Dão-nos sorte. Lembras-te onde os encontrámos?

– Não sei; mas estou certa de os ter visto algures.

– Foi na capela da Via Belsiana, no dia 2 de abril, quando te conheci.

– Ah! Sim, sim: já me lembro!

Brilharam-lhe os olhos; pareceu-lhe maravilhoso o caso. Olhou outra vez para os dois velhos com uma espécie de ternura.

– Que bom augúrio!

Tomada de uma deliciosa melancolia, encostou a cabeça ao espaldar e repensou nas coisas de outrora. Tornou a ver a igrejinha da rua Belsiana, escondida, imersa numa penumbra azulada: na tribuna, cuja curva lembrava uma varanda, um friso de raparigas cantava em coro; em baixo, um grupo de músicos com instrumentos de corda, de pé, em frente das estantes de pinho branco; a toda a volta, nos cadeirais de carvalho, os assistentes, sentados, poucos, quase todos encanecidos ou calvos. O regente marcava o compasso. Um perfume pio de incenso e violetas confundia-se com a música de Sebastião Bach.

– Também estás a pensar nisso? – sussurrou Ippolita, vencida pela suavidade das recordações.

Ela queria mostrar-lhe a sua emoção, provar-lhe que não esquecera nem sequer as mínimas particularidades desse acontecimento solene. Ele, com um gesto furtivo, procurou a mão dela sob as largas dobras do casaco de viagem e conservou-a estreitada na sua. Ambos experimentavam na alma um frémito que lhes lembrava certas sensações delicadas dos primeiros dias. E assim ficaram, pensativos, um tanto extasiados, um tanto entorpecidos na atmosfera morna, embalados pelo movimento igual e contínuo do comboio, entrevendo às vezes, na bruma, através dos vidros, uma paisagem esverdeada. O céu forrava-se; chovia. Mr. Martlet dormitava, a um canto. Mrs. Martlet lia uma revista, o *Lyceum*. O outro passageiro dormia profundamente, com uma boina caída sobre os olhos.

Quando o coro perdia o compasso, Mr. Martlet marcava os tempos com energia, como um regente. Num dado momento, todos aqueles velhos marcavam o compasso, como atacados pela loucura da música. Havia no ar um perfume de incenso e violetas e Giorgio abandonava-se completamente aos balanços caprichosos da sua memória. *Teria eu podido sonhar, para o meu amor, um prelúdio mais estranho e mais poético? Parece a lembrança de alguma leitura fantástica, e, pelo contrário, é uma recordação da vida real. Tenho presente nos olhos da alma os seus mínimos pormenores. A poesia deste começo derramou mais tarde, sobre todo o meu amor, uma sombra de sonho.* No adormecimento de um ligeiro torpor, demorava-se em certas imagens confusas que tomavam no seu espírito uma espécie de fascinação musical. *Alguns grãos de incenso... um raminho de violetas...*

– Repara como Mr. Martlet dorme! – disse-lhe, baixinho, Ippolita. – Tão calmo como uma criança! Tu também tens um bocadinho de sono, não tens? Continua a chover. Que languidez! Pesam-me as pálpebras – e, com os olhos semicerrados, fitou-o por entre as compridíssimas pestanas.

Como reparei logo nas suas pestanas! Estava no meio da capela, sentada num banco de espaldar alto. O perfil desenhava--se-lhe na claridade que caía da janela. Quando, cá fora, as nuvens se dissiparam, avivou-se de repente a claridade. Ela fez um ligeiro movimento, e, à luz, distingui todo o comprimento das suas pestanas; um tamanho prodigioso!, pensava Giorgio.

– Ouve: falta ainda muito tempo para chegarmos? – perguntou Ippolita.

O apito da locomotiva anunciava a proximidade de uma estação.

– Quer-me parecer que já passámos o sítio para onde íamos.

– Oh, não!

– Pois então pergunta.

– Segni-Paliano! – bradava uma voz rouca ao longo das portinholas.

Um tanto atrapalhado, Giorgio adiantou-se e perguntou:

– É Albano?

– Não senhor, é Segni-Paliano – respondeu o homem, com um sorriso. – O senhor ia para Albano? Então devia ter descido na Cecchina.

Ippolita pôs-se a rir tão alto que os dois Martlet olharam para ela espantados. Giorgio tomou logo parte naquela hilaridade contagiosa.

– Que havemos de fazer agora?

– Primeiro que tudo, temos de sair.

Giorgio entregou as maletas a um carregador, enquanto Ippolita continuava a rir com o seu riso fresco e vivo, levando a rir aquele contratempo imprevisto.

Mr. Martlet parecia receber em pleno peito, com uma radiosa benignidade, aquela onda de juventude, como uma onda de sol. Cumprimentou, com um gesto de cabeça, Ippolita, que sentia, no fundo do coração, um vago desgosto por se apear.

– Pobre Mr. Martlet! – disse ela, num tom entre sério e trocista vendo afastar-se o comboio pela campina deserta e esquálida.

– Tenho pena de o deixar. Quem sabe se o tornarei a ver! – suspirou, voltando-se para Giorgio: – E agora?

Um empregado da estação informou-os:

– Passa aqui um comboio para Cecchina às quatro e meia.

– Que sorte! – continuou Ippolita. – São duas horas e meia. Ora, declaro-te que, a partir deste momento, assumo o supremo comando da viagem. Tu tens de te deixar levar. Encosta-te a mim, Giorgio, e toma atenção, não te percas.

Falava-lhe como a um menino, na brincadeira. Sentiam-se ambos alegres.

– Onde é Segni? E Paliano?

Não se divisava qualquer aldeia próxima. As colinas baixas estendiam, sob um céu cinzento, a sua verdura incerta. Perto da linha, uma única árvore, delgada e torcida, baloiçava no ar húmido.

Como chuviscava, os dois desgarrados refugiaram-se na estação, numa salinha onde havia um fogão, mas apagado. Numa das paredes, pendia um velho mapa geográfico, rasgado, sulcado de riscos negros. Noutra, um quadrado de cartão com a propaganda de um elixir. Em frente do fogão, que já não se lembrava do lume, um sofá coberto de oleado vertia por muitas feridas a sua alma de estopa.

– Olha! – exclamou Ippolita, que lia o Baedeker.

– Em Segni há a Locanda di Gaetanino [2].

Este nome fê-los rir.

---

[2] «Estalagem do Caetaninho.»

– E se fumássemos um cigarro? – disse Giorgio. – São três horas. Há dois anos, a esta hora, ia eu a entrar para a capela.

E de novo a recordação do grande dia lhe encheu o espírito. Durante alguns minutos, fumaram sem dizer nada, ouvindo a chuva que redobrava. Através das vidraças embaciadas viam a arvorezinha enfezada abanar com a ventania.

– O meu amor começou primeiro que o teu – disse Giorgio. – Já tinha nascido antes daquele dia.

Ela protestou. E ele, com modo terno, fascinado pelo profundo encanto dos dias irremediavelmente distantes:

– Ainda te vejo passar pela primeira vez! Que indelével impressão! Era pela tarde, quando começam a acender-se as luzes, quando caem ondas de azul nas ruas... Eu estava em frente das montras do Alinari sozinho. Olhava para as figuras, mas mal as via. Era um estado indefinível: um pouco de cansaço, muito de tristeza, com não sei que vaga necessidade de idealismo flutuando para a amargura... Nunca mais to disse? Vinha, então, de uma casa... É estranho: como a alma, depois das piores quedas, tende para o alto! Nessa tarde, eu tinha uma sede ardente de poesia, de elevação, de coisas delicadas e espirituais. Seria um pressentimento?

Fez uma longa pausa, mas Ippolita não disse nada, à espera que ele continuasse, sentindo um estranho prazer ao ouvi-lo através do ligeiro fumo dos cigarros, que criava mais um véu em torno daquela velada recordação.

– Estávamos em fevereiro. Nota isto: justamente alguns dias antes, tinha ido a Orvieto. Suponho até que, se estava nessa ocasião no Alinari, era para lhe pedir uma fotografia do relicário. E tu passaste! Depois, em duas ou três ocasiões, duas ou três, não mais, vi-te com a mesma palidez, com essa palidez singular! Não podes imaginar como eras pálida, Ippolita. Nunca fui capaz de arranjar uma comparação. Pensei: «Como pode esta mulher andar? Já não deve ter pinga de sangue nas veias.» Era uma palidez sobrenatural que te dava a aparência de uma criatura incorpórea, no meio de todo aquele azul que caía do céu sobre a calçada. Não reparei no homem que te acompanhava; não quis seguir-te; não obtive sequer um simples olhar teu... Ainda outro pormenor de que me lembro: paraste alguns passos adiante, porque um acendedor de lampiões atravancava o passeio. Olha: ainda estou a ver luzir no ar a chamazinha na ponta da acendalha e acender-se subitamente o candeeiro que te inundou de claridade.

Ippolita sorriu, mas com um pouco de melancolia, aquela espécie de melancolia que aperta o coração das mulheres quando olham para o seu retrato de outrora.

— Sim, muito pálida — disse ela. — Havia apenas algumas semanas que me levantara, depois de uma doença de três meses. Estive às portas da morte.

Bateu nas vidraças uma rabanada de chuva. Via-se a arvorezinha agitar-se num movimento quase circular, como se estivesse sob influência de um esforço de uma potente mão que quisesse desenraizá--la. Durante alguns minutos, olharam ambos para aquela agitação furiosa que, na esqualidez, na nudez, no imenso torpor da campina, tomava uma estranha aparência de vida consciente. Ippolita sentiu quase compaixão. O sofrimento imaginário da árvore punha-os perante o seu próprio sofrimento. Consideravam mentalmente a grande solidão que se estendia ao mísero edifício diante do qual passava, de tempos a tempos, um comboio carregado de variados passageiros, cada um com uma inquietação diversa na alma. Sucediam-se na imaginação as imagens tristes, rapidíssimas, sugeridas pelas mesmas coisas que tinham visto há pouco com olhos alegres. E, quando as imagens se dissiparam, quando a sua consciência, sem poder mais segui-las, se dobrou sobre si mesma, encontraram ambos no fundo da sua alma uma só angústia intraduzível: a saudade dos dias irremediavelmente perdidos.

O amor deles tinha atrás de si um longo passado: arrastava atrás de si, no tempo, uma imensa rede escura, cheia de coisas mortas.

– Que tens tu? – perguntou Ippolita, com a voz um pouco alterada.

– E tu, que tens? – perguntou Giorgio, fitando-a. Nem um nem outro responderam à pergunta. Calaram-se e recomeçaram a olhar através das vidraças. Parecia que o céu tinha como que um sorriso lacrimoso. Uma ténue claridade aflorou numa colina, espalhou nela um doirado ligeiríssimo, e apagou-se. Outras claridades apareceram ainda, e morreram.

– Ippolita Sanzio – disse Giorgio, pronunciando aquele nome com lentidão, saboreando-o –, como me palpitou o coração quando soube finalmente que te chamavas assim. Neste nome, quantas coisas vi e senti! Era o nome de uma das minhas irmãs, que faleceu. Esse lindo nome era-me familiar. Pensei imediatamente, com profunda emoção: *Se os meus lábios pudessem readquirir o seu querido hábito!* Nesse dia, de manhã à noite, as saudades da morta confundiram-se, de modo estranho, com o meu sonho secreto. Não te procurei, não te persegui, não quis ser, nunca, inoportuno; mas, no fundo, tinha uma certeza inexplicável: sabia que, mais cedo ou mais tarde, tu havias de me conhecer e amar. Que sensações deliciosas! Vivia fora da realidade; só nutria o meu espírito de música e de leituras exaltantes. Um dia aconteceu ver-te num concerto de Giovanni Sgambati, mas só te vi quando ia a sair da sala. Olhaste para mim. Ainda olhaste para mim outra vez, é possível que não te lembres, quando nos encontrámos ao princípio da Babuino, mesmo em frente da livraria Piale.

– Sim, lembro.

– Levavas uma pequenita contigo.

– Sim, era a Cecília, uma das minhas sobrinhas.

– Parei no passeio para te deixar passar. Reparei que tínhamos a mesma estatura. Tu parecias menos pálida do que habitualmente. Um pensamento de orgulho atravessou-me o espírito…

– Adivinhavas.

– Lembras-te? Foi aí pelos fins de março. Eu esperava com crescente confiança. Vivia o dia a dia mergulhado na ideia da grande paixão que tinha de vir. Como te vira por duas vezes com um raminho de violetas, enchia de violetas a minha casa. Ah! Esse princípio de primavera nunca mais o esquecerei! Certos sonos matinais na cama, levíssimos, transparentes, cheios de sonhos quase voluntários... E esses lentos despertares, indecisos, onde os meus olhos se abriam à luz, enquanto o meu espírito tardava ainda a retomar o sentido da realidade!... Lembro-me de que bastavam certos artifícios pueris para me proporcionar uma espécie de embriaguez ilusória. Lembro-me de que, um dia, no concerto do Quinteto, ao ouvir certa música de Beethoven, impregnada de uma frase grandiosa e apaixonada que se repetia de tempos a tempos, exaltei-me até à loucura, repetindo dentro de mim uma frase poética que continha o teu nome.

Ippolita sorriu; mas, ao ouvi-lo falar com aquela preferência evidente pelas primeiras manifestações do seu amor, sentia no fundo do coração um desprazer. *Parecer-lhe-ia talvez que esse tempo fosse o mais doce? Então eram aquelas recordações longínquas as suas melhores recordações?*, pensava.

– Todo o meu desdém pela vida vulgar nunca teria sido suficiente para sonhar um asilo tão fantástico e misterioso como o oratório abandonado da Via Belsiana. Lembras-te? – continuou Giorgio. – A porta da rua, no cimo dos degraus, estava fechada, porventura, há anos. Entrava-se por uma travessa que cheirava a vinho e onde havia uma tabuleta encarnada, de taberna, e um grande ramo. Lembras-te? Entrava-se pelas traseiras, por uma sacristia apenas do tamanho necessário para lá caberem um padre e um sacristão. Era a entrada do santuário da Sapiência... Ah! Todos aqueles velhos, aquelas velhas, a toda a roda, nos cadeirais carunchosos! Onde teria ido Alessandro Memmi buscar o seu auditório? O que talvez tu não soubesses, meu amor, é que nesse concílio de filósofos melómanos, tu personificavas a Beleza. Martlet, vês, Mr. Martlet é um dos budistas mais convictos dos nossos dias; e a mulher dele escreveu um livro sobre a *Filosofia da Música*. A senhora que estava sentada ao pé de ti era Margherita Traube Boll, uma médica célebre, que continuou os estudos do seu falecido marido sobre as funções visuais.

O necromante de longo sobretudo esverdeado, que entrou em bicos de pés, era um judeu, um médico alemão, o doutor Fleischl, excelente pianista, fanático de Bach. O padre que estava junto à cruz era o Conde Castracane, um botânico imortal. Em frente dele, outro botânico, bacteriologista e microscopista famoso: Cuboni.

E lá se encontravam ainda Jacopo Moleschott, o fisiólogo máximo, aquele inolvidável velho, cândido, enorme; Blaserna, o colaborador de Helmoltz na teoria dos sons; Mr. Davis, pintor filósofo, um pré-rafaelista enfronhado no bramanismo... E os outros mais, poucos, eram todos inteligências, espíritos raros, dados às mais altas especulações da ciência moderna, frios exploradores da vida e adoradores apaixonados do sonho.

Interrompeu-se para evocar em si próprio o quadro:

– Esses sábios escutavam a música com um entusiasmo religioso; uns tomavam uma atitude inspirada, outros imitavam inconscientemente os gestos do regente; outros, muito baixo, cantavam com o coro. O coro, composto por vozes de homens e mulheres, ocupava a tribuna de madeira pintada onde mal restavam sinais do tempo. À frente, as raparigas formavam um grupo, com as suas partituras à altura do rosto. Em baixo, sobre as estantes vermelhas dos violinistas, ardiam velas. Aqui e além, as suas chamazinhas refletiam-se no tampo envernizado de um instrumento, punham um ponto mais luminoso na ponta de um arco; Alessandro Memmi, um tanto rígido, calvo, com uma curta barba negra, óculos de oiro, de pé, em frente da sua orquestra, marcava o compasso com gestos sisudos e sóbrios. Ao fim de cada trecho, crescia na capela um murmúrio e vinham da tribuna risos mal reprimidos por entre o farfalhar de cadernos que voltavam as páginas. Quando o céu clareava viam-se empalidecer as velas; e uma cruz muito alta, que outrora figurava nas procissões solenes, uma cruz toda decorada de folhagens e azeitonas de oiro destacava-se da parede, iluminando-se. Os cabelos brancos e as cabeças calvas dos ouvintes luziam por cima dos espaldares de carvalho. Depois, de repente, por uma nova mudança do céu, a sombra recomeçava a estender-se sobre as coisas, tal como um leve nevoeiro. Espalhava-se pela nave uma onda de subtis eflúvios, que mal se percebia. Era incenso ou benjoim? No único altar, em vasos de vidro, ramos de violetas um pouco murchas exalavam um hálito de primavera; e esse duplo perfume que morria era como a poesia dos sonhos que a música evocava na calma dos velhos, enquanto, ao lado deles, em almas inteiramente diferentes, desabrochava outro sonho completamente diverso, como uma aurora sobre a neve em degelo...

Assim reconstituía aquela cena, aquecia-a com um sopro lírico.

– Não parece inverosímil, inacreditável? – exclamou. – Em Roma, na cidade da inércia intelectual, um mestre de música, um budista que publicou dois volumes de ensaios sobre a filosofia de Schopenhauer, dá-se ao luxo de fazer executar uma missa de Sebastião Bach só para seu prazer, numa capela misteriosa, perante um auditório de grandes sábios melómanos cujas filhas cantam no coro. Não é uma página de Hoffmann? Numa tarde de primavera, um tanto parda mas morna, aqueles velhos filósofos abandonam os laboratórios onde lutaram desesperadamente para arrancar à vida um dos seus segredos e reúnem-se num oratório escondido para se embriagarem com uma paixão que aproxima os seus corações, para se elevarem acima da vida, para viverem idealmente num sonho. E, no meio de toda aquela velhice, um requintado idílio musical desenrola-se entre a prima e o amigo do budista. E, quando acaba a missa, o budista, que de nada desconfia, apresenta à divina Ippolita Sanzio o futuro amante! – desatou a rir e levantou-se. – Fiz, parece--me a mim, uma comemoração com todas as regras.

Ippolita ficou ainda um pouco absorta, Depois, disse:

– Lembras-te? Era um sábado, véspera do domingo de Ramos.

Ergueu-se por sua vez, e foi beijar Giorgio na face.

– Queres sair? Já não chove.

Saíram, e foram andando pelo passeio húmido que um sol pálido fazia reluzir. O ar frio causava-lhes impressão. Em volta, verdejavam as pequenas colinas onduladas, sulcadas de estrias mais claras; aqui e além, grandes poças de água refletiam palidamente um céu cujo azul profundo se destacava entre as nuvens. A arvorezinha tinha, de longe a longe, mais claridade.

– Esta arvorezinha ficará na nossa recordação – disse Ippolita parando para a fitar. – Está tão só, tão sozinha!

A sineta anunciou por fim a aproximação do comboio. Eram quatro e um quarto. Um empregado ofereceu-se para ir tirar os bilhetes.

– A que horas chegaremos a Albano? – perguntou Giorgio.

– Aí pelas sete.

– Já há de ser noite – disse Ippolita.

Como tinha um pouco de frio, tomou o braço de Giorgio; e deu-lhe prazer pensar que chegariam a um hotel desconhecido, nessa noite, e jantariam sozinhos diante de uma fogueira acesa.

Giorgio viu que ela tremia e perguntou-lhe:

– Queres recolher-te?

– Não. Bem vês que está sol. Caminhemos para cá e para lá que eu torno a aquecer.

Recostou-se ao braço dele com uma indizível precisão de intimidade, tornando-se subitamente carinhosa, com seduções na voz, no olhar, no contacto, em todos os seus gestos.

Queria derramar pelo amado as suas mais íntimas fascinações e embriagá-lo. Queria fazer brilhar-lhe nos olhos uma luz de felicidade presente capaz de eclipsar o reflexo da felicidade passada; queria parecer-lhe mais digna de amor, mais adorável, mais desejável do que dantes. Assaltou-a um medo atroz: que ele pudesse ter saudades da mulher de outrora, suspirar pelas doçuras passadas, julgar que só então atingira o cúmulo da embriaguez.

As suas recordações encheram-me a alma de melancolia. Custou-me a conter as lágrimas. E talvez ele também, intimamente, esteja triste. Como o passado pesa sobre o amor! É provável que já se sinta farto de mim. Talvez não dê por isso, e não o confesse a si próprio, e se iluda. Mas pode tornar-se agora incapaz de encontrar qualquer felicidade comigo. Se ainda lhe sou querida, é porventura só porque encontra em mim um motivo para as suas queridas tristezas. Também eu só tenho raros momentos de verdadeira alegria a seu lado; eu também sofro. E, no entanto, amo-o e amo o meu sofrimento, e o meu único desejo é agradar-lhe, e não posso conceber a vida sem este amor. Porque estamos nós tristes, se nos amamos?, pensou ela.

Apoiava-se pesadamente no braço do amado, olhando-o com olhos onde a sombra dos pensamentos dava à sua ternura uma expressão mais profunda.

Há dois anos, por esta hora, saíamos nós juntos da capela; ele falava-me de coisas alheias ao amor, com uma voz que me tocava a alma, que me roçava a alma como uma carícia de lábios; e eu saboreava essa carícia com um grande beijo. Tremia constantemente, verificando nascer em mim um sentimento ignorado. Foi uma hora divina! Faz hoje dois anos e ainda nos amamos. Dantes, ele falava; e a sua voz perturbava-me de modo diferente, mas sempre até ao fundo da alma. Temos diante de nós um serão delicioso. Porque sinto saudades dos dias distantes? A nossa liberdade e a nossa intimidade presentes não valem as incertezas e as hesitações desse tempo? As nossas próprias recordações, tantas, não dão um novo encanto ao nosso amor? Eu amo-o, dou-me toda a ele; em presença do seu desejo, não sei o que é pudor. Agora é que tenho o prazer profundo da volúpia, e só ele é que mo deu, ele só. Em dois anos

transformou-me, fez de mim outra, deu-me novos sentidos, uma nova
alma, uma inteligência nova. Sou criação sua. Pode embriagar-se
comigo como com uma das suas ideias. Pertenço-lhe toda, agora
e para sempre.

– Não és feliz? – perguntou-lhe, encostando-se mais a ele, apaixonadamente.

Perturbado pelo tom desta pergunta, como se um sopro quente o houvesse apanhado de súbito, sentiu um frémito de verdadeira felicidade. Respondeu:

– Sim, sou tão feliz!

E, quando ouviram o silvo da locomotiva, os seus corações tiveram a mesma palpitação.

Finalmente, estavam sós no seu compartimento. Fecharam todas as vidraças, esperaram que o comboio se pusesse em marcha, abraçaram-se, beijaram-se, repetiram todos os nomes carinhosos que a sua ternura usara durante dois anos. Depois, ficaram sentados um ao lado do outro, com um vago sorriso nos lábios e nos olhos, com a sensação de lhes afrouxar a pouco e pouco o curso rápido do sangue. Viram, através dos vidros, fugir a paisagem monótona numa bruma tingida de violeta.

– Poisa a cabeça aqui, no meu colo, e deita-te – disse ela, e ele poisou a cabeça, deitando-se. – O vento desarranjou-te o bigode.

E, com as pontas dos dedos, compôs-lhe alguns pelos que caíam para a boca. Giorgio beijou-lhe os dedos. Ela passou-lhe as mãos pelos cabelos, e disse:

– Tu também tens as pestanas muito grandes.

Fechou-lhe os olhos para lhas admirar. Depois afagou-lhe a testa. Deu-lhe outra vez a beijar, um por um, os dedos, com a cabeça inclinada para ele.

E ele, de baixo, via-lhe a boca abrir-se com uma infinita lentidão e desabrochar o cálice nevado dos seus dentes. Ela fechava outra vez a boca, depois voltava a abrir os lábios lentamente, como uma flor de duas pétalas; e uma brancura nacarada aparecia no fundo do cálice.

Este delicioso entretimento dava-lhes languidez; esqueciam e eram felizes. O rumor monótono do comboio embalava-os. Trocaram, baixinho, palavras de admiração. Ela disse, a sorrir:

– É a primeira viagem que fazemos juntos. É a primeira vez que estamos sós numa carruagem.

Gostava de repetir que o que faziam era uma novidade.

Giorgio, que sentira o aguilhão do desejo, perturbou-se mais. Ergueu-se, beijou-a no pescoço, mesmo em cima das *gémeas* e murmurou-lhe qualquer coisa ao ouvido. Passou nos olhos de Ippolita um clarão indefinível, mas respondeu vivamente:

– Não, não. É preciso termos juízo até à noite. Vamos esperar. Depois saberá ainda melhor…

Teve mais uma vez a visão do hotel silencioso, do quarto de móveis antiquados, do grande leito escondido sob um mosquiteiro branco.

– Nesta época – disse ela, para distrair o amante – não está quase ninguém em Albano. Como havemos de ficar bem, sozinhos num hotel deserto! Hão de tomar-nos por casados de fresco.

Envolveu-se no casaco com um estremecimento e encostou-se ao ombro de Giorgio.

– Está frio hoje, não achas? Assim que chegarmos, acendemos uma fogueira e tomamos uma chávena de chá.

Foi para eles um vivo prazer idealizar a volúpia que se aproximava. Falavam em voz baixa, contagiando-se do ardor do sangue e das promessas. Mas, como falavam da volúpia futura, o desejo crescia, tornava-se irresistível. Calaram-se; colaram as bocas; não ouviam senão o rumor tumultuoso das suas veias, invadidos por um apetite cego e violento. Bruscamente, Giorgio deixou-se cair de joelhos:

– Queres?

Ela deixou-se levar, sem precisar de responder.

E pareceu-lhe, depois, a ambos, que um véu se lhes afastava das pupilas, um nevoeiro interior se dissipava, se rompia um encantamento. Apagou-se a fogueira do quarto imaginário, a cama tomou um aspeto gelado, tornou-se triste o silêncio do hotel deserto. Ippolita disse, quase humilhada por haver cedido a um impulso selvagem que talvez nada tivesse de comum com o amor:

– Para que fizemos isto?

Tinha a voz triste, mas doce. Encostou a cabeça à almofada, olhando para a vasta paisagem monótona que se alongava na sombra. Ao lado dela, Giorgio recaíra sob o império das suas ideias pérfidas. Torturava-o uma visão horrível, à qual era incapaz de fugir, porque via-a com os olhos da alma, esses olhos sem pálpebras que nenhuma vontade pode fechar.

– Em que estás a pensar? – perguntou Ippolita, inquieta.

– Em ti.

Ele pensava nela, na sua viagem de núpcias, nos modos habituais de proceder dos recém-casados. *Com certeza que estava só com o marido como está agora comigo. E agora é talvez essa lembrança que lhe dá aquela tristeza!*

Lembrou-se ainda das rápidas aventuras entre duas estações, das repentinas perturbações que um olhar causa, das surpresas da sensualidade durante a longuidão asfixiante das tardes estivais. *Que horror! Que horror!* Teve um sobressalto, aquele sobressalto particular que Ippolita sabia ser o sintoma certo do mal que afligia o amante. Pegou-lhe na mão e perguntou-lhe:

– Sentes-te mal?

Ele disse que sim com a cabeça, olhando para ela com um sorriso doloroso. Ippolita, porém, não teve coragem de levar mais longe as perguntas, porque receava uma resposta amarga e dilacerante. Preferiu calar-se, mas deu-lhe um demorado beijo na testa, o costumado beijo, na esperança de desfazer assim o nó das reflexões cruéis.

– Cá estamos na Cecchina! – exclamou ela, com alívio, ao som do silvo de chegada. – Depressa, depressa, amor! Temos de descer.

Para o desnortear, fingia-se alegre. Desceu a vidraça e estendeu a cabeça.

– A noite está fria, mas bela. Depressa, amor! É o nosso aniversário! Temos de estar felizes.

O tom desta voz terna e forte expulsou para longe dele as coisas más. Ao sair para o ar livre sentiu-se tranquilizado. Um céu límpido como o diamante curvava-se em abóbada sobre o campo encharcado. Na atmosfera diáfana erravam ainda átomos de claridade crepuscular. As estrelas apareciam uma a uma, sucessivamente, como invisíveis lampadários que oscilassem.

«Temos de estar felizes!...» Giorgio ouvia intimamente o eco desta frase de Ippolita; e a sua alma solene e pura, o quarto tranquilo, o lar aceso, a cama com lençóis brancos, pareciam-lhe elementos demasiadamente humildes para a felicidade. «É o nosso aniversário. Temos que nos sentir felizes!» Que pensava ele? Que fazia dois anos antes à mesma hora? Vagueava pelas ruas, sem destino, impelido pela instintiva necessidade de chegar a espaços mais amplos, atraído nem mais nem menos do que pelos bairros populosos onde o seu orgulho e a sua alegria lhe pareciam aumentar pelo contraste com a vida comum, onde os ruídos ambientes da cidade apenas lhe chegavam aos ouvidos como um rumor distante.

5

O velho hotel de Ludovico Togni, com o seu longo vestíbulo de paredes de estuque pintadas a fingir mármore, patamares de portas verdes decorados por toda a parte de lápides comemorativas, dava imediatamente uma impressão de paz quase conventual. Todo o mobiliário oferecia um aspeto de velhice familiar. As camas, as cadeiras, as poltronas, os canapés, as cómodas, tinham formas de outra era, caídas em desuso. Os tetos de cores pálidas, amarelo-claro ou azul-celeste, apresentavam ao centro uma grinalda de rosas ou qualquer outro símbolo vulgar, uma lira, um archote, um carcás. Os ramos de flores dos papéis das paredes e dos tapetes de lã haviam desbotado e tornaram-se quase invisíveis. As cortinas das janelas, brancas e modestas, pendiam dos varões sem doirado. Os espelhos rococó, refletindo aquelas imagens senis num embaciado triste, imprimiam-lhe esse ar de melancolia e quase de irrealidade que dão, por vezes, às margens, os lagos solitários.

– Como sou feliz por estar aqui! – exclamou Ippolita, movida pelo encanto deste ambiente tranquilo. – Não queria ir-me embora – suspirou, encolhendo-se na grande cadeira de braços, com a cabeça encostada ao espaldar guarnecido por um crescente de algodão branco, trabalho humilde de agulhas. Lembrou-se da sua falecida tia Giovanna, numa infância longínqua.

– Pobre tia! Lembro-me de que habitava numa casa parecida com esta, uma casa onde havia um século que os móveis não tinham mudado de lugar. Lembro-me sempre do seu desespero quando lhe quebrei uma daquelas redomas de vidro com que se preservam as flores artificiais, sabes... Lembro-me de que chorou por causa disso... Pobre tia! Ainda estou a vê-la com a sua touca de renda preta, com os seus caracóis brancos, que lhe pendiam ao longo das faces...

Falava lentamente, com pausas, o olhar fito no lume que ardia no fogão; e, às vezes, para dirigir um sorriso a Giorgio, erguia os olhos um pouco abatidos e orlados de uma sombra violácea, enquanto subia da rua um regular e monótono rumor de calceteiros batendo a calçada.

– Lembro-me de que havia na casa um grande celeiro com duas ou três lucarnas onde os pombos faziam pombal. Subia-se até lá por uma pequena escada íngreme em cujas paredes pendiam, sabe Deus desde quando, peles de lebre com toda a sua pelagem, secas, estendidas em pontas de canas postas em cruz. Eu dava todos os dias de comer aos pombos. Assim que me viam subir, atropelavam-se diante da porta. Quando entrava, era um assalto. Eu, então, sentava-me e espalhava a cevada a toda a minha volta. Os pombos rodeavam--me. Eram todos brancos. Via-os bicar. Vinha de uma casa vizinha um som de flauta: era sempre a mesma ária, à mesma hora. Aquela música parecia-me deliciosa: ouvia-a com a cabeça erguida para a lucarna, de boca aberta, como que para beber as notas que choviam. De vez em quando, entrava um pombo mais atrasado batendo as asas por cima da minha cabeça e deixando-me penas brancas nos cabelos. E a flauta invisível tocava, tocava sempre... Ainda tenho nos ouvidos a canção: era capaz de trauteá-la. Aqui está como me nasceu a paixão pela música, nessa época, num pombal...

E ela repetia mentalmente a música da antiga flauta de Albano, saboreava-lhe a doçura com uma melancolia comparável à da esposa que, passados muitos anos, encontra no fundo do seu enxoval de noiva um doce esquecido. Houve um intervalo de silêncio. Tocou a campainha no corredor do hotel pacato.

– Lembro-me de que saltitava pela casa uma rola aleijada, que era uma das grandes ternuras da tia. Um dia, uma rapariguinha das vizinhanças veio brincar comigo, uma linda rapariguinha loira que se chamava Clarice. A tia estava de cama com uma constipação. Nós brincávamos no terraço, pondo em grande risco os vasos de cravos. A rola apareceu à porta, olhou-nos sem desconfiança e meteu-se a um canto para gozar o sol. Clarice, mal a viu, correu a agarrá-la. O pobre animalzinho procurava fugir coxeando. Mas coxeava de um modo tão engraçado, que nos pusemos a rir sem poder conter-nos. Clarice agarrou-a. Era uma pequena cruel. À força de nos rirmos, estávamos ambas atordoadas. A ave debatia-se com medo, nas nossas mãos. Clarice arrancou-lhe uma pena. Depois – ainda me arrepia pensar nisto! – depenou-a quase toda, à minha vista, com gargalhadas que também me faziam rir. Dir-se-ia que estava embriagada. O pobre animal, depenado, ensanguentado, fugiu para casa, mal se apanhou livre. Nós fomos-lhe no encalço. Mas, quase ao mesmo tempo, ouvimos um toque de campainha e a voz da tia que tossia na cama, a chamar-nos… Clarice escapuliu-se sorrateiramente pela escada; eu escondi-me atrás das cortinas.

»O pássaro morreu nessa mesma tarde. A tia mandou-me para Roma, convencida de que eu era a culpada daquela barbaridade. E nunca mais a vi. O que chorei! Ainda tenho remorsos.

Falava lentamente, com pausas, fixando os olhos no lar aceso que quase a magnetizava, dando-lhe um princípio de torpor hipnótico, enquanto subia da rua um singular e monótono ruído de calceteiros a bater a calçada.

6

Um dia, os amantes voltaram do lago de Nemi um tanto cansados. Tinham almoçado na vila Cesarini sob as magníficas japoneiras floridas. Sozinhos, com a emoção que sente aquele que contempla sozinho a mais secreta das coisas secretas, tinham contemplado o espelho de Diana, tão frio, tão impenetrável à vista como o azul de um glaciar.

Como de costume, mandaram vir o chá. Ippolita, que procurava algo numa mala, voltou-se de repente para Giorgio, mostrando-lhe um embrulho atado com um laço de fita.

— Olha! São as tuas cartas... Andam sempre comigo.

Giorgio, visivelmente satisfeito, disse:

— Todas? Guardaste-as todas?

— Sim, todas. Tenho até os bilhetes e os telegramas. Só me falta um bilhetinho que deitei ao lume para não cair nas mãos do meu marido. Mas conservo os pedaços queimados; ainda se podem ler algumas palavras.

— Deixas-me ver? – perguntou Giorgio.

Mas ela, num movimento de desconfiança, escondeu o pacote. Depois, como Giorgio avançava para ela, sorrindo, refugiou-se no quarto ao lado.

— Não, não. Não quero que vejas nada.

Recusava, um pouco por brincadeira, um pouco também porque, tendo-as guardado sempre ciosamente como um tesouro oculto, com orgulho e receio, repugnava-lhe mostrá-las mesmo àquele que as escrevera.

– Deixa-me ver, faz-me a vontade! Tenho tanta curiosidade de reler as minhas cartas de há dois anos! Que é que eu te dizia?

– Palavras de fogo!

– Peço-te que me deixes ver!

Ela acabou por consentir, rindo, vencida pelas carícias persuasivas do amante.

– Ao menos esperemos que tragam o chá. Depois relemo-las juntos. Queres que acenda o lume?

– Não. O dia está quase quente.

Era um dia claro com revérberos prateados numa atmosfera inerte. A luz do dia adoçava-se mais, coada através dos cortinados. As violetas frescas, colhidas na vila Cesarini, já tinham perfumado o quarto todo. Alguém bateu à porta.

– Aí está o Pancrazio – disse Ippolita.

O bom do criado Pancrazio trazia o seu chá inesgotável e o seu sorriso inextinguível. Poisou a chaleira sobre a mesa, prometeu uma novidade para o jantar e saiu com um passo alegre e saltitante. Era calvo, conservava ainda um ar de juventude. Extraordinariamente serviçal, tinha, como certas divindades japonesas, olhos risonhos, longos, estreitos e um pouco oblíquos.

– Este Pancrazio é mais agradável que o seu chá – comentou Giorgio. Com efeito, o chá não tinha aroma nenhum, mas os acessórios davam-lhe um sabor estranho. O açucareiro e as chávenas apresentavam um feitio e uma capacidade nunca vistas. A chaleira era ilustrada com uma historieta pastoral amorosa; o prato, guarnecido de finas rodelas de limão, tinha, ao meio em caracteres negros, uma adivinha.

Ippolita deitou o chá, e as chávenas fumegaram como turíbulos. Depois desatou o embrulho e apareceram as cartas, muito em ordem, postas em pequeninos molhos.

– Tantas! – disse Giorgio.

– Nem tantas como isso. Só duzentas e noventa e quatro. E dois anos, querido, compõem-se de setecentos e trinta dias.

Sorriram ambos, sentaram-se ao lado um do outro, perto de uma mesa, e começaram a leitura. Diante daqueles documentos do seu amor, Giorgio foi invadido por uma comoção estranha, delicada e forte. As primeiras cartas puseram-lhe o espírito em desordem. Certos estados de alma exasperados que as cartas revelavam pareceram-lhe, a princípio, incompreensíveis. O voo lírico de certas frases admirava-o. A violência e o tumulto da paixão jovem causavam-lhe uma espécie de assombro, pelo contraste com essa calma que o envolvia agora naquele hotel modesto e silencioso.

Uma das cartas dizia:

Quantas vezes já o meu coração suspirou por ti, esta noite. Oprimia-me uma angústia sombria, até nos breves intervalos de sono; e tornava a abrir os olhos para afugentar os fantasmas que subiam das profundidades da minha alma… Só tinha um pensamento, um único pensamento que me tortura: que tu possas afastar-te de mim! Nunca. Nunca, nunca esta possibilidade me pôs na alma uma dor e um temor mais loucos. Adquiri, neste momento, *a certeza* precisa, claríssima, evidente, que, sem ti, me é impossível a vida. Quando penso que poderia perder-te, escurece o dia, torna-se-me odiosa a luz, aparece-me a terra como uma sepultura sem fundo e entro na morte.

Outra carta, escrita após a partida de Ippolita, dizia:

Faço um esforço enorme para segurar a pena. Já não tenho nenhuma energia, nem vontade. Sucumbo a um desânimo tal, que a única sensação que me resta da vida exterior é uma repugnância insuportável de viver. Está um dia triste, abafado, pesado como chumbo; um dia, por assim dizer, homicida. As horas passam com uma lentidão inexorável, e a minha miséria aumenta, de segundo a segundo, cada vez mais horrível e mais árida. Parece que tenho águas mortas e mortais no fundo do meu ser. É um sofrimento moral ou físico? Não sei. Fico absorto e inerte sob um peso que me esmaga sem matar-me.

Outra dizia:

Enfim, recebi a tua resposta, hoje, às quatro horas, quando já desesperava de a receber. Li-a e reli-a muitas vezes para achar nas entrelinhas o indizível, aquilo que não pudeste exprimir, o segredo da tua alma, qualquer coisa de mais vivo e mais doce ainda que as palavras escritas no papel inanimado… Tenho um terrível desejo de te ver… Procuro, inutilmente, na carta, os sinais da tua mão, do teu hálito, do teu olhar. Não sei que daria para ter, ao menos, uma ilusão da tua presença. Manda-me uma flor que tenhas beijado muito, marca na carta um sinal onde tenhas colado longamente a boca, faz-me sentir na imaginação uma carícia tua enviada de longe. De longe! De longe! Há quanto tempo não te vejo, não te tenho nos braços, não te vejo empalidecer? Há um ano? Há um século? Por onde tens andado? Por que terras? (Por que mares? Passo as horas inerte, cismando. O meu quarto tornou-se fúnebre como uma capela subterrânea. Às vezes vejo-me estendido no caixão, contemplo-me na imobilidade da morte, com uma imperturbável lucidez.

Gritavam e gemiam assim as cartas de amor, em cima da mesa coberta por uma toalha caseira e chávenas rústicas onde fumegava pacatamente um infuso inocente.

– Lembras-te? – disse Ippolita. – Foi na primeira vez que eu saía de Roma, só por quinze dias…

Giorgio absorvia-se na recordação destas emoções insensatas; procurava ressuscitá-las em si próprio e compreendê-las. Mas o bem-estar encerrava-lhe o espírito numa espécie de invólucro mole.

A luz velada, a bebida quente, o perfume das violetas, o contacto de Ippolita, entorpeciam-no. *Estou, deste modo, tão distante dos ardores de outrora? Não, porque a minha aflição não foi menos cruel durante a sua última ausência,* pensou.

Mas não conseguia preencher o intervalo entre o eu de ontem e o de hoje. No fim de tudo, não se sentia idêntico ao homem cujas frases escritas atestavam a consternação e o desespero. Concluía que estas efusões do seu amor lhe não pertenciam, e experimentava por isso todo o vazio das palavras. Aquelas cartas eram como epitáfios num cemitério. Assim como estes dão uma ideia grosseira e falsa dos mortos, também aquelas cartas representavam inexatamente os diversos estados de alma pelos quais o seu amor passara. Bem sabia que uma febre singular se apodera do amante quando escreve uma carta de amor. No ardor dessa febre, todas as ondas do sentimento se agitam e se confundem num fervilhar confuso. Não tendo a consciência precisa do que quer exprimir, obrigado à insuficiência material dos vocábulos, desiste de escrever a sua paixão interior tal como ela é, e tenta exprimir-lhe uma intensidade aproximativa pelo exagero da frase e pelo emprego dos efeitos vulgares de retórica. Daí resulta que todas as correspondências amorosas se parecem umas com as outras, e que a linguagem da mais exaltada paixão é quase tão pobre como um simples dialeto.

Ali tudo é violência, excessos, convulsão. Mas onde estão as minhas delicadezas? Onde estão as minhas requintadas e complexas melancolias? Onde estão certas tristezas profundas e sinuosas em que a minha alma se perdia como num labirinto impenetrável?, pensava Giorgio. Sentia agora o desgosto de se aperceber de que lhe faltavam nas cartas as mais raras qualidades do seu espírito, as que ele cultivava sempre com maior cuidado. Durante a leitura delas, passava adiante nos longos trechos de pura eloquência e procurava a indicação de factos ínfimos, os pormenores dos acontecimentos, as alusões aos episódios memoráveis.

Encontrou numa delas:

Às dez horas, entrei maquinalmente no sítio habitual do jardim Morteo, onde às tardes eu te via. Aqueles últimos trinta e cinco minutos antes da hora exata da tua partida foram uma tortura. Ias-te embora, sim, partias, sem que eu pudesse dizer-te adeus, cobrir-te o rosto de beijos, repetir-te mais uma vez: *Lembra-te de mim!* *Lembra-te de mim!* Pelas onze horas, voltei-me, como por instinto. O teu marido vinha a entrar com o amigo, mais a dama do costume. Regressavam, com certeza, de te acompanharem. Tomou-me uma convulsão de dor tão cruel, que tive logo de me levantar e sair. A presença daquelas três pessoas que falavam e riam como nas outras tardes, como se nada de novo tivesse acontecido, irritava-me. Eram, para mim, a prova visível e indubitável de que partiras, partiras irremediavelmente.

Recordou as tardes de verão em que vira Ippolita sentada a uma mesa, entre o marido e um capitão de infantaria, em frente de uma senhorazinha insignificante. Não conhecia nenhuma daquelas três pessoas; mas sofria a cada gesto delas, a cada uma das suas atitudes, a tudo o que havia de vulgar no seu exterior, e a sua imaginação representava-lhe a imbecilidade das conversas a que a gentil criatura parecia ligar uma contínua atenção.

Noutra carta, encontrou:

Duvido. Hoje estou de ânimo hostil contra ti, estou cheio de uma surda cólera. Sairei em breve, irei para o mar. As ondas são alegres e fortes. Adeus. Não te escrevo mais para não te dizer coisas duríssimas. Adeus. Amas-me? Ou escreves ainda palavras de amor por hábito piedoso? És *fiel?* Que pensas? Que fazes? Eu sofro. Tenho o direito de te interrogar assim. Duvido, duvido, duvido. Sou louco.

– Esta – disse Ippolita – é do tempo em que eu estava em Rimini. Agosto e setembro, que meses tormentosos! Lembras-te quando, por fim, chegaste no *Don Juan?*

– Aqui está uma carta escrita a bordo: «Hoje, às duas horas, encontramo-nos junto de Ancona, vindo à vela do Porto San Giorgio. As tuas orações e os teus votos proporcionaram-me um vento favorável. Navegação maravilhosa... Depois te contarei. Ao amanhecer, far-nos-emos outra vez ao largo. O *Don Juan* é o rei dos *cutters.* Flutua no alto do mastro o teu pavilhão. Adeus, talvez até amanhã! – *2 de setembro.*»

– Tornámos a ver-nos; mas que dias de suplício! Lembras-te? Espionavam-nos constantemente. Oh! Aquela cunhada! Lembras-te da nossa visita ao templo dos Malatestas? E a peregrinação à igreja de San Giuliano, na véspera da tua partida?

– Olha, uma carta de Veneza...

Releram-na juntos, com igual palpitação:

Desde o dia 9 que estou em Veneza, *plus triste que jamais* [3]. Veneza sufoca-me. O mais radioso dos sonhos não iguala em magnificência este sonho de mármore que emerge das ondas e floresce num céu quimérico. Morro de melancolia e de desejo. Porque não estás aqui? Se tivesses vindo, se tivesses executado o teu antigo projeto! Talvez pudéssemos iludir uma hora da vigilância... e, no tesouro das nossas recordações, contaríamos mais uma, divina entre todas...

Leram ainda, noutra página:

Tenho uma ideia estranha que, de tempos a tempos, me atravessa o espírito e me perturba profundamente: uma ideia louca, um

---

[3] Em francês, no original: «mais triste do que nunca.»

sonho. Penso que poderias chegar imprevistamente a Veneza, só para ser toda minha!

Ainda mais adiante:

O encanto de Veneza é a moldura natural da tua formosura. A tua cor – que cor tão rica e picante! – toda feita de âmbar-pálido e oiro-mate, onde apenas se esbatem alguns tons de rosa-desfeita, é a cor ideal que com mais felicidade se harmoniza com o ar veneziano. Não sei como seria Caterina Cornaro, rainha de Chipre; mas, não sei porquê, imagino que devia parecer-se contigo... Ontem passei sobre o Grande Canal diante do magnífico palácio da rainha de Chipre e dei largas a toda a minha poesia: tu não habitaste alguma vez naquela casa real e não te debruçaste da preciosa varanda a contemplar na água os reflexos do sol? Adeus, Ippolita. Não possuo um palácio de mármore digno da tua majestade, sobre o Canal Grande, nem tu és árbitra do teu destino...

E mais adiante ainda:

É aqui toda a glória do Paolo Veronese. Ante um Veronese recordava-me a nossa peregrinação, em Rimini, à igreja de San Giuliano. Estávamos bastante tristes nessa tarde. Ao sair da igreja, divagámos pelo campo, à beira do rio, em direção àquele grande grupo de árvores longínquas. Lembras-te? Foi a última vez que nos vimos e falámos. A última vez! E se chegasses de repente a Veneza?

– Vês? – disse Ippolita. – Era uma sedução contínua, requintada, irresistível. Tu não podes imaginar a minha tortura. Não dormia de noite, a estudar um meio de partir sozinha, sem despertar as suspeitas dos donos da casa. Fiz um prodígio de habilidade. Já não sei como foi... Quando me encontrei só; contigo, na gôndola, no

Grande Canal, naquela madrugada de setembro, não acreditava que pudesse ser realidade. Lembras-te? Desatei a chorar e não pude dizer palavra...

– Mas eu esperava-te, estava certo de que virias, custasse o que custasse.

– E foi a primeira grande imprudência.

– É verdade.

– Que importa? Não foi melhor assim? Não é melhor que eu seja agora toda tua? Eu não me arrependo de nada.

Giorgio beijou-a na testa. Falaram muito tempo deste episódio, que era um dos mais belos e extraordinários entre as suas recordações. Reviveram, minuto a minuto, os dois dias de vida oculta no hotel Danieli, dois dias de esquecimento, de suprema embriaguez, em que ambos pareciam esquecer todas as noções do mundo e a inteira consciência do seu ser anterior.

Esses dias haviam marcado, para Ippolita, o começo do infortúnio. As cartas seguintes aludiam às primeiras provações.

Quando penso que sou a causa principal de todos os teus sofrimentos e dos teus desgostos de família, atormenta-me um inexprimível remorso; e, para perdoar a mim próprio o mal que te causo, quereria que conhecesses toda a minha paixão. Tu sabes como ela é? Tens a certeza de que o meu amor poderá pagar o teu longo suplício? Estás certa disso, profundamente convencida?

O ardor ia crescendo de página para página. Depois, de abril a julho, havia um intervalo obscuro, sem documentos. Foram os quatro meses em que se deu a catástrofe. O marido, demasiadamente fraco, sem se atrever a achar meio de vencer a rebelião declarada e obstinada de Ippolita, tinha por assim dizer fugido, deixando muito embrulhados os negócios em que comprometera a maior parte da sua fortuna. Ippolita refugiara-se em casa da mãe, depois em casa da irmã, em Caronno, no campo. E então reaparecera-lhe uma terrível doença de que já sofrera na infância, uma doença nervosa semelhante à epilepsia. As cartas datadas de agosto falavam nisso:

> Não, não podes conceber o terror que sinto. O que me tortura acima de tudo é a implacável lucidez da minha visão fantástica. *Vejo-te* contorcer com o acesso, *vejo* as tuas feições decomporem-se e enlividecerem, os teus olhos rolarem desesperadamente sob as pálpebras, vermelhas de chorar; e, por mais esforços que faça, não consigo expulsar esta horrenda visão. Depois *oiço-te* chamar por mim. Tenho mesmo nos ouvidos o som da tua voz, um som rouco e lamentoso, a voz de uma pessoa que solta gritos de socorro, sem esperança de que lhe acudam.

E três dias depois:

> Duro trabalho o de escrever-te estas linhas. Quereria permanecer imóvel, em silêncio, a um canto, na sombra, a pensar, a evocar a tua imagem, a evocar o teu mal, a *ver-te*. Sinto não sei que irresistível atração para esta tortura voluntária... Oh, meu pobre amor! Estou tão triste, que desejaria perder a ação dos meus sentidos, por muito tempo, e depois acordar e não me recordar de mais nada, nem sofrer. Queria, ao menos, ter uma violenta dor física, uma ferida, uma chaga, uma queimadura profunda, qualquer coisa que me aliviasse do implacável tormento do espírito. Meu Deus! Vejo as tuas mãos pálidas e convulsas e, entre os dedos, um anel de cabelos arrancados...

E mais além:

> «*E se este mal me desse quando estou nos teus braços? Não, não, nunca mais te verei, não quero tornar a ver-te* – dizes tu. Estavas louca quando me escreveste? Pensaste no que me disseste? Foi como se me tivesses tirado a vida, como se eu não pudesse respirar. Escreve outra

carta, depressa! Diz-me que hás de curar-te, que não desesperas, que queres voltar a ver-me. *Tens* de te curar. Ouves, Ippolita? *Tens* de te curar.

Ainda mais adiante:

Esta noite, a Lua estava encoberta. Andávamos pela praia, eu e um amigo. Eu disse: *Que noite desconsolada!* O meu amigo respondeu-me: *Sim, a noite não está boa.* E calou-se. Uivava um cão ao longe. Como poderei reproduzir-te a impressão lúgubre que me causaram as palavras do meu companheiro? Não está boa! Que acontecia na distância? Que fazias tu? Que desventura se preparava naquela noite? Depois, lá para a madrugada, as aves noturnas cantaram. Em outras ocasiões não me importava, mas, desta vez, todos os gritos me penetravam no coração com um sofrimento insuportável…

Tu desesperas sem razão. Ontem passei grande parte do dia em volta de um tratado de doenças nervosas, para conhecer o teu mal. Com certeza hás de curar-te. Creio mesmo que não terás mais nenhuma crise e que a tua convalescença prosseguirá sem interrupção até à cura completa. Levanta-te! *Sentiste,* esta noite, continuamente, os meus pensamentos? Estava uma noite melancólica, um pouco velada, cheia de cantos religiosos. Na estrada principal, entre as sebes e as árvores, passavam os peregrinos entoando em coro uma cantilena longa e monótona…

Durante a convalescença, as cartas tornavam-se meigas e ternas.

Mando-te uma flor colhida no areal. É uma espécie de lírio bravo, maravilhoso quando está vivo e com um aroma tão intenso que lhe encontro frequentemente no cálice um inseto tonto de embriaguez. Toda a praia está coberta destes lírios apaixonados que, sob o sol tórrido, nas areias em brasa, desabrocham num minuto e duram apenas algumas horas. Vê como essa flor é encantadora, mesmo quando está morta! Vê como é delicada, fina e feminina.

Mais outra:

Hoje, ao levantar-me, vi o meu corpo queimado do sol. Caía-me a epiderme de todo o tronco, mas principalmente dos ombros, no sítio onde poisavas a cabeça. Pouco a pouco, tirei com os dedos os pedacinhos de pele, pensando que talvez naqueles farrapos agora mortos houvesse ainda a marca da tua face e da tua boca. Perdi o primeiro revestimento, como a serpente. Quanta volúpia conteve aquele revestimento!

Mais outra:

Escrevo-te ainda de cama. A febre passou, deixando-me uma nevralgia agudíssima sobre o olho esquerdo. Sinto-me ainda muito fraco porque há três dias que não tomo alimento. Penso tantas e tantas coisas, metido na cama, com a cabeça doente! Às vezes, de repente, sem razão, sinto morder-me a dúvida; e tenho de fazer grandes esforços para enxotar os maus pensamentos. Ainda ontem pensei em ti, todo o dia. A minha irmã mais velha, Cristina, estava ao pé de mim e enxuga-va-me a testa com uma infinita doçura. Eu fechei os olhos e imaginei que aquela mão fosse a tua. E senti um inefável alívio e murmurava o teu nome no meu coração. Olhava para a minha irmã com um sorriso de agradecimento, e aquela momentânea transposição imaginária da sua e da tua carícia parecia-me bastante pura, e casta, e espiritual. Não sei descrever-te com palavras a delicadeza, o requinte, a estrema espiritualidade daquele sentimento. *Mas tu compreendes.* Ave.

Mais outra:

Continuo triste, sempre. Tenho os sentidos tão apurados que oiço cair uma a uma as pétalas de algumas rosas – as últimas – que a minha irmã me deu. Caem – *suaves como pensamentos da tua cabeça.*

E pela janela aberta chegam-me os risos das mulheres e os gritos dos gaiatos que se banham no mar.

Até ao primeiro de novembro as cartas seguiam-se sem interrupção; mas, pouco a pouco, tornavam-se amargas, perturbadas, cheias de suspeitas, de dúvidas, de censuras.

Como foste para longe de mim? O que me tortura é uma coisa diferente do desgosto da separação material. Parece-me que também a tua alma se afasta e me abandona... O teu perfume faz a felicidade de outros. Ver-te e falar-te não é ter alguma coisa de ti? Escreve! Diz que me pertences toda, em todos os atos e em todos os pensamentos, e que me desejas, e que me lastimas, e que, separada de mim, não encontras beleza em nenhum momento da vida.

Penso, penso, e o meu pensamento aguilhoa-me; e o aguilhão deste pensamento causa-me um sofrimento abominável. Às vezes dá-me um desejo frenético de arrancar da cabeça dolorida esta coisa impalpável que, no entanto, é mais forte e mais inflexível que um espinho. Respirar é, para mim, uma insuportável fadiga, e o pular das artérias excita-me como um ressoar de martelo que eu esteja condenado a ouvir... Isto é amor? Não. É uma espécie de doença monstruosa que *só* pode florir em mim para minha alegria e meu martírio. Sabe-me bem convencer-me de que nenhuma outra criatura humana sentiu jamais este sentimento.

Mais além:

Nunca, nunca eu terei a completa paz e a completa confiança. Só poderia ser feliz com uma condição: se eu absorvesse tudo, todo o teu ser, se eu já só fizesse contigo um ser único, se vivesse com a tua vida e pensasse com os teus pensamentos. Ou, pelo menos, desejaria que os teus sentidos estivessem fechados a todas as sensações que não partissem de mim... Sou um pobre doente. Os meus dias não são mais que uma interminável agonia. Raras vezes desejei tanto como agora que isto acabe. O sol vai desaparecer e a noite que desce sobre a minha alma envolve-me em mil horrores. A sombra sai de todos os cantos do meu quarto e avança para mim como uma pessoa viva a quem eu ouvisse os passos e a respiração, a quem eu visse quase uma atitude hostil...

Para esperar o regresso de Ippolita, Giorgio voltara a Roma nos primeiros dias de novembro; e as cartas datadas dessa época aludiam a um episódio muito doloroso e muito obscuro:

> Dizes que *tens tido muito trabalho para me ser fiel.* Que queres dizer com isso? Que *terríveis peripécias* te transtornaram? Meu Deus, como mudaste! Sofro inexprimivelmente com isso, e o meu orgulho irrita-se contra o meu sofrimento. Tenho uma ruga entre as sobrancelhas, profunda como o sulco de uma ferida, onde se amassa a minha reprimida cólera e se acumula o azedume das minhas dúvidas, das minhas desconfianças, dos meus desgostos.
>
> Cuido que nem os teus beijos bastariam para ma tirar. As tuas cartas cheias de desejos perturbam-me; mas não to agradeço. Há dois ou três dias que tenho qualquer coisa contra ti no coração. Não sei o que é. Será um pressentimento? Será uma adivinhação?

Ao ler aquilo, Giorgio sofria como se lhe reabrissem uma ferida. Ippolita quereria impedi-lo de continuar. Lembrava-se daquela noite em que o marido aparecera sem ser esperado na casa de Caronno, com uma calma fria e tranquila mas com um olhar de louco declarando que vinha buscá-la para a levar com ele. Recordava-lhe o momento em que haviam ficado sós em frente um do outro, num quarto afastado onde o vento agitava as cortinas da janela, onde a luz tinha bruscas oscilações, onde crescia, vindo de fora, o murmúrio das árvores; ela lembrava-se da luta feroz e silenciosa mantida então contra aquele homem que a abraçara num súbito movimento – que horror! – para a dominar à força.

– Basta! Basta, Giorgio! – disse ela, puxando para si a cabeça do amado. – Não leias mais.

Mas ele quis continuar.

> Ainda não compreendo. Não consigo perceber a reaparição deste homem, e não posso evitar um arrebatamento de cólera que também se entende contigo. Mas, para não te amargurar, não te digo o que penso a tal respeito. São ideias amargas e muito obscuras. Sinto que a minha ternura está envenenada por algum tempo. Mais valia, suponho eu, que nunca mais me tornasses a ver! Se queres evitar a ti própria uma dor inútil, não voltes agora. Agora não estou bom. A minha alma adora-te, mas o meu raciocínio morde-te e conspurca-te. É um contraste que permanentemente recomeça e nunca mais findará.

Na carta do dia seguinte:

> Uma dor, uma dor atroz, intolerável, nunca sentida… Ó Ippolita, volta, volta! Quero ver-te, falar-te, afagar-te. Amo-te mais que nunca… Contudo, poupa-me à visão dos teus tormentos. Sou incapaz de pensar nisso sem terror e sem cólera. Parece-me que, se visse as marcas daquelas mãos na tua carne, se me partiria o coração… É horrível! É horrível!

– Basta, Giorgio! Não leias mais! – suplicou outra vez Ippolita, pegando na cabeça do amado e beijando-o nos olhos. – Giorgio, peço-te!

Conseguiu afastá-lo da mesa. Ele sorria com aquele indefinível sorriso que têm às vezes certos doentes quando cedem à insistência dos outros, sabendo perfeitamente que o remédio é tardio e inútil.

7

Na tarde de Sexta-Feira Santa voltaram para Roma. Antes da partida, às cinco horas, tomaram chá. Estavam taciturnos. Apareceu-lhes como extraordinariamente bela e desejável a vida simples que tinham vivido naquele hotel, no momento em que ela ia acabar. A intimidade daquele modesto alojamento pareceu-lhes mais doce e mais profunda. Os lugares por onde passearam as suas melancolias e ternuras iluminaram-se-lhes com uma luz ideal. Era ainda um pedaço do seu amor e do seu ser que caía aniquilado no abismo do tempo.

Giorgio disse:

– Isto também já faz parte do passado.

– Agora, como há de ser? – respondeu Ippolita. – Cuido que nunca mais poderei dormir senão sobre o teu coração.

Fitaram-se nos olhos, comunicando a sua ternura, sentindo que a maré cheia lhes apertava a goela. Calaram-se, ouvindo o murmúrio regular e monótono que faziam na rua os calceteiros a bater a calçada.

Mas aquele ruído fastidioso aumentou-lhes a tristeza.

Giorgio levantou-se e disse:

– É insuportável!

As pancadas cadenciadas avivavam nele o sentimento de que o tempo fugia, que tinha já fugido tão depressa. E inspirava-lhe essa espécie de terror ansioso que já sentira tantas vezes ao ouvir as oscilações do pêndulo. Todavia, nos dias precedentes, aquele mesmo ruído não o havia penetrado de uma vaga de bem-estar? Pensou: *Dentro de duas ou três horas separar-nos-emos. Eu retomarei a minha vida habitual, que é apenas uma série de pequenas misérias. Retomar-me-á inevitavelmente o meu mal do costume. Aliás, sei bem as perturbações que a primavera me traz. Sofrerei constantemente. E pressinto já que um dos meus mais impiedosos carrascos será a ideia que Exili me meteu na cabeça. Se Ippolita me quisesse curar, seria capaz? Talvez, pelo menos em parte. Porque não havia ela de ir comigo para um lugar solitário, não por uma semana, mas por muito tempo? Ela é adorável na intimidade, cheia de pequeninos cuidados e pequeninas graças. Mais de uma vez ela me pareceu uma irmã amante,* gravis de um suavis, *a criação do meu sonho. Talvez com a sua presença assídua ela conseguisse curar-me ou, pelo menos, tornar-me a vida mais leve.*

Parou diante de Ippolita, agarrou-lhe nas mãos e perguntou, com voz comovida e insinuante:

– Diz-me uma coisa: foste feliz durante estes dias?

– Feliz como nunca!

Giorgio, sentindo naquela resposta uma profunda sinceridade, apertou-lhe com força as mãos e continuou:

– Eras capaz de recomeçar a tua vida ordinária?

– Não sei – respondeu: – não olho para a frente. Bem sabes que tudo acabou.

Ela baixou os olhos. Giorgio abraçou-a apaixonadamente.

– Amas-me, não amas? Eu sou a única razão da tua existência; tu não vês senão a mim no teu futuro…

– Sim, bem o sabes – retorquiu Ippolita, com um sorriso imprevisto que lhe ergueu as suas longas pestanas.

Ele acrescentou ainda, em voz baixa, com o rosto curvado até ao seio:

– Tu conheces a minha doença.

Parecia que ela adivinhara o pensamento do amante. Como em confidência, com uma voz murmurante que parecia apertar o círculo em que respiravam e palpitavam ambos, perguntou:

– Que posso eu fazer para te curar?

Calaram-se, abraçados. Mas, no silêncio, as suas almas examinavam e decidiam a mesma coisa:

– Vem comigo! – interrompeu Giorgio. – Vamos para uma região desconhecida, ficar lá toda a primavera, o verão inteiro, enquanto pudermos... E tu curar-me-ás.

– Aqui me tens. Sou tua – respondeu ela, sem hesitar.

Desprenderam-se um do outro, consolados. Chegara o momento da partida. Fecharam a última maleta. Ippolita juntou todas as suas flores, já murchas nos vasos. As violetas da vila Cesarini, os cíclames, as anémonas e os pervincas do parque Chigi, as rosas simples de Castel-Gandolfo, um ramo de amendoeira colhido nas cercanias dos Banhos de Diana, ao voltar do Emissário. Aquelas flores podiam contar todos os seus idílios. Oh! A corrida louca pelo parque, por uma encosta íngreme, sobre as folhas secas onde os pés se enterravam até aos tornozelos. Ela gritava e ria, picada nas pernas, através das meias finas, pelas urtigas verdes, e então, diante dela, Giorgio abatia à bengalada as hastes espinhosas que em seguida Ippolita pisava sem se picar. Muito verdes, inúmeras urtigas ornavam os Banhos de Diana, o antro misterioso onde os ecos propícios transformavam em música as lentas estilações. E, do fundo da sombra húmida, olhava para o campo todo coberto de amendoeiras e pessegueiros argênteos e cor--de-rosa, infinitamente suaves na palidez glauca das águas lacustres. Tantas flores, tantas recordações!

– Vês? – disse ela, mostrando um bilhete a Giorgio; – é o bilhete de Segni-Paliano. Guardo-o.

Pancrazio bateu à porta. Trazia a conta liquidada a Giorgio. Enternecido com a generosidade do senhor, confundiu-se em agradecimentos e em votos. Por fim, tirou da algibeira dois cartões de visita e ofereceu-os «para recordar o seu pobre nome» ao Senhor e à Senhora, pedindo desculpa da ousadia.

Apenas ele saiu, os falsos *recém-casados* puseram-se a rir. Os cartões diziam, em caracteres pomposos: Pancrazio Petrella.

– Guardemo-los também para recordação – disse Ippolita.

Pancrazio bateu outra vez à porta. Trazia um presente à Senhora: quatro ou cinco laranjas magníficas.

Brilhavam-lhe os olhos nas faces rubicundas. Avisou-os:

– É tempo de partir.

Ao descerem a escada, os dois amantes sentiram cair de novo sobre eles a tristeza, uma espécie de temor, como se, ao abandonar aquele asilo de paz, tivessem de afrontar um perigo obscuro. O velho hoteleiro despediu-se à porta, dizendo com pena:

– Tinha tão boas calhandras para esta tarde!

Giorgio respondeu com uma contração nos lábios:

– Nós voltaremos em breve!

Enquanto seguiam para a estação, o sol caía no mar, no extremo horizonte do campo latino avermelhado pelos nevoeiros. Na Cecchina, chuviscava. Quando se separavam, Roma, naquela noite de Sexta-Feira Santa, pareceu-lhes uma cidade onde só se podia morrer.

II

A CASA PATERNA

1

Nos fins de abril, Ippolita partiu para Milão, chamada por sua irmã cuja sogra acabava de morrer. Giorgio devia também partir à procura da terra desconhecida. E pelos meados de maio tornar-se-iam a encontrar.

Mas, justamente nessa época, Giorgio recebeu uma carta de sua mãe, cheia de coisas tristes, quase desesperadas. E agora não podia retardar mais o seu regresso à casa paterna.

Quando compreendeu que, sem mais demora, o seu dever o mandava seguir para o lugar onde estava a verdadeira dor, invadiu-o uma angústia, e o primeiro movimento de amor filial foi pouco a pouco vencido por uma irritação crescente cuja aspereza aumentava à medida que surgiam na sua consciência, mais nítidas e numerosas, as imagens do conflito próximo. E essa irritação tornou-se em pouco tempo tão acerba que o dominou completamente, insistente, misturada com os aborrecimentos materiais da partida e pela tristeza das despedidas.

A separação foi mais cruel que nunca. Giorgio atravessava um período de sensibilidade hiperaguda. A excitação de todos os seus nervos mantinha-o num contínuo estado de inquietação. Parecia descrer da felicidade prometida, da paz futura. Quando Ippolita lhe disse adeus, ele perguntou:

– Tornar-nos-emos a ver?

No momento de sair pela porta, deu-lhe o último beijo na boca e notou que ela desceu um véu negro sobre esse beijo. Esse pequeno facto insignificante causou-lhe uma profunda tristeza, tomando na sua imaginação a importância de um sinistro presságio.

Ao chegar a Guardiagrele, a cidade natal, à casa paterna, estava tão extenuado que, quando abraçou a mãe, chorava como uma criança. Mas nem esse abraço nem essas lágrimas o reconfortaram. Parecia-lhe que era um estranho no seu próprio lar, que estava no meio de uma família estranha. Esta singular sensação de isolamento, junto dos seus, já experimentada noutras circunstâncias, ressurgia agora, mais viva e mais impertinente. Mil pequenas particularidades da vida familiar irritavam-no e feriam-no. Durante o almoço, durante o jantar, certos silêncios em que só se ouvia o ruído dos garfos produziam-lhe um mal-estar insuportável. Certas delicadezas a que estava habituado recebiam a cada passo um choque brusco, doloroso. Aquele ar de discórdia, de hostilidade, de guerra aberta, que pesava na sua casa, tolhia-lhe a respiração.

Logo na própria noite da chegada, a mãe chamara-o de parte para lhe contar todos os seus desgostos, todas as suas aflições, todos os seus cuidados, para lhe contar os desmandos e todos os excessos do marido. Com uma voz trémula de cólera, encarando-o com os olhos cheios de lágrimas, dissera-lhe:

– O teu pai é um infame!

Tinha as pálpebras inchadas e vermelhas de chorar longamente, as faces cavadas, e em toda a sua pessoa havia os sinais de amargura há muito tempo sofrida.

– É um infame! É um infame!

Ao subir para o quarto, Giorgio tinha ainda nos ouvidos o som dessa voz; revia a atitude da mãe, continuava a ouvir, uma por uma, as ignominiosas acusações contra o homem cujo sangue lhe corria nas veias. E estava tão pesaroso que temia não poder suportar mais. Mas, subitamente, uma aspiração furiosa arrebatou-o para a amante ausente; e sentiu que não agradecia à mãe o ter-lhe revelado tanta miséria, sentiu que teria sido melhor ignorar, ocupar-se apenas do seu amor, não ter de sofrer com mais nada senão com o seu amor.

Entrou no quarto e fechou-se. A Lua de maio resplandecia nos vidros das varandas. Precisando de respirar o ar da noite, abriu as janelas, encostou-se à balaustrada, bebeu a longos sorvos a frescura noturna. Em baixo, no vale, reinava uma paz infinita; e a Majella, ainda toda cândida de neve, parecia ampliar o azul com a simplicidade solene das suas linhas. Guardiagrele dormia, como um rebanho de ovelhas, em volta de Santa Maria Maior. Só uma janela, numa casa vizinha, estava iluminada com um clarão amarelo.

Esqueceu a sua ferida recente. Perante a beleza da noite, apenas teve um pensamento: «Mais uma noite *perdida* para a felicidade!...»

Pôs-se à escuta. Através do silêncio, distinguiu o patear de um cavalo no estábulo vizinho, depois um apagado tilintar de esquilas. Olhou para a janela iluminada, e viu no retângulo de luz passarem sombras ondeantes, como de pessoas que se agitassem no interior. Continuou a escutar. Pareceu-lhe ouvir bater levemente à porta. Na dúvida, foi abrir. Era a tia Gioconda.

– Esqueceste-te de mim? – perguntou ela, abraçando-o.

Efetivamente, não a tendo visto à chegada, não pensava nela. Desculpou-se, levou-a pela mão e fê-la sentar-se, falando-lhe com modo afetuoso.

Era a irmã mais velha do pai, tinha quase sessenta anos. Coxeava em consequência de uma queda, e era um tanto gorda, de uma gordura doentia, flácida, exangue.

Toda dedicada às práticas religiosas, vivia à parte num quarto remoto, no último andar da casa, quase separada da família, esquecida, pouco amada, considerada como uma pobre de espírito. O seu mundo eram as imagens bentas, as relíquias, os emblemas, os símbolos; não fazia senão seguir os exercícios religiosos, entorpecer-se na monotonia das orações, sofrer as cruéis torturas que lhe causava a sua lambarice. Tinha a paixão gulosa dos doces e aborrecia-lhe qualquer outro alimento. Mas muitas vezes faltavam-lhe os doces, e Giorgio era o seu predileto, porque, de cada vez que ali voltava, trazia-lhe uma caixa de confeitos e outra de *rossolli*.

– De forma que – dizia ela, balbuciando entre gengivas quase desdentadas de forma que... voltaste... Eh! eh!... Voltaste...

Olhava para ele com uma espécie de timidez, sem achar mais nada para dizer; mas refletia no olhar uma manifesta expectativa. E Giorgio sentia apertar-se-lhe o coração de angustiosa piedade. *Esta mísera criatura, caída nas mais baixas degradações humanas, está ligada a mim por laços de sangue, eu sou da mesma raça que ela*, pensava.

Uma visível inquietação tomava a tia Gioconda; os olhos tinham-se-lhe tornado quase impúdicos. Repetiu:

– De forma que...

– Oh! Desculpa, tia Gioconda – disse Giorgio, por fim, com um penoso esforço. – Desta vez esqueci-me de te trazer os doces.

A velha mudou de parecer, como se ficasse prestes a sentir-se mal. Amorteceram-se-lhe os olhos e balbuciou:

– Não faz diferença...

– Mas amanhã mando-os vir – continuou Giorgio para a consolar, com o coração oprimido. – Vou escrever...

A velha reanimava-se. Disse, muito depressa:

– Nas Ursulinas, sabes?... Há-os...

Seguiu-se um silêncio durante o qual ela teve, sem dúvida, o antegosto das delícias do dia seguinte, porque a sua boca desdentada fez um pequeno gorgolejo, como quando cresce água na boca.

– Meu pobre Giorgio!... Ah! Se eu não tivesse o meu Giorgio!... Vês? O que acontece nesta casa é um castigo do céu... Mas vai, vai ver os vasos da varanda. Sou eu, só eu é que os rego; e penso sempre em ti! Dantes tinha o Demétrio, mas agora só te tenho a ti.

O TRIUNFO DA MORTE

Levantou-se, levou o sobrinho pela mão a uma das varandas; mostrou-lhe os vasos floridos, colheu uma folha de bergamota e deu--lha, baixando-se depois para apalpar a terra, a ver se estaria seca.

– Espera – disse ela.

– Onde vais, tia Gioconda?

– Espera!

Afastou-se, coxeando, saiu do quarto e voltou após um momento trazendo um regador cheio de água com que mal se atrevia.

– Mas, tia, para que fazes isso? Para que tens esse trabalho?

– Os vasos precisam de ser regados. Se eu não pensasse nisso, quem é que havia de se lembrar?

Regou os vasos. Tinha a respiração ofegante, e o arfar rouco daquele peito senil fazia mal ao rapaz.

– Basta, basta! – disse ele, tirando-lhe o regador das mãos.

Ficaram à varanda, enquanto a água dos vasos escorria para a rua com um leve gotejar.

– Que janela é aquela iluminada? – perguntou Giorgio para quebrar o silêncio.

– Oh! – respondeu a velha. – É o Dom Defendente Scioli que está para morrer.

E ambos repararam na agitação das sombras no retângulo de luz amarela. Com o ar frio da noite, a velha começou a tremer.

– Vamos, vai-te deitar, tia Gioconda.

Quis acompanhá-la até ao quarto, no andar de cima. Ao atravessar um corredor, encontraram qualquer coisa que se arrastava pesadamente pelo mosaico. Era um cágado. A velha parou para dizer:

– Tem a mesma idade que tu, vinte e cinco anos, e ficou coxo como eu, porque o teu pai o pisou…

Ele lembrou-se da rola depenada da tia Giovanna, de certas horas passadas em Albano.

Chegaram à entrada do quarto. Um cheiro nauseabundo de doença e imundície saía do interior. À débil luz de uma lamparina

distinguiam-se as paredes cobertas de santas e crucifixos, um para-
-vento despedaçado, uma poltrona que mostrava a estopa e as molas.

– Queres entrar?

– Não, obrigado, tia Gioconda. Deita-te.

Ela entrou depressa, depressa, depois voltou à porta com um
cartuchinho que abriu diante de Giorgio, e deitou um pouco de açúcar na palma da mão.

– Vês? É quanto tenho.

– Amanhã, amanhã, tia… Vamos, deita-te. Santa noite!

E foi-se embora à força, com o estômago revoltado e o coração
desfeito, voltando para a varanda.

A lua cheia pendia ao meio do céu. A Majella, inerte e glacial,
parecia um desses promontórios selénicos que o telescópio aproxima
da terra. Guardiagrele dormia no sopé da montanha. As bergamotas
embalsamavam o ar.

Ippolita, Ippolita! Naquela hora de suprema angústia, toda a
sua alma subia para a amada a pedir-lhe socorro.

De repente, da janela alumiada saiu, cortando o silêncio, um grito
de mulher. Seguiram-se outros gritos; depois foi um soluçar contínuo que subia e descia com um canto cadenciado. A agonia acabara;
na noite homicida e serena dissolvia-se uma alma.

2

— É preciso – dizia a mãe, é preciso que me ajudes; tens de lhe falar. Tens de lhe fazer ouvir a tua voz. Tu és o mais velho. Sim, Giorgio, é preciso isso.

E continuava a enumerar os erros do marido, a revelar ao filho as vergonhas do pai. Esse pai tinha por amante uma antiga criada da família, uma mulher perdida, ambiciosíssima. Era com ela e com os filhos ilegítimos que ele gastava toda a fortuna, sem respeito por nada, desleixando os negócios, desprezando as propriedades, vendendo as colheitas a preços ínfimos, ao primeiro que aparecia, só para fazer dinheiro; e ia tão longe, tão longe, que às vezes, por culpa dele, a casa tinha falta do necessário. E recusava-se a dar um dote à filha mais nova que estava noiva há tanto tempo; e, quando lhe faziam uma observação, só respondia com berros, injúrias e, às vezes, até com as violências mais ignóbeis.

— Tu estás longe de nós e não sabes em que inferno vivemos. Não podes sequer imaginar a menor parte dos nossos sofrimentos... Mas és o mais velho tens de lhe falar. Sim, Giorgio, assim é preciso.

Giorgio calava-se, de olhos baixos, e, para reprimir a exasperação de todos os seus nervos em presença dessa dor que se lhe revelava de modo tão brutal, precisava de um esforço prodigioso. Pois quê! Estava ali a sua mãe? Aquela boca convulsa, cheia de azedume, que se contraía tão asperamente quando pronunciava as palavras cruéis, era a boca da mãe? A dor e a cólera tinham-na mudado a tal ponto? Ergueu os olhos para a ver, para reencontrar na fisionomia materna os vestígios da antiga meiguice. Como conhecera a ternura daquela mãe, outrora! Que bela e amável criatura tinha sido! E como ele a amara na sua infância, na adolescência! Então, era a D. Silveria alta e esbelta, muito pálida e delicada, de cabelo quase louro e olhos negros que imprimiam em toda a sua pessoa a marca de boa estirpe, pois descendia dessa família Spina que, com a família Aurispa, tem o seu brasão esculpido no pórtico de Santa Maria Maior. Que meiga criatura ela era, dantes! Porque mudara tanto? O filho sofria com todos os gestos um tanto bruscos que a mãe fazia, com todas as palavras que ela pronunciava com azedume, com todas as alterações que a fúria do rancor lhe produzia no rosto. E sofria também por ver o pai coberto de tanta ignomínia, por ver um tão terrível abismo cavado entre os dois seres a quem devia a existência. Que existência!

– Ouves, Giorgio? É necessário que te enchas de energia. Quando é que lhe vais falar? Resolve – insistia a mãe.

Ele ouvia, e sentia-se, no fundo, sacudido por um abalo de horror. E respondia intimamente: *Ó mamã, pede-me tudo, pede-me o mais atroz dos sacrifícios, mas poupa-me a esta tentativa, não me obrigues a ter coragem para isso! Eu sou um covarde!* À ideia de ter de encarar o pai, de ter de desempenhar um ato de vigor e coragem, subia-lhe do fundo do seu ser uma invencível repugnância. Antes queria que lhe cortassem uma das mãos.

– Está bem, mãezinha. Falar-lhe-ei. Procurarei uma ocasião favorável – respondeu em surdina.

Abraçou-a e beijou-a nas faces, como a pedir-lhe tacitamente perdão daquela mentira, pois afirmava a si próprio *que não encontraria ocasião favorável e não lhe falaria.*

Ficaram no vão da janela. A mãe abriu os batentes, dizendo:

– Vão levar o corpo de Dom Defendente Scioli. Debruçaram-se à varanda, ao lado um do outro.

– Que dia! – acrescentou ela, olhando para o céu.

Guardiagrele, a cidade de pedra, resplandecia na serenidade de maio. Um vento fresco agitava as ervas das gárgulas. Em todas as fendas, desde a base até o cimo, Santa Maria Maior estava enfeitada de pequenas plantas delicadas, floridas com inumeráveis flores violetas, de modo que a antiquíssima catedral erguia-se para o céu azul sob um duplo monte de flores de mármore e flores vivas.

Nunca mais verei Ippolita. Tenho um funesto pressentimento. Bem sei que dentro de cinco ou seis dias irei procurar o eremitério dos nossos sonhos: mas, ao mesmo tempo, sei que farei uma coisa inútil que não resolve nada, que chocarei com um obstáculo desconhecido. Como é estranho e indefinível o que sinto! Não sou eu que sei; mas em mim alguém sabe que tudo vai acabar, pensava Giorgio.

Ela já não me escreve. Desde que estou aqui, só recebi dois telegramas dela, muito breves; um de Pallanza, outro de Bellagio. Nunca me senti tão longe de Ippolita. Talvez neste momento outro homem lhe agrade. Será possível que, de repente, o amor caia do coração de uma mulher? E por que não? Ela tem o coração cansado: em Albano, acalentado pelas lembranças de um passado feliz, dava-me talvez as últimas palpitações. Enganei-me. Mas certos factos, para aquele que sabe considerá-los sob a sua forma ideal, tem no fundo deles próprios um significado oculto, preciso e independente das aparências. Pois bem: todos os pequenos factos de que se compôs a nossa vida em Albano tomam, quando os examino em pensamento, um significado indubitável, um carácter evidente: são finais. Na tarde de Sexta-Feira Santa, ao chegar à estação de Roma, quando nos separámos e o carro a arrebatou na neblina, não me pareceu que acabava de perdê-la para sempre e sem remissão? Não tive eu o sentimento profundo de tudo ter acabado? E no seu cérebro reproduziu-se o gesto com que Ippolita baixou o véu negro sobre o último beijo. E o sol, o azul, as flores, a alegria de todas as coisas, apenas lhe sugeriram isto: *Sem ela, é-me impossível viver.*

Nesse momento, a mãe debruçou-se na balaustrada e disse, olhando para o pórtico da catedral:

– Estão a sair.

A irmandade saía do portal com as insígnias. Quatro homens de cogula traziam o caixão aos ombros. Duas longas filas de homens de cogula seguiam atrás com tochas acesas, e só se lhes viam os olhos pelos dois buracos do capuz. De tempos a tempos, o vento fazia oscilar as chamazinhas quase invisíveis, apagando algumas. Os círios quase se consumiam, pingando lágrimas. Cada homem de cogula levava ao seu lado um rapazinho descalço que aparava a cera derretida no côncavo das mãos.

Quando todo o cortejo se espalhou pela rua, músicos de fardas vermelhas, com penachos brancos, entoaram uma marcha fúnebre. Os gatos-pingados regulavam a marcha pelo ritmo da música. Os instrumentos de latão cintilaram ao sol.

Que tristeza e que ridículo nas honras que se prestam à morte!, pensava Giorgio. Viu-se a si próprio no caixão, encerrado entre as tábuas, levado por aquela mascarada de gente, escoltado por esses brandões, e aquele horrível rumor de trombetas; e esse pensamento encheu-o de desgosto. Depois, a sua atenção voltou-se para os garotos esfarrapados que porfiavam em recolher os pingos de cera, penosamente, com o corpo curvado, num passo desigual e com os olhos voltados para a chama trémula.

– Pobre Dom Defendente! – murmurou a mãe, olhando para o cortejo que se afastava.

E logo, como se tivesse falado consigo e não com o filho, continuou com ar fatigado:

– Pobre porquê? Lá descansa em paz; nós é que ficamos a penar.

O filho olhou para ela, e os seus olhos encontraram-se. Ela sorriu, mas com um vago sorriso, que não chegou a modificar-lhe um único traço fisionómico: foi como um véu muito leve, que mal se visse e tivesse passado sobre o seu rosto sempre marcado pela tristeza. Mas a impercetível claridade daquele sorriso deu a Giorgio a súbita ideia de uma grande revelação: e viu, então, no rosto materno, pela primeira vez, distintamente a obra irremediável da dor.

Perante a terrível revelação que lhe vinha desse sorriso, uma impetuosa vaga de ternura dilatou-lhe o peito. A mãe, a sua própria mãe, não podia sofrer senão daquela maneira! Doravante, havia estigmas indeléveis do sofrimento no querido rosto que tantas vezes e com tanta bondade vira curvar-se para ele na doença e no desgosto. A mãe, a sua mãe, consumia-se a pouco e pouco, gastava-se de dia para dia, inclinava-se lentamente para a inevitável sepultura! E ele próprio, há pouco, enquanto a mãe suspirava a sua mágoa, o que o fizera sofrer fora, não a dor materna, mas a ferida aberta no seu egoísmo, o choque provocado nos seus nervos doentes pela crua expressão dessa dor!

– Ó mãezinha! – balbuciou ele, sufocado pelas lágrimas, pegando-lhe nas mãos e puxando-a para dentro.

– Tu que tens, Giorgio? Que tens, meu filho? – perguntou a mãe, aterrada, ao ver-lhe o rosto todo banhado em pranto. – Que tens? Diz-me.

Oh! Ele reconhecia aquela voz, essa voz querida, essa voz única, inesquecível, que penetrava até o fundo da alma: essa voz de consolação, de perdão, de bom conselho, de infinita bondade, que ele ouvira nos dias mais sombrios; reconhecia-a, reconhecia-a! Reconhecia finalmente a terna criatura de outrora, a adorada!

– Ó mãezinha, mãezinha!…

E apertava-a nos braços, soluçando, molhando-a de lágrimas ardentes, beijando-lhe as faces, os olhos, a testa, com perdido transporte.

– Minha pobre mãezinha!

Fê-la sentar-se, ajoelhou-se diante dela, olhou para ela. Contemplou-a longamente, como se tornasse a vê-la pela primeira vez depois de uma grande separação. E a mãe, com a boca contraída, com um soluço mal contido que lhe apertava a goela, perguntou:

– Fiz-te muito mal?

Enxugava as lágrimas do filho, afagava-lhe os cabelos. E dizia, com uma voz entrecortada por soluços:

– Não, Giorgio, não! Não quero que sofras, não quero que te aflijas. Deus levou-te para longe desta casa. A ralação não é contigo. Toda a vida, desde que nasceste, toda a minha vida, sempre, sempre, foi poupar-te um desgosto, uma dor, um sacrifício! Porque não tive eu, desta vez, coragem para me calar? Devia ter-me calado, devia não te ter dito nada. Perdoa-me, Giorgio. Não sabia que te fazia tanto mal. Não chores mais. Giorgio, peço-te que não chores. Não posso ver-te chorar. – Estava a ponto de rebentar, vencida pela angústia.

– Vês? – disse ele. – Já não choro.

Pousou a cabeça nos joelhos da mãe e acalmou-se sob a carícia dos dedos maternos. De tempos a tempos, sacudia-o ainda um soluço. Repassavam-lhe na mente, sob a forma de sentimentos vagos, longínquas aflições da sua adolescência. Ouvia o chilreio das andorinhas, o chiar da roda de um amolador, vozes a gritar na rua: ruídos conhecidos, ouvidos numa tarde já muito distante, ruídos que lhe faziam desfalecer o coração. Depois da crise, a sua alma encontrava-se numa espécie de flutuação indefinível. Mas a imagem de Ippolita reapareceu, e deu-se nele um novo alvoroço tão tumultuoso, que soltou um suspiro nos joelhos da mãe.

Ela curvou-se, murmurando:

– O que tu suspiras!

Giorgio sorriu, sem abrir as pálpebras; mas invadia-o uma imensa prostração, um cansaço desolado, uma desesperada necessidade de se furtar àquela luta sem tréguas.

A vontade de viver fugia dele a pouco e pouco, como o calor abandona um cadáver. Já nada subsistia da emoção recente; a mãe voltava a ser-lhe estranha. Que podia fazer por ela? Salvá-la?

Restituir-lhe a paz? Restituir-lhe a saúde e a alegria? Mas o desastre não era irreparável? A existência dela não estava, daí em diante, envenenada para sempre? A mãe já não podia ser para ele um refúgio como no tempo da sua infância, nos anos distantes. Ela não podia, nem compreendê-lo, nem consolá-lo, nem sará-lo. As suas almas, as suas vidas, eram demasiado diferentes. Só podia oferecer-lhe o espetáculo da sua própria tortura!

Levantou-se, beijou-a, saiu de ao pé dela, subiu para o seu quarto e encostou-se à varanda. Viu a Majella toda cor-de-rosa no crepúsculo, enorme e delicada, sob um céu esverdeado. O chilro ensurdecedor das andorinhas que voltejavam irritou-o. Foi-se estender na cama.

Deitado de costas, refletia: Muito bem... eu vivo, respiro. Mas qual é a substância da minha vida? A que forças está subordinada? Que leis a regem? Eu não me pertenço, escapo-me a mim próprio. A sensação que tenho do meu ser parece-se com a que poderia ter um homem que, condenado a segurar-se de pé sobre uma superfície constantemente oscilante e desequilibrada, sentisse faltar-lhe sempre o apoio, em qualquer sítio onde pusesse os pés. Estou numa perpétua ansiedade e nem esta própria angústia é bem definida. Não sei se é a ansiedade do fugitivo que sente alguém a persegui-lo, ou a do perseguidor que nunca chega a apanhá-lo. Talvez seja uma e outra coisa, juntas.

As andorinhas chilreavam, passando e repassando em bandos, como flechas negras, no pálido retângulo desenhado pela varanda.

Que é que me falta? Qual é a lacuna do meu ser moral? Qual é a causa da minha impotência? Tenho o mais ardente desejo de viver, de dar a todas as minhas faculdades um desenvolvimento rítmico, de me sentir completo e harmonioso. E, pelo contrário, destruo-me secretamente todos os dias; hora a hora, a vida escapa-se-me por invisíveis e inumeráveis fendas. Sou como uma bexiga meio vazia que se deforma de mil maneiras a cada agitação do líquido que contém. As minhas forças todas não me servem senão para arrastar com imensa fadiga algum grãozinho de pó a que a minha imaginação atribui o peso de um rochedo gigantesco. Um conflito eterno confunde e esteriliza todos os meus pensamentos. Que é que me falta? Quem possuirá essa parte do meu ser que foge à minha consciência e que, no entanto, sinto bem ser-me indispensável para continuar vivendo? Porventura, aquela parte do meu ser não estará já morta, de modo que só a morte me poderá unir a ela? Sim, é isso. É efetivamente a morte que me atrai.

Os sinos de Santa Maria Maior tangeram as trindades. Ele voltou a ver o cortejo fúnebre, o caixão, os homens de cogula e as crianças esfarrapadas que aparavam os pingos de cera, a custo, com o corpo curvado, a passo desigual, e com os olhos voltados para a chama trémula.

Essas crianças preocupavam-no muito. Mais tarde, quando escreveu à amante, desenvolveu a secreta alegria que o seu espírito curioso de imagens entrevira confusamente:

Um deles, raquítico, amarelento, apoiando um braço a uma muleta e aparando a cera na cova da mão livre, arrastava-se ao lado de uma espécie de gigante encapuchado, cujo punho enorme apertava brutalmente o círio. Ainda estou a vê-los, ambos, e nunca mais os esquecerei. Talvez haja em mim qualquer coisa que me assemelha àquela criança. A minha vida real está em poder de *alguém,* de um ser misterioso e irreconhecível que o aperta com pulso de ferro; e vejo-a consumir-se e arrasto-me atrás dela, e canso-me a apanhar ao menos algumas gotas dela, e cada gota que cai queima a minha pobre mão.

3

Em cima da mesa, num vaso, havia um ramo de rosas frescas, rosas de maio, que Camila, a irmã mais nova, colhera no jardim. Em redor da mesa tinham-se sentado o pai, a mãe, o irmão Diego e, naquele dia, o noivo de Camila, e a irmã mais velha, Cristina, com o marido e o filho, um loirito de pele nevada, débil como um lírio semicerrado. Giorgio sentara-se entre o pai e a mãe.

O marido de Cristina, Dom Bartolomeu Celaia, barão de Palleaurea, falava de coscuvilhices municipais num tom irritante. Era um homem perto dos cinquenta, seco, calvo no alto da cabeça como um frade, a cara toda rapada. A aspereza quase insolente dos seus gestos e maneiras contrastava bizarramente com o seu aspeto eclesiástico. Ouvindo-o e observando-o, Giorgio pensava:

Cristina poderá ser feliz? Poderá amá-lo? Cristina, a querida criatura tão afetuosa e melancólica, que eu vi, tantas vezes, chorar em súbitas efusões de ternura. Cristina está ligada para toda a vida a esse homem sem coração, quase velho, azedado pelas estúpidas intrigas da política provinciana. E ela nem sequer tem a consolação de encontrar conforto na sua maternidade: só pode consumir-se em temores e angústias pelo filho, aquela criança doente, exangue, sempre cismática. Pobre criatura!

Deitou à irmã um olhar cheio de compassiva bondade. Cristina sorriu-lhe por cima das rosas, inclinando um pouco a cabeça para a esquerda, num movimento cheio de graça que lhe era peculiar.

Vendo Diego ao lado dela, pensou: *Alguém cuidaria que são do mesmo sangue? Cristina herdou em grande parte a gentileza materna; tem os olhos da nossa mãe, tem principalmente as maneiras e os gestos dela. Mas Diego!* Observava-o com a instintiva repulsa que todo o ser experimenta em presença de outro ser diferente, contraditório, completamente oposto. O irmão comia com voracidade, sem nunca erguer a cabeça de cima do prato, absorvido naquela tarefa. Ainda não tinha vinte anos, mas era baixo e grosso, já sobrecarregado por um princípio de gordura, com o rosto vermelho. Os olhos, pequenos e acinzentados sob uma fronte baixa, não revelavam a menor chama de inteligência. Uma penugem ruiva cobria-lhe as faces e os fortes maxilares, sombreava-lhe a boca saliente e sensual: tinha a mesma penugem nas mãos de unhas mal cuidadas, que atestavam desprezo pelos cuidados minuciosos. *É um bruto. Até para lhe dirigir uma palavra insignificante, até para lhe responder aos simples bons-dias, tenho de vencer uma extraordinária repugnância. Quando ele fala comigo, nunca olha direito; e se o acaso faz com que os nossos olhares se encontrem, retira logo o seu com uma estranha precipitação. Cora quase continuamente diante de mim, sem motivo. Que curiosidade eu tinha de conhecer os sentimentos dele a meu respeito! Com certeza não gosta de mim!*

Por uma transição espontânea, reparou no pai, o homem de quem Diego era o autêntico herdeiro. Gordo, sanguíneo, robusto, aquele homem parecia emitir de todos os membros um inesgotável calor de vitalidade carnal. Os seus maxilares fortíssimos, a grossa boca imperiosa, cheia de uma palpitação veemente, os olhos turvos e um pouco cerrados, o nariz grande, cheio de sardas, enfim, todos os traços do seu rosto, revelavam aspereza e violência. Em todos os seus gestos e em todas as suas atitudes havia o ímpeto de um esforço, como se a musculatura daquele corpo maciço tivesse estado em contínua luta com o estorvo da gordura. A carne, essa coisa brutal, cheia de veias, de nervos, de tendões, de glândulas e de ossos, cheia de instintos e necessidades, a carne que sua e cheira mal, a carne que se deforma, se infeta, se ulcera, se enche de gelhas, de pústulas, de verrugas e pelos, essa coisa bestial que é a carne, prosperava nele com uma espécie de impudor e inspirava ao vizinho delicado uma invencível repulsa.

Não, não, pensava Giorgio. *Há dez ou quinze anos não era assim. Tenho uma lembrança de que não era assim. Esta expansão de brutalidade latente, incalculável, parece ter-se dado lenta e progressivamente. E eu, eu sou filho deste homem!*

Olhou para o pai. Notou que, ao canto dos olhos, nas fontes, tinha um feixe de rugas, e por baixo de cada olho um refego, uma espécie de bolsa violácea. Reparou no pescoço curto, inchado, encarniçado, apoplético. Viu que o bigode e o cabelo apresentavam vestígios de ser pintados. A idade, o princípio da velhice num ser voluptuoso, a obra implacável do vício e do tempo, o artifício inútil e inábil para esconder a senilidade, a ameaça da morte súbita, todas as coisas tristes e miseráveis, baixas e trágicas, todas essas coisas humanas perturbaram profundamente o coração do filho. Invade-o mesmo uma piedade imensa pelo pai. *Censurá-lo? Mas ele também sofre; toda essa carne que me inspirava uma tamanha aversão, toda essa pesada massa de carne é habitada por uma alma. Quantas angústias, talvez, e quantos desfalecimentos! Certamente consome-o um pavor louco da morte...* De repente, teve a visão interior do pai agonizante. Caía fulminado por um ataque; palpitava, ainda vivo, lívido, mudo, irreconhecível, com os olhos cheios do horror de morrer; depois, como abatido por uma segunda pancada da maça invisível, imobilizava-se, como carne inerte. *Minha mãe chorá-lo-á?*

– Tu não comes, não bebes. Quase não tocaste em nada. Estarás indisposto? – perguntou-lhe a mãe.

– Não, mãe – respondeu. – Não tenho apetite esta manhã.

O ruído de qualquer coisa que se arrastava perto da mesa fê-lo voltar. Viu o cágado decrépito, e recordou-se das palavras da tia Gioconda: «Ficou manco como eu. O teu pai, com uma pisadela...»

Quando olhava para o cágado, a mãe disse-lhe com o clarão de um sorriso:

– É da tua idade. Quando mo deram, estavas para nascer – e continuou com o mesmo sorriso impercetível: – Era muito pequenino; tinha a casca quase transparente, parecia um brinquedo. Com os anos é que foi crescendo, cá em casa.

Pegou numa casca de maçã e deu-a ao cágado. Ficou um momento a olhar para o pobre animal que movia, com um tremor entorpecido, a cabeça amarelada de serpente velha. Depois, pôs-se a descascar uma laranja para Giorgio, com ar cismador.

Está a recordar-se, pensou Giorgio, vendo a mãe absorta. Adivinha a inexprimível tristeza que, sem sombra de dúvida, lhe invadia a alma à lembrança dos tempos felizes, hoje que era completa a ruína, hoje que, depois de tantas traições, depois de tantas infâmias, tudo estava irremediavelmente perdido. *Outrora ela foi amada* por ele, *era nova, talvez ainda não tivesse sofrido. Como o seu coração deve suspirar! Que saudades, que desespero, hão de subir-lhe do íntimo!* O filho compartilhava o sofrimento materno, reproduzia nele próprio as angústias da mãe. E ficou tanto tempo a saborear a suprema delicadeza da sua emoção, que se lhe turvavam os olhos de lágrimas. Reprimiu-as por um esforço e sentiu-as cair, docemente, dentro de si. *Ó mãe, se tu soubesses!*

Ao voltar-se, viu que Cristina lhe sorria por cima das rosas.

O noivo de Camila ia dizendo:

– É o que se chama ignorar os princípios rudimentares do Código. Quando se tem a pretensão de...

O barão aprovava os argumentos do doutorzinho e repetia a cada uma das suas frases:

– Certamente, certamente.

Estavam a dar cabo do presidente. O jovem Alberto sentara-se ao lado de Camila, sua noiva. Era todo rosado e luzidio como uma figura de cera. Usava uma barbinha aparada em ponta, cabelos apartados por uma risca, algumas madeixas bem arranjadas em volta da fronte, e óculos de aros de oiro no nariz. Giorgio pensou: *É o ideal de Camila. Há anos que se amam com um amor invencível. Creem na felicidade futura, e há muito tempo que suspiram por ela. Com certeza, Alberto já levou a passear essa pobre rapariga, de braço dado, por todos os lugares comuns de idílio. Camila não tem saúde; sofre de males imaginários. Não faz senão fatigar, de manhã à noite o piano seu confidente, com* Noturnos. *Hão de casar-se. E que sorte será a deles? Um rapaz vaidoso e oco, uma rapariga sentimental, num meio mesquinho da província...* Mentalmente seguiu ainda um instante a evolução dessas duas existências medíocres, e enterneceu--se com pena da irmã. Encarou-a.

Nas feições, parecia-se um pouco com ele. Era alta e delgada, com belos cabelos castanhos-claros, olhos claros mas furta-cores, ora verdes, ora azuis ou acinzentados. Uma leve camada de pó de arroz tornava-a ainda mais pálida. Tinha duas rosas sobre o seio.

Talvez se pareça comigo sem ser na cara. Talvez abrigue na alma, sem saber, algum dos gérmenes funestos que em mim, conscientemente, tanto se têm desenvolvido. Deve ter o coração cheio de inquietações e melancolias medíocres. Está doente sem conhecer a doença.

Neste momento, a mãe levantou-se. Todos a seguiram, exceto o pai e Dom Bartolomeu Celaia, que ficaram à mesa, fumando, o que os tornou mais odiosos a Giorgio.

Enlaçou afetuosamente a cinta da mãe com um braço, e com o outro a de Cristina, e levou-as assim para o compartimento contíguo, quase arrastando-as. Sentia o coração dilatado por uma insólita ternura e uma insólita compaixão. E disse para Cristina, às primeiras notas do *Noturno* que Camila começava a tocar:

– Queres ir até ao jardim?

A mãe ficou junto dos noivos. Cristina e Giorgio desceram, com o menino calado. Andaram, primeiramente, de um lado para o outro sem dizer nada. Giorgio dera o braço à irmã, como fazia com Ippolita. Cristina parou, murmurando:

– Pobre jardim abandonado! Lembras-te das nossas brincadeiras quando éramos pequenos?

E olhou para o filhinho.

– Anda, Luchino, corre, vai brincar um bocadinho. – Mas a criança não se arredou de ao pé da mãe; pelo contrário, agarrou-se à mão dela. Cristina suspirou, olhando para o irmão: – Vês? É sempre a mesma coisa! Não corre, não brinca, não se ri. Está sempre agarrado a mim, nunca me deixa. Tudo lhe causa susto.

Absorto a pensar na amante ausente, Giorgio já não ouvia as palavras da irmã. O jardim, meio ao sol, meio à sombra, era cercado por um muro sobre o qual cintilavam pedaços de vidro de garrafa presos na argamassa. De um lado, corria uma latada. Do outro, a distâncias iguais, erguiam-se ciprestes altos, direitos como círios, com um pobre tufo de folhagem sombria, quase negra, no topo do tronco, em forma de lança.

Na parte exposta ao sul, numa faixa de terreno soalheiro, prosperavam algumas filas de laranjeiras e limoeiros, agora em flor. O resto do terreno estava cheio de roseiras, lilases, ervas aromáticas. Aqui e além, viam-se alguns pequenos maciços de mirto plantados regularmente e servindo de orla aos canteiros agora destruídos. A um canto, havia uma bela cerejeira; ao centro, um tanque redondo cheio de uma água triste onde verdejavam lentilhas.

– Diz: lembras-te do dia em que caíste ao tanque e o nosso pobre tio Demétrio te tirou de lá? O susto que tu nos pregaste nessa ocasião! Foi um milagre ele poder tirar-te de lá vivo!

Ao ouvir o nome de Demétrio, Giorgio teve um sobressalto. Era o nome adorado, o nome que lhe fazia palpitar sempre o coração.

Prestou atenção à irmã; olhou para a água onde corriam velozmente insetos de longas pernas. Deu-lhe uma vontade inquieta de falar do morto, de falar muito dele, de ressuscitar todas as recordações; mas conteve-se, por esse sentimento de orgulho que faz com que se queira guardar um segredo para consolar a alma de solidão. Conteve-se por um sentimento que era quase ciúme, à ideia de que a irmã poderia comover-se e enternecer-se com a lembrança do falecido. A memória do morto era só dele. Guardava-a na intimidade da sua alma com um culto triste e profundo para sempre. Demétrio fora o seu verdadeiro pai; era o seu único parente.

E figurou-se-lhe aquele homem doce e meditativo, com o rosto cheio de melancolia viril, a que dava uma estranha expressão a madeixa de cabelos brancos junta com os cabelos negros ao meio da testa.

– Lembras-te – perguntava Cristina – da noite em que te esconde-te e em que ficaste fora de casa sem aparecer até de manhã? O susto que tivemos também dessa vez! O que nós te procurámos! O que nós chorámos por ti!

Giorgio sorriu. Recordava-se de ter-se escondido, não para se divertir, mas por uma curiosidade cruel, para convencer a família de que se perdera, para que os seus chorassem por si toda a noite. Nessa noite húmida e calma, ouvira as vozes que chamavam por ele, espiara os menores ruídos que vinham da casa alvoroçada, contivera a respiração com um misto de alegria e terror ao ver passar junto do seu esconderijo as pessoas que andavam à sua porcura. Depois de terem vasculhado, sem resultado, todo o jardim, ele ficara ainda encolhido no seu esconderijo. E então, perante o espetáculo da casa cujas janelas se iluminavam e apagavam alternadamente como pela passagem de pessoas aflitas, tinha sentido uma extraordinária emoção, funda quase até às lágrimas. Apiedara-se da angústia dos seus e de si próprio, como se se tivesse, na verdade, perdido, mas, apesar de tudo, teimara em não aparecer. E depois viera a madrugada. E a lenta difusão da luz na imensidade silenciosa varrera-lhe do cérebro como que uma névoa de loucura, dera-lhe a consciência da realidade e despertara-lhe o remorso. Pensara com terror e com desespero no pai e no castigo, e o tanque fascinara-o, sentira-se atraído por aquela água pálida e doce que refletia o céu, aquela água onde, alguns meses antes, estivera prestes a morrer... *Foi na ausência de Demétrio,* lembrou-se ainda.

– Giorgio, sentes este perfume? – dizia Cristina. – Vou apanhar um ramo.

O ar, impregnado de uma quente humidade carregada de emanações, dispunha ao abandono. Os cachos de lilases, as flores de laranjeira, as rosas, o tomilho, a manjerona, o manjerico, o mirto, todos os perfumes se casavam numa essência única, delicada e forte.

– Por que estás tão pensativo, Giorgio? – perguntou Cristina, de súbito.

O perfume acabava de suscitar em Giorgio um grande tumulto, uma insurreição furiosa de toda a sua paixão, um desejo de Ippolita, que tinha expulsado qualquer outro sentimento, mil recordações de delícias sensuais que lhe corriam nas veias.

Cristina continuou, sorridente, hesitando.

– Estás a pensar... *nela?*

– Ah! É verdade, tu sabes! – disse Giorgio, corando subitamente sob o olhar indulgente da irmã.

E lembrou-se de ter-lhe falado de Ippolita no outono anterior, em setembro, quando estivera em casa dela na Torrete di Sarsa, à beira-mar.

Sempre sorridente, sempre hesitando, Cristina perguntou ainda:

– É que... tu queres-lhe ainda como dantes?

– Quero.

Sem dizer mais nada, dirigiram-se para as laranjeiras e para os limoeiros, ambos perturbados, mas de maneira diferente: Giorgio sentindo aumentar as saudades pela confidência feita à irmã; Cristina

O TRIUNFO DA MORTE

sentindo reviver confusamente as suas aspirações sufocadas, pensando nessa mulher desconhecida que o irmão adorava. Olharam um para o outro, e sorriram-se, o que lhes atenuou a tristeza. Ela deu alguns passos rápidos para as laranjeiras, exclamando:

– Meu Deus! Tantas flores!

E começou a colher delas, com os braços erguidos, agitando os ramos para quebrar os festões. Caíam-lhe pétalas na cabeça, nos ombros e no seio. Em redor, o chão estava juncado de pétalas como de uma neve perfumada. E ela era encantadora nessa atitude, com o seu rosto oval e o seu pescoço longo e branco. O esforço animava-lhe o rosto. De súbito, deixou cair os braços, fez-se pálida, pálida, cambaleou, como tomada de vertigem.

– Que tens, Cristina? Sentes-te mal? – exclamou Giorgio, aterrado, amparando-a.

Mas a violência da náusea apertava-lhe a garganta e não a deixava responder. Fez compreender, por um gesto, que queria afastar-se das árvores, e, amparada ao irmão, deu alguns passos incertos, enquanto Luca a fitava com olhos aterrorizados. Depois ela parou, soltou um suspiro e, recuperando pouco a pouco as cores, disse com voz ainda débil:

– Não te apoquentes, Giorgio… Não foi nada. Estou grávida… e o cheiro muito forte faz-me mal… Agora já passou. Já estou bem.

– Queres voltar para casa?

– Não, fiquemos no jardim. Sentemo-nos.

Sentaram-se debaixo da latada, num velho banco de pedra. Giorgio, perante o ar do pequeno, sério e absorto, chamou-o para lhe sacudir o torpor:

– Luchino!

A criança inclinou a pesada cabeça sobre os joelhos da mãe. Mostrava a fragilidade de um pedúnculo de flor, e parecia ter dificuldade em segurar a cabeça sobre o pescoço. A sua pele era tão fina, que todas as veias transpareciam, subtis como fios de retrós azul.

Tinha os cabelos tão loiros, que eram quase brancos, e os olhos, doces e húmidos como os de um cordeiro, deixavam transparecer o seu azul-pálido entre longas pestanas claras. A mãe acariciou-o, cerrando os lábios para conter o choro. Mas romperam-lhe duas lágrimas que deslizaram pelas faces.

– Ó Cristina!

O tom afetuoso do irmão aumentou-lhe a comoção. Brotaram mais lágrimas, que lhe correram pelas faces.

– Vês, Giorgio? Eu nunca pedi nada: aceitei sempre tudo, resignei-me sempre a tudo. Nunca me queixei, nunca me revoltei... Tu bem sabes, Giorgio. Mas mais isto, mais isto! Oh! Nem sequer encontrar um pouco de consolação no meu filho! – Tremiam-lhe lágrimas na voz desolada.

– Ó Giorgio, tu bem vês, bem vês como ele é!

Não fala, não se ri, não brinca; nunca foge, nunca faz o que fazem as outras crianças... Que terá ele? Não sei. Parece-me que gosta muito de mim, que me adora. Nunca se desprende do meu vestido, nunca, nunca. Chego a crer que não vive senão do meu hálito. Ó Giorgio, se eu te contasse certos dias, dias longos que nunca mais acabam... Eu trabalho ao pé da janela. Ergo os olhos e encontro os olhos dele a olharem para mim, a olharem... É uma tortura lenta, um suplício que não sou capaz de te explicar. É como se sentisse o sangue escoar-se-me gota a gota do coração...

Interrompeu-se, sufocada de angústia. Enxugou as lágrimas.

– Se, ao menos, este que está para nascer viesse, já não digo belo, mas com saúde! Se, desta vez, Deus me valesse!

E calou-se, atenta, como para tirar um presságio do frémito de vida nova que trazia no ventre. Giorgio pegou-lhe na mão. E durante alguns minutos, no banco, irmão e irmã ficaram imóveis e mudos, esmagados pela existência.

Em frente deles estendia-se o jardim solitário e abandonado. Os ciprestes, altos, direitos, imóveis, erguiam-se religiosamente para o céu, como velas votivas. As brandas aragens que passavam nas roseiras próximas mal tinham força para desfolhar algumas rosas murchas. Ora se ouvia ora deixava de se ouvir o piano, ao longe, em casa.

4

*Q**uando? Quando? Então o ato que querem impor-me torna--se inevitável? Serei, então, obrigado a enfrentar esse bruto?* Giorgio via aproximar-se a hora com um louco temor. Uma repugnância invencível elevava-se das profundidades do seu ser, apenas à ideia de que tinha de se encontrar sozinho com aquele homem num compartimento fechado.

À medida que os dias passavam, sentia crescer a ansiedade e a humilhação que lhe dava a sua criminosa inércia; sentia que a mãe, a irmã, todas as vítimas esperavam dele, do primogénito, o ato enérgico, o protesto, a proteção. Com efeito, por que o tinham chamado? Porque tinha vindo? Doravante já não lhe parecia possível ir-se embora sem ter cumprido este dever. É certo que, no último instante, ele teria podido ir-se embora sem se despedir, fugir e escrever depois uma carta justificando a sua conduta, fosse sob que pretexto plausível fosse.

No máximo do seu desgosto, atreveu-se a sonhar este ignominioso recurso. Examinou demoradamente os meios, combinando os mínimos pormenores e calculando os resultados. Mas, nas cenas imaginadas, o rosto doloroso e estragado da mãe infligia-lhe um intolerável remorso. As reflexões que fazia sobre o seu egoísmo e a sua fraqueza revoltavam-no contra si próprio; e encarniçava-se com uma fúria pueril, a procurar qualquer parcela de energia interior que pudesse excitá-lo e levantá-lo eficazmente contra a maior parte do seu ser e lhe permitisse vencê-la, como um canalha covarde. Mas este levantamento fictício não durava, não lhe servia de nada para o impelir a uma resolução viril. Tentava, então, examinar a situação com calma, e iludia-se pelo próprio vigor do seu raciocínio. Pensava: *A quem poderei eu ser útil? Que males poderá remediar a minha intervenção? Este esforço doloroso que a minha mãe e os outros exigem de mim produziria alguma vantagem real? Que vantagem?* Como não encontrara em si próprio a energia necessária para a execução do ato, como não conseguira provocar nele mesmo uma revolta aproveitável, recorria ao método oposto: procurava demonstrar a inutilidade do esforço. *Em que daria esta entrevista? Em nada, certamente. Consoante o humor do meu pai e a marcha da conversa, ele seria, ou violento ou persuasivo. No primeiro caso, os brados e as injúrias haviam de me apanhar desprevenido. No segundo, o meu pai arranjaria facilmente uma imensidade de argumentos para me provar, quer a sua inocência quer a necessidade dos seus erros, e eu seria igualmente apanhado desprevenido. Os factos são irreparáveis. O vício, quando se enraíza na substância mais íntima do homem, torna-se indestrutível. Ora o meu pai está na idade em que os vícios já se não desenraízam e em que os hábitos já não se mudam. Há muitos anos que tem aquela mulher e aqueles filhos. Terei eu a menor probabilidade de que as minhas admoestações o levem a renunciar a isso? É possível que eu o persuada a romper com todos esses laços? Vi ontem essa mulher. Bastou-me vê-la para adivinhar que nunca deixará o homem cuja carne tem nas suas garras. Dominá-lo-á até a morte. O caso agora não tem remédio. E, depois, há aqueles filhos, os direitos daqueles filhos. Aliás, em seguida a tudo quanto sucedeu, seria possível uma reconciliação entre o meu pai e a minha mãe? Nunca. Todas as minhas tentativas seriam, portanto, inúteis. E depois?... Resta a questão do prejuízo material, do esbanjamento, da delapidação.*

Mas dependerá de mim metê-lo na ordem, vivendo eu longe do lar? Seria necessária a vigilância de todos os momentos, e só Diego a poderia exercer. Falarei com Diego, combinarei com ele... No fim de contas, por agora, tudo se reduz ao dote de Camila. De facto, Alberto mexe-se muito a este respeito, e é até o mais aborrecido de todos os meus solicitadores. Talvez não me seja muito difícil encontrar um arranjo.

Propunha-se favorecer a irmã contribuindo para o seu dote; porque, tendo herdado toda a fortuna do tio Demétrio, era rico e estava já na posse dos seus bens. O projeto de realizar aquele ato generoso enalteceu-o na sua própria consciência. Julgou-se livre de qualquer outro dever, de qualquer outra penosa diligência, pelo sacrifício do seu dinheiro.

Quando se dirigiu para os aposentos da mãe, sentiu-se menos inquieto, mais aliviado, mais à vontade. Além disso, soube que o pai regressara essa manhã à casa de campo onde costumava recolher-se para agir mais livremente. E consolava-o muito pensar que, à tarde, à mesa, estaria vazio um certo lugar.

– Ah! Giorgio, chegas mesmo a propósito! – exclamou a mãe, logo que o viu entrar.

Aquela voz assanhada chocou-o tão imprevista e rudemente, que estacou, olhando espantado para a mãe, tão transfigurada ela lhe pareceu pela cólera. Olhou também para Diego, sem compreender. Depois olhou para Camila que estava de pé, muda e hostil.

– Que aconteceu? – balbuciou Giorgio, pondo outra vez os olhos no irmão, atraído pela expressão má que via pela primeira vez no rosto do rapaz.

– A caixa das pratas desapareceu do seu lugar – disse Diego, sem erguer os olhos, franzindo as sobrancelhas e comendo as palavras. – E dizem que fui eu que a fiz desaparecer!

Uma onda de palavras amargas jorrou da boca irreconhecível da infeliz mulher:

– Sim, tu, de acordo com teu pai... Tu estás feito com teu pai... Oh! Que infâmia! Mais esta amargura! Mais esta! Ter contra mim o filho que mamou o meu leite! Mas tu és o único que se parece com ele, o único... Quanto aos outros, Deus fez-me a esmola... Ó meu Deus! Bendito seja o vosso nome para sempre bendito, pela graça que me fizestes! Tu és o único que se parece com ele, o único...

Voltou-se para Giorgio que continuava paralisado, sem movimentos, sem voz. À mãe tremia-lhe fortemente o queixo, e estava tão convulsionada que dir-se-ia iminente a sua queda no chão, de um momento para o outro.

– Ora vês a vida que nós levamos! Diz lá, vês? Todos os dias, uma nova infâmia. Todos os dias é preciso lutar, defender da pilhagem esta desgraçada casa, continuamente. Podes convencer-te de que, se o teu pai pudesse, nos deitaria na palha e nos tiraria o pão da boca. E havemos de chegar a isso. Tu verás, tu verás...

Continuava, ofegante, com um soluço estrangulado na garganta a cada pausa, tendo às vezes gritos roucos que exprimiam um ódio quase feroz, inconcebível numa criatura de aparência tão delicada. E mais uma vez lhe jorraram da boca as acusações:

Aquele homem não tinha nenhum respeito nem pudor. Para arranjar dinheiro, não recuava perante nada nem ninguém. Perdera o juízo. Parecia estar tomado por uma loucura furiosa. Arruinara as suas terras, cortara as matas, vendera o gado ao acaso, às cegas, ao primeiro que apareceu; a quem mais depressa chegou. Agora, começava a despojar a casa onde lhe tinham nascido os filhos. Há muito tempo que deitara os olhos àquela baixela, uma baixela de família, antiga, hereditária, conservada sempre como uma relíquia de grandeza da casa Aurispa, mantida completa até aquele dia. De nada servira escondê-la. Diego combinara-se com o pai: e eles, ambos, iludindo a vigilância mais atenta, furtaram-na para a lançar sabe Deus em que mãos!

– Não tens vergonha? – continuava ela, voltada para Diego que a muito custo retinha uma explosão de violência. – Não tens vergonha de seres contra mim, a favor do teu pai? Contra mim, que nunca te recusei quanto me pediste, que fiz sempre tudo quanto tu quiseste! E, no entanto, sabes, bem sabes que esta prata se perde. E não tens vergonha? Não dizes nada? Não respondes? Olha que está ali o teu irmão. Diz-me para onde foi a caixa. Quero saber, ouves?

– Já disse que não sei, não vi a caixa, não lhe peguei – gritou Diego sem se conter mais, com uma explosão de brutalidade, sacudindo a cabeça; e a sombria chama que lhe iluminava o rosto fazia-o parecer-se com o ausente. – Percebeste?

A mãe, pálida como uma defunta, olhou para Giorgio, a quem aquele olhar pareceu comunicar a palidez materna. Com um tremor impossível de esconder, o primogénito disse ao mais novo:

– Sai daqui, Diego.

– Sairei quando me apetecer – replicou Diego, encolhendo insolentemente os ombros, sem todavia, encarar de frente o irmão.

Então, um súbito exaspero apoderou-se de Giorgio, uma destas irritações extremas que, nos homens fracos e irresolutos, assumem tão excessiva veemência que não podem traduzir-se por um ato exterior, mas fazem passar pela vontade oprimida visões criminosas. Triste ódio entre irmãos, que, desde as origens, mina surdamente no fundo da natureza humana para explodir ao primeiro desacordo, mais feroz que qualquer outro ódio, essa inexplicável hostilidade que existe latente nos machos do mesmo sangue, ainda que o hábito e a paz da casa natal tenha neles criado laços de afeição; e também aquele horror que acompanha a execução ou o pensamento de um crime, e que não é senão, talvez, o vago sentimento da lei inscrita pela hereditariedade secular na consciência cristã; tudo isso se insurgiu confusamente numa espécie de vertigem que, durante um instante, aboliu na sua alma qualquer outro sentimento e lhe pôs nas mãos um impulso agressivo. O próprio aspeto de Diego, esse corpo atarracado e sanguíneo, essa cabeça tosca num pescoço de toiro, a evidente superioridade física dessa robusta musculatura, a ofensa feita à sua autoridade de morgado, tudo contribuía para lhe aumentar o furor. Desejaria ter um meio ponto de dominar, subjugar, abater aquele bruto, sem resistência e sem combate. Instintivamente, reparou-lhe para as mãos, aqueles punhos grandes, potentes, cobertos de pelos ruivos que lhe tinham já causado tão vivo movimento de repulsa ao jantar, empregados ao serviço de uma boca voraz.

– Sai! Sai imediatamente! – repetiu, com voz mais vibrante, mais imperiosa – ou pede imediatamente perdão à mãe!

E avançou para Diego, com a mão estendida como para lhe agarrar um braço.

– Não te admito que me dês ordens – gritou Diego, encarando finalmente o irmão.

E, sob a fronte baixa, os seus olhinhos cinzentos exprimiam um rancor cevado há muito.

– Toma cuidado, Diego!

– Não tenho medo de ti!

– Acautela-te!

– Mas quem és tu? Que vens aqui fazer? – bradou Diego, arrebatadamente. – Tu não tens o direito de meter o bedelho nos nossos assuntos. És um estranho. Não quero conhecer-te. Qual foi o teu papel até agora? Nunca fizeste nada por ninguém, só te tens preocupado sempre com o teu bem-estar e os teus interesses. Os carinhos, as preferências, as adorações, têm sido todas para ti. Que queres, então, agora? Deixa-te estar lá em Roma a comer a tua herança à vontade, mas não te metas no que não é contigo…

Soltava, enfim, todo o seu rancor, todo o seu ciúme e toda a sua inveja contra o irmão afortunado que, além, na grande cidade, vivia uma vida de desconhecidos prazeres, estranho à família como um ser de outra raça, favorecido por mil privilégios.

– Cala-te! Cala-te!

E a mãe, fora de si, metendo-se de permeio, bateu na cara de Diego.

– Vai-te embora! Nem mais uma palavra! Fora daqui! Vai para o teu pai! Não quero mais ouvir-te nem ver-te…

Diego hesitava, abalado por um tremor furioso, esperando apenas, talvez, um gesto do irmão para se atirar a ele.

– Vai-te embora! – repetiu a mãe, já quase sem forças. E caiu desfalecida nos braços de Camila, que a amparou.

Ele saiu, então, lívido de raiva, murmurando por entre dentes uma palavra que Giorgio não percebeu. E ouviram-lhe os passos pesados, afastando-se pela triste enfiada dos quartos onde já a luz do dia começava a morrer.

5

Estava uma noite chuvosa. Deitado na cama, Giorgio sentia-se corporalmente tão quebrado e tão triste que já, por assim dizer, não pensava. Flutuava-lhe o pensamento, vago e incoerente: mas a sua tristeza modificava-se e exasperava-se sob a influência das sensações menores: raras palavras ditas na rua por transeuntes, tiquetaques do relógio na parede, tinidos de sineta distante, patear de um cavalo, assobios, o bater de uma porta. Sentia-se só, isolado do resto do mundo, separado da sua própria existência anterior pelo abismo de um tempo incalculável. A sua imaginação representou-lhe vagamente o gesto com que a amante baixara o véu negro sobre o último beijo, representando para ele a criança da muleta que aparava os pingos dos círios. Pensou: *Antes quero morrer.* Sem causa definida, a sua angústia aumentou de repente e tornou-se insustentável. As palpitações do coração estrangulavam-lhe a goela, como nos pesadelos noturnos. Levantou-se da cama e deu alguns passos no quarto, perdido, transtornado sem poder conter a ansiedade, ouvindo ressoarem-lhe no cérebro os próprios passos.

Quem é? Está alguém a chamar-me? Tinha um som de voz nos ouvidos. Pôs-se à escuta, para distinguir melhor. Não ouviu mais nada. Abriu a porta, avançou ao longo do corredor, escutou. Estava tudo em silêncio. O quarto da tia achava-se aberto, iluminado. Assaltou-o um estranho terror, uma espécie de pânico ao pensar que poderia ver surgir de repente à porta a velha de máscara mortuária que tinha o hálito fétido de quem morre de tifo. Atravessou-lhe o espírito uma dúvida: ela estava talvez sentada na sua poltrona, ao fundo, imóvel, com o queixo caído no peito, morta. Esta visão tinha o relevo da realidade e gelava-o com um verdadeiro terror. Não se mexeu, não ousou fazer qualquer movimento, de pé, com um anel de ferro em volta da cabeça, um anel que, como uma matéria elástica e fria, se alargava e voltava a apertar-se consoante as pulsações das artérias. Os nervos tiranizavam-no, impunham-lhe a desordem e o excesso de sensações. A velha começou a tossir e ele sobressaltou-se. Então, retirou-se devagarinho, devagarinho em bicos de pés, para não ser ouvido.

Que tenho esta noite? Não sou capaz de ficar só neste quarto. Preciso de sair... Previa aliás que, depois da cena atroz, lhe seria também impossível suportar o aspeto doloroso da mãe. *Vou sair, vou a casa de Cristina.* O que o convidava a tal visita era a recordação da hora tocante e melancólica passada no jardim com a boa irmã.

Estava uma noite chuvosa. Pelas ruas já quase desertas, os raros bicos de gás lançavam mortiços clarões. De uma padaria fechada vinham vozes dos padeiros a trabalhar e o cheiro a pão, e de uma taberna vinha o som de uma guitarra afinada em quinta e o estribilho de certa canção popular. Uma matilha de cães vagabundos passou correndo, e perdeu-se nas vielas sombrias. No relógio da torre bateram as horas. A pouco e pouco, a marcha ao ar livre acalmou-o. Tinha a impressão de que se desmanchava aquela vida fantástica que lhe subvertia a consciência. Dedicava uma especial atenção ao que via e ouvia. Parava a escutar os sons da guitarra e a aspirar o cheiro do pão. Na sombra, pelo outro lado da rua, passou alguém em que julgou reconhecer Diego. Perturbou-se; mas sentiu que se apagara todo o seu rancor, que nada de violento subsistia no fundo da sua tristeza. Voltaram-lhe à memória certas palavras do irmão. Pensou: *Quem sabe se ele não falou verdade? Eu nunca fiz nada por ninguém, vivi sempre só para mim. Sou um estranho aqui. Todos por cá me julgam, talvez da mesma maneira. A minha mãe dizia: – Vês agora a vida que nós levamos? Diz, vês? – Eu poderia ver-lhe correr todas as lágrimas, que não acharia coragem para a salvar...*

Chegou à porta do Palácio Celaja. Entrou e percorreu o vestíbulo. Ao chegar ao pátio, levantou os olhos; não se via luz em nenhuma das altas janelas. Havia no ar como que um cheiro a palha podre; uma torneira de chafariz gotejava a um canto escuro, sob o pórtico; diante de uma imagem da Virgem, coberta por uma grade, ardia uma pequena lamparina e, aos pés da Virgem distinguia-se através da grade um ramo de rosas artificiais. Os degraus da escadaria estavam gastos, ao meio, pelo uso, como os de um altar antigo. Tudo exprimia tristeza na velha casa hereditária para onde Dom Bartolomeu Celaja, tendo ficado na solidão e chegado ao limiar da velhice, levara aquela companheira e gerara aquele herdeiro.

Ao subir, Giorgio via com os olhos da alma aquela rapariga pensativa e aquela criança exangue. Via-os muito distantes, a uma distância quimérica, ao fundo de um quarto afastado onde ninguém podia entrar. Pensou, um momento, em voltar para trás, e parou, perplexo, no meio da escada branca, alta e deserta, num estado de inquietação indefinível; perdendo mais uma vez o sentido da realidade presente, sentia-se uma vez mais colhido por um largo terror, como há pouco pelo corredor quando vira a porta aberta e o quarto vazio. Mas, de súbito, ouviu um ruído e uma voz, como se alguém enxotasse qualquer coisa; e um cão cinzento, escanzelado, miserável, um podengo de viela que, sem dúvida, a fome obrigara a introduzir-se ali furtivamente, galgou do alto da escada e roçou por ele ao passar. Ao cimo, apareceu um criado que o vinha perseguindo com grande banzé.

– Que foi? – perguntou Giorgio, visivelmente agitado pela surpresa.

– Nada, meu senhor. Estava a enxotar um cão, um cão vaga-bundo, que todas as noites se mete aqui em casa, sem ninguém saber como, um fantasma.

Este pequeno facto insignificante, junto às palavras do criado, fez crescer uma inexplicável inquietação que semelhava à confusa angústia de um pressentimento supersticioso. E foi esta angústia que lhe sugeriu a pergunta:

– O Luchino está bom?

– Está, graças a Deus.

– Está a dormir?

– Não, senhor; ainda não se deitou.

Precedido pelo criado, atravessou vastos compartimentos que pareciam quase vazios e onde os móveis, fora de moda, ocupa-vam lugares simétricos. Nada indicava a presença de habitantes, como se tais compartimentos tivessem estado até agora fechados. E disse para consigo que Cristina não devia gostar daquela casa, visto não ter derramado nela a graça da sua alma. Tudo ficara ali na mesma ordem, exatamente, desde que lá entrou no dia do seu casamento, e tal como o deixara a última mulher desaparecida da casa Celaja.

A inesperada visita encheu de alegria a irmã que estava só e ia deitar o filho.

– Ó Giorgio! Que bem que fizeste em vir! – exclamou, com uma efusão de sincera alegria, abraçando-o e beijando-o na testa, fazendo desanuviar subitamente com a sua ternura aquele coração oprimido. – Olha, Luchino, olha o tio Giorgio. Não lhe dizes nada? Anda, dá-lhe um beijo.

Apareceu na boca pálida da criança um débil sorriso; e, como baixara a cabeça, as suas longas pestanas loiras iluminaram-se com a luz de cima e deitaram-lhe sobre as faces pálidas uma sombra tré-mula. Giorgio pegou nele ao colo, sem poder conter uma profunda comoção ao apalpar a magreza daquele peito infantil, onde pulsava um coração tão débil. E quase teve medo, como se aquela ligeira pressão tivesse sido suficiente para abafar uma vida tão frágil. Teve medo, e um dó que se parecia alguma coisa com o que já sentira, certa vez ao manter preso na mão um passarito atordoado.

– Leve como uma pena! – disse ele.

E a emoção que lhe tremia na voz não escapou à irmã.

Sentou-o nos joelhos, afagou-lhe a cabeça e perguntou-lhe:

– Gostas muito de mim?

Enchia-se-lhe o coração de uma insólita ternura. Tinha uma desolada necessidade de ver sofrer o pobre menino enfermiço. De ver, ao menos uma vez, corarem-lhe as faces com um rubor fugitivo, uma ligeira eflorescência de sangue sob essa pele transparente.

– Que tens tu aqui? – perguntou, ao ver-lhe um dedo envolto numa ligadura.

– Cortou-se há dias – disse Cristina, cujos olhos atentos seguiam os menores gestos do irmão. – Um golpezinho, mas que não quer cicatrizar.

– Deixa-me ver, Luchino – continuou Giorgio, impelido por uma curiosidade contrafeita, mas sorrindo para o fazer sorrir.

– Se eu lhe soprar em cima, desaparece a ferida.

O pequeno, espantado, deixou desligar o dedo. Sob o olhar inquieto da irmã, Giorgio punha nesse ato infinitas precauções. A extremidade da ligadura colara-se-lhe à feridinha e não se atreveu a despegá-la; mas, do lado onde a descobrira, viu surgir uma gota esbranquiçada que parecia soro de leite. Tremiam-lhe os lábios. Levantou os olhos; viu que a irmã, atenta aos seus gestos, tinha o rosto alterado por uma contração dolorosa; e sentiu que nesse momento a alma dela se concentrava toda na palma daquela mãozinha.

– Não é nada – disse ele.

E tentou sorrir, soprando na ferida para iludir a criança, que esperava um milagre. Depois tornou a ligar o dedo com cuidado.

Pensou outra vez na estranha angústia que o invadira na escada deserta, no cão que enxotavam, nas palavras do criado, nas perguntas que lhe haviam sugerido um supersticioso terror, em toda aquela perturbação sem causa.

Notando que ele estava absorto, Cristina perguntou-lhe:

– Em que estás a pensar?

– Em nada.

Depois, de repente, sem refletir, sem outra intenção que não fosse dizer qualquer coisa que despertasse a atenção do pequeno já sonolento, disse:

– Sabes? Encontrei um cão na escada... A criança abriu muitos os olhos.

– Um cão que aparece todas as noites...

– Ah, sim! – disse Cristina. – Giovanni disse-mo.

Mas interrompeu-se perante o aspeto dos olhos escancarados e cheios de terror do menino, que estava a ponto de rebentar em soluços.

– Não, Luchino, não é verdade – continuou, tirando-o dos joelhos de Giorgio e apertando-o nos braços. – Não é verdade. O tio disse aquilo a brincar.

– É mentira! É mentira! – repetiu Giorgio erguendo-se, transtornado por um choro de que nenhuma outra criança seria capaz, que parecia abalar a pobre criatura.

– Pronto, pronto! – dizia a mãe com voz meiga. – Agora o Luchino vai-se deitar.

Entrou no quarto contíguo, sempre a fazer festas e a embalar o filho choroso.

– Vem também connosco, Giorgio.

Ele olhava para a irmã enquanto ela despia o filho. Despia-o vagarosamente, com infinitas precauções, como se receasse quebrá-lo. E cada um dos seus gestos punha tristemente a nu a miséria daqueles membros delgados onde já começavam a notar-se as deformações de um raquitismo incurável. O pescoço era comprido e flexível como uma haste murcha; o esterno, as costelas, as omoplatas, quase visíveis através da pele, faziam uma saliência, acentuada ainda pela sombra das cavidades. Os joelhos, engrossados, pareciam nós. O ventre, um pouco inchado, de umbigo saliente, fazia sobressair a angulosa magreza dos quadris. Quando a criança ergueu os braços para a mãe lhe mudar a camisa, Giorgio sentiu uma compaixão, dolorosa até à angústia, ao reparar nas pequenas axilas frágeis que, naquele ato tão simples, pareciam exprimir a dificuldade de um esforço para vencer o mortal langor em que essa ténue vida estava a ponto de se extinguir.

– Dá-lhe um beijo – disse Cristina a Giorgio.

E estendeu para ele o menino, antes de o meter na cama. Depois pegou nas mãos da criança, levou-lha a que tinha o dedo ligado desde a testa até à barriga e do ombro esquerdo ao direito, para o benzer; acabou por lhas unir, dizendo: *Amen.*

Havia em tudo aquilo uma gravidade fúnebre. O menino, na sua longa camisa branca, tinha já o aspeto de um pequeno cadáver.

– Agora, dorme, dorme, meu amor. Nós ficamos ao pé de ti.

Irmão e irmã, unidos mais uma vez pela mesma tristeza, sentaram-se de cada lado da cabeceira. Não tornaram a falar. Cheirava aos medicamentos amontoados sobre uma mesa junto do leito. Levantou-se da parede uma mosca que voou para a chama, zumbindo ruidosamente, e foi pousar na coberta. No silêncio estalou um móvel.

– Adormeceu – disse Giorgio em voz baixa. Ambos se absorviam na contemplação daquele sono que lhes sugeria a imagem da morte. Dominava-os uma espécie de pasmo que lhes não deixava distrair o pensamento dessa imagem.

Decorreu um espaço infinito. De repente, a criança soltou um grito de terror, esgazeou os olhos, ergueu-se da travesseira como num pavor de uma visão terrível.

– Mãezinha! Mãezinha!

– Que tens tu, meu amor?

– Mãezinha!

– Que tens, meu amor? Estou aqui.

– Enxota-o! Enxota-o!

6

Ao jantar, a que Diego se abstivera de comparecer, não repetira Camila, de um modo velado, a acusação, quando dissera: «Olhos que não veem, coração que não sente»? E, nas palavras da mãe – como ela depressa esquecera as lágrimas com que findara a conversa à janela! – não aparecera por várias vezes essa acusação?

Giorgio pensava com uma certa amargura: *Todos aqui me julgam do mesmo modo. Em suma, ninguém me perdoa, nem a minha voluntária renúncia ao direito de primogenitura, nem a herança do tio Demétrio. Devia ter ficado em casa a olhar pela conduta do meu pai e do meu irmão e defender a felicidade doméstica. Ao que eles dizem, nada sucederia se eu tivesse ficado. Por conseguinte, o culpado sou eu. E aqui está a expiação.* À medida que se dirigia à casa para onde se retirara o inimigo contra quem ele fora impelido por meios extremos, por assim dizer à força, sem dó, sentia pesar sobre si uma espécie de opressão vexatória, e experimentava esse género de indignação que provoca um constrangimento iníquo.

Parecia-lhe que era vítima de gente cruel e implacável que não lhe pouparia nenhuma tortura. E a lembrança de certas frases ditas pela mãe no dia do enterro, no vão da janela, por entre lágrimas, aumentava-lhe o azedume e amargava a sua ironia: «Não, Giorgio, não! Não és tu que deves afligir-te, não és tu que deves sofrer! Eu devia calar-me e não te dizer nada… Não chores… Não quero ver-te chorar.» E, contudo, nenhuma tortura lhe fora poupada desde esse dia. Aquela pequena cena não trouxera qualquer mudança à atitude da mãe a seu respeito. Nos dias seguintes não cessara de se mostrar irritada e violenta: condenava-o a ouvir constantemente as acusações velhas e novas, agravadas de mil particularidades odiosas; condenara-o de algum modo a contar-lhe no rosto, um por um, os sinais das dores sofridas. Dissera-lhe quase: «Olha como os meus olhos estão queimados das lágrimas, como as minhas rugas são profundas, como me embranqueceram nas têmporas os cabelos. E que seria se eu não pudesse abrir-te o coração!» Para que servira, pois, o grande desgosto daquele dia? A mãe precisava então de ver correr lágrimas ardentes para se apiedar? Não sentia toda a crueldade do suplício que infligia inutilmente ao filho? «Oh! Como são raros, no mundo, os que sabem sofrer em silêncio e aceitar com um sorriso o sacrifício!» Transtornado e exasperado ainda pelos excessos recentes a que assistira, absorvido já pelo horror do ato decisivo que se preparava para realizar, chegava assim a desconhecer a mãe, até lastimar que não soubesse sofrer com suficiente perfeição.

À medida que avançava pelo caminho (não quisera utilizar o carro e metera-se a caminho, a pé, para poder alongar à sua vontade a duração do percurso e talvez, também, para ter, no último momento, a possibilidade de voltar para trás ou de se perder pelo campo), à medida que avançava sentia crescer tanto esse invencível horror, que, por fim, ele se sobrepôs a todos os outros sentimentos e ofuscou qualquer outra ideia. Só a imagem do pai lhe ocupou a consciência, com o relevo de uma figura real. E pôs-se a imaginar a cena que iria dar-se, estudando a atitude que adotaria, preparando as primeiras frases, perdendo-se em hipóteses inverosímeis, explorando as mais longínquas recordações da sua infância e adolescência, tentando reproduzir as diversas atitudes da sua alma para com o pai nos vários períodos da vida passada.

O TRIUNFO DA MORTE

Não chegava a determinar com precisão a linha ondeante do seu afeto filial, porque não descobria nenhum ponto estável e certo em que fundar-se. Já não era induzido a examinar com sinceridade esta parte da sua consciência, mas preferira deixá-la na sombra. Já não tinha querido aprofundar esse instinto de aversão que sempre, até nos tempos mais remotos e mais felizes, formara nele o fundo de todos os sentimentos nas relações diretas com a pessoa do pai. Pensou: *Talvez nunca o tivesse amado...* E, com efeito, em nenhuma das suas mais nítidas recordações encontrava um movimento espontâneo de confiança, uma quente expansão de ternura, uma emoção íntima e suave. O que ele encontrou até nas recordações confusas da sua primeira infância foi um contínuo receio que oprimia qualquer afeto: o temor do castigo corporal, da palavra áspera seguida de pancadas. *Nunca pude gostar dele.* Demétrio fora o seu verdadeiro pai; era o seu único parente.

E voltou a aparecer-lhe o homem doce e meditativo, com aquela face cheia de viril melancolia a que dava uma estranha expressão a madeixa de cabelos brancos por entre os cabelos negros, ao meio da fronte.

Como sempre, a imagem do morto deu-lhe um repentino alívio e tornou-lhe estranhas as coisas que até aí o haviam preocupado. Acalmaram-se as inquietações, o azedume assentou, a repugnância deu lugar a uma sensação nova de tranquila segurança. Que tinha ele a temer? Porque aumentava a sua imaginação, tão puerilmente, o sofrimento que o esperava e que era, doravante, inevitável?

E, uma vez mais ainda, adquiriu a consciência íntima de se despegar radicalmente da vida presente, do estado presente do seu ser, das contingências que mais o tinham perturbado. Uma vez mais, sob a influência que o tio exercia sobre ele do fundo da sepultura, sentiu-se envolvido por uma espécie de atmosfera isoladora e perdeu a noção precisa do que lhe acontecera e iria acontecer: os acontecimentos reais parecem perder para ele qualquer significado, não ter outro valor além do tempo. Sentia como a resignação de um homem que a fatalidade obrigasse a passar por uma provação para alcançar a libertação próxima, de que a alma já tivesse a previsão e a certeza. Esta interrupção dos cuidados interiores, este singular descanso que obtivera sem esforço e que não o espantava, fizeram com que os seus olhos se abrissem enfim ao espetáculo da paisagem solitária e grandiosa, mas a sua atenção foi calma e serena. No aspeto do campo, julgou reconhecer o símbolo do seu próprio sentir e a marca visível dos seus pensamentos.

Era tarde. Um céu puro e líquido banhava na sua cor todas as aparências terrestres e parecia subtilizar a matéria por uma penetração infinitamente lenta. As diversas formas vegetais, nítidas de perto, degradavam-se na distância, perdiam pouco a pouco os seus contornos, pareciam evaporar-se no alto, tendiam a fundir-se numa só forma, imensa e confusa, que nenhuma respiração rítmica animasse. Pouco a pouco, sob um dilúvio de azul, as colinas igualaram-se e o fundo do vale tomou o aspeto de um golfo sereno onde se refletisse o céu. Desse golfo erguia-se o maciço da montanha, opondo aos espaços líquidos a inalterável solidez das suas arestas que a brancura das neves iluminava com uma irradiação sobrenatural.

7

Por fim, a casa de campo surgiu, perto, entre árvores, com dois amplos terraços laterais guarnecidos de varandas suportadas por pequenas pilastras de pedra, ornadas de vasos de barro em forma de bustos representando reis e rainhas a quem as hastes aguçadas dos aloés coroavam de verdadeiras tiaras vivas.

A vista daquelas grosseiras figuras avermelhadas algumas das quais se destacavam por completo sobre o azul luminoso, despertou de súbito em Giorgio novas recordações da sua infância distante: confusas recordações de brincadeiras campestres, de jogos, de corridas, de romances imaginados acerca desses reis imóveis e mudos a quem as plantas tenazes penetravam os corações de argila. Lembrou-se até de que tivera, durante muito tempo, uma predileção por uma rainha a quem a folhagem pendente de uma planta opulenta fazia uma espessa e longa cabeleira que, na primavera, se constelava de inumeráveis florzinhas de oiro. Procurou-a, curiosamente, com o olhar, enquanto voltavam a pulular-lhe as imagens da vida obscura e intensa com que a sua fantasia infantil a animara. Ao reconhecê-la sobre a pilastra de um ângulo, sorriu como se tivesse reconhecido uma amiga; e, durante alguns momentos, toda a sua alma se voltou para o passado irrevogável, com uma perturbação que não deixava de ser doce. Graças à resolução final que nele se formara, na imprevista calma do campo glauco e taciturno, encontrava agora nas suas sensações um gosto desacostumado e sentia prazer em seguir até aos mais recuados meandros o curso da sua própria existência, tão próxima agora do termo resoluto. Esta curiosidade pelas manifestações, mesmo as mais fugitivas, que o seu ser dispersara no tempo, esta comovida simpatia pelas coisas com as quais outrora estivera em contacto, tendia a converter-se num enternecimento lânguido e lacrimoso, quase feminino. Mas, quando ouviu vozes perto do gradeamento, e quando distinguiu uma janela aberta onde a gaiola de um canário pendia entre cortinas brancas, voltou ao sentimento da realidade presente e sentiu outra vez a sua primitiva angústia. As cercanias eram calmas, e distinguiam-se nitidamente os trilados da ave presa.

Disse para consigo, com um aperto de coração: *A minha visita é inesperada. E se essa mulher estivesse com ele?* Junto do gradeamento, viu duas crianças a brincar na areia; e, sem ter tempo de as observar, adivinhou que eram os seus irmãos ilegítimos, os filhos da amante. Avançou; e as duas crianças voltaram-se, puseram-se a olhá-lo com espanto, mas sem medo. Sãos, robustos, florescentes, com as faces vermelhas de saúde, tinham a marca manifesta da sua origem. Aquela visão transtornou-o; assaltou-o um irresistível terror e assaltou-o a tentação de se esconder, de voltar para trás, de fugir. Levantou os olhos para a janela, com receio de ver entre as cortinas a cara do pai ou dessa mulher odiosa de quem tantas vezes ouvira contar as perfídias, as ambições, as torpezas.

– Ah! O menino aqui?

Era a voz de um criado que vinha ao seu encontro.

Ao mesmo tempo, o pai gritava-lhe da janela:

– És tu, Giorgio? Que surpresa!

Ele conteve-se outra vez, arranjou uma cara sorridente, fez por manifestar uma certa desenvoltura. Sentira que já entre o pai e ele se acabavam de restabelecer aquelas relações artificiais, de forma quase cerimoniosa, que há alguns anos usavam um com o outro, para disfarçar o seu constrangimento quando se encontravam em contacto imediato e inevitável. E sentira, até, que a sua vontade acabava por abandoná-lo totalmente e que jamais seria capaz de expor com franqueza o verdadeiro motivo da sua inesperada visita.

– Não sobes? – perguntava-lhe o pai da janela.

– Sim, sim, subo.

Desejaria fazer acreditar que não reparava nos dois pequenos. E começou a subir a escada descoberta que conduzia a um dos grandes terraços. O pai veio ao seu encontro. Beijaram-se. Havia no pai uma ostentação manifesta de maneiras afetuosas.

– Como te decidiste, finalmente, a vir?

– Queria dar um passeio a pé, e vim até aqui. Há tanto tempo que não via este sítio! Não encontro nada mudado…

Errava o olhar pelo terraço coberto de asfalto, examinando os bustos, um por um, com mais curiosidade do que era natural.

– Agora estás quase sempre aqui, não é verdade? – perguntou, para dizer qualquer coisa, para fugir ao mal-estar dos intervalos do silêncio cuja frequência e duração previa.

– Sim, agora venho cá muitas vezes e por cá fico – respondeu o pai com uma sombra de tristeza na voz que surpreendeu o filho. – Creio que me fazem bem os ares… desde que se me declarou esta doença de coração.

– Tens alguma doença de coração? – exclamou Giorgio, voltando-se para ele com sincera mágoa, por ter sido apanhado pelo imprevisto desta notícia. – Como? Há quanto tempo? Não sabia de nada… Nunca ninguém me disse nada…

Fitava agora o pai diretamente, sob essa luz crua que reverberava da parede batida pelo sol oblíquo, e julgava descobrir os sintomas da doença mortal. E era com uma dolorosa compaixão que observava essas profundas rugas, esses olhos inchados e turvos, esses pelos brancos que erriçavam as faces e o queixo barbeados na véspera, esse bigode e esse cabelo a que a tintura dava cor entre esverdeado e violáceo, esses grossos lábios onde a respiração tinha um arquejar de asma, o pescoço curto que parecia colorido por sangue extravasado.

– Desde quando? – repetiu, sem ocultar a sua perturbação. E sentia diminuir-lhe a repugnância para com aquele homem que uma rápida sucessão de imagens nítidas como a realidade lhe representava sob a ameaça da morte, desfigurado pela agonia.

– Sabe-se lá alguma vez desde quando? – continuou o pai que, perante aquela sincera aflição, exagerava o sofrimento para manter e aumentar uma pena de que talvez conseguisse tirar proveito. – Sabe-se lá alguma vez desde quando? São doenças que minam durante anos; e depois, um belo dia, manifestam-se de repente. Mas então já não há remédio. Temos de nos resignar e esperar a pancada de um momento para o outro...

Falando assim, com voz alterada, parecia despojar-se da sua dureza e brutalidade maciças, ficar mais velho, mais fraco, mais alquebrado. Era como uma repentina dissolução de toda a sua pessoa, mas, apesar disso, com qualquer coisa de artificial, de excessivo e de teatral, que não escapou à perspicácia de Giorgio. E o rapaz pensou naqueles atores que, em cena, têm a faculdade de se metamorfosear instantaneamente, como se tirassem uma máscara e pusessem outra. Teve mesmo a súbita intuição do que ia seguir-se. Sem dúvida alguma, o pai adivinhara o motivo dessa inesperada visita; e agora tentava tirar algum efeito útil da exibição do seu mal. Sem dúvida alguma ainda, propunha-se alcançar um fim bem definido. Que fim? Giorgio não sentira nenhuma indignação, nenhuma cólera interior; e também não se preparou para se defender contra a emboscada que previa com tanta certeza; pelo contrário, a sua inércia aumentou proporcionalmente à sua lucidez. E esperou que a comédia continuasse, pronto a sofrer-lhe todas as peripécias, triste e resignado.

– Queres entrar? – inquiriu o pai.

– Como queiras.

– Entra. Tenho uns papéis para te mostrar.

O pai entrou à frente, dirigindo-se àquele compartimento cuja janela aberta despejava em toda a casa os trinados do canário. Giorgio seguia-o sem olhar à sua volta. Percebeu que o pai alterara também a marcha, de modo a fingir cansaço; e foi um desgosto para ele pensar nas imposturas degradantes de que iria, em breve, ser espectador e vítima. Sentia na casa a presença da amante, tinha a certeza de que ela estava escondida em qualquer quarto, que estava à escuta, que espiava. *Que papéis quer ele que eu veja? Que quererá de mim? Com certeza, quer dinheiro e aproveita a ocasião...,* pensou.

E julgou ainda ouvir certas invetivas da mãe. Lembrou-se de certas particularidades quase incríveis que soubera por ela... *Que hei de fazer? Que lhe hei de responder?*

O canário, na gaiola, cantava com voz límpida e forte, variando as modulações, e as cortinas brancas inchavam como duas velas, deixando entrever o azul longínquo. O vento agitava alguns dos papéis que cobriam a mesa. E, nessa mesa, Giorgio viu, num disco de cristal que servia de pisa-papéis, um desenho obsceno.

– Que mau dia que está hoje! – murmurou o pai, fingindo-se atormentado pelas pulsações do coração, deixando-se cair com todo o seu peso numa cadeira, semicerrando as pálpebras e começando a respirar como um asmático.

– Sentes-te mal? – disse Giorgio, quase tímido, sem saber se aquele sofrimento era real ou simulado, nem que atitude devia tomar.

– Sim... mas isto passa num instante... Apenas tenho a menor agitação, a menor inquietação, sinto-me pior. Preciso de um pouco de tranquilidade, de repouso. E, pelo contrário...

Começava outra vez a falar naquele tom lamentoso de queixa entrecortada que, em virtude de uma vaga semelhança de voz, lembrou a Giorgio a tia Gioconda, a pobre idiota, quando tentava comovê-lo para obter gulodices. Agora o fingimento era tão evidente, tão grosseiro, tão ignóbil, e, apesar de tudo, tão humanamente miserável o estado daquele homem reduzido a tais baixezas para satisfazer o seu vício implacável, havia tanto de verdadeiro sofrimento na expressão desse rosto intrujão, que Giorgio pensou que nenhuma das angústias da sua vida passada se podia comparar à horrível angústia desse momento.

– E, pelo contrário, quê? – perguntou ele, como para encorajar o pai a continuar e apressar o fim da sua própria tortura.

– Pelo contrário, há algum tempo que tudo vai de mal a pior, e as catástrofes acontecem umas atrás das outras. Tenho tido prejuízos consideráveis. Três anos maus consecutivos, moléstia na vinha, o gado dizimado, as rendas reduzidas a menos de metade, as contribuições aumentadas em enormes proporções... Olha, olha, aqui estão os papéis que eu queria mostrar-te...

E pegou num maço de papéis de cima da mesa, mostrou-os ao filho, pondo-se a explicar confusamente uma quantidade de assuntos embrulhadíssimos, relativos a compromissos financeiros por pagar, que se acumulavam há meses. Era absolutamente necessário pôr tudo em ordem sem perda de tempo, para evitar um incalculável prejuízo. Já tinham feito o arresto e, de um momento para o outro, afixariam talvez os editais de venda. Como havia de sair-se daquela atrapalhação repentina em que se encontrava sem ter culpa nenhuma? Tratava-se de uma quantia muito grande. Que havia de fazer?

Giorgio calava-se, com os olhos fitos nos papéis que o pai folheava com a mão balofa, quase monstruosa, de poros muito visíveis, e de uma palidez que contrastava singularmente com o rosto sanguíneo. De vez em quando, deixava de ouvir as palavras; mas conservava no ouvido a monotonia dessa voz ultrapassada pelos gorjeios agudos do canário e pelos gritos intermitentes que vinham de onde os dois pequenos bastardos continuavam, com certeza, a brincar na areia. As cortinas agitavam-se nas janelas quando uma aragem mais viva lhes enchia as pregas. E todas aquelas vozes, todos aqueles rumores, tinham uma inexplicável expressão de tristeza para

O TRIUNFO DA MORTE

o silencioso visitante, que considerava com uma espécie de pasmo essas caligrafias apertadas de credores, sobre as quais passava a mão balofa e pálida onde as sangrias haviam deixado pequenas cicatrizes. Surgiu-lhe na memória, extremamente nítida, uma recordação da infância: o pai estava junto de uma janela, de rosto sério, a manga da camisa arregaçada e o braço numa bacia cheia de água que se ia avermelhando com o sangue que jorrava da veia aberta. E, ao lado dele, o médico, de pé, vigiava o fluxo do sangue, tendo na mão as ligaduras prontas. Cada imagem atraía outra. Ainda estava a ver as lancetas luzidias no estojo de coiro verde, a mulher que trazia do quarto a bacia cheia de sangue, a mão segura ao peito por uma fita preta que passava pelas costas gordas e moles enterrando-se um pouco...

– Estás a ouvir? – perguntou-lhe o pai, vendo-o a cismar.

– Estou, estou.

Nesse momento, o pai esperava talvez alguma oferta espontânea. Desapontado, fez uma pausa; depois, vencendo o seu embaraço, disse:

– Bartolomeu salvar-me-ia, se me emprestasse essa importância...

Hesitou, e a sua fisionomia tomou uma expressão indefinível onde o filho supôs reconhecer o último indício de um pudor vencido pela necessidade quase desesperada de alcançar um fim.

– Ele dar-me-ia aquela quantia, garantida contra uma letra, mas... creio que exigiria a tua assinatura.

Estava, finalmente, armado o laço.

– Ah! A minha assinatura... – balbuciou Giorgio, confuso, não pelo pedido mas pelo odioso daquele cunhado que as acusações maternas haviam já apresentado como um corvo agoirento, ávido de devorar os restos da casa Aurispa.

E, como ficara perplexo e assombrado sem dizer mais nada, o pai, receando uma recusa, pôs de parte toda a reserva e recorreu às súplicas. Não tinha senão aquele meio para evitar uma venda judiciária desastrosa, que decidiria certamente todos os outros credores a cair-lhe em cima. O desastre seria inevitável. Quereria o filho, então, assistir àquela ruína? Ou não compreendia que, intervindo naquelas circunstâncias, trabalhava até no seu próprio interesse e defendia um património que dentro em pouco pertencia ao irmão e a ele próprio?

– Oh! Não há de faltar muito, isto acontece de um dia para o outro, talvez amanhã!

E pôs-se outra vez a falar na sua doença incurável, no perigo contínuo que o ameaçava, nas inquietações e nos desgostos que lhe aceleravam a morte.

Exausto, sem poder tolerar mais aquela voz e aquele espetáculo, mas preso igualmente pela ideia dos outros carrascos que o tinham empurrado à força para ali e agora o esperavam para lhe pedir contas da diligência, Giorgio balbuciou:

– Mas é verdade que vais empregar esse dinheiro no que dizes?

– Oh! Também tu, também tu! – exclamou o pai, mal reprimindo, sob uma aparente explosão de dor, um dos seus acessos de violência. – Já te disseram também a ti o que andam para aí a dizer, por toda a parte e a toda a hora, que eu sou um monstro, que cometi todos os crimes, que sou capaz de todas as infâmias! E tu também acreditaste! Mas porquê? Porque me odeiam assim naquela casa? Porque me desejam ver morto? Oh! Tu não sabes quanto a tua mãe me odeia! Se voltasses neste momento para junto dela e lhe contasses que me deixaste agonizante, ela beijar-te-ia e diria: «Bendito seja Deus!» Oh! tu não sabes...

Na brutalidade do seu tom, no abrir da boca que lhe azedava as palavras, na respiração veemente que lhe dilatava as narinas, na vermelhidão irritada dos olhos, reaparecia, mau grado seu, o verdadeiro homem; e contra esse homem o filho teve um movimento de primitiva aversão, um movimento tão súbito e impetuoso que, sem refletir,

O TRIUNFO DA MORTE

pela necessidade de sossegar o pai e ver-se livre dele, o interrompeu com uma voz convulsa:

– Não, não..., não sei nada... Diz lá o que tenho de fazer... Onde hei de assinar?

E ergueu-se, desorientado, aproximando-se da janela e voltando--se para o pai. Viu-o procurar qualquer coisa numa gaveta com uma espécie de impaciência ofegante e pôr depois em cima da mesa uma letra em branco.

– Aqui: basta que ponhas a tua assinatura aqui.

E, com o seu dedo enorme, onde a unha chata desaparecia sob os refegos da carne, indicava o sítio para a assinatura.

De pé, sem a noção clara do que fazia, Giorgio pegou na pena e assinou rapidamente. Queria ver-se livre e fora daquela sala, correr ao ar livre, ir para muito longe, estar sozinho. Mas, ao ver o pai pegar na letra, examinar a assinatura, polvilhá-la com areia, para a secar, guardá-la na gaveta e fechá-la à chave; ao descobrir em cada um desses atos a ignóbil alegria mal disfarçada do homem que conseguiu sair-se bem de uma dificuldade; quando se convenceu de que tinha sido vítima de uma vergonhosa burla e refletiu nos interrogatórios dos outros que o esperavam na outra casa, o inútil arrependimento do seu ato abalou-o tão fortemente que esteve quase a dar largas à sua extrema indignação e, finalmente, a revoltar-se com todas as suas forças contra o perverso, em defesa de si próprio, da casa, dos direitos violados da mãe e da irmã.

Era então verdade tudo quanto a mãe lhe dissera. Era tudo verdade. Aquele homem não tinha sombra de consideração, de pudor. Não recuava diante de coisa alguma ou de alguém, *para arranjar dinheiro...*

Percebeu, outra vez, a presença ali da amante, da mulher ambiciosa e insaciável, que decerto se escondia em qualquer compartimento próximo, à escuta espiando, à espera do seu quinhão na pilhagem. Sem poder dominar o tremor que o agitava, disse-lhe:

– Promete-me... prometes que este dinheiro não vai servir para outra coisa?

– Prometo, sim – replicou o pai, mostrando agora quanto o incomodava tal insistência e mudando nitidamente de atitude por já não ter necessidade de implorar e fingir.

– Lembra-te de que venho a sabê-lo – acrescentou Giorgio, muito pálido, numa voz um pouco estrangulada, esforçando-se por conter o ímpeto da sua indignação, que aumentava à medida que aquele homem lhe surgia mais claramente no seu aspeto odioso, ao passo que mais claramente se viam as consequências do seu ato irrefletido. – Tem cautela! Eu não quero ser teu cúmplice contra a mãe...

Fingindo que o ofendera esta suspeita, elevando bruscamente a voz para intimidar o filho que o obrigava a fitá-lo nos olhos, o pai gritou:

– Que queres dizer com isso? Quando há de a víbora da tua mãe acabar de cuspir toda a peçonha? Quando acabará isso? Quando? Quer que eu lhe tape a boca de vez? Pois bem, assim será, um destes dias. Que mulher! Há quinze anos, sim, quinze anos que não me deixa um instante sequer em sossego! Envenenou-me a vida e faz-me morrer aos poucos. Se estou arruinado, é por culpa dela. Ouviste? Por culpa dela!

– Cala-te! – exclamou Giorgio, fora de si, transtornado, pálido como um morto, tremendo dos pés à cabeça, invadido por um furor igual ao que o levantara contra Diego. – Cala-te. Nem fales nela! Não és digno sequer de lhe beijar os pés! Eu vim aqui para to dizer. Deixei-me enganar com a tua comédia. Caí no teu laço. O que tu querias era uma prenda para dar à tua amante, e conseguiste-o. Que vergonha! E, ainda por cima, tens coragem de insultar a mãe.

Embargou-se-lhe a voz na garganta estrangulada. Velavam-se-lhe os olhos, dobravam-se-lhe os joelhos como se lhe faltassem as forças.

– E agora adeus! Vou-me embora. Faz o que quiseres. Já não sou teu filho. Não quero mais ver-te nem saber de ti. Vou buscar a mãe e levá-la para longe. Adeus!

Saiu, a tremer, com a sombra nos olhos. Ao atravessar as salas para o terraço, ouviu um ranger de saias e bater uma porta, como que atrás de alguém que fugisse à pressa, para não ser apanhada. Assim que chegou cá fora, sentiu uma vontade louca de chorar, de gritar, de correr pelo campo, de estoirar a cabeça contra um penedo, de procurar um precipício onde acabasse. Vibravam-lhe dolorosamente os nervos na cabeça, que lhe produziam pontadas cruéis, como se estivessem a rasgar-se uns atrás dos outros. E pensava, com um espanto que o morrer da luz tornava mais atroz: *Para onde hei de ir? Voltar para além, esta noite?* Parecia-lhe que a casa ficava a uma distância infinita; a extensão do caminho afigurava-se-lhe invencível e afigurava-se-lhe inadmissível tudo quanto não fosse o fim imediato e absoluto da sua enorme tortura.

8

Na manhã seguinte, ao abrir os olhos após um sono agitadíssimo, conservava apenas uma confusa lembrança dos acontecimentos da véspera. O cair trágico do crepúsculo sobre o campo deserto, o som grave das *Trindades* que, prolongado nos ouvidos por uma alucinação, parecia não ter fim, a tristeza que o assaltava ao aproximar-se de casa, ao avistar as janelas cheias de luz, atravessadas de vez em quando por sombras móveis; a exaltação febril que se apoderara dele no momento de contar à mãe e à irmã o caso, exagerando a violência das invetivas e a atrocidade da altercação; a necessidade quase delirante de falar, falar muito, de acrescentar à narração dos factos reais a incoerência das suas fantasias; as interrupções de desprezo ou de ternura da mãe, à medida que ele descrevia a atitude daquele bruto e a sua própria coragem ao fazer-lhe frente; depois a súbita rouquidão, o rápido enfurecer da dor que lhe martelava as têmporas, os esforços espasmódicos de um vómito azedo e incoercível, o grande frio que o trespassava na cama, os fantasmas horríveis que o sobressaltaram no primeiro entorpecimento dos seus nervos esgotados: tudo lhe vinha confusamente à memória, aumentando-lhe a inércia corporal, tão penosa, e de que, no entanto, não desejava sair senão para entrar numa completa escuridão, na insensibilidade do cadáver.

A necessidade da morte continuava suspensa sobre ele com a mesma iminência. Era-lhe, contudo, insuportável pensar que, para executar os seus projetos, tinha de se eximir à indolência e praticar uma série de atos fatigantes, vencer a repugnância física do esforço. Onde havia de se matar? Como? Em casa? Nesse próprio dia? Com uma arma de fogo? Com um veneno? Ainda não se lhe formara no espírito uma ideia precisa e definitiva. O próprio torpor que o esmagava e o amargo de boca sugeriram-lhe a ideia de um narcótico. E, vagamente, sem chegar a considerar os meios práticos para alcançar a dose eficaz, imaginou-lhe os efeitos. Depois, a pouco e pouco, as imagens multiplicaram-se, pormenorizaram-se, tornaram-se nítidas, associavam-se, formando uma cena visível. Entretinha-se mais a imaginar as circunstâncias que levariam a mãe, a irmã e o irmão a saberem da catástrofe do que a sua lenta agonia; as manifestações de dor, as atitudes, as palavras, os gestos. E essa curiosidade compreendia todos os sobreviventes, não só os parentes próximos, mas toda a família, os amigos e Ippolita, essa Ippolita distante, tão distante que quase se lhe tornara estranha...

– Giorgio!

Era a voz da mãe que batia à porta do quarto.

– És tu, mãezinha? Entra.

Entrou, aproximou-se do leito com terna solicitude, debruçou-se sobre ele, e, pondo-lhe a mão na testa, perguntou:

– Então como estás? Estás melhor?

– Um pouco... ainda me sinto atordoado. Amarga-me a boca. Queria tomar alguma coisa...

– A Camila vem aí com uma chávena de leite. Queres que te abra mais as portas da janela?

– Como queiras, mãezinha.

Tinha a voz alterada. A presença da mãe irritou-lhe aquele sentimento de *piedade* por si mesmo que criara o quadro imaginário das lágrimas fúnebres cuja hora cria próxima. No seu espírito, o facto real da mãe a abrir as janelas identificava-se com o facto anteriormente imaginado da terrível descoberta; e humedeceram-lhe

O TRIUNFO DA MORTE

os olhos de comiseração por ele próprio e pela pobre senhora a quem preparava aquele golpe. E a cena trágica surgiu-lhe mais evidente. A mãe voltava-se para a luz, chamava-o pelo nome, um tanto admirada, aproximava-se outra vez, trémula, tocava-o, abanava-o, sentia-o inerte, gelado, rígido, e caía por fim desmaiada, sobre ele... *Talvez morta. Um golpe assim poderia fulminá-la.*

Cresceu a sua perturbação; e o momento pareceu-lhe solene como tudo o que é final; o aspeto, os atos, as palavras, os gestos da mãe, tomaram para ele um significado e um valor tão insólitos, que os seguiu com uma atenção quase aflitiva, subtraído um momento à sua inércia interior, e readquirindo uma noção extraordinariamente ativa da vida. Repetia-se nele um fenómeno conhecidíssimo cuja singularidade por vezes atraíra a sua atenção; era a passagem instantânea de um estado de consciência para outro, em que havia a mesma diferença entre o novo estado e o anterior que entre o despertar e o sono; e lembrava-lhe a súbita mudança que se dá no teatro quando a ribalta se ilumina de repente, projetando a sua viva claridade.

No estado habitual, a sua consciência era como que coberta por uma superfície opaca que parecia pôr entre ela e a realidade uma espécie de diafragma que às vezes se fechava até se tornar completamente isolador, impedindo as perceções do mundo exterior. Era, segundo uma imagem visível, como uma esfera de que não fosse obscuro o núcleo, mas, pelo contrário, num grau assaz menor, um leve extrato periférico.

No entanto, acontecia às vezes, de súbito, que aquela opacidade superficial desaparecia e a consciência se encontrava em contacto imediato com a realidade presente; e então as perceções pareciam trazer qualquer coisa de novo, queriam revelar um novo aspeto e uma nova essência da vida real perante aqueles seres que pela proximidade lhe apareciam então sob um aspeto particularmente determinado.

Também, como acontecera no dia do enterro, o filho olhou para a mãe com outros olhos e viu-a tal como a vira então, com estranha lucidez. Sentiu que a vida dela se aproximava da sua própria vida, como que aderente, sentiu os laços misteriosos do sangue e a tristeza do destino que a ambos ameaçava. E ergueu-se um pouco do travesseiro, pegou-lhe na mão e tentou disfarçar com um sorriso a sua aflição.

Fingindo ver a pedra trabalhada de um anel, examinava-lhe a mão comprida e magra, onde cada pormenor punha uma expressão extraordinária de vida e cujo contacto lhe dava uma sensação diferente de qualquer outra. E, com a alma sempre envolta em imagens sombrias, há pouco evocadas («Quando eu estiver morto e ela me tocar, ao sentir-me frio...»), estremeceu instintivamente ao lembrar--se da repulsa que um dia sentira ao tocar num cadáver.

– Que tens? – perguntou-lhe a mãe.

– Nada... é nervoso.

– Oh! Tu não estás bem! – continuou ela, abanando a cabeça.
– Onde te dói?

– Em parte nenhuma, mãezinha. Estou um pouco agitado, como é natural.

Mas o que havia de forçado e convulso no rosto do filho não escapou ao olhar materno.

– Como eu estou arrependida de te ter lá mandado! Fiz muito mal em te mandar.

– Não, mãezinha. Porquê? Mais tarde ou mais cedo, era necessário.

E, em seguida, já sem nenhuma confusão, reproduziu mentalmente a hora tristíssima. Os gestos, a voz do pai, a sua própria voz, tão mudada que, de um modo incrível, proferia palavras muito graves. Pareceu-lhe haver sido estranho a esse ato, a essas palavras, e, todavia, no fundo da sua alma sentia uma espécie de um remorso obscuro, verificava em si próprio uma consciência instintiva de ter ultrapassado os limites, de ter cometido uma falta irremediável, de ter calcado aos pés qualquer coisa de humano e sagrado. Porque se afastara ele com tal violência da grande resignação calma que a imagem mortuária de Demétrio lhe inspirara quando lhe apareceu no meio do campo silencioso? Porque não continuara a olhar com a mesma piedade dolorosa e perspicaz a baixeza e ignomínia daquele homem sobre quem, como sobre todos os outros homens, pesava um invencível destino? E ele próprio, ele, que tinha nas veias o mesmo sangue, não traria igualmente no fundo do seu ser todos os gérmenes latentes desses vícios abomináveis? Se continuasse a viver, não se arriscaria também a cair por seu turno numa tal abjeção? E então todas as cóleras, todos os ódios e violências, todos os castigos, lhe pareceram injustos e inúteis. A vida era uma surda fermentação de matérias impuras. Julgou crer que tinha em si muitas forças ocultas, desconhecidas e indestrutíveis, cuja evolução progressiva e fatal constituía a sua existência até aí, e não havia de constituir a sua existência futura, se não acontecesse precisamente que a sua vontade obedecesse a uma dessas forças que lhe impunham agora o ato decisivo. *Em suma, para quê lamentar o que fiz ontem? Poderia deixar de o fazer?*

Era necessário, repetiu, com um novo sentido, como se falasse consigo próprio. E assistia, lúcido e pensativo, ao desenrolar da curta vida que lhe restava para viver.

9

Quando a mãe e a irmã o deixaram sozinho, ficou ainda algum tempo na cama, sentindo uma repugnância física de fazer fosse o que fosse. Parecia-lhe que, para se levantar, precisava de um grande esforço, e custava-lhe deixar aquela posição horizontal dentro talvez de uma hora em que iria achar o eterno descanso. Lembrou-se outra vez do narcótico. *Fechar os olhos e esperar pelo sono.* A claridade virginal daquela manhã de maio, o azul que refletia nas vidraças, a réstia de sol que se estendia pelo soalho, as vozes e os ruídos que vinham da rua, todas essas manifestações de vida que pareciam assaltar a varanda para entrar até ao pé dele e reconquistá-lo, tudo lhe fazia uma espécie de medo e de cólera. Figurava-se-lhe a imagem da mãe a abrir as janelas, e Camila ao pé da cama; ouvia as palavras de uma e outra, que se referiam sempre ao mesmo homem. O que profundamente lhe ficara na memória fora uma exclamação cruel da mãe, com os lábios a transbordar de indignação. E associava-lhe a visão do rosto paterno, aquele rosto onde cuidou ver, além, no terraço, sob a luz violenta reverberando da brancura da parede, os sinais da doença mortal. A mãe dissera, diante dele e de Camila, com entusiasmo: «Oxalá que fosse verdade! Aprouvera ao Céu que assim fosse!» E era esta a última impressão que lhe deixava na alma, à beira de desaparecer do mundo, a criatura que constituía, antigamente, na casa, o manancial de todas as ternuras!...

Por um brusco movimento de energia, desceu da cama, resolvido de vez a fazer alguma coisa. «Antes da noite, tudo terá acabado. Aonde há de ser?» Lembrou-se dos aposentos fechados de Demétrio. Não tinha ainda um plano estabelecido, mas encontrou no fundo de si próprio a certeza de que, durante as horas que estavam para passar, o meio se lhe oferecia espontaneamente, por uma súbita sugestão a que seria obrigado a obedecer.

Enquanto se lavava, perseguia-o a preocupação de preparar o corpo para o túmulo. Dava-se nele a espécie de verdade fúnebre que se nota em certos condenados e suicidas. Ele tornava este sentimento mais intenso observando-o em si próprio. Então teve pena de morrer naquela pequena cidade obscura, no fundo daquela província selvagem, longe dos amigos, que haviam de ignorar, durante muito tempo, a sua morte. Se, pelo contrário, o facto se passasse em Roma, na grande cidade onde era conhecidíssimo, os amigos lastimá-lo-iam, dando, com certeza, um ar de poesia ao trágico mistério. Evocou outra vez o que se seguiria à morte: a sua posição no leito no quarto dos seus amores, a profunda comoção das almas juvenis, almas irmãs, perante o cadáver que repousava numa paz austera, os diálogos dos turnos à luz dos círios, o caixão coberto de flores, acompanhado por uma multidão de rapazes silenciosos, as palavras de despedida pronunciadas pelo poeta Stefano Gondi: «Quis morrer, *porque não pode tornar a sua vida conforme com o seu sonho.*» E depois a dor, o desespero, a loucura de Ippolita...

Ipollita!... Onde estaria? Que sentia, que fazia?

Não, pensou, *o meu pressentimento não me enganava.* Veio-lhe mais uma vez à ideia o gesto da amante descendo o véu negro sobre o último beijo, e repassou em mente os pequenos factos *finais*. Entretanto, uma coisa que ele não chegava a explicar era a quase absoluta aquiescência da sua alma à necessária e definitiva renúncia que o desapossava dessa mulher, outrora tão sonhada e adorada. Porque, depois da febre e das aflições dos primeiros dias,

O TRIUNFO DA MORTE

o abandonava a pouco e pouco a esperança e caíra na desoladora certeza de que seria inútil qualquer esforço para ressuscitar essa grande coisa morta e extraordinariamente distante, o seu amor? Porque se desprendera tanto dele todo esse passado que, nos últimos dias, sob o golpe das recentes torturas, apenas sentira algumas das suas vibrações repercutirem-se nitidamente na consciência?

Ippolita! Onde estaria? Que sentiria, que faria? A que espetáculos se lhe abriam os olhos? Que palavras, que contactos a perturbavam? Como podia ser que, em duas semanas, não pudesse ter-lhe enviado notícias menos vagas e breves que os quatro ou cinco telegramas expedidos de lugares sempre diferentes?

Talvez sucumbisse ao desejo de outro homem. Aquele cunhado de que me falava a cada passo... E o pensamento doloroso, suscitado pelo velho hábito do ciúme e da censura, apoderou-se dele de súbito, abalando-o como nas horas mais sombrias de outrora. Levantou-se nele uma chusma de tristes recordações. Debruçado na mesma varanda onde, na primeira noite, evocara o nome da amante entre o perfume das bergamotas, revivia agora, num segundo, as misérias de dois anos. E pareceu-lhe que, no esplendor desta manhã de maio, a recente felicidade do rival desconhecido desabrochava e se propagava até ele.

10

Para se iniciar no profundo mistério em que ia penetrar, Giorgio quis ver outra vez os aposentos desertos da casa onde Demétrio passou os seus últimos dias.

Deixando ao sobrinho toda a fortuna, Demétrio deixara--lhe também aquela parte da casa. Giorgio conservou intactos os compartimentos, com religioso cuidado, como se conservasse um relicário. Ocupavam o último andar, voltados para sul, para o jardim.

Pegou na chave e subiu cautelosamente as escadas para evitar que o interrogassem. Mas, para atravessar o corredor, tinha fatalmente de passar pela porta da tia Gioconda. Na esperança de passar despercebido, caminhava devagarinho, em bicos de pés, contendo a respiração. Ouviu tossir a velha, e deu alguns passos mais rápidos julgando que o ruído da tosse abafasse o barulho dos pés.

– Quem anda aí? – perguntou, de dentro, uma voz rouca.

– Sou eu, tia Gioconda.

– Ah! És tu, Giorgio? Vem cá, vem cá.

A velha apareceu no limiar, com a sua máscara amarela, quase cadavérica, na sombra, e lançou ao sobrinho um olhar especial que se dirigia mais às mãos do que ao rosto, como para ver principalmente se as mãos lhe traziam alguma coisa.

– Eu vou aqui ao quarto do lado – disse Giorgio, repelido pelo nojento cheiro que o nauseava. – Até logo, tia. É necessário arejar os quartos.

Continuou a andar pelo corredor, avançando até a porta seguinte. Mas, ao meter a chave na fechadura, sentiu atrás dele o coxear da velha. Aquela velha, quase idiota, que tinha o hálito fétido de quem morre de tifo, desfeita de gulodice, meio apodrecida entre os seus santos, aquela velha era então como que a guarda do lugar. Aquela velha era irmã do suicida, a irmã carnal de Demétrio Aurispa.

Giorgio sentiu desfalecer-lhe o coração à ideia de que talvez não achasse meio de se ver livre dela, e fosse obrigado a escutar a sua voz gaguejante no silêncio quase religioso daqueles quartos, no meio das recordações queridas e terríveis. Sem dizer palavra, sem sequer se voltar, abriu a porta e entrou.

O primeiro compartimento estava escuro, cheio de um ar morno e um pouco abafado, impregnado do cheiro esquisito que têm as velhas bibliotecas. Uma fresta de luz débil indicava a janela. Antes de lhe abrir os batentes, Giorgio hesitou, aplicando o ouvido para escutar o roer do caruncho. A tia Gioconda começou a tossir, invisível, no escuro. Então, apalpando a porta à procura do trinco de ferro, teve um arrepio, um terror súbito. Abriu e voltou-se; viu as formas vagas dos móveis na penumbra esverdeada produzida pelas persianas, a velha, no meio da casa, derreada de um lado, bamboleando o corpo flácido e mastigando o que quer que fosse. Empurrou as persianas, que rangeram nas corrediças; uma onda de sol inundou o interior; houve uma palpitação nas cortinas desbotadas.

A princípio ficou indeciso: a presença da velha impedia-o de se entregar às suas evocações. A sua irritação cresceu a ponto de não lhe dizer palavra, com medo de lhe falar com voz áspera e irritada. Passou ao compartimento contíguo e abriu a janela. A luz entrou, os cortinados estremeceram. Entrou no terceiro, abriu também a janela, a luz penetrou e estremeceram os cortinados.

O TRIUNFO DA MORTE

Não foi mais longe. A seguir, no ângulo, era o quarto de dormir. Queria entrar lá sozinho. Ouviu, com desespero, aproximar-se o passo claudicante da velha importuna. Sentou-se numa cadeira e concentrou-se num silêncio obstinado, à espera.

A velha entrou devagar. Vendo Giorgio calado e sentado, ficou perplexa. Não sabia que dizer. O vento fresco que entrava pela janela provocou-lhe outra vez a tosse; e continuou a tossir, de pé, no meio do quarto. A cada tossidela, inchava-lhe e encolhia-se-lhe o corpo, como um fole de gaita a um sopro intermitente. Tinha as mãos no peito, umas mãos gordas de sebo, com unhas debruadas de negro. E, na boca, entre as gengivas vazias, tremia-lhe a língua esbranquiçada.

Mal a tosse acalmou, sacou da algibeira uma caixa imunda e tirou uma pastilha. Sempre de pé, mastigava, olhando estupidamente para Giorgio. Depois desviou dele o olhar para o dirigir para a porta fechada do quarto aposento. Fez o sinal da cruz e veio sentar-se na cadeira mais próxima, com as mãos poisadas na barriga e as pálpebras fechadas, rezando o *requiem*.

Está a rezar pelo irmão, pela alma do condenado. Parecia incrível que essa mulher fosse irmã de Demétrio Aurispa. Como o sangue altivo e generoso que ensopou a cama do quarto ao lado, esse sangue vertido de um cérebro já gasto pelas altas cogitações da inteligência, podia provir da mesma origem do que corria, empobrecido, nas veias daquela beata. *Nela, é a gulodice, a gulodice apenas, a chorar a generosidade do doador. Como é estranha essa oração de agradecimento que se ergue de um estômago estragado para o mais nobre dos suicidas! Que bizarra é esta vida!,* pensou Giorgio.

De repente, a tia Gioconda começou outra vez a tossir.

– Vá-se embora, tia; é melhor – disse Giorgio, já sem forças para dominar a sua impaciência. – Este ar faz-lhe mal. É melhor ir-se embora. Ande, depressa, levante-se. Eu vou consigo.

A tia fitou-o, admirada daquele modo brusco e do tom insólito. Levantou-se e foi-se embora, coxeando. No corredor benzeu-se outra vez, como num exorcismo. Giorgio fechou logo a porta à chave. Enfim, estava sozinho e à vontade com o invisível companheiro.

Ficou durante alguns momentos imóvel, como sob uma influência magnética. Sentiu-se tocado até às raízes do seu ser pela fascinação sobrenatural que exercia sobre ele, do fundo da sepultura, a criatura que já não era deste mundo.

E apareceu-lhe ainda o homem doce e meditativo, com aquele rosto cheio de viril melancolia, a que dava uma estranha expressão a madeixa de cabelos brancos no meio dos cabelos escuros, ao meio da testa.

Para mim, ele existe, pensou. *Sinto a sua presença a toda a hora. Desde o dia da sua morte física, nunca compreendi tanto a nossa consanguinidade nem a perceção da intensidade daquele ser como depois da sua morte. Tudo quanto nele se dispersava ao contacto dos seus semelhantes, todos os seus atos, os seus gestos, as palavras que espalhou no decorrer do tempo, todas as diversas manifestações que determinavam o carácter particular do seu ser em relação aos outros, todas as formas, constantes e variáveis, que distinguiam a sua personalidade das outras personalidades e o tornavam um homem à parte no meio da humanidade; tudo o que, numa palavra, diferenciava a sua vida própria das outras vidas, me parece agora anulado, concentrado, circunscrito ao único laço ideal que o prende a mim. Existe só para mim, livre de qualquer contacto, em comunicação só comigo. Existe, mais puro e mais forte que nunca.*

Deu alguns passos, devagar. Palpitavam no silêncio pequenos ruídos ocultos, dificilmente percetíveis. O ar vivo, o calor do dia, contraíam as fibras dos móveis entorpecidos e habituados à escuridão das janelas fechadas. A respiração do céu penetrava nos poros da madeira, agitava os grãos de pó, enchia as dobras dos tapetes. Numa réstia de sol turbilhonavam milhões de partículas. O cheiro dos livros era a pouco e pouco substituído pelo aroma das flores.

O TRIUNFO DA MORTE

As coisas sugeriram a Giorgio uma infinidade de recordações. Saía delas um coro leve e murmuroso que o envolvia. De toda a parte se evolavam emanações do passado. Dir-se-ia que as coisas despediam eflúvios de uma substância espiritual que as impregnava. «Estarei delirando?», perguntou ele ao aspeto das imagens que nele se sucediam com vertiginosa rapidez, nítidas como visões, não obscurecidas por uma sombra de morte mas vivendo uma vida superior. E ficou perplexo, fascinado pelo mistério, invadido por uma terrível tristeza no momento de se aventurar até os confins daquele mundo desconhecido.

As cortinas, que pareciam animadas por uma respiração rítmica, ondulavam de manso, deixando entrever uma paisagem nobre e calma. Os leves ruídos das madeiras, dos papéis e dos tabiques, continuavam. No terceiro compartimento, severo e simples, eram musicais as recordações que vinham de instrumentos mudos. Sobre um grande piano de palissandro cuja superfície polida refletia os objetos como um espelho, jazia um violino na sua caixa. Numa cadeira, uma folha de papel de música abanava para cima e para baixo, à mercê da aragem, quase com o mesmo movimento dos cortinados.

Giorgio aproximou-se. Era uma folha de um *mottetto* de Felix Mendelssohn: *Domenica II post Pascha: Andante quasi Allegretto. Surrexit pastor bonus.* Mais além, em cima de uma mesa, estava uma rima de partituras para violino e piano, edições de Leipzig: Beethoven, Bach, Schubert, Rode Tartini e Viotti. Giorgio abriu o delicado instrumento que dormia no veludo cor de azeitona, com as suas quatro cordas intactas. Teve curiosidade de o despertar: e tocou a prima, que soltou um gemido agudo, vibrando por toda a caixa. Era um violino de Andrea Guarneri, com a data de 1680.

A figura de Demétrio apareceu-lhe outra vez, alta e esbelta, um tanto curvada, com o seu longo pescoço pálido, o cabelo penteado para trás e a madeixa de cabelos brancos a meio da testa. Tinha na mão um violino. Passou a mão pelos cabelos, nas fontes, por cima das orelhas num gesto que lhe era usual. Afinou o instrumento, deu resina no arco e começou a sonata. A sua mão esquerda, crispada e enérgica, corria ao longo do braço, as pontas dos dedos magros calcavam as cordas, era tão visível, através da pele, o jogo dos músculos, que fazia quase dó. A sua mão direita lançava o arco com um gesto largo e impecável. Às vezes encostava o queixo com força, inclinava a cabeça, semicerrava as pálpebras e concentrava-se na sua volúpia interior: outras vezes, levantava o busto, fixava em frente uns olhos brilhantes, sorria com um sorriso fugaz e a sua fronte tinha uma extraordinária pureza.

Foi assim que o violinista lhe reapareceu. E Giorgio reviveu as horas já passadas da vida, não só em imaginação mas como em sensações reais e profundas. Reviveu as longas horas de grande intimidade e calma, quando o tio e ele, sós, no quarto morno onde não entrava o menor ruído, executavam a música dos seus mestres prediletos. Como eles se esqueciam, então! Em que estranhos transportes os arrebatava em breve a música executada pelas suas próprias mãos! Às vezes, a fascinação de uma só melodia prendia-os uma tarde inteira, sem poderem sair do círculo mágico em que se encerravam. Quantas vezes repetiram um romance sem palavras de Felix Mendelssohn que lhes despertava, no fundo do coração, uma espécie de inconsolável desesperança! Quantas vezes haviam repetido uma sonata de Ludwig Beethoven que parecia prender-lhes a alma, arrastá-la com vertiginosa rapidez através do espaço infinito, e despenhá--la em todos os abismos!

Giorgio levou as suas recordações até ao outono de 188..., até esse inesquecível outono, melancólico e poético, em que Demétrio mal saía da convalescença.

Seria aquele o último outono! Após um grande período de forçado silêncio, Demétrio pegou no seu violino com a estranha inquietação de não saber tocar, como se receasse ter perdido todas as suas aptidões e destreza. Oh! O tremor dos dedos fracos nas cordas e a incerteza do arco ao tentar as primeiras notas! E as duas lágrimas que lhe rebentaram dos olhos rolavam pelas faces e paravam nos pelos da barba um pouco crescida, ainda mal tratada.

Giorgio imaginou o violinista prestes a improvisar, enquanto ele o acompanhava ao piano com uma aflição quase insustentável, procurando segui-lo, adivinhá-lo, receando sempre perder o compasso, errar o tom, fazer dissonância ou falhar uma nota.

Demétrio Aurispa inspirava-se quase sempre numa poesia para os seus improvisos. Giorgio lembrou-se da maravilhosa improvisação que, certo dia de outubro, o violinista inventou sobre um poema lírico de Alfred Tennyson, na *Princesa*. Foi Giorgio quem traduziu os versos para Demétrio os entender e lhos propôs para tema. Onde pararia esse caderno?

A curiosidade de uma nova sensação triste impeliu-o a procurá-lo num álbum que estava entre os papéis. Tinha a certeza de que havia de encontrá-lo; lembrava-se muito bem dele. E, com efeito, encontrou-o. Era um caderno único, escrito a tinta violeta. As letras haviam empalidecido e o caderno estava encarquilhado, amarelo, sem consistência, mole como uma teia de aranha. Revelava a tristeza das páginas escritas em outros tempos pela mão adorada, agora desaparecida para sempre.

Quase não reconhecendo a caligrafia, Giorgio murmurava para consigo: *Fui eu que escrevi este caderno. Esta letra é minha.* Era uma caligrafia um tanto desigual, tímida, quase feminina, que lembrava ainda a escola, e conservava a ambiguidade da recente adolescência, a hesitante gentileza de uma alma que não se atreve ainda a saber tudo. *Que mudança, até nisto!* E leu os pensamentos do poeta, despojados da sua melodia natal: *Lágrimas, lágrimas vãs, não sei que querem dizer / lágrimas que, das profundidades de um divino desespero / brotam do coração e sobem aos olhos / à contemplação dos felizes campos do outono, / à lembrança dos dias que não voltam mais. / Frescas como o primeiro raio que fulge sobre uma vela – que nos leva aos nossos amigos de além-mar, / tristes como o último raio que avermelha a vela / que naufraga com tudo o que amamos, / também tristes, e também alegres são os dias que não voltam mais! / Oh! Triste, estranho como, numa alvorada escura / o chilrear das aves que despertam – é para o ouvido do moribundo / quando aos olhos dele a janela a pouco e pouco se torna um pálido retângulo, / também tristes, também estranhos são os dias que não voltam mais! / Queridos como os beijos recordados depois da morte, / doces como aquelas imagens que uma fantasia sem esperança / sonha receber de lábios que são para outros; profundos como o amor / como o primeiro amor cheios de saudades; / ó Morte na Vida, os dias que não voltam mais!*

Demétrio improvisava, de pé, ao lado do piano, um pouco mais pálido e curvado; mas, de vez em quando, erguia-se ao sopro da inspiração como uma cana caída se ergue perante o sopro do vento. Tinha os olhos fitos na janela onde, como um quadro, surgia uma paisagem de outono, avermelhada e nevoenta. Consoante as mudanças de tempo, lá fora, uma luz vacilante inundava, por vezes, a sua pessoa, brilhava-lhe na humidade dos olhos e doirava-lhe a fronte extraordinariamente pura. E o violino dizia:

Tristes como o último raio que avermelha a vela que naufraga com tudo o que amamos, também tristes são os dias que não voltam mais!

Uma extrema angústia assaltou o sobrevivente, àquela recordação, àquela visão. Após a passagem dessas imagens, o silêncio pareceu-lhe mais grave, mais vazio. O delicado instrumento, onde a alma de Demétrio ergueu os cânticos mais elevados, dormia agora no veludo do estojo, com as suas quatro cordas intactas.

Baixou a tampa, como sobre um cadáver. Em volta, o silêncio tornou-se-lhe lúgubre. Mas conservava sempre no fundo do coração, semelhante a um estribilho repetido infinitamente, este suspiro: «Ó Morte na Vida, os dias que não voltam mais!»

O TRIUNFO DA MORTE

Ficou durante algum tempo diante da porta que fechava o compartimento trágico. Sentia que não podia ser mais senhor de si. Dominavam-no os nervos, impondo-lhe a desordem e o excesso das suas sensações. Apertava-lhe a cabeça um círculo que se fechava e alargava, segundo as palpitações das artérias, como se ela fosse de uma matéria elástica e fria. O mesmo frio lhe corria pela espinha dorsal.

Com uma súbita coragem, numa espécie de veemência, deu volta à chave e entrou. Sem olhar para o que o rodeava, seguindo ao longo de sulco de luz que, projetada pela abertura da porta, se estendia no soalho, encaminhou-se para uma das varandas e abriu os dois batentes. Fez o mesmo à outra varanda. Depois deste rápido movimento, voltou-se, agitado, ofegante. Notou que a raiz dos cabelos se lhe tornara sensível.

Viu, primeiro que tudo, a cama que lhe ficava em frente, coberta com uma colcha verde, toda de nogueira, mas simples, sem talha, sem aparato, sem cortinados. Durante alguns momentos não viu senão a cama, como outrora, naquele dia terrível em que, transpondo o limiar do quarto, ficara petrificado diante do cadáver.

Evocado pela imaginação do sobrevivente, Demétrio com a cabeça envolta num pano negro, e os braços, não cruzados no peito, mas estendidos ao longo do corpo, retomou a sua posição no leito mortuário. A luz crua que entrava pelas sacadas abertas não conseguia dissipar o fantasma. Era uma visão, não contínua, mas intermitente, entrevista como num rápido mover de pálpebras, posto que as suas pálpebras permanecessem imóveis.

No silêncio do quarto e no silêncio da sua alma, Giorgio ouviu, com toda a nitidez, o ruído de um caruncho. E este facto banal bastou para dissipar, momentaneamente, a estrema violência da tensão nervosa, como uma picada de agulha basta para esvaziar uma bexiga.

Voltaram-lhe então à memoria todas as particularidades do dia terrível, a notícia imprevista, levada às Torrette di Sarsa, às três horas da tarde, por um portador esfalfado que balbuciava e chorava; a viagem incómoda, a cavalo, sob o calor canicular, através das colinas em fogo e, durante a viagem, os repentinos desmaios que o faziam vacilar na sela; depois a casa cheia de prantos e de um barulho de portas agitadas pela ventania, e o sussurro que ele sentia nas artérias; e, por fim, a entrada impetuosa no quarto, a vista do cadáver, os cortinados que ondeavam com o ruído, o tinir da caldeirinha suspensa na parede.

O facto acontecera na manhã de 4 de agosto, sem nenhum precedente suspeito. O suicida não deixara carta alguma, nem para o sobrinho. O testamento pelo qual instituía Giorgio Aurispa seu universal herdeiro era de data muito antiga. Parecia manifesto o cuidado de Demétrio em ocultar as causas do seu propósito e até evitar qualquer pretexto a conjeturas; teve o cuidado de destruir os menores vestígios dos factos que precederam o ato supremo. No quarto estava tudo em ordem, numa ordem quase exagerada: nem um papel em cima da mesa, nem um livro fora da estante. Na mesinha, à cabeceira, o estojo das pistolas, aberto. Nada mais.

Porque se mataria? A interrogação voltou pela milésima vez ao espírito de Giorgio. *Teria ele algum segredo a devorar-lhe o coração? Ou a cruel sagacidade da sua mente tornava-lhe a vida insuportável? Ele trazia dentro de si o seu destino, como eu o trago dentro de mim.*

Olhou para a pequena pia de prata ainda pendurada à cabeceira da cama, na parede, sinal de religião e piedosa recordação materna. Era um trabalho elegante de um velho ourives-esmaltador de Guardiagrele, Andrea Galluci, uma espécie de joia hereditária. *Ele gostava dos símbolos religiosos, da música sacra, do aroma do incenso, dos crucifixos, dos hinos da igreja latina. Era um místico, um asceta, o mais apaixonado contemplativo da vida interior. Mas não acreditava em Deus.*

Olhou para o estojo das pistolas. Um pensamento, latente do fundo do seu cérebro, despertou como um clarão de relâmpago. *Hei*

O TRIUNFO DA MORTE

de matar-me com uma dessas, com a mesma, sobre o mesmo leito. A excitação, por um momento diminuída, reavivou-se; a raiz dos cabelos tornara-se-lhe sensível. Teve, de novo, a sensação real e profunda de arrepio já sentido no dia trágico, quando quis erguer o véu negro que cobria o rosto do morto, e quando, através dos panos, distinguiu os estragos da ferida, os estragos horríveis da explosão da arma, pelo choque da bala contra o crânio, contra essa fronte tão delicada e tão pura. Na realidade, não vira senão uma parte do nariz, a boca e o queixo. O resto estava encoberto por ligaduras, em alguns pontos dobradas, porque talvez os olhos tivessem saltado das órbitas. Mas a boca, intacta, que a barba fina e rara deixava a descoberto, aquela boca pálida e apaixonada que em vida se abria tão docemente para o imprevisto sorriso, recebeu do gelo da morte uma expressão de calma sobre-humana, mais extraordinária ainda pelos destroços sangrentos ocultos em pano.

Esta imagem, fixa numa impressão indelével, gravou-se no coração do herdeiro, em pleno coração; e, após cinco anos, tinha ainda a mesma evidência, conservada por um poder fatal.

Ao pensar que também se deitaria na mesma cama e se mataria com a mesma arma, Giorgio Aurispa não sentiu a emoção tumultuosa e vibrante que produzem as súbitas resoluções: era antes um sentimento inexprimível, como se se tratasse de um projeto há muito formado e aceite de maneira um pouco confusa, e que iria agora ser cumprido. Abriu o estojo e examinou as pistolas.

Eram armas finas, estriadas, pistolas de duelo, não muito longas, de antiga marca inglesa, com uma coronha perfeitamente adaptável à mão. Descansavam num estojo verde-claro, um pouco safado ao lado das divisões que continham o necessário para as carregar. Como os canos eram de grande calibre, as balas eram grossas: daquelas que, onde chegam, produzem sempre um efeito decisivo.

Giorgio pegou numa, sopesando-a na palma da mão: *Em menos de cinco minutos posso estar morto. Demétrio deixou nesta cama o sítio para eu me deitar.* E, por uma transposição de imagens, viu-se a si próprio estendido na cama. Mas o caruncho, o caruncho! Tinha a perceção do ruído, tão distinto e incómodo como se o tivesse dentro do cérebro. Aquele ruído implacável vinha da cama. Então, calculou toda a tristeza do homem que, antes de morrer, ouve debaixo de si o roer do caruncho. Vendo-se a si mesmo no preciso momento de premir o gatilho, sentiu os seus nervos serem percorridos por uma contração dolorosa e repulsiva. Nada o levava a matar-se, podendo esperar; e esta ideia trouxe-lhe um certo alívio. Mil fios invisíveis o prendiam, ainda, à vida. *Ippolita!*

Encaminhou-se para as sacadas, para a luz, quase com ímpeto. Uma paisagem longínqua e ampla, azulada e misteriosa, perdia-se no desmaiar do dia. O Sol declinava docemente sobre a montanha, espargindo-a de ouro, como a uma amante deitada que o esperasse. A Majella, embebida naquele oiro líquido, arredondava-se no céu como a curva de um seio túmido.

III

O ERMO

1

Em carta de 10 de maio, Ippolita dizia:

Finalmente, posso dispor de uma hora livre para te escrever com vagar. Há dez dias que o meu cunhado vai arrastando a sua dor, de hotel em hotel, à beira do lago, e ambas o acompanhamos como duas almas penadas. Não calculas a tristeza desta peregrinação. Eu não posso mais, e espero a primeira oportunidade para me ir embora. Já encontraste o Ermo? As tuas cartas aumentam extraordinariamente a minha tortura. Sei o que sofres e adivinho que sofres mais do que podes exprimir. Daria metade do meu sangue só para ver se te convencia de que sou só tua, tua, tua, para sempre até à morte. Penso em ti, só em ti, constantemente, em todos os instantes da minha vida. Longe de ti, não encontro um minuto de bem-estar e de sossego. Tudo me indispõe e irrita. Quando terei a felicidade de estar junto de ti dias inteiros, de viver a tua vida? Verás que não serei a mesma. Serei boa, carinhosa, meiga. Farei por ser sempre igual, sempre discreta. Dir--te-ei todos os meus pensamentos, e tu dir-me-ás os teus. Hei de ser a tua amante, a tua amiga, a tua irmã, e, se me julgares digna disso, também a tua conselheira. Porque eu tenho uma intuição clara das coisas e nunca me enganei, um cento de vezes em que experimentei essa intuição. O meu cuidado único será agradar-te sempre, nunca ser um peso na tua vida. Em mim só hás de encontrar ternura e sossego…

Tenho muitos defeitos, meu amor, mas tu hás de ajudar-me a corrigi-
-los. Tornar-me-ás perfeita, para ti. Espero da tua parte o primeiro
auxílio. Depois, quando já confiar em mim própria, dir-te-ei: agora
já sou digna de ti; agora sinto-me aquela que tu desejas. E hás de ter
orgulho de pensar que te devo tudo, que sou criação tua; amar-me-ás
muito mais, muito mais. Será uma vida de amor como nunca houve!

Em *post scriptum:*

Envio-te uma flor de rododendro colhida no parque de Isola
Madre... Ontem, na algibeira do vestido cinzento que tu conheces,
encontrei a conta do *Grande Hôtel d'Europe à la Poste,* a conta de
Albano, que te pedi para recordação. Tem a data de 9 de abril. Estão
lá indicados diversos cestos de lenha. Lembras-te das nossas gran-
des fogueiras? Coragem! Coragem! A nova felicidade aproxima-se.
Dentro de uma semana, o máximo de dez dias, estarei onde quiseres.
Contigo, vou seja para onde for!

2

Giorgio Aurispa que, no fundo, não acreditava nessa felicidade, mas a quem subitamente invadira um entusiasmo louco, tentou a última experiência: partiu de Guardiagrele para o litoral à procura do Ermo. O campo, o mar, o movimento, a atividade física, a variedade de incidentes na exploração dos lugares, a singularidade do seu próprio estado, todas estas coisas novas o abalaram, encorajaram e lhe deram uma ilusão de confiança. Pareceu-lhe ter escapado por milagre ao ataque de uma doença fatal em que tivesse visto a morte diante dos olhos. Nos primeiros dias, a vida correu-lhe com a delícia suave e profunda que costuma ter para os convalescentes. O sonho romântico de Ippolita flutuava-lhe na alma.

E se ela me curasse? Para isso era preciso um amor são e forte. Deixava de olhar-se para dentro, fugia do sarcasmo interior que provocavam aqueles dois adjetivos. *Na terra não há senão uma embriaguez duradoura: a certeza da posse de outra criatura, uma certeza absoluta e inabalável. Essa embriaguez é o que procuro. Gostava de poder dizer: perto ou longe, a minha amante vive completamente em mim, sujeita-se com alegria a todos os meus desejos; a minha vontade é a sua única lei; morreria se deixasse de a amar, e, se eu morrer, só chorará o meu amor.* Em vez de se limitar a gozar o amor sob as formas de sofrimento, teimava em realizá-lo sob as formas do prazer. Dava ao seu espírito uma atitude irreparável. Feria e desfigurava mais uma vez a sua humanidade.

Descobriu o Ermo em San Vito, na região das giestas, à beira do Adriático. Era o Ermo ideal: uma casa construída a meia encosta, num planalto coberto de laranjeiras e oliveiras, dando para uma pequena enseada entre dois promontórios. Era uma casa de arquitetura primitiva: uma escada exterior subia até ao terraço coberto para onde abriam as portas das quatro únicas divisões. Cada divisão tinha a sua porta e, na parede oposta, uma janela que dava para o olival. Ao terraço superior correspondia uma *loggia* inferior, mas os compartimentos do rés-do-chão eram todos inabitáveis, exceto um.

De um lado, a casa confinava com um casebre onde viviam os proprietários. Dois carvalhos enormes, que as contínuas rajadas do mistral haviam inclinado para a colina, sombreavam o pátio e cobriam umas mesas de pedra onde se jantava durante o verão. O pátio era cercado por um parapeito de pedra e, erguendo-se acima dele, as acácias carregadas de cachos cheirosos mostravam, sobre o fundo do mar, a elegância rendilhada da sua folhagem.

Aquela casa destinava-se apenas a receber hóspedes que a arrendassem durante a época balnear, como faziam todos os aldeões da beira-mar nas proximidades de San Vito. Ficava a perto de duas milhas da vila, na extrema do território chamado as Portelas, numa solidão recolhida e benigna. Cada promontório era atravessado por um túnel cujas aberturas se viam da casa. A via férrea ia de uma à outra em linha reta, ao longo da praia, numa distância de 500 a 600 metros. Na ponta do promontório direito, sobre um banco de rochedos, estendia-se um *trabocco,* bizarro aparelho de pesca, todo feito de traves e pranchas de madeira e semelhante a uma aranha colossal.

O locatário fora da época foi recebido como uma sorte inesperada e extraordinária. O chefe da família, um velho, disse-lhe:

– A casa é sua.

E recusou-se a fazer preço, dizendo:

– Dê o que entender, e quando quiser, se lhe agradar.

Ao pronunciar estas palavras cordiais, examinava o estranho com uns olhos tão perscrutadores, que este ficou incomodado e surpreendido com aquele olhar penetrante. O velho era cego de um olho, calvo, com dois pequenos tufos de cabelos brancos nas fontes, e a cara rapada. Tinha todo o corpo inclinado para a frente sobre as pernas arqueadas, os membros deformados pelos trabalhos rudes: o trabalho do arado que faz sobressair o ombro direito e entorta o tronco; o da ceifa, que obriga a afastar os joelhos; o das desfolhadas, que dobra a pessoa em duas; por todos os trabalhos lentos e pacientes da lavoura.

– Dê o que entender.

Descobrira já nesse rapaz afável, um tanto distraído e abstrato, o senhor generoso, inexperiente e sem se importar com o dinheiro. Sabia que essa generosidade havia de dar-lhe muito mais que qualquer pedido.

Giorgio perguntou:

– O lugar é sossegado, sem movimento nem barulho?

O velho apontou para o mar e sorriu:

– Olhe: apenas ouvirá aquele.

E acrescentou:

– Às vezes também o tear. Mas agora a Cândia já não pode tecer.

E sorriu, indicando a nora, no limiar da porta, que corou.

Estava grávida, com a barriga muito grande, loura, de carnação branca, coberta de sardas. Tinha os olhos cinzentos grandes, raiados na íris como ágatas. Trazia nas orelhas arrecadas de ouro, e no peito a presentosa, uma grande estrela de filigrana com dois corações ao meio. A seu lado estava uma pequenita de dez anos, também loura, com uma expressão de doçura.

– Aquela garotita – disse o velho – mete-se numa algibeira. Pois, tirando ela, somos só nós e a Albadora.

Voltou-se para o olival e começou a gritar:

– Albadó! Albadora! – E logo, dirigindo-se à neta: – Chama-a tu, *Énele.*

A Helena foi. E o velho exclamou.

– Vinte e dois filhos! Albadora deu-me vinte e dois filhos: três rapazes e dezasseis raparigas. Morreram-me três rapazes e sete raparigas. As nove que ficaram já estão casadas. Um dos rapazes embarcou para a América, outro estabeleceu-se em Tocco e trabalha nos poços de petróleo; o último, casado com a Cândia, é empregado dos caminhos de ferro e só vem de quinze em quinze dias. Ficámos sozinhos: ah, meu senhor, um pai sustenta cem filhos, e cem filhos não sustentam um pai!

A septuagenária Cibele chegou então, trazendo no avental um monte de caracóis, um monte babugento e mole donde saíam grandes tentáculos. Era uma mulher alta mas corcovada, macilenta, gasta pelo trabalho e pela fecundidade, cansada dos partos, com uma cara pequena e enrugada como uma maçã podre, sobre um pescoço cheio de covas e tendões. No avental, os caracóis agarravam-se uns aos outros, enrodilhavam-se, pegavam-se, esverdeados, amarelos, esbranquiçados, cobertos de espuma, com pálidos reflexos irisados. Um subia-lhe pelas costas da mão.

O velho falou-lhe:

– Este senhor quer alugar a nossa casa a partir de hoje.

– Deus o abençoe! – exclamou ela.

E, com um ar um tanto aparvalhado, embora bondoso, aproximou-se de Giorgio, fitando-o com os olhos quase apagados, sumidos no fundo das órbitas, mostrando o rebordo vermelho da pálpebra inferior, e acrescentou:

– É Cristo que volta a este mundo. Deus o abençoe! Oxalá que viva sempre, enquanto houver pão e vinho. Que suba tão alto como o Sol!

E entrou, com passo lesto, pela porta por onde tinham saído para o batizado os seus vinte e dois filhos.

O velho dirigiu-se a Giorgio:

– Eu chamo-me Cola di Cinzio, mas, como meu pai era conhecido por Sciampagna, toda a gente me chama Cola di Sciampagna. Venha ver o quintal.

Giorgio acompanhou-o.

– Este ano o campo promete.

O velho, caminhando à frente, gabava as plantações e, por hábito de lavrador envelhecido entre as novidades da terra, fazia prognósticos. O quintal estava luxuriante e parecia encerrar todos os dons da Abundância. As laranjeiras exalavam ondas de tanto perfume, que a atmosfera oferecia por vezes um sabor doce e forte, como um vinho generoso. As outras árvores de fruto já não tinham flores, mas pendiam-lhes os inumeráveis frutos dos ramos viçosos, bafejados pelo hálito do céu.

Giorgio pensou: *Aqui está o que talvez fosse a vida superior: uma liberdade sem limites, uma solidão nobre e fecunda que me envolvesse nas suas mais ardentes emanações; caminhar por entre os seres vegetais como pelo meio de uma multidão de almas, surpreender os seus pensamentos ocultos e adivinhar o mudo sentimento que reina sob as cascas, tornar o meu ser sucessivamente conforme com cada um desses seres e substituir sucessivamente a minha alma débil e fraca por cada uma dessas almas simples e fortes; contemplar a natureza com tal continuidade que chegasse a reproduzir, apenas no meu ser, a palpitação harmoniosa ele todos os seres: enfim, por uma laboriosa metamorfose ideal, identificar-me com a árvore robusta cujas raízes absorvem a voz do mar. Não seria, na verdade, uma vida superior?* À vista da exuberante primavera que transfigurava os lugares em redor, deixava-se dominar por uma espécie de embriaguez pânica. Mas o hábito funesto da contradição em breve cortou aquele sonho, arrastando-o para as suas antigas ideias e opondo-lhe a realidade. *Nós não temos o mínimo contacto com a natureza; temos simplesmente a perceção imperfeita das formas exteriores. Seria impossível ao homem comunicar com as coisas. O homem poderá infundir nas aparências criadas toda a sua substância, mas nada receberá em troca. Nunca o mar lhe falará uma linguagem compreensível, nunca a terra lhe revelará os seus segredos. O homem pode sentir o seu sangue correr nas fibras das árvores, a árvore é que nunca lhe dará nem uma gota de seiva vital.*

O velho camponês apontou-lhe com o dedo este ou aquele prodígio de vegetação:

– Faz mais milagres um curral de estrume que uma igreja cheia de santos!

E, apontando sempre com o dedo, ao fim da horta, um campo de favas floridas:

– A fava é o espião do ano.

As folhinhas, de um verde acinzentado, buliam as suas pontas delgadas sob a floração branca ou azulada. Cada flor parecia uma boca semicerrada com duas manchas negras como dois olhos. Nas que ainda não tinham desabrochado, as pétalas superiores encobriam um pouco as manchas, como pálpebras esmaecidas sobre pupilas que olhassem de través. O tremular de todas estas flores com olhos e bocas tinha uma estranha expressão animal, atraente e indescritível.

Giorgio pensou ainda: *Como Ippolita seria aqui feliz! Ela tem um gosto delicado e apaixonado por todas as belezas humildes da terra. Lembro-me dos seus pequenos sons de admiração e prazer ao descobrir uma planta de forma desconhecida, uma flor nova, uma folha, uma baga, um inseto esquisito, uma sombra, um reflexo.* Imaginou-a então, alta e ágil, em atitudes graciosas, por entre a verdura. E assaltou-o uma ansiedade súbita: a ansiedade de a reaver, de a conquistar inteiramente, de se fazer amar muito por ela e de lhe dar a cada momento uma alegria nova.

Os seus olhos estarão sempre cheios de mim. Todos os seus sentidos ficarão fechados a todas as sensações que de mim não lhe vierem. As minhas palavras parecer-lhe-ão mais doces que qualquer outra voz. De repente, o poder do amor revelou-se-lhe ilimitado. A sua vida interior tomou uma rapidez vertiginosa.

Quando subiu a escadaria do Ermo, julgou que o seu coração ia despedaçar-se ao choque da ansiedade crescente. Chegado ao terraço, abraçou toda a paisagem, inebriado. E sentiu, no meio de uma agitação profunda, que, neste momento, realmente o Sol estava dentro *do seu coração.*

O mar, agitado por um movimento igual e contínuo, refletindo a felicidade que se espalhava no céu, parecia o espelho desse sentimento, em milhões de sorrisos inextinguíveis. Através do cristal da atmosfera, todos os longes apareciam nitidamente: a Penna del Vasto, o monte Gargano, as ilhas Trémiti, à direita; e, à esquerda, a Ponta del Moro, a Nicchiola e o cabo de Ortona. Ortona branqueava como uma fosforescente cidade asiática de alguma encosta da Palestina, recortada no azul, toda em linhas paralelas, sem minaretes. Essa cadeia de promontórios e golfos lunares sugeria a imagem de uma fila de oferendas, porque cada enseada era um tesouro sideral. As giestas estendiam o seu manto de ouro por toda a costa. De cada moita subia uma nuvem densa de eflúvios, como de um turíbulo. O ar respirado era tão delicioso como um golo de elixir.

3

Naqueles primeiros dias, Giorgio empregou todos os seus cuidados no arranjo da cozinha que havia de receber a Vida Nova na sua grande paz; e, para o auxiliar nos seus preparativos, chamou Cola de Sciampagna, que se mostrou hábil em todos os misteres. Numa facha de cal fresca, escreveu com a ponta de uma cana uma velha divisa sugerida pela ilusão: *Parva domus, magna quies.* E viu um feliz presságio até nos três pés de goivo semeados pelo vento nos interstícios do peitoril de uma janela.

Mas, quando tudo estava pronto e aquele entusiasmo começou a decair, encontrou no fundo de si a inquietação, o descontentamento e a implacável ansiedade cuja verdadeira causa ignorava. Sentiu confusamente que ainda não encontrara o caminho da salvação, o caminho plano e reto, e que ainda desta vez o seu destino o levara por um caminho íngreme e mal seguro. Pareceu-lhe que de outra casa e de outra gente lhe chegava agora uma voz de apelo e censura.

Reavivava-se-lhe na alma a angústia de uma despedida sem lágrimas e todavia amaríssima, em que ele mentira por pudor, ao ler, nos olhos gastos da mãe desiludida, uma pergunta muito triste: «*Por quem* me deixas?»

Não lhe vinham agora, daquela muda pergunta e da lembrança dessa vergonha e dessa mentira, a inquietação, o descontentamento e a ansiedade, no momento, em que começava a vida nova? E como teria ele podido abafar aquela voz? Em que prazeres?

Não se atrevia a responder. Apesar da sua profunda perturbação, queria ainda acreditar na promessa daquela que estava para chegar; esperava poder dar ainda ao seu amor um alto significado moral. Não tinha ele uma ardentíssima vontade de viver, de desenvolver todas as suas forças num movimento rítmico, de se sentir completo e harmonioso? O amor realizava, finalmente, o prodígio: encontraria, por fim, no amor, a plenitude da sua humanidade já deformada e diminuída por tantas misérias.

Procurava iludir o seu remorso com estas esperanças e vagas tendências, mas dominava-o, perante a imagem dessa mulher, o desejo. Apesar de todas as suas aspirações platónicas, não podia considerar o amor senão como obra dos sentidos, e não via os dias futuros senão como uma sucessão de prazeres já conhecidos. Nesta solidão benéfica, em companhia dessa mulher apaixonada, que vida poderia ele viver, senão uma vida ociosa e voluptuosa?

E todas as tristezas passadas lhe voltaram ao espírito, com todas as imagens dolorosas: o rosto extenuado da mãe, as pálpebras inchadas, vermelhas, queimadas de chorar, o sorriso doce e pungente de Cristina, o menino enfermiço da cabeça grande sempre tombada para o peito quase desfalecido, e a máscara cadavérica da pobre gulosa...

E os olhos da mãe perguntavam: «*Por quem* me deixas?»

4

E ra de tarde. Ele explorava a vereda tortuosa que ora subia, ora descia, até à Ponta da Penna, ao longo do mar. Olhava em todas as direções com uma curiosidade sempre viva, quase com um esforço de atenção, como se quisesse compreender qualquer obscuro pensamento expresso em simples aparências, ou desvendar algum segredo impenetrável.

No seio de uma colina do litoral, a água de um regato, vinda por uma espécie de exíguo aqueduto, feito de troncos cavados e apoiado sobre troncos mortos, atravessava o vale de uma margem à outra. Outras regueiras corriam, guiadas por telhas côncavas, até ao terreno fértil onde prosperavam as culturas; e aqui e além, sobre os arroios cristalinos e murmurantes, inclinavam-se belas flores roxas, com uma graça delicada. Todas essas coisas humildes pareciam ter uma vida profunda. E os sobejos da água escorriam, descendo pelo declive, até à praia arenosa, passando sob uma pequena ponte. À sombra do arco, algumas mulheres lavavam roupa, e os seus gestos refletiam-se na água como num espelho movediço. Na areia, a roupa estendida ao sol brilhava. Ao longo da linha férrea caminhava um homem descalço, com os sapatos na mão. Saía da casa do guarda uma mulher e, com um gesto rápido, deitava fora alguns restos de um cesto: duas rapari-guinhas, carregadas de roupa, corriam, rindo, à compita. Uma velha dependurava numa vara meadas tingidas de azul.

Além, na terra cortada que ladeava o caminho, branquejavam conchas miúdas, palpitavam com o vento raízes frágeis, e ainda se viam os sulcos da enxada que cortara a terra avermelhada. De um barranco pendia um tufo de raízes mortas, leves como despojos de serpente.

Mais além, erguia-se uma grande casa de campo, com um florão de loiça no cume do telhado. Uma escada exterior subia até um terraço coberto. Ao cimo, duas mulheres fiavam, e as rocas resplandeciam ao sol, como oiro. Ouvia-se o estrépito do tear e, por uma janela, distinguia-se uma tecedeira e o seu movimento rítmico ao deitar as lançadeiras. Na eira vizinha estava deitado um boi escuro, enorme, que abanava as orelhas e a cauda, pachorrenta e incessantemente, para enxotar as moscas. Em volta dele, as galinhas bicavam.

Um pouco mais longe, atravessava o caminho outro regato, rindo, crespo, cantante, alegre, límpido.

Mais adiante ainda, perto de outra casa, havia um jardim silencioso, cheio de loureiros, copados e fechados. Os troncos, delgados e hirtos, erguiam-se imóveis, coroados de folhagem luzidia. Um destes loureiros, o mais forte, estava todo enlaçado por uma trepadeira amorosa que vencia a folhagem austera com a languidez das suas flores de neve e a frescura do seu perfume nupcial. Em baixo, a terra parecia ter sido mexida de fresco. A um canto, uma cruz negra espalhava por todo o muro silencioso aquela espécie de resignada tristeza que reina num cemitério. Ao fundo do caminho via-se uma escada, meia ao sol, meia à sombra, subindo por uma porta entreaberta, protegida por dois ramos de oliveira benta, suspensos da arquitrave rústica. No último degrau dormia, sentado, um velho, com a cabeça descoberta, o queixo contra o peito, as mãos poisadas nos joelhos, o sol quase a tocar-lhe na fronte venerável. De cima, pela porta entreaberta, como para favorecer aquele sono senil, vinha o ruído monótono de um berço em movimento, e a cadência igual de uma cantilena de embalar.

E todas estas coisas humildes pareciam ter uma vida profunda.

5

Ippolita anunciou que, segundo o prometido, chegaria a San Vito na terça-feira, 20 de maio, no comboio direto, pela uma hora da tarde. Faltavam dois dias. O amante respondeu-lhe:

Vem, vem! Estou aqui à tua espera, e nunca houve espera mais desesperada. Cada minuto que passa é irremediavelmente perdido para a felicidade. Vem. Está tudo pronto. Não, não está nada pronto senão o meu desejo. É preciso, minha amiga, que te enchas de uma paciência e indulgência inesgotáveis, porque te faltarão todas as comodidades da vida nesta solidão selvagem e inacessível. E que *inacessível!* Calcula que da estação de San Vito ao Ermo são perto de três quartos de hora de caminho que não é possível percorrer senão a pé, seguindo o carreiro aberto no granito, a pique sobre o mar. É preciso que tragas sapatos muito sólidos e guarda-sóis gigantescos. É inútil trazer muitos vestidos; bastam alguns alegres e resistentes, para os nossos passeios matinais. Não te esqueças do fato de banho...

Esta é a última carta que te escrevo. Tens poucas horas antes da partida. Escrevo-te da biblioteca, uma sala onde há montes de livros que não leremos. Está uma tarde clara onde se espalha a infinita melancolia do mar. A hora é calma, deleitosa, propícia às delicadas sensualidades. Oh! Se tu já aqui estivesses!...

Hoje dormirei pela segunda vez no Ermo, sozinho. Se visses a cama! É um leito rústico, um monumental altar do Himeneu, amplo como uma eira, profundo como o sono dos justos: é o Tálamo dos Tálamos. Os cobertores têm a lã de um rebanho inteiro, e o enxergão as folhas de um campo inteiro de milho. Poderão todas estas castas coisas ter o pressentimento da tua nudez?... Adeus. Adeus. Como as horas são lentas! Quem diz que o tempo tem asas? Não sei que daria para adormentar-me nesta languidez enervante e só acordar na terça-feira ao amanhecer. Mas não dormirei. Eu também perdi o sono. Tenho a contínua visão da tua boca...

6

Havia já alguns dias que ele tinha contínuas visões voluptuosas. Os desejos despertavam-se-lhe no sangue com extraordinária violência. Bastava um sopro tépido, um perfume, um leve roçar, qualquer ligeira mudança da atmosfera, para lhe alterar todo o ser, para lhe comunicar uma languidez, suscitar-lhe no rosto como que uma chama, acelerar-lhe as pulsações, lançá-lo numa perturbação quase louca. A sua intensa faculdade de evocar imagens físicas aumentava-lhe a excitação. A memória das sensações era nele tão viva e exata, que os seus nervos recebiam da evocação interior um impulso quase tão forte como os recebidos do objeto real.

Sentia no seu organismo os gérmenes hereditários do pai. Ele, um ser de inteligência e sentimento, trazia na carne a herança fatal daquele ser bruto. Mas, em Giorgio, o instinto tornava-se paixão, a sensualidade assumia quase a forma de doença, e era atacado por uma vergonhosa moléstia. Tinha horror àquelas febres que o assaltavam de súbito, o queimavam miseravelmente e o deixavam envilecido, árido, sem forças para pensar. Sofria com certos baixos ímpetos seus, como com uma degradação. Certos repentinos momentos de animalidade, como tempestades sobre uma cultura, devastavam-lhe o espírito, fechavam-lhe todas as fontes interiores, abriam-lhe sulcos dolorosos que durante muito tempo não conseguia fechar.

No momento em que sobrevinha o acesso, ele percebia claramente a sobreposição de outra personalidade no lugar da sua. Alguém, estranho, penetrava nele e se apoderava de toda a sua substância, como um irresistível usurpador contra quem toda a defesa era inútil.

E o pensamento fatal dessa inutilidade de todo o seu esforço perseguia-o continuamente.

Espírito contemplativo e sagaz a respeito da sua própria vida, compreendera que qualquer afastamento exterior era proveniente da fascinação emanada dos abismos que ele em si mesmo perscrutava. Tinha começado muito cedo a nutrir a severa ambição que exalta e cria todos os verdadeiros intelectuais, desdenhosos da vida comum, curiosos apenas de conhecer as leis que governam o desenvolver da paixão. Também ele, à semelhança de alguns raros artistas e filósofos contemporâneos com quem privara, tinha de construir um mundo interior onde pudesse viver com método, em perpétuo equilíbrio e em perpétua curiosidade, indiferente aos tumultos e contingências vulgares.

Mas as mil fatalidades hereditárias que trazia no mais profundo da sua substância, como estigmas indeléveis das gerações donde provinha, impediam-no de se aproximar do ideal aceite pela sua inteligência; fechavam-se-lhe todos os caminhos da salvação. Os seus nervos, o seu sangue, a sua medula, impunham-lhe negras necessidades.

O organismo de Giorgio Aurispa distinguia-se por um desenvolvimento extraordinário da sensibilidade. Sendo as fibras sensitivas destinadas a conduzir para o centro os estímulos externos, adquirido uma excitabilidade que ia muito além daquela moral representada pelas medíocres perceções do homem, acontecia que, por excesso, se transformavam quase sempre em sensações dolorosas até as sensações mais agradáveis. Acontecia, além disso, após uma série de estados dolorosos da consciência, provocados pela excitação anómala dos nervos, um estado de prazer ser recebido com ardor por todo o organismo e mantido até com uma exagerada persistência no exercício que o produzia. O desenvolvimento hereditário do centro destinado a receber os estímulos dos instintos sexuais mantinha todo o organismo sob o predomínio de uma tendência especial.

Outra singularidade orgânica de Giorgio Aurispa era a frequência congestiva, de duração variada, dos plexos cerebrais. Indivíduo extremamente nervoso, os seus vasos sanguíneos encefálicos perdendo mesmo a sua flexibilidade, sucedia que um pensamento e uma imagem lhe ocupavam a consciência por tempo indefinido, a despeito de todos os esforços empregados para os afugentar. Tais pensamentos, tais imagens, dominantes apesar de todas as qualidades da vontade, davam-lhe a qualquer estado da consciência a forma de uma loucura temporária parcial. Então, a qualquer movimento molecular, mesmo ligeiríssimo, correspondia o nascimento de uma ideia ou de um grupo de ideias, tão vivas que só dificilmente podiam distinguir-se das perceções reais. E era um efeito, semelhante ao de certas substâncias que, como o ópio e o haxixe, levam a intensidade dos sentimentos e das ideias até ao grau das alucinações.

Assim complexa, a inteligência de Giorgio Aurispa distinguia-se por uma incalculável abundância de pensamentos e de imagens, por uma fulminante rapidez de associação de umas às outras, por uma facilidade extrema de construir estados novos de sensação orgânica e novos estados de sentimento. Era exímia no processo de utilizar o conhecido para compor o desconhecido.

Tendo usualmente a tensão muito forte e sendo infinitamente intrincados os plexos mais altos, a onda nervosa potentíssima, invadindo-o, difundia-se não somente em ramificações mais permeáveis, mas também num grande número de canais menos refratários, de ramificações afastadas, isto é, a onda percorria não só caminhos já batidos pelas experiências de uma série de antepassados, mas também caminhos recentemente abertos pelas experiências individuais e os caminhos até então fechados. Ao longo das praias, uma onda mais vigorosa não só banha a orla de areia já lambida pela onda anterior, mas ultrapassa-a, e invade a areia virgem; e uma terceira onda, mais vigorosa ainda, ultrapassando as marcas da primeira e da segunda, ganha mais terreno.

De tal difusão, resultavam estados intelectivos vastíssimos e complicadíssimos: tanto mais novos quanto mais longe do centro chegava a energia da descarga.

A consciência tornava-se um imenso fumo de pensamento. Um pensamento tornava-se-lhe ardente como uma paixão e confundia a alma aberta a todas as tempestades. Um pensamento ideal tornava-se-lhe nítido como um sentimento real. Certa relação de sensações dava a imprevista clareza a uma reminiscência opaca. A mais estranha e a mais rara complexidade de associações dava à faculdade imaginativa longas e maravilhosas volúpias.

Assim constituído, Giorgio Aurispa não podia nem seguir um método nem encontrar um equilíbrio. Não lhe pertencia o governo dos seus pensamentos, como lhe não pertencia o governo dos seus instintos e sentimentos. Era, na vida, «como um navio que soltava todas as velas à tempestade».

E depois a sua sagacidade, penetrando por vezes um pouco mais além das aparências, tanto quanto é possível à sagacidade humana, dera-lhe da vida talvez um conceito justo.

Antes de mais nada, tinha arreigadíssimo o sentido do *isolamento* e da *temporalidade*. Estes dois sentidos concorriam para formar o método de algumas ideologias contemporâneas que ele pregava. *Sendo vão todo o esforço para sair da solidão do próprio eu, é necessário romper a pouco e pouco todos aqueles vínculos que ainda nos ligam à vida comum e evitar assim a inútil dispersão de uma quantidade de energia preciosa. Restrito por este modo o círculo da própria existência material, é preciso aplicar-se com todas as forças a tornar mais possível, vasto e intenso o mundo interior,*

O TRIUNFO DA MORTE

*multiplicando até ao infinito os fenómenos e conservando-lhe o
equilíbrio. Quando conhecemos e compreendemos todas as leis
que regem os fenómenos, coisa alguma da vida comum os turvará,
os ferirá, os assustará. Nós viveremos em nós. Nenhum espetáculo
mais notável, nenhum prazer mais duradouro nos oferece a terra.*

Mas a alma de Giorgio Aurispa afadigava-se e desesperava-se
por vezes no seu isolamento, e debatia-se em mil fúrias cegas, como
um prisioneiro num cárcere para sempre fechado, até cair extenuado.
E então recolhia-se, restringia-se, dobrava-se sobre si próprio como
uma folha grácil. No círculo apertado, as inquietações sobrevinham
igualmente amargas, e fermentavam, ocasionando uma irritação surda
e profunda, um mal-estar incompreensível, um sofrimento contínuo,
obstinado, subtil. De súbito, uma ardente inundação de pensamentos
rompia o círculo e lhe fecundava a aridez. A alma entrava num novo
estado de plenitude expansiva, propícia aos sonhos, às divagações,
aos propósitos. Os sonhos vãos eram permanentes, as proposições
sempre mutáveis e a felicidade sempre distante.

Este homem intelectual, sabe-se lá por que influxo da consciência atávica, não podia renunciar aos sonhos românticos de felicidade.
Este homem sagaz, apesar de ter a certeza de que tudo é precário,
não podia furtar-se à necessidade de buscar a felicidade na posse
de outra criatura. Ele bem sabia que o amor é a maior das tristezas
humanas, porque traduz o supremo esforço do homem que tenta sair
da solidão do seu ser interior, esforço inútil como todos os outros.
Mas inclinava-se para o amor com um entusiasmo invencível. Bem
sabia que o amor, sendo um fenómeno, é a figura passageira, que
perenemente se transforma. Mas ele aspirava à perpetuidade do
amor, a um amor que preenchesse a existência. Bem sabia que a fragilidade da mulher é incurável. Mas não podia renunciar à esperança
de que a sua mulher fosse constante e fiel até à morte.

Este bizarro contraste entre a lucidez do pensamento e a
cegueira do sentimento, entre a debilidade da vontade e a força dos

instintos, entre a realidade e o sonho, produzia nele desordens funestas. O seu cérebro, atafulhado de observações psicológicas pessoais e adquiridas nos outros analistas, acabava por confundir e deformar tudo, fora e dentro de si. O hábito literário dos monólogos, onde as considerações mentais formuladas exageram e alteram o estado de espírito a que se referem, acabava por induzi-lo em erro sobre a verdadeira identidade dos seus males e agravava-lhe os sofrimentos. A mistura dos sentimentos ideais e reais punha-o em condições tão irregulares e complicadas, que quase se lhe apagava o instinto da sua humanidade. Chegava a pensar: *Nós somos feitos da mesma substância de que são feitos os nossos sonhos.* E via sair do fundo do seu mais recôndito ser qualquer coisa como um vapor contínuo e vago, a que o sopro do acaso dava uma forma indecifrável.

Sendo todas as suas capacidades absorvidas pelos seus males, toda a espécie de trabalho lhe era impossível. Tendo conquistado a independência material pela herança da fortuna de Demétrio, ele não podia conhecer as restrições da necessidade, às vezes salutares. Quando, com um penoso esforço de vontade, ele, por fim, se constrangia ao trabalho, dentro em pouco era assaltado, não pelo tédio, mas por um aborrecimento físico, uma irritação tão violenta dos nervos que acabava por se lhe tornar odioso o lugar de trabalho e procurava-o fora de casa, nas ruas e nas praças, fosse onde fosse, longe.

Tendo muitas aptidões, permanecia inútil e ocioso. Não fazia mais que nutrir-se, voluptuosamente, de música e leituras, convicto da própria inutilidade. A força dos sarcasmos interiores destruía-lhe todos os propósitos. Tendo começado por duvidar de si mesmo, pouco a pouco chegara a sofrer em tudo. Sentia-se penetrar na estupidez universal, e o espetáculo da multidão revelava-lhe o fel.

Às vezes, sob qualquer aceleração extraordinária da sua vida passional, caía numa espécie de paralisia psíquica cujo primeiro sintoma era uma profunda incúria de tudo, uma indiferença da mais aguda sensibilidade, que durava muitos dias, semanas inteiras. Às vezes, ocupava-o uma única ideia constante: a ideia da morte. E então todas as impressões passavam no seu espírito, como gotas de água sobre uma laje em brasa, ou escorregando ou evaporando-se.

Era o caro e terrível pensamento dominante: o pensamento da morte. Parecia que Demétrio Aurispa, o doce suicida, chamava o herdeiro e era responsável da fatalidade que trazia no íntimo da sua substância. O pressentimento dava-lhe às vezes um horror instintivo, próximo de um estado de loucura; mas, mais frequentemente, produzia-lhe uma tristeza calma, mista de piedade por si próprio, uma espécie de volúpia da compaixão: uma tristeza misteriosa em que ele se induzia.

Agora, após a última crise de que se salvara, a custo ele sofria um turbilhão de ilusões sentimentais. Tendo conseguido fugir à fascinação da morte, encarava a existência com olhos um tanto velados. Inclusivamente, a repugnância em olhar bem de frente para a realidade e em afrontar a verdadeira vida tinha-o reconduzido à beira da sepultura, e ele tirava agora da ilusão um vislumbre de confiança no futuro. *Só há uma única embriaguez duradoura na terra: a certeza absoluta da posse de outra criatura. Eu procuro essa embriaguez.*

Ele procurava o que é impossível encontrar. Penetrado pela dúvida até às mais íntimas fibras, queria alcançar a coisa mais contrária à sua natureza: a certeza do amor. Mas não a tinha ele visto destruída tantas vezes sob a constante corrosão das análises? Não a tinha, talvez, procurado em vão durante dois longos anos?

Ele *tinha de querer* assim.

7

Ao amanhecer do grande dia, acordado de um sonho inquieto, Giorgio Aurispa pensou, com um arrepio em todos os nervos: Ela chega hoje. *Hoje, à luz deste dia, vê-la-ei. Tê-la-ei nos meus braços, neste leito. Quase me parece que será a primeira posse e que poderei depois morrer.*

A visão deu-lhe um choque tão violento, que sentiu um sobressalto atravessar-lhe o corpo a todo o comprido, como se fosse uma descarga elétrica. Sobrevinha nele o terrível fenómeno físico de cuja tirania era vítima indefesa. Toda a sua consciência caía sob o domínio absoluto do desejo, porque todas as repercussões que lhe invadiam os nervos de instante a instante iam mover aquele ponto do centro cerebral que o período anterior de repouso levava a um grau extremo de instabilidade molecular. Ainda mais uma vez a luxúria hereditária se revelava com invencível fúria naquele delicado amante que se comprazia em chamar irmã à amada, ávido de comunhões espirituais.

Contemplou mentalmente, uma a uma, todas as perfeições da amante; e cada forma, através da chama da brasa, era para ele de um esplendor radiante, quimérico, quase sobre-humano. Considerou mentalmente, uma a uma, as carícias da amada; e cada atitude atingia uma fascinação voluptuosa de uma quase inconcebível intensidade. Tudo, nela, era luz, aroma e ritmo.

Essa admirável criatura possuía-a ele, ele só. Mas, como um fumo de fogo impuro, uma ideia de ciúme lhe nascia espontaneamente do seu desejo. Para vencer a perturbação que sentia crescer, saltou da cama.

À janela, na madrugada, os ramos de oliveira ondulavam levemente, pálidos, entre cinzentos e brancos. Sobre a monotonia surda do mar, os pardais chilreavam ainda discretamente, um cordeiro, num aprisco, soltava um balido tímido.

Quando saiu para a *loggia,* reconfortado pela virtude tónica do banho, bebeu a longos sorvos o ar matinal, impregnado de mil eflúvios. Dilataram-se-lhe os pulmões, os seus pensamentos levantaram voo, ágeis, todos com a imagem da esperada. Um sentido de juventude fez-lhe palpitar o coração.

Diante dele, o Sol nascia puro, simples, sem roupa de nuvens, sem mistério. Surgia de um mar de prata uma face vermelha, de contorno nítido, quase cortante como o de um disco de metal saído de uma forja.

Cola di Sciampagna, que se entretinha a limpar o pátio, bradou:

– Hoje é festa grande! Vem a senhora. Hoje o trigo deita a espiga sem esperar a Ascensão.

Giorgio perguntou, sorrindo às palavras gentis do velho:

– Já pensou nas mulheres que hão de ir colher as flores das giestas? É preciso juncar todo o caminho.

O velho fez um gesto de impaciência, como a indicar que não precisava de recomendações:

– Já arranjei cinco.

E, nomeando-as, designava os lugares onde habitavam as raparigas:

– A filha da Scimmia, a do Sguasto, a Favetta, a Splendore, a filha do Garbino.

Ao ouvir aqueles nomes, Giorgio sentiu uma súbita alegria. Pareceu-lhe que todos os espíritos da primavera lhe entravam no

O TRIUNFO DA MORTE

coração, que uma fresca onda de poesia o inundava. Teriam aquelas virgens saído de um conto de fadas para juncar o caminho à Bela Romana?

Abandonou-se ao prazer ansioso que lhe ofereciam as horas de espera. Desceu e perguntou:

– Onde andam elas a apanhar as giestas?

– Além – respondeu Cola di Sciampagna, apontando a colina. – Acolá, em Quercette. Encontrá-las-á guiando-se pelo canto.

Com efeito, de vez em quando vinha da colina uma toada feminina. Giorgio meteu-se pela encosta à procura das maias[4]. O carreirinho tortuoso serpenteava por entre um souto de carvalhos novos. Em certo ponto, dividia-se em grande número de carreirinhos que não tinham fim; e essas veredas estreitas, abertas entre os matos e atravessadas por inúmeras raízes à flor da terra, formavam uma espécie de labirinto alpestre, onde chilreavam os pardais e assobiavam os melros. Guiando-se pela dupla pista do cantar e do perfume, Giorgio não se perdia. Sempre encontrou o giestal.

Era uma chã onde as giestas floriam com tal riqueza, que apresentavam à vista um dilatado manto amarelo, cor de enxofre, cintilantíssimo. As cinco raparigas colhiam as flores e enchiam os cestos, cantando. Cantando alto, com perfeitos acordes de terceira e quinta. Quando chegavam ao estribilho, erguiam o busto de cima do mato para deixar sair mais livremente as notas do peito desafogado; e aguentavam a nota muito tempo, muito tempo, fitando-se nos olhos e estendendo as mãos cheias de flores.

À vista do estranho, interrogaram-se, curvando-se para o mato. Correram sobre o tapete amarelo risos mal reprimidos. Giorgio perguntou:

– Qual de vocês é a Favetta?

---

[4] Raparigas enfeitadas com flores que, no dia primeiro de maio, andam pelas ruas, cantando.

Uma rapariga, morena como uma azeitona, ergueu-se para responder, atónita, quase aflita:

– Sou eu, Senhor.

– Tu é que és a melhor cantadeira de San Vito?

– Não, senhor. Não é verdade.

– É verdade, é verdade – exclamaram todas as companheiras. – Mande-a cantar, senhor.

– Não é verdade, senhor. Eu não sei cantar. Recusava-se, rindo, com as faces coradas; e, enquanto as companheiras a incitavam, ela torcia o avental. Era de pequena estatura, mas tinha as formas galhardas, o peito largo e robusto, desenvolvido pelas canções, os cabelos crespos, as sobrancelhas espessas, o nariz aquilino e a cabeça um pouco silvestre.

Depois das primeiras recusas, anuiu. As companheiras, levando-a pelo braço, fizeram roda em volta dela. Emergiam, da cinta para cima, dos tufos floridos, enquanto em redor zumbiam as abelhas diligentes.

Favetta começou, a princípio mal segura, depois, de nota em nota, mais firme na voz. Era uma voz límpida, florida, cristalina como uma fonte. Cantava uma estância e as companheiras repetiam o estribilho em coro. Demoravam as notas finais em conjunto, aproximando as bocas para formar uma só onda vocal que vibrava na luz com a lentidão dos cânticos litúrgicos. «Todas as fontes estão secas. Meu pobre Amor! Morres de sede! Ó Amor, tenho sede, tenho sede. Onde está a água que me trouxeste? Trouxe-te uma tigela de barro presa por uma cadeia de oiro.» (As companheiras repetiam: «Viva o amor!»)

E Favetta cantava:

> Todas as fontes secaram,
> O meu amor morre à sede
> Troma lari lira, larila

Troma lari lira, viva o Amor.
Amor, tenho sede, sede,
Que é da água que me trazes?
Trama lari lira...
Vem numa malga de barro
Presa a uma cadeia de oiro
Troma lari lira...

Esta saudação de maio ao amor, brotando daqueles peitos que talvez ainda o não tivessem sentido e cuja verdadeira tristeza talvez nunca viessem a conhecer, soou aos ouvidos de Giorgio como um bom presságio. As raparigas, as flores, o mato, o mar, todas essas coisas livres e inconscientes que, à sua volta, respiravam a volúpia, tudo isso lhe acariciava a alma, abafava e adormecia nele a noção habitual do seu próprio ser, dava-lhe a sensação crescente, harmoniosa e quase rítmica de uma faculdade nova que a pouco e pouco se desenvolvesse na intimidade da sua substância e se revelasse nele de um modo muito vago, como numa espécie de visão confusa de um segredo divino.

Foi um encantamento fugidio, um estado de consciência tão excecional e incompreensível, que não pôde sequer reter-lhe a imagem. As cantoras mostraram-lhe os cestos cheios, um montão de flores húmidas de orvalho. Favetta perguntou:

– Já chega?

– Não, não chega. É preciso apanhar mais. É preciso juncar todo o caminho desde o *Trabocco* até casa; e depois cobrir a escada, o terraço...

– E para a Ascensão? Não quer deixar nem uma flor para Jesus Cristo?

8

Ippolita chegou. Passou pelas flores como a Virgem que vai fazer o milagre: sobre um tapete de flores. Até que enfim, chegara. Até que enfim, transpusera o limiar.

E agora, cansada e feliz, oferecia aos lábios do amante um rosto todo banhado de lágrimas, calada, num gesto de inefável abandono. Cansada e feliz, chorava e sorria sob os beijos incontáveis do adorado. Que importavam as recordações do tempo em que ele o não era? Que importavam as aflições, as angústias, as inquietações, as lutas porfiadas contra a inexorável brutalidade da vida? Que importavam todos os desânimos e desesperanças, em confronto com esta suprema doçura? Vivia, respirava nos braços do amante, sentia-se infinitamente amada. Tudo o resto se dissipava, reentrava no esquecimento, parecia nunca ter existido.

– Ó Ippolita, Ippolita, minha alma! Como eu te desejava! Até que enfim, vieste! E agora não me deixarás mais, por muitos dias, muitos, sim? Mata-me, antes, mas não me deixes.

E beijava-a na boca, nas faces, no pescoço, nos olhos, insaciável, abalado por um profundo tremor de cada vez que encontrava uma lágrima quente e salgada. Esse choro, esse sorriso, essa expressão de felicidade naquele rosto abatido pelo cansaço, a lembrança de que essa mulher não hesitara um momento em aceder, de que viera de tão longe, numa viagem extenuante e agora chorava sob os seus beijos sem poder falar pela satisfação, todas estas coisas apaixonadas e suaves lhe refinavam as sensações, tiravam a impureza ao seu desejo, davam-lhe um sentimento de amor, exaltavam-lhe o espírito. Ele disse-lhe, arrancando o comprido alfinete que lhe prendia o chapéu e o véu:

– Deves estar muito cansada, minha pobre Ippolita! Estás pálida, pálida!

Tinha o véu erguido na testa, estava ainda de casaco de viagem e de luvas. Ele tirou-lhe o véu e o chapéu, num gesto que lhe era familiar. A bela cabeça morena apareceu, livre, com o penteado simples, que a cobria como um capacete aderente, sem lhe alterar a linha esbelta e elegante do occipital e sem lhe esconder a nuca.

Giorgio cobriu-a outra vez de beijos; viu-lhe no pescoço, sobre a orelha esquerda, os *gémeos,* os dois sinais, os dois pontos vivos de oiro. Ela trazia uma gola de renda branca e um pequeno laço de veludo preto que lhe cortava com bizarra violência a palidez da pele. Pela abertura do casaco aparecia o vestido de pano às risquinhas brancas e pretas que lhe davam um tom cinzento – o inesquecível vestido de Albano que exalava um leve cheiro a violetas, o seu perfume preferido.

Os lábios de Giorgio tornaram-se mais ardentes e, como ela costumava dizer, *vorazes.* Calou-se; despiu-lhe o casaco, e ajudou-a a descalçar as luvas; pegou-lhe nas mãos nuas para as apertar nas suas têmporas, ansioso por ser acariciado.

Ela, segurando-o assim, atraiu-o para si, envolvendo-o numa longa carícia, percorreu-lhe todo o rosto com a boca que deslizava, lânguida e ardente, num beijo múltiplo. Giorgio reconhecia a divina, a incomparável boca, essa boca que tantas vezes julgara sentir quase colada à superfície da sua alma, como por uma alegria que ultrapassasse a sensibilidade carnal e se comunicasse a um elemento ultrassensível do ser interior.

– Tu dás cabo de mim – murmurou ele, vibrando como um feixe de cordas tensas, sentindo na raiz dos cabelos um arrepio que, de vértebra em vértebra, se propagava pela medula. E notou no íntimo de si próprio um vago movimento desse terror instintivo que já por outras vezes observara.

Ippolita disse, desprendendo-se dele:

– Agora, adeus. Onde é... o meu quarto? Ó Giorgio, que bem estaremos aqui!

Olhava em redor, sorrindo. Deu alguns passos para a porta, baixando-se para apanhar um punhado de giestas e inspirou o perfume com visível delícia. Sentia-se ainda toda comovida e quase embriagada com aquela soberana homenagem, aquela glória viva e gentil espalhada no seu caminho. Não estava a sonhar? Seria ela, ela própria, Ippolita Sanzio, quem, nesse lugar desconhecido, naquela paisagem mágica, se encontrava cercada e glorificada por toda aquela poesia? De repente, com novas lágrimas nos olhos, lançou os braços em volta do pescoço do amante e disse-lhe:

– Como te estou agradecida!

Nada lhe embriagava mais o coração do que toda aquela poesia. Sentia erguer-se acima da sua humilde existência pelo idealismo com que a rodeava o amante; sentia-se viver outra vida, uma vida superior que às vezes lhe dava à alma aquela espécie de sufocação que o oxigénio excessivo provoca num peito habituado a respirar uma atmosfera pobre.

– Como me orgulho de te pertencer! Tu és o meu orgulho. Um só instante passado junto de ti basta para me sentir outra mulher, infinitamente diferente. Comunicas-me, num momento, outro sangue e outra alma. Já não sou a Ippolita, a de antes. Chama-me outro nome. Ele chamou-lhe:

– Alma!

E abraçaram-se, beijaram-se com força, como para arrancar pelas raízes os beijos que lhes nasciam nos lábios. Depois Ippolita soltou-se e repetiu:

– Agora, adeus. Onde é o meu quarto? Vamos... – Giorgio cingiu-a pela cintura e levou-a ao quarto da cama. Ela soltou uma exclamação admirativa ao ver o «Tálamo dos Tálamos», coberto com uma colcha nupcial de damasco amarelo.

– Mas nós perdemo-nos aqui.

E ria, caminhando em roda daquele monumento:

– O mais difícil é subir.

– Primeiramente, pões o pé em cima do meu joelho, à moda antiga da terra.

– Tantos santos! – exclamou ela, vendo na parede, à cabeceira da cama, a longa fila de imagens religiosas. – É preciso tapá-los.

– Sim, tens razão...

Ambos tinham dificuldade em achar palavras; tinham ambos a voz um tanto alvoroçada e tremiam, agitados por irresistível desejo, quase desfalecidos, ao lembrarem-se da próxima volúpia.

Ouviram bater à porta que dava para a escada. Giorgio saiu à *loggia*. Era Helena, a filha de Cândia, que vinha chamar para o almoço.

– Que dizes? – perguntou Giorgio, voltando-se para Ippolita, irresoluto, quase convulso.

– Com franqueza, Giorgio, não tenho fome. Não tenho vontade nenhuma de comer. Como logo à tarde, se queres...

Estavam ambos a pensar o mesmo. Ambos sabiam que qualquer outra coisa era agora impossível.

Giorgio disse-lhe com uma espécie de fúria:

– Vem para o quarto. Está tudo pronto para o teu banho. Anda.

E levou-a para um quarto todo atapetado de esteiras rústicas.

– Olha: as malas e as caixas já aqui estão. Até logo. Avia-te. Lembra-te de que estou à espera. Cada minuto de demora é mais uma tortura. Lembra-te disto...

Deixou-a só. Alguns momentos depois ouviu o ruído da água que vertia da esponja enorme, caindo na banheira. Conhecia a frescura daquela água e imaginava os arrepios do corpo de Ipolita, longo e ágil sob a onda refrescante.

De novo ele sentiu que só seria capaz de pensamentos de fogo. Tudo desapareceu em redor de si. Ele não tinha outra perceção senão a do rumor da água sobre aquela nudez. E, quando o ruído da água acabou, foi invadido por um tremor tão forte, que começou a bater os dentes como nos calafrios de uma febre maligna. Com os olhos terríveis do desejo, via a mulher tirar o penteador, já enxuta, pura, delicada, como um alabastro com reflexos de oiro.

– Ippolita, Ippolita! – gritou ele, perdidamente: – Anda depressa! Anda! Anda!

9

M ais fatigada agora, quase exausta pelas furiosas carícias, Ippolita deixou-se cair pouco a pouco, o sorriso foi-se-lhe tornando inconsciente até desaparecer. Por um momento, os lábios tocaram-se; depois, com infinita lentidão, reabriram-se e mostraram, dentro, uma brancura de jasmim. De novo, um momento se lhe cerraram os lábios. E outra vez, lentamente, se reabriram, deixando ver lá dentro a brancura húmida dos dentes.

Recostado sobre o cotovelo, Giorgio fitava-a. Via-a bela, bela, e semelhante à mulher que ele vira pela primeira vez na capela misteriosa, diante da orquestra do filósofo Alessandro Memmi, entre o perfume evolado do incenso e das violetas. Estava pálida, pálida, como nesse dia.

Pálida, mas de uma palidez singular que Giorgio jamais encontrara em mulher alguma; quase mortal, profunda e mate, que se tornava lívida quando se enchia de sombras! As pestanas emanavam no cimo das faces uma grande sombra, e velava-lhe o lábio superior uma sombra masculina quase impercetível. A boca, aberta agora, tinha uma linha sinuosa, bastante vaga mas triste, que, no silêncio absoluto, era intensamente expressiva.

Como a sua beleza se espiritualiza na doença e na languidez!, pensava Giorgio. *Assim cansada, agrada-me mais. Reconheço nela a mulher desconhecida que passou por mim naquela tarde de fevereiro, a mulher que não tinha gota de sangue. Parece-me que, depois de morta, alcançará a suprema expressão da sua beleza. Morta! E se ela morresse? Tornar-se-ia objeto de pensamento, uma idealidade pura. Amá-la-ia até para além da vida, sem ciúme, num sofrimento calmo e sempre igual.*

Recordou-se das outras vezes em que imaginara a beleza de Ippolita na paz da morte. *Oh! Aquele dia das rosas! Grandes ramos de rosas brancas murchavam nas jarras: em junho, no começo dos nossos amores. Ela adormecera no divã, imóvel, quase sem respiração. Eu contemplava-a demoradamente; depois, por uma fantasia súbita, cobri-a de rosas, lentamente, muito devagar, para que não acordasse; e compus-lhe com algumas os cabelos. Mas, assim florida e engrinaldada, pareceu-me um corpo sem alma, um cadáver. Aterrado por aquele aspeto, abanei-a para a despertar; e ela ficou inerte, paralisada por uma dessas síncopes que costumavam dar-lhe nesse tempo! Oh! Que terror, que aflição, enquanto não recuperou os sentidos! E, ao mesmo tempo, que entusiasmo pela soberana beleza desse rosto extraordinariamente enobrecido pelo reflexo da morte!*

Lembrou-se daquele episódio, mas, ao embrenhar-se nestes estranhos pensamentos, sentiu um súbito movimento de piedade e remorso. Inclinou-se para beijar a fronte da adormecida, que não acordou. Então, foi tentado a beijá-la na boca, com mais força, para que ela acordasse e correspondesse. E sentiu toda a inutilidade de uma carícia que não fosse para o ser amado uma rápida comunhão de alegria; sentiu toda a inutilidade de um amor que não tivesse uma correspondência contínua e imediata de sensações agudas; e sentiu a impossibilidade de uma embriaguez sem uma embriaguez igualmente intensa e corresponder à sua.

Tenho eu a certeza de ela sentir sempre um prazer igual ao meu? Quantas vezes assistiria ela aos meus desvarios com olhos lúcidos? Quantas vezes lhe pareceria incompreensível o meu ardor? Invadia-o uma onda pesada de inquietação ao contemplar

O TRIUNFO DA MORTE

a adormecida. *A verdadeira e profunda comunhão sensual é uma quimera. Os sentidos da minha amante são impenetráveis como a sua alma. Jamais conseguirei surpreender nas suas fibras um secreto aborrecimento, um desejo mal satisfeito, uma irritação não acalmada. Nunca poderei conhecer as diferentes sensações que nela produz a mesma carícia repetida em momentos diferentes. Num só dia, um organismo doente como o dela passa por um grande número de estados físicos discordantes e, às vezes, inteiramente opostos. Uma tal sensibilidade desorienta a intuição mais fina. A carícia que, de manhã, lhe arrancava gemidos luxuriosos, essa mesma carícia, uma hora depois, pode ser-lhe importuna.*

Portanto, é possível que os seus nervos se me tornem hostis, contra sua vontade. Um beijo demorado de mais, e que me dá o supremo prazer, pode provocar a impaciência na sua carne. Mas, em matéria de sensualidade, a simulação e a dissimulação são comuns a todas as mulheres, nas que amam e nas que não amam.

A mulher que ama, até a apaixonada, é ainda mais propensa a isso, porque receia desgostar o amante mostrando-lhe não partilhar a sua alegria, ser pouco sensível às carícias, pouco disposta a abandonar-se-lhe completamente. Acresce que a mulher apaixonada compraz-se às vezes em exagerar a mímica do prazer, porque sabe muito bem que lisonjeia com isso o orgulho do homem e aumenta a sua embriaguez. É certo que uma orgulhosa alegria me dilata o coração quando a vejo delirar de prazer. Conheço que é feliz em se mostrar vencida e esmagada pela minha força; e ela conhece também que a minha louca ambição de amante jovem é justamente fazê-la implorar, arrancar-lhe um grito, deixá-la aniquilada sobre o travesseiro. Qual é, pois, nestas condições, a parte da sinceridade física e a do exagero apaixonado? O seu ardor não seria um hábito todo exterior para me agradar? Não se sujeitaria, às vezes, ao meu desejo, sem me desejar? Não teria de reprimir um princípio de repugnância? A preocupação de me agradar, de me satisfazer, de vergar-se voluntariamente a todos os meus caprichos, é evidente nela. Nestes dois anos de amor, ela conseguiu a pouco e pouco limitar a atividade material dos meus sentidos, e conseguiu adquirir quase o privilégio das carícias. Dir-se-ia que é feliz quando logra provocar em mim, sozinha, uma imensa volúpia. De facto, tem-me, pouco a pouco, efeminado. Compraz-se em impor-me a sua obra voluptuosa. É como que a revindicta dela pela sua inexperiência dos primeiros meses. Conhecendo todas as predileções do seu mestre, parece feliz em cultivá-las, e excedê-lo. Mas serão as minhas predileções as suas? Que repercussão tem o meu profundo prazer na sua complacência? Ela parece feliz; declara-se felicíssima. Um dia confessou-me que preferia, a uma volúpia mais aguda e direta, aquela reflexa, indefinível, que lhe provém de ter suscitado em mim, só com a sua arte, um espasmo de supremo prazer. Foi sincera? Sim, creio que foi sincera. Esta contínua ânsia de abnegação, esta supressão quase contínua do egoísmo, não serão talvez os mais altos e mais singulares fenómenos do seu amor? É uma preciosa amante; é a minha *criação.*

O seu pensamento tortuoso reconduziu-o à contemplação tranquila da beleza, da posse; reconduziu-o à consideração do novo estado. Desde aquele dia de maio começava uma vida nova.

Durante um minuto, aplicou o ouvido e o espírito para nada perder da grande paz de ao redor. Ouvia-se apenas a lenta monotonia do mar calmo no silêncio propício. Nos vidros da janela, os ramos da oliveira baloiçavam impercetivelmente, prateados de sol, movendo sombras ténues na brancura dos cortinados. De vez em quando, ouviam-se vozes humanas, raras e ininteligíveis.

Depois desta perceção da calma envolvente, debruçou-se, contemplando a adorada. Havia uma perfeita harmonia entre a respiração dela e a do mar; e a concordância dos dois ritmos dava-lhe maior encanto. Giorgio levantou a ponta da coberta para vê-la toda, dos pés à cabeça.

O TRIUNFO DA MORTE

Descansava sobre o flanco direito, numa graciosa atitude. As suas formas eram flexíveis e longas, talvez um tanto longas de mais, mas de uma elegância serpentina. A estreiteza dos quadris fazia-a parecer um adolescente. O ventre estéril conservava a primitiva pureza virginal. O seio era pequeno e rígido, como se fosse esculpido num alabastro delicadíssimo, entre cor-de-rosa e violeta nos bicos extraordinariamente eretos. Toda a parte posterior do corpo, da nuca até a curva das pernas, lembrava ainda um adolescente. Era um dos fragmentos do tipo humano ideal, que a Natureza atira para o meio da multidão dos exemplares medíocres, e por meio dos quais se perpetua a espécie. Mas a mais preciosa singularidade deste corpo era, aos olhos de Giorgio, o colorido.

A pele tinha uma cor indescritível, raríssima e diferente da cor ordinária das mulheres morenas. A comparação de um alabastro dourado por um fogo interior dava apenas uma ideia mínima dessa tenuidade divina. Dir-se-ia que uma difusão de ouro e âmbar impalpáveis enriquecia os tecidos, matizando-os com uma variedade de tintas, harmoniosa como uma música: mais escura no sulco dos rins e junto dos flancos, mais clara no seio e nas virilhas, no ponto onde a epiderme tem a suprema suavidade.

Giorgio lembrou-se do dito de Otelo: «Antes queria ser sapo e viver dos vapores de um antro tenebroso, que abandonar a outro um só pedaço da criatura que amo!»

Dormindo, Ippolita fez um movimento com um ar de dor, que depressa desapareceu. Deixou cair a cabeça no travesseiro, descobrindo o pescoço estendido onde se desenhavam vagamente as veias.

Tinha o maxilar inferior um tanto pronunciado, o queixo um tanto longo de perfil, o nariz grosso.

Os defeitos da sua cabeça acentuavam-se, mas não desagradavam a Giorgio, porque lhe era impossível imaginar que se corrigissem sem tirar à fisionomia um elemento de viva expressão. A expressão, essa coisa imaterial que irradia da matéria, essa força mutável e incalculável que invade o rosto humano e o desfigura, essa significativa alma externa que sobrepõe à realidade precisa das linhas uma beleza simbólica de ordem muito mais elevada e complexa, a expressão era o grande encanto de Ippolita Sanzio, porque oferecia ao pensador apaixonado um contínuo motivo de emoções e de sonhos.

E uma mulher como esta foi de outro antes de ser minha! Partilhou do leito de outro homem! Dormiu com ele na mesma cama, sobre o mesmo travesseiro. Todas as mulheres têm uma espécie de memória física das sensações, extraordinariamente ativa. Lembrar-se-á ela das que recebeu desse homem? Poderá esquecer o primeiro que a possuiu? Que sentiria ela com o marido? A estas interrogações, que repetia a si próprio pela milésima vez, seguiu-se uma angústia que lhe confrangeu o coração. Oh! Porque não havemos de fazer morrer a criatura amada e ressuscitá-la depois com um corpo virgem, com uma alma nova? Recordou-se de algumas palavras que Ippolita lhe dissera numa hora de suprema volúpia: *Tens-me aqui virgem. Não conheço nenhuma luxúria!*

Ippolita casara na primavera anterior aos seus amores. Algumas semanas depois do casamento, começou a sofrer uma doença do útero, demorada e dolorosa, que a prostrou no leito e a teve durante vinte dias entre a vida e a morte. Mas, por felicidade, essa doença privou-a de qualquer novo contacto com o homem odioso que se apoderara dela como de uma presa inerte. Ao deixar a sua longa convalescença, entrou na paixão como num sonho: subitamente, às cegas, loucamente, entregou-se ao jovem desconhecido que com uma voz estranha e doce lhe dissera palavras nunca ouvidas. Não mentira quando lhe disse: *Aqui me tens virgem. Não conheço nenhuma luxúria!*

Todos os episódios deste começo de amor vieram à memória de Giorgio, um por um, muito nítidos. Reconstituiu em espírito os extraordinários sentimentos e sensações desse tempo.

O TRIUNFO DA MORTE

Fora em abril que conhecera Ippolita, na capela, e a 10 desse mês ela consentiu em ir a casa dele. Oh! O dia inolvidável! Não pudera entregar-se aos seus desejos porque não estava ainda restabelecida de todo, nem durante uma longa série de visitas, quase perto de duas semanas. A todas as carícias, a que pode atrever-se um homem cujo desejo se exaspera até a loucura, sujeitou-se ela profundamente admirada: ingénua, ignorante, às vezes espantada, oferecendo ao amante o divino espetáculo que consiste na agonia de um pudor sucumbindo pela paixão triunfante. Nessa altura acontecia-lhe desmaiar, cair num desses delíquios gélidos que a faziam parecer uma defunta, ou numa dessas convulsões cujos únicos sintomas externos eram a palidez lívida, o ranger dos dentes, o crispar dos dedos e o revirar dos olhos.

E depois, por fim, chegou a entregar-se completamente. Teve, a princípio, uma atitude inerte, quase de frieza, quase de secreta repugnância. Duas ou três vezes depois, passava-lhe pelo rosto uma expressão de dor.

Mas, pouco a pouco, de uns dias para os outros, despertou-lhe uma sensibilidade latente nas fibras entorpecidas pela doença, doridas ainda dos espasmos da histeralgia, dominadas talvez por uma hostilidade instintiva contra uma coisa que, pouco antes, nas horríveis noites nupciais, lhe parecera tão odiosa. Num certo dia de maio, sob a febre devoradora do rapaz que lhe repetia em pleno rosto uma palavra incitante, encontrou finalmente a revelação súbita da volúpia suprema. Soltou um grito, depois ficou sem sentidos, com duas lágrimas a correrem-lhe como pérolas, desfigurada. Ao evocar esta recordação, Giorgio sentiu-se atravessado por um sopro daquela luxúria. Nesse momento, sentia o frémito de um criador.

Depois disso, que transformação profunda nessa mulher!

Alguma coisa de novo, inexprimível mas real, se lhe revelou na voz, no gesto, no olhar, na menor entonação, no menor movimento, nos mais pequenos sinais exteriores. Giorgio assistira ao mais inebriante espetáculo que é dado a um homem intelectual. Vira a mulher amada transformar-se à sua imagem, receber-lhe os pensamentos, os juízos, os gostos, os desdéns, as predileções, as melancolias, tudo o que dá a um espírito uma forma especial, um carácter.

Conversando, Ippolita empregava os modos de dizer preferidos, pronunciava certas palavras com a inflexão que lhe era peculiar. A escrever imitava até a letra. Nunca a influência de um ser sobre outro se realizou de uma maneira tão rápida e tão forte. Ippolita merecera a divisa: *Gravis de um suavis.* Mas a criatura suave e grave, aquela a quem soubera infundir com tanta arte o desprezo pela vida vulgar, entre que contactos humilhantes passara as suas horas passadas?

Giorgio recordou as aflições de outrora, quando a via retirar-se, entrar no lar conjugal, na casa de um homem de que ignorava tudo, num mundo que desconhecia, inteiramente na vulgaridade e na mesquinhez da vida burguesa onde nascera e crescera como planta rara entre urtigas. Que lhe ocultaria ela nesse tempo? Nunca o teria enganado? Recusar-se-ia sempre aos desejos do marido sob pretexto ele que não estava ainda curada de todo? Sempre?

Giorgio lembrou-se da horrível dor que sofrera um dia em que ela viera tarde, ofegante, as faces mais coradas e mais quentes que de costume, com um cheiro ativo a tabaco nos cabelos, o mau cheiro de que se impregna quem permanece muito tempo numa sala onde há muitos fumadores. «Perdoa-me», disse ela, «se me demorei; mas tive ao almoço uns amigos de meu marido, que me demoraram até agora». Estas palavras provocaram-lhe a imagem de uma mesa grosseira, em volta da qual alguns vilões davam largas à sua brutalidade.

Giorgio não esqueceu mil pequenos factos semelhantes e uma infinidade doutros sofrimentos cruéis e também sofrimentos recentes, que se referiam à nova situação de Ippolita, à sua vida em casa da mãe, numa casa igualmente desconhecida e suspeita.

Enfim, ei-la agora comigo! Cada dia, a todos os instantes, continuamente, vê-la-ei, hei de entretê-la constantemente comigo, com os meus pensamentos, os meus sonhos, as minhas tristezas. Consagrar-lhe-ei todos os meus instantes, sem interrupção; inventarei mil maneiras novas de lhe agradar, de a perturbar, de a entristecer, de a exaltar, penetrá-la-ei tanto de mim que ela acabará por me supor um elemento essencial à sua própria vida.

Inclinou-se para ela, devagar, e beijou-a levemente no ombro, na inserção do braço, sobre a pequena redondeza de forma e cor requintadas, onde a epiderme tinha a morbidez de um veludo tão fino, que parecia quase impalpável. Respirou o perfume daquela mulher forte e agradável, o odor cutâneo que, no momento do prazer, se tornava embriagante como o das tuberosas e dava ao desejo um entusiasmo terrível. Vendo tão de perto dormir aquela criatura delicada e incompreensível, fechada no mistério do sono, estranha, que por todos os poros parecia irradiar para ele alguma oculta fascinação de uma incrível intensidade, notou mais uma vez, no fundo de si mesmo, um vago movimento de terror instintivo.

De novo, Ippolita mudou de posição, sem acordar com um ligeiro gemido. Estendeu-se de costas. Um suor leve humedecia-lhe as fontes; dos seus lábios semicerrados a respiração saía mais rápida, um pouco irregular; de vez em quando, as sobrancelhas contraíam-se. Sonhava. Com quê?

Giorgio, cheio de inquietação que depressa aumentou até uma agitação insensata, pôs-se a examinar-lhe no rosto os menores sinais, com o intuito de surpreender neles alguma revelação.

Revelação, de quê? Estava incapaz de refletir, não podia reprimir o turbilhão furioso dos receios das dúvidas e dos ciúmes.

Durante o sono, Ippolita teve um sobressalto: todo o corpo se torceu, como violentada por um ser invisível que pelos flancos a agarrasse, voltou-se de lado, para Giorgio, gemendo e gritando:

– Não, não!

Depois, fêz duas ou três respirações tão fortes como suspiros e tremeu de novo.

Tomado de uma aflição louca, Giorgio olhava-a fixamente, de ouvido atento, com receio doutras palavras, talvez um nome, um nome de homem! Esperava, numa incerteza horrível, como que sob a ameaça de um raio que o aniquilasse num momento.

Ippolita despertou, olhou-o confusamente, sem dar conta disso, estremunhada, e encostou-se a ele num movimento quase inconsciente.

– Com que estavas a sonhar? Diz, que estavas a sonhar? – perguntou ele, numa voz alterada onde parecia repercutirem-se as palpitações do coração.

– Não sei – respondeu ela, desfalecida, ainda cheia de sono, encostando a face ao peito dele, – já não me lembro...

E adormeceu outra vez.

Sob a doce pressão daquela face, Giorgio ficou imóvel, com um ódio surdo no fundo da alma, sentindo-se para sempre separado da criatura que lhe dormia sobre o peito, sentindo-se estranho, isolado, inutilmente curioso. Todas as recordações tristes o assaltaram em tumulto. Reviveu num só instante todas as suas misérias de dois anos. Nada podia opor às dúvidas imensas que lhe esmagavam o coração e lhe faziam julgar a cabeça dela tão pesada como um penedo.

De repente, Ippolita teve um sobressalto, gemeu, contorceu-se e gritou outra vez. Abriu os olhos, espantada, gemendo:

– Oh, meu Deus!

– Que tens tu? Com que estavas a sonhar?

– Não sei...

Tinha no rosto contrações convulsivas.

E continuou:

– Estavas a fazer-me mal? Parecia que me puxavas, que me batias. Sofria horrivelmente. Meu Deus! Lá voltam os meus padecimentos...

Depois da doença tinha às vezes pequenos ataques, espasmos rápidos, mas cuja passagem lhe arrancava um gemido ou um grito.

Voltou-se para Giorgio, fixou-o nas pupilas, com o firme intuito lúcido de surpreender ali os vestígios da tempestade. E, num tom de repreensão carinhosa:

– Fazias-me tanto mal!

Giorgio, imediatamente, tomou-a nos braços, cingiu-a, apertou-a loucamente, sufocando-a com carícias.

10

Como se o ar estivesse quase estival, Giorgio propôs:
– E se jantássemos lá fora?

Ippolita concordou. Desceram de mãos dadas pela escada, pondo o pé de degrau em degrau, vagarosamente, parando para ver as flores calcadas, voltando-se ao mesmo tempo um para o outro como se se tivessem visto pela primeira vez.

Achavam os olhos maiores, mais profundos, como que mais longínquos e cercados de uma sombra quase sobrenatural. Sorriam, sem falar, ambos dominados pelo encanto dessa inexprimível sensação que parecia dispersar na atmosfera a substância do seu ser tornado fluido como vapor. Dirigiram-se para o parapeito e pararam, olharam para o mar, escutaram o mar.

Era imprevisto o que viam, extraordinariamente grande, embora iluminado por uma luz íntima e como que por uma irradiação dos seus corações. Era imprevisto o que ouviam, extraordinariamente elevado, embora silencioso como um segredo só por eles conhecido.

Foi apenas um momento, que logo desapareceu! Não os despertou nem o sopro do vento nem o rumor de uma onda nem um mugido nem um latido nem uma voz humana, mas a própria ansiedade que crescia da sua alegria demasiado grande. Foi apenas um momento, que logo passou, irrevogável. E ambos começaram a sentir que a vida corria, que o tempo fugia, que as coisas se tornavam estranhas ao seu ser, que a sua alma se tornava ansiosa, e o amor imperfeito; ambos sentiam que aquele instante de supremo esquecimento, aquele instante único, passara para sempre.

Ippolita, comovida pela solenidade da solidão, oprimida por um vago medo em presença daquelas vastas águas, sob um céu deserto que ia empalidecendo do zénite ao horizonte por lentas gradações, murmurou:

– Como isto é longe!

Parecia-lhes agora, a ambos, que o ponto do espaço onde respiravam era infinitamente afastado dos lugares conhecidos, muito retirado, isolado, ignorado, inacessível, quase fora do mundo. E, enquanto viam realizados os votos dos seus corações, sentiram ambos o mesmo medo íntimo, como se tivessem pressentido a sua impotência de sustentar a plenitude da vida nova. Por uns instantes mais, silenciosos, de pé, ao lado um do outro, separados, continuaram a olhar para o Adriático, que tinha uma cor triste e glacial, onde as vagas, engrossando, faziam correr as suas cristas brancas movediças. De vez em quando, uma brisa fresca investia com a ramagem das acácias, levando-lhes o perfume.

– Em que estás a pensar? – perguntou-lhe Giorgio, sacudindo-se para se insurgir contra a intempestiva tristeza que ia dominá-lo.

Ele estava ali só com sua mulher, vivo e livre. E, todavia, não tinha o coração satisfeito. Trazia dentro de si um inconsolável desespero? Sentindo novamente uma separação da criatura silenciosa, pegou-lhe outra vez nas mãos, fitou-a nas pupilas:

– Em que estás a pensar?

– Em Rimini... – respondeu Ippolita, sorrindo.

Sempre o passado! Lembrar-se dos dias de outrora naquele momento! Seria aquele o mesmo mar que se estendia ante os seus olhos velados pela mesma ilusão? O seu primeiro movimento foi de hostilidade contra a inconsciente evocadora. Depois, num momento, com uma súbita perturbação, viu as culminâncias do seu amor iluminarem-se e cintilarem no passado, prodigiosamente. Vieram-lhe à memória coisas muito remotas, acompanhadas de ondas de música que as exaltavam e transformavam.

Reviveu, num segundo, as horas mais líricas da sua paixão, e reviveu-as nos lugares próprios, entre os aparatos sumptuosos da natureza e da arte; que haviam tornado a sua alegria mais nobre e mais profunda. Porque, em comparação com este passado, empalideceria agora o momento atual? A seus olhos, deslumbrados pelo rápido cintilar das recordações, tudo agora empalidecia. Notou que a diminuição progressiva da luz lhe causava uma espécie de inexprimível mal-estar físico, como se esse fenómeno exterior estivesse em imediata correspondência com um elemento vital.

Procurou qualquer palavra para chamar Ippolita a si, para a prender por qualquer laço sensível, para tornar a adquirir da realidade presente a ideia precisa que acabava de perder. Mas foi-lhe difícil procurá-la. As ideias escapavam-se-lhe, dissipavam-se, deixavam-no vazio.

Como ouvisse um rumor de pratos, perguntou:

– Tens fome?

Esta pergunta, sugerida pelo pequeno facto material e feita de repente, com uma vivacidade pueril, fez rir Ippolita.

– Sim, alguma – respondeu.

E voltaram-se, para ver a mesa posta debaixo do carvalho. Dentro de alguns minutos o jantar estava pronto.

– Tens que te contentar com o que há – disse Giorgio. – Uma cozinha muito rústica.

– Oh! Contento-me até com ervas.

E, toda alegre, aproximou-se da mesa, examinou com curiosidade a toalha, os guardanapos, os copos, os pratos; achou tudo gracioso e consolou-se como uma criança de ver grandes flores azuis enchendo uma jarra de porcelana, branca e fina.

– Tudo aqui me agrada – disse ela.

Curvou-se para um grande pão redondo, ainda quente sob a sua bela côdea tostada, e aspirou-lhe deliciadamente o perfume.

– Que belo cheiro!

E, com infantil gulodice, partiu um bocado do pão a estalar de cozido.

– Que esplêndido pão!

Os seus dentes sãos e fortes brilhavam no pão mordido, o movimento da sua boca sinuosa exprimia vivamente o prazer saboreado. Naquele ato, toda ela exalava uma graça pura e fresca que seduziu e maravilhou Giorgio como se fosse uma inesperada novidade.

– Toma, prova. Que bom!

Estendeu-lhe o bocado de pão, onde deixara o sinal húmido da mordedura, e meteu-lho na boca, rindo, contagiando-o sensualmente com a sua hilaridade.

– Toma!

Achou-lhe um sabor delicioso e abandonou-se a este encanto fugitivo, deixando-se envolver por aquela sedução que lhe parecia nova. Assaltou-o subitamente uma vontade louca de abraçar a provocadora, levantá-la nos braços, arrebatá-la como uma presa. Encheu-se-lhe o peito de uma confusa aspiração para a força física, para a saúde forte, para uma alegria quase selvagem, para o amor simples e rude, para a grande liberdade primitiva.

Sentiu como que uma súbita necessidade de despedaçar os velhos desejos que o oprimiam, de ficar inteiramente renovado, livre dos males que sofrera, de todas as deformidades que o haviam afligido. Teve a alucinante visão de uma existência futura que seria a sua e na qual, livre de qualquer hábito funesto, de qualquer tirania estranha, de qualquer erro triste, veria as coisas como as vira pela primeira vez, e teria diante de si toda a face do Universo a descoberto como um rosto humano. Era, porém, possível que o milagre saísse daquela mulher que, sobre a mesa de pedra, debaixo

do carvalho protetor, partira um bocado de pão fresco e o parti-
lhara consigo? Não podia ele começar, realmente, a partir desse
dia, a *VIDA NOVA?*

IV

A VIDA NOVA

1

E stava mau tempo. O céu encoberto, nevoento, quase branco como leite. Pairava na atmosfera um calor húmido e imóvel. O mar, perdido todo o movimento e toda a materialidade, confundia--se com os vapores vagos da distância, palidíssimo, sem palpitação.

Uma vela branca, uma única vela branca – coisa raríssima no Adriático – erguia-se ao longe, para as bandas das ilhas de Diomedias, sem mudar de sítio, indefinidamente prolongada pelo espelho das águas, centro visível desse mundo inerte que se dissolvia a pouco e pouco.

Sentada no muro da *loggia,* numa posição de cansaço, Ippolita fixava na vela os olhos magnetizados pela brancura. Um tanto inclinada, num abandono de toda a sua pessoa, tinha um ar de espanto e quase de imbecilidade que denunciava o eclipse momentâneo da vida interior.

Esta falta de energia expressiva acentuava o que de vulgar e irregular havia nos seus traços, tornando carregada a parte inferior do rosto. A própria boca, essa boca elástica e sinuosa, cujo contacto tantas vezes comunicara a Giorgio um terror instintivo e indizível, parecia agora despojada dos seus encantos, reduzida ao aspeto físico de um órgão vulgar, que leva a pensar nas carícias apenas como um ato maquinal, sem nenhuma beleza.

Giorgio examinava com atenção e com lucidez a realidade crua daquela mulher inconsciente, a cuja vida ele ligara até então, loucamente, a sua própria vida, pensando: *Num instante, tudo se acabou. Extinguiu-se a chama. Já a não amo. Como se deu isto assim tão depressa?* O que sentia agora não era só o aborrecimento que se segue ao excesso, a aversão carnal após os prazeres demorados, mas um afastamento mais profundo e violento que lhe parecia definitivo e irremediável. *Como se poderá amar ainda depois de se ver o que eu vejo?* Repetiu-se nele o fenómeno vulgar: com as suas primeiras conceções reais, isoladas e exageradas, reconstituía por associação um fantasma interno que lhe dava aos nervos uma impulsão muito mais forte do que o objeto presente. Daí em diante, o que via na pessoa de Ippolita com uma inconcebível intensidade era apenas a imagem abstrata do sexo, o ser inferior privado de qualquer valor espiritual, simples instrumento de prazer e de luxúria, instrumento de ruína e de morte. E tinha horror a seu pai! Mas que fazia ele, afinal, senão a mesma coisa? Atravessou-lhe a mente a lembrança da concubina; encontrou na sua memória certas particularidades da terrível altercação com aquele homem odioso, na casa de campo, com a janela aberta, onde se ouviam os gritos dos pequenos bastardos, junto da grande mesa atravancada de papéis onde vira o disco de cristal com uma estampa obscena.

– Meus Deus, que tempo tão abafado! – murmurou Ippolita, desviando os olhos da vela branca, que permanecia sempre imóvel, no infinito. – Não te sentes também indisposto?

Ergueu-se, deu uns passos leves em direção a um banco de vime, coberto de almofadas, e estendeu-se nele como morta de fadiga, com um grande suspiro, encostando a cabeça e semicerrando os olhos, cujas pestanas curvas tremiam. De súbito, tornou-se muito bela. A sua beleza brilhou como uma chama.

– Quando é que sopra o mistral? Olha a vela! Está sempre no mesmo lugar. É a primeira vela branca depois da minha chegada. Parece-me que estou a sonhar com ela.

Como Giorgio não respondesse, ela continuou:

– Já tinhas visto mais alguma?

– Não; para mim também é a primeira.

– Donde virá?

– Talvez de Gargano.

– E para onde irá?

– Talvez para Ortona.

– Que levará?

– Talvez laranjas.

Ela pôs-se a rir. O seu próprio riso envolveu-a como uma onda viva de frescura, e de novo a transfigurou.

– Olha, olha! – exclamou ela, erguendo-se sobre o cotovelo e apontando para o horizonte marítimo onde parecia ter descido uma cortina – Outras cinco velas, acolá, em fila... Vê-las?

– Sim, sim, vejo.

– São cinco?

– Sim, cinco.

– Mais, mais acolá! Olha, outra fila! Tantas!

Na linha do horizonte, apareceram, vermelhas como chamas, imóveis, as velas.

– O vento vai mudar. Sinto que vai mudar. Repara como a água, além, se encrespa!

Uma súbita aragem abanou a rama das acácias, que se agitaram, deixando cair algumas flores semelhantes a borboletas mortas. Depois, antes que aqueles leves despojos tocassem no chão, tudo voltou à tranquilidade. Durante o intervalo de silêncio, ouviu-se o rumor surdo do mar que açoitava a praia, e esse rumor foi descendo como fluxo da água ao longo da costa, até que cessou.

– Ouviste?

Ela ergueu-se e inclinou-se no parapeito do muro, de ouvido à escuta, na posição de um músico que afina o seu instrumento.

– Lá vem ela! – exclamou, apontando de novo, com um gesto, a crispação móvel da água sobre a qual passava a borrasca. Parou e esperou, cheia de impaciência, pronta a beber o vento num sorvo.

Alguns segundos depois, as acácias, investidas pelo vento, agitavam-se deixando chover mais flores. E a aragem fresca levou à *loggia* o aroma salino misturado com o perfume dos cachos caídos. Um som argentino, de uma harmonia singular, encheu com as suas vibrações de timbales a concavidade da pequena baía, entre os dois promontórios.

– Ouves? – disse Ippolita, numa voz baixa mas exultante, como se aquela música a penetrasse até à alma e toda a sua vida participasse das vicissitudes das coisas.

Giorgio acompanhava todos os seus atos, todos os seus gestos, movimentos e palavras, com tal intensidade de atenção, que o resto era como se não existisse.

A imagem anterior não coincidia em nada com a aparência presente, embora lhe dominasse o espírito a ponto de conservar nela a sensação profunda do afastamento moral e impedir que aquela mulher fosse outra vez colocada no seu lugar, que fosse restabelecida na sua primeira existência, reintegrada. Mas de cada ato, de cada gesto, de cada movimento e de cada palavra dela, emanava um poder invencível. Todas aquelas manifestações físicas sucessivas pareciam compor como que uma trama em que ele ficava preso e se mantinha prisioneiro. Parecia que entre ele a aquela mulher se estabelecia uma aderência corporal, uma espécie de dependência orgânica tal que até o mínimo gesto dela provocava nele uma mudança sensual involuntária e ele via-se incapaz de viver e sentir-se independente. Como podia, pois, conciliar-se aquela afinidade evidente com o ódio oculto que escondia no fundo de si próprio?

Ippolita, por uma curiosidade espontânea, por uma necessidade instintiva de multiplicar as sensações e estendê-las às coisas que a rodeavam, estava ainda atenta àquele espetáculo. Inclusivamente, a facilidade que ela tinha de comunicar com todas as formas da vida natural e de encontrar uma infinita analogia entre as expressões humanas e o aspeto das coisas mais diversas; essa simpatia rápida e difusa que não só a ligava aos objetos com que tinha um contacto quotidiano mas aos objetos estranhos; essa espécie de virtude imitadora pela qual conseguia exprimir com um sinal o carácter particular de um ser animado ou inanimado, falar com os animais domésticos e interpretar a sua linguagem; todas essas faculdades mímicas concorriam para tornar mais visível, nela, aos olhos de Giorgio, o predomínio da vida corpórea inferior.

– Que será? – disse ela, atónita, ouvindo um ruído súbito de proveniência misteriosa. – Não ouviste?

Era como uma pancada surda, seguida por outras com uma rapidez crescente, tão estranhas que se não tornava possível definir se vinham de um lugar próximo ou distante, no ar cada vez mais límpido.

– Não ouviste?

– Talvez troveje ao longe.

– Não, não…

– Então?

Olhavam à volta, perplexos. O mar mudava de cor, de momento a momento, enquanto o céu se limpava de nuvens. Aqui e além tomava um verde indefinível, como o linho maduro quando a luz oblíqua do Sol passa através das hastes diáfanas num crepúsculo de abril.

– Ah! É a vela que bate, além! – disse Ippolita, feliz por ser a primeira a descobrir o mistério. – É a vela branca! Olha, está a tomar vento. Agora está a mexer-se.

2

Ela tinha, com alguns intervalos de indolência sonolenta, um desejo louco de sair e aventurar-se em pleno sol, de correr as praias e os campos em redor e explorar os caminhos desconhecidos. Desafiava o companheiro e, às vezes, saía sozinha e voltava inesperadamente.

Para subir à colina, caminhavam por um atalho ladeado de sebes carregadas de flores roxas, entre as quais desabrochavam os cálices longos e delicados doutras flores de neve, de cinco pétalas perfumadíssimas. Para além das sebes, ondulavam as espigas inclinadas sobre as hastes, de um verde amarelado, qual delas mais próximas de tornar-se ouro, e algumas eram tão altas e fortes, que ultrapassavam as sebes, dando a visão de uma bela taça transbordante.

Nada escapava ao olhar vigilante de Ippolita. De quando em quando, inclinava-se para destruir, com um sopro, certas bolinhas de penugem levíssima, em longas hastes delgadas, e parava para ver os aranhiços subir, por um fio invisível, de uma flor rasteira para um ramo alto.

Na colina, numa estreita faixa soalheira, havia um pequeno campo de linho já seco. As hastes amarelecidas tinham no cimo um glóbulo dourado que parecia enegrecido, aqui e além, pela ferrugem. As mais altas balouçavam de um modo impercetível. Pela extrema delicadeza, o conjunto dava a ideia de um trabalho de ourivesaria.

– Olha uma filigrana! – disse Ippolita.

As giestas começavam a largar a flor. De alguns ramos pendia uma espécie de espuma branca, em flocos. Noutros, subiam grandes lagartas negras e alaranjadas que, à vista, pareciam de veludo. Ippolita pegou numa, cuja penugem delicada se pintalgava de vermelho, e conservou-a tranquilamente na palma da mão.

– É mais bela que uma flor – disse.

Giorgio notou (e já não era a primeira vez) que ela não tinha geralmente nenhuma repugnância instintiva pelos insetos nem sentia a viva e irresistível repulsa que ele experimentava por uma quantidade de coisas que lhe pareciam imundas.

– Deita-a fora, peço-te.

Ippolita, rindo, estendeu a mão como para lhe pôr a lagarta no pescoço. Ele soltou um grito, recuando. Ela riu-se ainda mais.

– Que homem corajoso!

Entusiasmada com a brincadeira, desatou a correr atrás dele por entre os troncos dos carvalhos novos, pelos carreiros estreitos que formavam uma espécie de labirinto alpestre. As suas gargalhadas faziam levantar bandos de pardais de entre as pedras negras.

– Para! Para! Olha que espantas as ovelhas.

Um pequeno rebanho debandou, espavorido, levando em sua perseguição, pelo declive pedregoso, um monte de farrapos azulados.

– Para aí. Olha! Já não tenho nada.

E mostrava, ao fugitivo, as mãos vazias.

– Vamos ajudar a muda.

E correu para a mulher esfarrapada, que fazia vãos esforços para aguentar as ovelhas presas por longas cordas de vimes torcidos. Agarrou no feixe de cordas, fincou os pés numa pedra para oferecer maior resistência. Arfava, com o rosto afogueado e, nesta atitude violenta, era mais bonita. A sua beleza iluminava-se de súbito, como um facho.

– Anda cá também! – exclamava ela para Giorgio, comunicando-lhe a sua alegria franca e infantil.

As ovelhas pararam de encontro às moitas de giestas. Eram seis, três pretas e três brancas, e traziam o laço de vimes em roda do pescoço lãzudo. A mulher que as guardava, magra: mal coberta pelos farrapos azulados, gesticulava, deixando sair da boca desdentada um grunhido incompreensível. Os seus olhitos esverdeados, sem pestanas, cheios de remela, de lágrimas e sangue, despediam uma expressão maléfica.

Quando Ippolita lhe deu esmola, ela beijou o dinheiro. Depois, largando as cordas, tirou da cabeça um farrapo que já não tinha forma nem cor, curvou-se para o chão e, lentamente, com extremo cuidado, apertou as moedas com muitos nós.

– Estou cansada – disse Ippolita. – Sentemo-nos aqui um instante.

Sentaram-se. Giorgio notou então que estavam perto do grande giestal onde, na manhã de maio as cinco virgens foram colher flores para juncar o caminho à Bela Romana. E parecia-lhe agora muito remota essa manhã, perdida num nevoeiro de sonho. Disse:

– Vês aqueles arbustos, além, já quase sem flores?

Pois foi lá que enchemos os cestos para te florir o caminho quando chegaste... Que dia! Lembras-te?

Ela sorriu e, num arrebatamento de repentina ternura, pegou-lhe numa das mãos, conservando-a apertada nas suas, encostou a face ao ombro dele, mergulhando na doçura daquela recordação, daquela solidão, daquela paz, daquela poesia.

De vez em quando, uma aragem percorria o cimo dos carvalhos; e, em baixo, mais longe, no cinzento dos olivais, passava de tempos a tempos uma onda clara de prata. A muda afastava-se a pouco e pouco, atrás das ovelhas que pastavam, e dir-se-ia deixar nas suas pegadas alguma coisa de fantástico, como nas lendas em que as fadas maléficas se transformam em sapos, nas curvas dos caminhos.

– Nem agora és feliz? – murmurou Ippolita.

Giorgio pensava: *Já lá vão quinze dias e nada mudou em mim. Sempre a mesma ansiedade, a mesma inquietação, o mesmo desgosto! Estamos apenas no princípio e já vejo o fim. Que fazer para gozar a hora que passa?*

Vieram-lhe à memória certas frases de uma carta de Ippolita:

> Quando terei eu a felicidade de estar junto de ti dias inteiros, viver a tua vida? Verás: não serei a mesma mulher... Dir-te-ei todos os meus pensamentos, e tu, os teus. Serei a tua amante, a tua amiga, a tua irmã e, se me julgares digna disso, também a tua conselheira... Em mim encontrarás doçura e sossego... Será uma vida de amor como nunca houve...

E pensava: *Há quinze dias toda a nossa vida se compõe de pequenos incidentes materiais semelhantes ao de hoje. É certo que já vi nela uma outra mulher! Começa a mudar até de aspeto. É incrível a rapidez com que ela absorve a saúde. Parece que tira proveito de cada respiração, que para ela cada fruto se converte em sangue, que a bondade do ar a penetra por todos os poros. Tinha sido feita para esta existência de ócio, de liberdade, de prazer físico sem cuidados. Até agora ainda não lhe saiu da boca uma palavra séria, que revelasse uma preocupação de espírito. Os seus intervalos de silêncio e imobilidade provêm apenas de fadigas musculares, como agora.*

– Em que estás a pensar? – perguntou ela.

– Em nada. Sou feliz.

Depois de uma pausa, ela continuou:

– Vamos, queres?

Levantaram-se. Ela deu-lhe um beijo sonoro na boca. Estava contente, irrequieta. A cada instante separava-se dele e deitava a correr por um declive sem pedras; e, para interromper a corrida, agarrava-se ao tronco de um carvalho novo que gemia e se dobrava com o repelão. Colheu uma flor roxa e chupou-a.

– Tem mel – disse.

Apanhou outra e chegou-a aos lábios de Giorgio.

– Prova.

E, pelos movimentos da boca, parecia que gozava esse sabor pela segunda vez.

– Com tantas flores e tantas abelhas, deve haver por aqui, com certeza, algum enxame. Uma destas manhãs, quando estiveres a dormir, hei de vir procurá-lo. Depois levo-te um favo.

E começou a falar longamente da aventura que a sua fantasia lhe compunha. Passavam nas suas palavras, como sensações reais, a frescura da manhã, o mistério do mato, a impaciência da procura, a alegria da descoberta, a cor de ouro e o aroma silvestre do mel.

O mar tinha uma cor delicada, entre azul e verde, que, pouco a pouco, tendia mais para o verde; mas o céu, de um azul plúmbeo no alto, e aqui e além sulcado de nuvens, avermelhadas no horizonte, era róseo para os lados de Ortona. Esta claridade refletia-se palidamente na extrema linha de água, como rosas desfolhadas que flutuassem. Sobre o fundo do mar desenhavam-se, por gradações harmoniosas, primeiramente os dois grandes carvalhos de folhagem sombria, depois as oliveiras prateadas e as figueiras de folhagem viva e ramos arroxeados.

A Lua, alaranjada, enorme, quase cheia, surgia na orla do horizonte, semelhante a um globo de cristal que deixasse ver um país quimérico, gravado em baixo-relevo num disco de ouro maciço. Ouvia-se o chilrear das aves, perto e longe; um boi soltou um mugido, ouviu-se depois um balido e em seguida o chorar de uma criança.

Houve um silêncio em que todas as vozes se calaram e só se ouvia aquele choro. Não era violento nem entrecortado, mas débil, contínuo, quase doce. Atraía a alma, desprendia-se de tudo, arrancava-a à sedução crepuscular para lhe imprimir uma verdadeira angústia que correspondia ao sofrimento da pessoa desconhecida, do pequeno ser invisível.

– Ouves? – disse Ippolita, cuja voz se baixou involuntariamente, já alterada pela piedade. – Eu sei quem é que está a chorar.

– Sabes? – perguntou Giorgio, em quem a voz e o aspeto de Ippolita provocaram um certo sobressalto.

– Sei.

Ela continuava com o ouvido atento àquele gemido queixoso que parecia encher todo o campo, e acrescentou:

– É o menino chupado pelas bruxas.

Pronunciou aquelas palavras muito séria, como se estivesse dominada por essa superstição.

– É além, naquela choupana. A Cândia é que mo disse.

Depois de certa hesitação, enquanto ouviam o choro e tiveram a visão fantástica do menino moribundo ela propôs:

– E se fôssemos vê-la? Não é longe.

Giorgio ficou perplexo, temendo o espetáculo miserável, temendo o contacto com gente sofredora e brutal.

– Queres? – insistiu Ippolita, cuja curiosidade já se tinha tornado irresistível. – É além, naquela choupana, debaixo daquele pinheiro. Sei o caminho.

– Vamos.

Ela caminhava à frente, com passo estugado, atravessando um campo em declive. Ambos iam calados, ambos atentos apenas àquele gemido infantil que os guiava. E a cada instante sentiam uma pena mais aguda, à medida que o choro se tornava mais distinto e revelava a qualidade da pobre carne exangue donde o arrancava a dor.

Atravessaram um laranjal perfumado, calcando as flores espalhadas pelo chão. À entrada de um tugúrio próximo daquele para onde se dirigiam, estava sentada uma mulher, monstruosa de gordura, que tinha sobre o grande corpo uma cabeça pequena e redonda, de olhos doces, dentes sãos e sorriso calmo.

– Para onde vai, senhora? – perguntou, sem se levantar.

– Vamos ver o menino embruxado.

– Para quê? Fique antes aqui e descanse. Veja quantos eu tenho.

Três ou quatro crianças nuas, com o ventre tão volumoso que pareciam hidrópicas, arrastavam-se pelo chão, esbracejando, rebolando e levando à boca qualquer coisa que lhes viesse às mãos; a mulher tinha nos braços uma outra criança toda coberta de crostas negras, no meio das quais se abriam dois grandes olhos azuis como duas flores miraculosas.

– Não vê quantos eu tenho e como este está? Pare um instante.

Sorria, solicitando, com os olhos, a generosidade da forasteira.

– Para que vai lá? – repetiu com uma expressão que parecia querer dissuadir a curiosa, fazendo-a sentir uma vaga ameaça do perigo. – Repare como aquele está!

E de novo mostrou o filho chagado, mas sem fingir sofrimento, como se simplesmente oferecesse à forasteira, de passagem, um objeto de compaixão mais próximo, em troca de um outro mais afastado, e quisesse dizer-lhe: «Já que queres ser piedosa, sê para este que tens na tua frente!»

– Por que está assim? – disse Giorgio, examinando com profunda compaixão o mísero vulto sujo e dois grandes olhos puros e frescos que pareciam recolher toda a luz espalhada naquela noite de junho.

– Quem sabe, senhor! – respondeu a mulher obesa, sempre com a mesma calma. – Deus assim o quer.

Ippolita deu-lhe esmola e seguiram para a outra cabana, conservando no nariz o cheiro nauseabundo que emanava daquela porta cheia de sombra.

Não falavam, tinham o coração confrangido, a boca enjoada, e os joelhos a vergarem. Ouviam o gemido débil misturado com outras vozes e outros ruídos; admiravam-se de poder escutar ao longe só a criança, tão distintamente. Mas o que atraía os seus olhos era o pinheiro alto e direito cujo tronco forte se desenhava a negro na claridade difusa do crepúsculo, sustendo uma copa toda cantante de pardais.

À sua aproximação, ouviu-se um cochichar entre as mulheres que rodeavam a vítima.

— São os senhores que estão em casa da Cândia!

— Entrem, entrem!

E as mulheres abriram o cerco para deixar passar os estranhos. Uma delas, uma velhota de pele rugosa, de cor de terra árida, os olhos sem vista, esbranquiçados e como que petrificados no fundo das órbitas, voltou-se para Ippolita, tocando-lhe no braço:

— Vê, vê, senhora? Olhe: as bruxas chupam esta pobre criatura. Vê como o puseram? Deus livre os seus filhos!

A sua voz era uma coisa seca, que parecia artificial e semelhante aos sons articulados de um autómato.

— Senhora, persigne-se — acrescentou.

O aviso parecia lúgubre, naquela boca sem lábios, cuja voz tinha perdido a sua qualidade humana e se tornara uma coisa morta. Ippolita fez o sinal da cruz e olhou para o seu companheiro.

No eirado, à entrada da porta, as mulheres formavam um círculo como em volta de um espetáculo, fazendo de vez em quando um gesto maquinal de compaixão. E o círculo renovava-se constantemente; umas, cansadas de ver, retiravam-se, outras chegavam das casas vizinhas. Quase todas, perante aquela morte lenta, repetiam o mesmo gesto e a mesma palavra.

A criança estava deitada num tosco bercito de pinheiro, como num pequeno caixão sem tampa. A mísera criatura, nua, magrinha, descarnada, esverdeada, soltava um lamento contínuo, agitando debilmente os braços e as pernas só com pele e osso, como a pedir auxílio. E a mãe, sentada ao pé do berço, toda enrodilhada em si mesma, com a cabeça tão baixa que quase lhe tocava nos joelhos, parecia não ouvir nada. Dir-se-ia que um peso enorme lhe caía na cabeça, impedindo-a de erguê-la. Às vezes, com um gesto maquinal, punha na borda do berço a mão rude, calosa, queimada do sol; e fazia menção de embalar, mas conservando-se sempre curvada e taciturna. Então, as imagens santas, os talismãs e as relíquias que cobriam o berço quase por completo, mexiam e chocalhavam, numa pausa momentânea do choro.

– Liberata, Liberata! – gritou uma das mulheres, sacudindo-a. – Olha, Liberata! Está aqui a senhora; veio a tua casa, a senhora. Olha para ela!

A mãe levantou a cabeça devagar e olhou em volta, espantada; depois fixou na visitante uns olhos secos e tristes, no fundo dos quais havia menos dor cansada que terror inerte e sombrio: o terror do malefício noturno, contra o qual não havia exorcismo que valesse, o terror dos seres insaciáveis que se tinham apoderado da casa e que só a abandonariam com o último cadáver.

– Fala, fala! – insistiu ainda uma das mulheres, sacudindo-a por um braço. – Fala! Diz à senhora que te leve à Senhora dos Milagres.

As outras rodearam Ippolita com súplicas.

– Sim, minha senhora, faça-lhe essa esmola! Leve-a à Nossa Senhora, leve!

A criança chorava agora mais. No cimo do grande pinheiro, os pardais chilreavam em coro. Na vizinhança, entre os troncos disformes das oliveiras, ladrava um cão. A lua começava a projetar sombras.

– Pois sim – balbuciou Ippolita, incapaz de aguentar por mais tempo o olhar fixo da taciturna. – Pois sim, vai amanhã…

– Amanhã, não; sábado, senhora.

– Sábado, que é a vigília.

– Compre-lhe um círio.

– Um círio bom.

– Um círio de dez arráteis.

– Ouves, Liberata, ouves!

– A senhora manda-te à Senhora dos Milagres.

– A Virgem há de fazer-te o milagre.

– Fala, fala!

– Está muda, senhora.

– Há três dias que não fala.

A criança chorava mais alto, no meio das vozes confusas das mulheres.

– Ouve como ele chora?

– Sempre que chega à noite, chora mais, senhora.

– Talvez aí venha alguma.

– Talvez já a visse...

– Persigne-se, senhora.

– Daqui a pouco é noite.

– Ouve como ele chora?

– Parece-me que o sino está a tocar.

– Daqui não se ouve.

– Eu já ouço.

– Eu também.

– Avé Maria!...

Todas se calaram, fizeram o sinal da cruz e inclinaram-se.

Parecia que do burgo distante chegava qualquer onda sonora, apenas percetível, mas o choro da criança não deixava distinguir. De novo só se ouvia aquele choro. A mãe caiu de joelhos à beira do berço, prostrada até ao chão. Ippolita, inclinada, orava com fervor.

– Olha ali, à entrada da porta – cochichou uma das mulheres àquela que estava mais perto.

Giorgio, atento e inquieto, voltou-se. A porta estava cheia de sombra.

– Olha ali, na porta. Não vês nada?

– Sim, vejo... – respondeu a outra, incerta, um pouco espantada.

– Que é? Que vês tu? – perguntou uma terceira.

– Que vês? – perguntou uma quarta.

– Que vês?

Todos foram invadidos, ao mesmo tempo, por aquela curiosidade e aquele espanto, e olharam para a porta. A criança chorava. A mãe levantou-se e pôs-se também a olhar com os olhos fixos e abertos para a porta que a sombra de dentro tornava misteriosa. O cão ladrava no meio do olival.

– Que é? – disse Giorgio em voz alta, para fazer qualquer esforço e não se deixar dominar e vencer pela imaginação já perturbada.

– Que veem?

Nenhuma das mulheres ousou responder. Todas viam luzir uma forma vaga na sombra.

Ele então avançou para a porta. Quando passou a soleira, um bafo de forno e um cheiro repugnante impediram-lhe a respiração. Voltou-se; saiu.

– É uma foice – disse ele.

Era uma foice que pendia da parede.

– Ah! Uma foice…

E as vozes recomeçavam:

– Liberata! Liberata!

– Mas está doida.

– Está doida!

– Está a anoitecer. Vamo-nos embora.

– Já não chora.

– Pobre criatura! Dorme?

– Já não chora.

– Agora, leva o berço para dentro. A noite está húmida. Nós ajudamos-te, Liberata.

– Pobre criatura! Dorme?

– Parece um mortozinho. Já não se mexe.

– Leva o berço para dentro. Não ouves, Liberata?

– Está doida!

– Onde puseste a lâmpada? Giuseppe está a chegar. Não há lume. Giuseppe está a chegar do forno.

– Está doida. Já não fala.

– Nós vamo-nos. Santa noite!

– Pobre carne atormentada! Dorme?

– Dorme, dorme... já não sofre.

– Jesus, Nosso Senhor, salvai-o!

– Protegei-nos, Senhor!

– Vamo-nos, vamo-nos. Santa noite!

– Santa noite!

– Santa noite!

3

O cão ainda ladrava no meio do olival quando Ippolita e Giorgio voltaram pelo atalho a caminho da casa de Cândia. Quando o animal reconheceu os hóspedes da casa, calou-se e veio ao seu encontro saltitando.

– Olha, é o *Giardino!* – gritou Ippolita; e baixou-se para acariciar o pobre animal a quem ela já se tinha dedicado – Chama-nos. É tarde.

A Lua subia no silêncio do céu, lenta, precedida de uma onda luminosa que enchia gradualmente o firmamento. Todas as vozes do campo adormeciam sob essa claridade pacífica. E a paragem imprevista daqueles ruídos parecia como que sobrenatural a Giorgio, a quem um pavor inexplicável mantinha em sobressalto.

– Para um instante – disse ele, segurando Ippolita. E aplicou o ouvido.

– Que estás a ouvir?

– Parecia-me...

E ambos olharam para trás, na direção do eirado que as oliveiras encobriam à vista. Mas não se ouvia senão a cadência igual e embaladora do mar na curva do pequeno golfo. Sobre as suas cabeças, um inseto cortou o ar com um ruído análogo ao do diamante sobre uma lâmina de vidro.

– Não te parece que a criança morreu? – perguntou Giorgio, sem encobrir a sua comoção. – Já não chorava.

– É verdade – disse Ippolita. – Achas que morreu?

Ele não respondeu, e puseram-se novamente a caminho pelo olival prateado.

– Reparaste na mãe? – interrogou ele ainda, após uma pausa, perseguido interiormente pela triste imagem.

– Meu Deus! Meu Deus!

– E aquela velha que te tocou no braço? Que voz! Que olhos!

Aparecia nas suas palavras o estranho espanto que o dominava, como se tivesse recebido daquele espetáculo real uma tremenda revelação, como se a vida se lhe manifestasse bruscamente sob um aspeto misterioso e cruel, magoando-o e assinalando-o para sempre.

– Sabes? Quando entrei naquela casa, havia no chão, atrás da porta, um animal morto... que devia estar meio podre. O cheiro nem deixava respirar.

– Que dizes?

– Era um cão ou gato. Não sei. Não se via bem lá dentro.

– Tens a certeza?

– Tenho; sem dúvida havia lá um bicho morto. O cheiro...

Sob esta nova sensação, apoderou-se dele um calafrio de repugnância.

– Mas, para quê? – perguntou Ippolita, que se sentia invadida pelo contágio do espanto e do nojo.

– Quem sabe?!

O cão soltou um latido para avisar. Tinham chegado.

Cândia esperava-os e a mesa já estava posta debaixo do carvalho.

– Tão tarde, minha senhora! – exclamou a mulher, afável, sorrindo. – De onde vêm? Que me dá, se eu adivinhar? Já sei que foram ver o filho da Liberata Manuella. Jesus nos defenda do inimigo!...

Depois, enquanto eles se sentavam à mesa, abeirou-se, curiosa, para conversar e interrogar:

– A senhora viu-o? Não se salva, não se cura. Que coisas não fizeram aquele pai e aquela mãe para o salvar!

O que eles haviam feito! E contava todos os meios, todos os exorcismos. Foi lá o padre e, depois de ter coberto a cabeça do menino com a ponta da estola, recitou-lhe as palavras do Evangelho. A mãe dependurou na padieira da porta a cruz de cera benzida no dia da Ascensão, aspergiu com água benta os gonzos das portas e rezou três vezes seguidas, em voz alta, o *Credo,* deitou um punhado de sal num pano que depois atou ao pescoço do filho moribundo. O pai *fizera as sete noites.* Durante sete noites a fio velou nas trevas, diante de uma lâmpada acesa e coberta com uma panela, atento ao menor ruído, pronto a atacar a bruxa para a ferir. Bastava uma só alfinetada para a tornar visível aos olhos humanos. Mas as sete vigílias passaram em vão. O menino emagrecia e consumia-se de hora a hora, sem remédio. Por fim, a conselho de uma feiticeira, o pai, desesperado, matou um cão e foi pôr o cadáver atrás da porta. Deste modo, a bruxa não podia entrar sem contar primeiro os pelos todos do animal morto...

– Ouves? – disse Giorgio a Ippolita.

E ambos deixaram de comer, confrangidos de pena, cheios de terror pela súbita aparição desses fantasmas de uma vida obscura e atroz, que lhes cercavam os ócios do seu inútil amor.

– Jesus nos defenda! – repetiu Cândia, tocando devotamente, com a palma da mão aberta, o ventre que trazia o fruto vivo. – Deus proteja os seus filhos, minha senhora! – Depois acrescentou: – Então não come? Não tem apetite? Aquele inocentezinho aflige-lhe o cora-ção. Olhe, o seu marido também não come.

Ippolita perguntou:

– Quantos morrem aqui, assim?

– Oh! – respondeu Cândia. – Esta terra é má. A raça infernal abunda muito aqui. Não se pode estar seguro. Jesus nos defenda!

Repetiu o esconjuro e depois acrescentou, indicando um prato que estava na mesa.

– Vê estes peixes? Vieram do Trabocco. Trouxe-os o Turchino. E baixou a voz.

– Quer saber? Há perto de um ano que o Turchino e toda a família estão sob o poder de uma maldição de que ainda não se puderam livrar.

– Quem é o Turchino? – perguntou Giorgio, suspenso dos lábios da mulher, atraído por aquelas coisas misteriosas. – É o homem do Trabocco?

E recordou-se daquela cara cor de terra, quase sem queixo, pouco mais que um punho, com um grande nariz saliente e afilado, como o focinho de um peixe, entre dois olhinhos brilhantes.

– É, sim, senhor. Olhe-o acolá. Se tiver boa vista, pode vê-lo. Esta noite pesca ao luar.

E Cândia indicou, sobre os penedos negros, o grande aparelho de pesca feito de troncos descascados, de pranchas e barrotes, que branquejava estranhamente como um esqueleto colossal de anfíbio antediluviano.

Na atmosfera calma ouvia-se ranger o cabrestante. Como a maré estava baixa e os rochedos a descoberto, o cheiro das algas alastrava-se pela costa, mais forte e fresco que os aromas da colina fecunda.

– Que delícia! – murmurou Ippolita, aspirando o perfume inebriante, toda penetrada por essa sensação intensa que lhe fazia palpitar as narinas e semicerrar os olhos.

– Não sentes, Giorgio?

Ele estava atentíssimo às palavras de Cândia. Imaginava o mudo drama que se desenrola à beira do mar. Pelos fantasmas evocados por aquela mulher ingénua na noite serena, a sua alma, propensa ao mistério e naturalmente supersticiosa, tinha uma vida e um horror trágico sem limites. Quiçá, pela primeira vez, a visão enorme

O TRIUNFO DA MORTE

e confusa daquela raça que lhe era desconhecida, de toda essa carne miserável, cheia de instintos e dores bestiais, sempre curvada a suar sobre a gleba ou sepultada no fundo das choupanas debaixo da contínua ameaça dessas potências tenebrosas, entre a doce riqueza da terra que escolhera para teatro do seu amor, descobria uma violenta agitação humana, e era como se tivesse descoberto um fervilhar de parasitas numa magnífica cabeleira impregnada de aromas. Sentia o mesmo arrepio que sentira já outras vezes ao contacto da vida brutalmente revelada, há pouco, a respeito da família, do pai, do irmão e da pobre idiota lambareira. De repente, deixava de se sentir isolado com a mulher no meio dos benignos seres vegetais, dentro de cujas cascas ele julgara um dia surpreender um pensamento. Sentia-se, pelo contrário, rodeado e como que sitiado por uma multidão desconhecida, que, trazendo em si a mesma vitalidade que os troncos das árvores, cega, tenaz, irredutível, aderia a ele pelo laço da espécie e podia comunicar-lhe imediatamente o seu sofrimento num olhar, num gesto, num suspiro, num gemido, num grito.

– Oh! O país é desgraçado! – repetia Cândia, sacudindo a cabeça. – Mas o Messias de Cappelle há de vir purificar a terra...

– O Messias?

– Ó pai! – gritou Cândia para o lado da porta de casa. – Quando é que vem o Messias?

O velho apareceu no limiar.

– Por um destes dias – respondeu.

E, voltando-se para as praias em crescentes que se alargavam até Ortona, indicou com um gesto vago o mistério daquele novo libertador em quem o povo do campo pusera a sua esperança e a sua fé.

– Um destes dias. Está a chegar.

E o velho, desejoso de falar, aproximou-se da mesa, olhou para o hóspede com um sorriso incerto e perguntou.

– Não sabe quem é?

GABRIELE D'ANNUNZIO

– É, talvez, Simplício?! – disse Giorgio, em cuja memória aparecia a recordação remota e indistinta daquele Simplício sulmonense que caía em êxtase com os olhos fitos no Sol.

– Não, senhor. *Sembri* já morreu. Este é Orestes de Cappelle, o novo Messias.

E o velho, numa linguagem ardente e colorida de imagens vivas, contou a nova lenda, tal como se formara na crença das populações campestres.

Orestes, ainda frade capuchinho, conhecera Simplício em Sulmona e aprendera com ele a ler o futuro na face do Sol nascente. Depois, correu mundo: foi a Roma e falou com o Papa. Em qualquer outro país teria falado com o rei. De volta a Cappelle, sua terra, passou sete anos no cemitério, em companhia de esqueletos, trazendo cilícios e flagelando-se dia e noite com a disciplina. Pregara na igreja paroquial e arrancara lágrimas e gritos aos pescadores. Em seguida, partiu em romagem por todos os santuários; esteve trinta dias sobre o monte de Ancona e doze dias no monte de S. Bernardo; subiu às regiões mais altas, de cabeça descoberta à neve. Voltando novamente à terra, começara a pregar na sua igreja. Mas, pouco tempo depois, perseguido e expulso pelos seus inimigos, refugiou-se na ilha da Córsega, onde se fez missionário, disposto a percorrer toda a Itália e a escrever com o seu sangue, nas portas de cada cidade, o nome da Virgem.

Como apóstolo, regressou à sua terra, anunciando que vira uma estrela no meio da floresta e que recebera o Verbo. Finalmente, por inspiração do Padre Eterno, tomou o grande nome de Messias Novo.

Peregrinava agora pelos campos, vestindo uma túnica vermelha e um manto azul, com os grandes cabelos caídos pelos ombros e a barba à nazareno. Acompanhavam-no os seus apóstolos, homens que largaram a enxada e a charrua para se dedicarem ao triunfo da fé nova. Em Pantaleone Donadio reencarnava o espírito de S. Mateus; em António Sacamiglio, o de S. Pedro; em Giuseppe Scurti, o de

Maximino: Mana Clara figurava de Santa Isabel. E Vincenzo de Giambattista representava S. Miguel Arcanjo, era o mensageiro do Messias.

Todos aqueles homens tinham lavrado a terra, segado o trigo, podado a vinha, espremido a azeitona; tinham conduzido o gado às feiras e regateado os preços, levaram suas mulheres ao altar, tiveram filhos e viram-nos crescer, florescer e morrer; em suma, tinham vivido a vida comum da gente do campo, no meio dos seus iguais. E agora passavam, acompanhando o Messias, considerados como pessoas divinas pelos mesmos que semanas antes chegaram a discutir com eles na medição do trigo. Passavam, já outros, participando da divindade de Orestes, revestidos de graça. Nos campos, como em sua casa, tinham ouvido uma voz e sentido os espíritos penetrar de súbito na sua carne pecadora. O espírito de S. João entrou em Giuseppe Coppa; o de S. Zacarias em Pasquale Basilico. Até as mulheres recebiam o estigma. Uma mulher de Senegalia, casada com um certo Augustione, alfaiate das Capelle, quis, para provar ao Messias o ardor da sua fé, repetir o sacrifício de Abraão chegando fogo a uma enxerga onde dormiam seus filhos. Outras mulheres haviam dado outras provas.

E o eleito peregrinava agora pelos campos com o seu cortejo de apóstolos e Marias. Dos lugares mais distantes da costa e da montanha, acorriam as multidões à sua passagem. De madrugada, quando ele aparecia à porta da casa onde pernoitava, via sempre uma grande turba ajoelhada no caminho. De pé, no limiar, pregava o Verbo, ouvia de confissão e administrava a Eucaristia com pedaços de pão. Para seu alimento preferia os ovos preparados com flores de sabugueiro ou com espargos silvestres; comia também uma mistura de mel, nozes e amêndoas, a que ele chamava maná, em memória do maná do deserto.

Os seus milagres não tinham conta. Pela simples virtude do polegar, do indicador e do médio, erguidos, libertava os possessos, curava os enfermos, ressuscitava os mortos.

Se alguém ia consultá-lo, não lhe dava sequer tempo de abrir a boca e dizia-lhe imediatamente os nomes de todos os parentes, expunha-lhe os negócios de família, revelava-lhe os segredos mais ocultos. Dava notícias a respeito das almas dos defuntos; indicava o lugar onde havia tesoiros escondidos e, com certos escapulários em forma de triângulo, expulsava a tristeza dos corações.

– É Jesus que volta à terra – concluía Colla de Sciampagna, numa voz ardente de fé íntima. – Há de passar também por aqui. Não viu como os trigos estão crescidos? Não viu como as oliveiras florescem e como a vinha se carrega de uvas?

Respeitando gravemente as crenças do velho, Giorgio perguntou.

– E onde está ele agora?

– Em Piomba – respondeu o velho. E apontou as praias para além de Ortona, evocando no espírito do hóspede a visão daquele recanto da província banhada pelo mar, uma visão quase mística das terras férteis, regadas por pequenos ribeiros tortuosos, onde, sob o agitar contínuo dos choupos, um fio de água corria num leito de areia fina.

Depois de um intervalo, Cola continuou:

– Em Piomba bastou-lhe uma palavra para fazer parar o comboio na linha férrea! Meu filho viu-o. Não é verdade, Cândia, que o Vito nos contou isto?

Cândia confirmou as palavras do velho e forneceu algumas notícias a respeito do prodígio. O Messias, com a sua túnica vermelha, avançou ao encontro do comboio, caminhando tranquilamente pela linha.

Ao falarem, ela e o velho dirigiam de tempos a tempos olhares para a região longínqua, como se a pessoa sagrada do Messias fosse já visível para eles.

– Escuta! – interrompeu Ippolita, puxando Giorgio, que se absorvia num espetáculo íntimo cada vez mais vasto e distinto. – Não ouves?

Levantou-se, encaminhou-se para o muro debaixo das acácias, seguida por ele, e puseram-se a escutar.

– É uma irmandade que vai à Nossa Senhora do Casalbordino – disse Cândia.

Na paz do luar, um canto religioso estendia o seu ritmo lento e uniforme, alternando-se vozes masculinas e femininas, com intervalos iguais. O primeiro semicoro cantava uma estrofe em tom grave, o outro repetia um estribilho num tom mais alto, prolongando indefinidamente a sua cadência. Era como a aproximação de uma onda que se erguesse e abaixasse sem cessar. Aproximava-se, numa rapidez oposta à lentidão do ritmo. Os primeiros peregrinos apareciam já perto da ponte do Trabocco, na volta do caminho.

– Ei-los! – exclamou Ippolita, emocionada pela novidade do que via e ouvia. – Ei-los! Tantos!

Caminhavam em massa compacta. E o contraste entre o compasso da marcha e do canto era tão estranho, que lhes dava uma aparência quase fantástica. Parecia que uma força sobrenatural os impelia, inconscientes, para a frente, ao passo que as palavras saídas das suas bocas ficavam suspensas no ar luminoso e continuavam a ondular depois da sua passagem.

Viva Maria!
Maria viva!

Avançavam num passo pesado, com um cheiro acre a rebanho, apertados uns contra os outros, de modo que nada emergia dessa massa a não ser os altos bordões em forma de cruz. Os homens iam à frente e as mulheres atrás, em maior número, com cintilações de ouro debaixo dos seus mantos brancos.

Viva Maria!
E quem a criou!

Perto, em cada repetição, o canto tinha a veemência de um grito, depois diminuía de vigor, deixando perceber um cansaço vencido por um esforço contínuo e unânime, cuja iniciativa, nos dois meios coros, vinha quase sempre de uma voz única, mais forte. E aquela voz não dominava somente os outros quando cantava, mas, às vezes, no meio da onda musical, conservava-se altíssima e percetível durante a duração da estrofe ou do estribilho, significando uma fé mais impetuosa, uma alma singular e dominadora entre a multidão indistinta.

Giorgio reparou nela e, muito atento, acompanhou-a na graduação do longe, enquanto o seu ouvido a pôde reconhecer. Isto aumentou nele um sentimento extraordinário do poder místico contido nas raízes da grande raça indígena donde ele próprio provinha.

O cortejo desapareceu na curva da costa, depois surgiu no alto do promontório, em plena luz, para desaparecer de novo. E o canto velou-se na, distância noturna, afrouxou e tornou-se tão leve, que a modulação lenta e uniforme do mar calmo quase o abafava.

Sentada no muro, com as costas contra o tronco de uma acácia, Ippolita estava calada, imóvel, sem ousar perturbar o recolhimento religioso em que Giorgio parecia absorvido.

Que lhe podia revelar a luz do mais claro sol que este simples canto na noite não lhe tivesse já revelado? Todas as imagens dispersas, as recentes e as antigas, as que vibravam ainda da sensação viva que as fez nascer e as sepultadas já no mais profundo da sua memória, todas se ligavam interiormente e lhe davam um espetáculo ideal que o erguia acima da mais vasta e da mais augusta realidade. A sua terra e a sua raça apareciam-lhe transfiguradas, para além do tempo, com um aspeto lendário e formidável, pesado de coisas misteriosas, eternas e sem nome. Uma montanha, com um enorme tronco primitivo, elevava-se ao centro, em forma de seio, eternamente coberta de neve. E banhava a costa escarpada e o promontório consagrado à oliveira um mar inconstante e triste, cujas velas tinham a cor do luto e da chama. Ruas largas como rios, verdejantes de ervas e semeadas de rochas nuas, com gigantescos vestígios esparsos aqui e além, desciam das alturas para levar às planícies as migrações dos rebanhos. Sobreviviam ali ritos de religiões mortas e esquecidas; símbolos incompreensíveis de poderes decaídos há muitos séculos subsistiam intactos; usos dos povos primitivos, desaparecidos para sempre, persistiam, transmitidos, sem mudança, de geração em geração; modas ricas, estranhas e inúteis, conservavam-se como testemunhos da nobreza e dos encantos de uma vida antiga. Longas filas de cavalos carregados de trigo passavam por ali; e os devotos montavam sobre as cargas, com a cabeça coroada de espigas e boldriés de massa, e depunham aos pés de uma imagem as oferendas de cereais. As meninas, com açafates de trigo à cabeça, conduziam pelos caminhos uma burrinha que levava na garupa um açafate maior, e, para a oferenda, subiam ao altar cantando. Os homens e os rapazes, coroados de rosas e botões vermelhos, subiam em peregrinação a uma rocha onde estava impresso o pé de Sansão.

Um boi branco, engordado durante um ano com um belo pasto, coberto com uma gualdrapa vermelha e montado por um menino, avançava em triunfo por entre os estandartes e os círios; ajoelhava no limiar do templo, no meio dos aplausos do povo; depois, chegado ao centro da nave, expelia os excrementos; e os devotos tiravam desta matéria fumegante presságios para a agricultura. Nas festas, as populações ribeirinhas toucavam a cabeça com espinheiros floridos e, de noite, atravessavam a água, com cânticos e músicas, empunhando ramos cheios de folhas. De manhã, no prado, as virgens lavavam as mãos, os pés e o rosto, para cumprir uma promessa. Nas montanhas, nas planícies, o primeiro sol da primavera era saudado com hinos antigos ao som de metais, de apitos e de danças.

Por todo o campo, os homens, as mulheres e as crianças procuravam as primeiras serpentes que saíssem do letargo, apanhavam-nas vivas, e enroscavam-nas em volta do pescoço e dos braços para se apresentarem assim ao Santo que os tornava imunes das mordeduras venenosas. Na encosta das colinas soalheiras os jovens lavradores, com os bois jungidos, em presença dos seus velhos, rivalizavam em traçar o sulco mais direito da costa até a planície; e os juízes conferiam o prémio ao vencedor, enquanto o pai lacrimoso abraçava o filho premiado. E assim em todas as cerimónias, em todas as pompas, nos trabalhos, nos jogos, nos nascimentos, nos amores, nas bodas, nos funerais, por toda a parte estava presente um símbolo geórgico, por toda a parte se representava e venerava a grande terra geradora de cujo seio brotam as fontes de todo o bem e de toda a alegria. As mulheres da família reuniam-se em casa da noiva, levando à cabeça um açafate de trigo, sobre o trigo um pão, e sobre o pão uma flor, entravam uma por uma e espalhavam um punhado do grão augural no cabelo da feliz esposa. Junto do leito do moribundo, quando a agonia se prolongava, dois parentes colocavam ao pé um arado que tinha a virtude de interromper as aflições e apressar a morte. A alfaia agrícola e o fruto tinham assim significado e poderes superiores.

Um sentimento e uma necessidade de contínuo e profundo mistério davam a todas as coisas em roda uma alma ativa, benéfica ou maléfica, de bom ou mau agoiro, que participava de cada vicissitude da sorte por uma ação manifesta ou oculta. Uma folha de urtiga colocada no braço nu revelava amor ou desamor, as cadeiras do lar lançadas no caminho conjuravam a tempestade iminente; um almofariz no rebordo da janela chamava os pombos perdidos, um coração de andorinha comido comunicava a sabedoria. O mistério intervinha em todos os acontecimentos envolvia e prendia todas as existências; e a vida sobrenatural dominava, cobria e absorvia a vida ordinária, criando inumeráveis e indestrutíveis fantasmas que povoavam os campos, habitavam as casas, enchiam os céus e perturbavam as águas.

O mistério e o ritmo, os dois elementos essenciais de todos os cultos, andavam dispersos por toda a parte. Homens e mulheres exprimiam continuamente a sua alma pelo canto, acompanhavam

O TRIUNFO DA MORTE

pelo canto todas as suas obras em casa ou ao ar livre, celebrando, cantando a vida e a morte. Em volta dos berços e dos túmulos, as melopeias ondulavam, lentas e persistentes, antiquíssimas, tão antigas, talvez, como a raça cuja tristeza profunda manifestavam. Tristes, graves, fixas num ritmo imutável, pareciam fragmentos de hinos pertencentes a imemoriais liturgias que tivessem sobrevivido à destruição de algum grande mito primordial. Eram pouco numerosas mas tão dominadoras, que as canções novas não podiam combatê-las, nem diminuir-lhes o poder. Transmitiam-se de geração em geração como uma herança íntima, inerente à substância corporal: e cada um, despertando para a vida, ouvia-as ressoar em si mesmo com uma linguagem inata à qual a voz dava forma sensível. Assim como as montanhas, os vales e os rios, assim como os costumes, os vícios, as virtudes e as crenças, elas faziam parte da estrutura da região e da raça. Eram imortais como a gleba e o sangue. Tais eram a província e a raça visitadas pelo Messias Novo, cuja vida e milagres foram contados pelo velho camponês.

Quem era esse homem? Um asceta ingénuo e inofensivo como Simplício, que adorava o Sol? Um charlatão astuto e ganancioso, que tentava explorar em seu proveito a credulidade dos devotos? Quem era, finalmente, esse homem que, da margem de um pequeno regato, conseguia levantar, só pelo seu nome, as multidões vizinhas e afastadas, que levava as mães a deixar os filhos, que despertava nas almas mais incultas visões e vozes do outro mundo?

E de novo Giorgio evocou a figura de Orestes, vestido de túnica vermelha, caminhando ao longo do pequeno regato sinuoso, onde, sob o agitar contínuo dos choupos, um fio de água corria por um leito de areia fina.

Quem sabe, pensava ele, *se esta imprevista revelação será o meu remédio? Para que me reconheça inteiro e a minha essência seja verdadeira, não será preciso pôr-me em contacto imediato com a raça donde saí? Aprofundando as raízes do meu ser no solo natal, não tirarei dele uma seiva pura e vivificante que tenha o poder de expulsar tudo o que em mim há de fictício e heterogéneo, tudo o que recebi consciente e inconsciente por mil contágios? Por ora, não procuro a verdade, não procuro recuperar senão a minha própria substância, libertar em mim os caracteres da minha raça para os fortalecer e torná-los tão intensos quanto possível. Harmonizando assim a minha alma com a alma geral, tomarei aquele equilíbrio que me falta. Para o homem intelectual, o segredo do equilíbrio é saber levar os instintos, as necessidades, as tendências e os sentimentos fundamentais da própria raça a uma ordem superior.*

O mistério e o ritmo andavam espalhados por toda a parte. Perto, na areia branca, o mar respirava com intervalos iguais; mas, durante as pausas, ouviam-se cada vez mais fracas as cadências das ondas que batiam a praia em pontos cada vez mais afastados. Repercutido talvez pelo eco dalguma cavidade sonora, o canto dos peregrinos ouviu-se novamente e depois extinguiu-se. Para as bandas do Vasto de Aimone, o céu era cortado por frequentes relâmpagos, e, na claridade calma da Lua, esses relâmpagos pareciam vermelhos. Ippolita meditava, encostada ao tronco de uma árvore, com os olhos fixos no foco dos relâmpagos silenciosos.

Não fez um único movimento. A sua demorada imobilidade na mesma posição era muito frequente; às vezes, apresentava um aspeto catalético que metia medo. Nesse instante, não tinha o ar juvenil e clemente que as plantas e os animais lhe conheciam, mas um aspeto de criatura taciturna e invencível, em que se concentrassem todas as virtudes isolantes, exclusivas e destruidoras da paixão de amor. Os três elementos divinos da sua beleza – a fronte, os olhos, a boca – nunca haviam, porventura, atingido tal grau de intensidade simbólica para representar o princípio da eterna fascinação feminina. Dir-se-ia que a noite serena favorecia aquela sublimação da sua forma, que libertava a verdadeira essência ideal do seu ser, que permitia ao amante compreendê-la inteiramente, não pela agudeza da vista mas pela do pensamento. A noite de verão, cheia de claridades lunares e de sonhos, de estrelas pálidas ou invisíveis e das mais melodiosas vozes marinhas, parecia o campo natural dessa imagem soberana. Assim como a sombra exagera às vezes as dimensões do corpo que a produz, também no infinito daquela paisagem a fatalidade do Amor tornava a pessoa de Ippolita mais alta e mais trágica para o espectador cuja presença se tornasse cada vez mais lúcida e terrível. Não era ela, na sua imobilidade, aquela mulher que, do alto da *loggia* contemplara a única vela branca sobre as águas mortas? Era. E agora, apesar da noite que despoja a sua pessoa de toda a realidade brutal, o mesmo ódio se excitava sob o sentimento excitado por ela, o ódio mortal dos sexos, que é a essência do amor e que, oculto ou evidente, subsiste no fundo de todos os efeitos desde o primeiro olhar até o aborrecimento supremo.

Ela é, pois, a Inimiga, pensou Giorgio. *Enquanto viver, enquanto puder exercer sobre mim o seu império, impedir-me-á de pôr o pé no limiar que anseio. E como hei de recuperar a minha substância, se uma grande parte de mim mesmo está nas mãos desta mulher? É vã a aspiração a um mundo novo, a uma vida nova. Enquanto durar o amor, o eixo do universo permanecerá num único ser e a vida encerrar-se-á num círculo estreito. Para reviver e conquistar, seria preciso que me libertasse do amor, que me desprendesse da Inimiga...*
E de novo a imaginou morta.

Morta tornar-se-ia um objeto de pensamento, uma pura realidade. De uma existência precária e imperfeita, passaria a uma vida completa e definitiva, abandonando para sempre a sua carne enferma, frágil e luxuriosa. Destruir para possuir! Aquele que procura o absoluto do amor não encontra outro meio.

Bruscamente, Ippolita teve um grande sobressalto, como sacudida por um arrepio extraordinário; e disse, aludindo à superstição comum:

– A morte passou.

E sorriu. Mas o amante, tocado pela estranha coincidência, não pôde evitar um movimento instintivo de espanto e terror. *Sentiria ela o meu pensamento?*

O cão pôs-se a ladrar furiosamente, e ambos se ergueram ao mesmo tempo.

– Que será? – disse Ippolita, irrequieta.

O cão continuava a ladrar no olival, à entrada do caminho. Cândia e o velho saíram de casa.

– Que será? – repetiu Ippolita, aflita.

– Pois que há de ser? – respondeu o velho, que olhava para a sombra.

Uma voz humana ouviu-se entre as oliveiras, uma voz que implorava e soluçava. Depois apareceu uma forma escura que Cândia reconheceu logo.

– Liberata!

A mãe trazia à cabeça o berço coberto com um pano negro. Caminhava direita, quase rígida, sem se voltar, sem se desviar, concentrada, muda, semelhante a uma sonâmbula sinistra, arrastada cegamente para um fim desconhecido. Seguia-a um homem de cabeça descoberta, fora de si, chorando, implorando, chamando-a pelo nome, curvando-se, batendo nos quadris ou enterrando os dedos nos cabelos com gestos de atroz desespero. Grotesco e miserável, preso aos passos da mulher surda, gritava em meio de prantos:

– Liberata! Liberata! Ouve! Volta para casa! Ó meu Deus, meu Deus!

Pedia-lhe que parasse, queria agarrá-la; mas nem lhe tocava. Estendia para ela as mãos com gestos frenéticos de dor, mas nem lhe tocava, como se uma causa misteriosa o impedisse, como se um sortilégio tornasse aquela pessoa intangível. Nem sequer Cândia se lhe pôs à frente para lhe embargar o passo. Apenas perguntou ao homem:

– Que foi, Giuseppe? Que aconteceu?

O homem, com um gesto, apontou a demência da mulher. E aquilo trouxe à memória de Giorgio e Ippolita as falas das comadres. «Está doida. Emudeceu senhora. Há três dias que não fala. Está doida, está doida.»

Cândia indicou o berço coberto e perguntou de novo em voz baixa:

– Morreu?

O homem soluçou mais alto, cada vez mais alto, o que fez lembrar a Giorgio e a Ippolita as palavras das mulheres: «Não chora já. Pobre criatura! Dorme? Parece um defuntinho. Não se mexe. Dorme, dorme… já não sofre.»

– Liberata! – gritou Cândia com toda a força dos pulmões, a ver se despertava a impassível Liberata. – Para onde vais tu?

Mas não lhe tocou nem lhe impediu o caminho. Depois, todos se calaram a olhar. A mãe continuou a avançar, alta e direita, quase rígida, sem se voltar, fixando em frente os olhos dilatados e errabundos, com a boca fechada, uma boca que parecia selada, como que votada ao silêncio perpétuo e sem respiração. A cabeça baloiçava--lhe, o berço feito caixão e as queixas do homem tinham um ritmo contínuo de monodia.

O par trágico atravessou assim o pátio, desceu ao caminho marcado pelas pegadas recentes dos peregrinos e onde flutuava ainda a alma religiosa que o hino espalhara nele. E os dois, com o coração confrangido de piedade e horror, seguiram com os olhos a figura da mãe fúnebre, que se afastava na noite para o lado dos relâmpagos silenciosos.

4

A gora, não era já Ippolita mas Giorgio quem propunha as longas excursões, as largas caminhadas. Condenado a «esperar sempre a vida», julgava ir ao seu encontro, encontrá-la e colhê-la nas realidades sensíveis. A sua curiosidade artificial prendia-se presentemente com coisas que, embora capazes de agitar na verdade a superfície da alma, não podiam penetrá-la e agitá-la por dentro.

Procurava descobrir, entre a sua alma e certos objetos, relações que não existiam; esforçava-se por despertar a indiferença do seu ser íntimo, essa inerte indiferença que por tanto tempo o tornou estranho a qualquer agitação exterior. Recolhendo todas as suas faculdades mais perspicazes, dava-se a encontrar alguma viva semelhança entre ele e a natureza circundante, a fim de filialmente se reconciliar com ela e dedicar-lhe urna eterna fidelidade.

Mas não pôde repetir-se nele a extraordinária comoção que por tantas vezes o exaltou e maravilhou, logo nos primeiros dias da sua permanência no Ermo, antes da chegada de Ippolita.

Não conseguiu ressuscitar a embriaguez pânica do primeiro dia, quando julgara sentir verdadeiramente o sol dentro do seu coração, nem o encanto melancólico do primeiro passeio solitário, nem a alegria inesperada e divina que lhe comunicaram nessa manhã de maio o canto de Favetta e o perfume das giestas refrescadas pelo orvalho. Na terra e no mar os homens projetavam uma sombra trágica. A pobreza, a doença, a loucura, o terror e a morte, escondiam-se ou manifestavam-se em toda a parte, à sua passagem. Um vento de fanatismo ardente corria de um extremo ao outro da região. De dia e de noite, perto ou longe, ressoavam os hinos religiosos, monótonos e intermináveis. O Messias era esperado, e as papoilas no meio dos trigais recordavam a imagem da sua túnica vermelha.

Em torno de si, a fé consagrava todas as formas vegetais. A lenda cristã enroscava-se nos troncos das árvores e florescia por entre os ramos. Nos joelhos da Virgem fugitiva e perseguida pelos fariseus, o Menino Jesus mudava-se em trigo que cresce na tulha. Escondido na masseira fazia levedar a massa do pão e tornava-a inesgotável. Sobre os tremoceiros secos e espinhosos que feriram os doces pés da Virgem, caiu a sua maldição; mas o linho foi abençoado porque o seu ondear desorientou os fariseus. Abençoada foi também a oliveira por ter dado asilo à Santa Família no seu tronco aberto em forma de cabana e por a ter alumiado com o seu óleo puro; bendito o zimbro por ter escondido o Menino nas suas ramarias, e o azevinho pela mesma razão; e abençoado o loureiro porque medrou no solo regado pela água em que se lavou o filho de Deus.

Como escapar ao fascínio do mistério que, espalhado sobre todas as coisas criadas as transformava em sinais e emblemas de outra vida.

Giorgio, incomodado por estas sugestões que acordavam nele um despertar confuso de todas as suas tendências místicas, pensava: *Se eu possuísse a verdadeira fé, aquela que permitia a Santa Teresa ver a Deus*, realmente, *na hóstia!* E não era só um desejo vago e momentâneo: era uma profunda e ardente aspiração de toda a sua alma e também uma extraordinária amargura que agitava todos os elementos da sua substância, porque se sentia em presença do segredo da sua desgraça e fraqueza. Como Demétrio Aurispa, ele era um asceta sem Deus.

E surgiu-lhe o homem doce e pensativo com o rosto cheio de melancolia viril, a que dava uma expressão estranha a madeixa dos cabelos brancos entre os cabelos negros, partindo da testa. Era o seu verdadeiro pai. Por uma singular coincidência de nomes, esta paternidade espiritual parecia consagrada nas palavras inscritas em volta da maravilhosa custódia oferecida pelos seus antepassados e guardada na catedral de Guardiagrele:

EGO DEMETRIVS AVRISPA ET VNICVS GEORGIVS
FILIVS MEVS DONAMVS ISTVD TABERNACVLVM
ECCLEASIAE S. M. DE GVARDIA, QVOD FACTVM EST
PER MANVS ABBATIS JOANNIS CASTORII DE GVARDIA,
ARCHIPRESBYTERI, AD VSVM EVCARISTIÆ.
NICOLAUS ANDRÆ DE GVARDIA ME FECIT
A. D. MCCCCXIII.

Ambos, com efeito, homens de inteligência e sentimento, conservavam a herança mística da casa Aurispa, ambos tinham uma alma religiosa propensa ao mistério, apta para viver numa floresta de símbolos ou num céu de puras abstrações. Ambos gostavam das cerimónias da igreja latina, da música religiosa, do perfume do incenso, de todas as sensualidades do culto, ainda as mais violentas e delicadas. Mas tinham perdido a fé. Ajoelhavam perante um altar deserto de Deus. A sua desgraça provinha, portanto, de uma necessidade metafísica que a implacável dúvida não deixava manifestar, satisfazer-se, repousar e ferir a luta pela existência e tinham compreendido a necessidade da clausura. Mas como poderia o homem exilado da vida encerrar-se numa cela onde faltasse o sinal do Eterno? A solidão era prova suprema da humildade ou da soberania de uma alma, porque só pode suportar-se com a condição de se renunciar a tudo por Deus, ou ter uma alma tão poderosa que sirva de inabalável apoio a um mundo.

Foi então que um deles, reconhecendo talvez que a violência do seu sofrimento começava a exceder a resistência dos seus órgãos, quis transformar-se pela morte num ser mais alto; por isso precipitou-se no mistério, donde contemplava o sobrevivente com olhos inalteráveis: *Ego Demetrivs Avrispa et vnicvs Georgivs filivs mevs...*

Agora, num momento de lucidez, ele compreendia que nunca chegaria a realizar o tipo da vida exuberante, o ideal «dionisíaco» entrevisto num ápice sob o grande carvalho, quando provava o pão fresco partido pela mulher nova e alegre. Compreendia que as suas faculdades morais e intelectuais, muito desproporcionadas, jamais poderiam encontrar equilíbrio e governo, e finalmente que, em vez de trabalhar por conquistar-se a si próprio, devia renunciar a si, pelos dois únicos caminhos que lá o podiam levar; ou seguir o exemplo de Demétrio, ou entregar-se ao Céu.

Seduzia-o o segundo caminho. Examinando-o, abstraía das circunstâncias desfavoráveis e dos obstáculos imediatos, arrastado pela sua irresistível necessidade de construir inteiramente todas as suas ilusões e habitá-las durante algumas horas. Nesta terra natal, não se sentia envolvido mais pelo ardor da fé que pelo calor do sol? Não tinha nas veias o mais puro sangue cristão? Não circulava o ideal ascético nos membros da sua raça, desde o nobre doador Demétrio atá à mísera criatura que se chamava Gioconda? Seria, então, possível revigorar nele esse ideal, ascender às supremas alturas, atingir o cúmulo do êxtase humano para Deus?

Tudo nele se preparava para magnificar o acontecimento. Possuía as qualidades do asceta: o espírito contemplativo, o amor dos símbolos e das alegorias, a faculdade da abstração, uma extrema sensibilidade para as sugestões visuais e verbais, uma tendência orgânica para as imagens dominantes e para as alucinações. Só lhe faltava uma coisa, uma grande coisa que talvez não estivesse morta nele, embora dormente: a fé, a antiga fé do doador, a antiga fé da sua raça, aquela que descia da sua montanha a cantar hinos à beira do seu mar.

Como acordá-la? Como ressuscitá-la? Nenhum artifício o conseguiria. Precisava de aguardar a centelha súbita, o choque imprevisto. Precisava, talvez, de ver a luz e ouvir o verbo no meio de um campo, na volta de um caminho, como os sectários de Orestes.

E, de novo, evocou a figura de Orestes, coberto com a sua túnica vermelha, caminhando ao longo do pequeno ribeiro tortuoso onde, sob o contínuo agitar dos choupos, um fio de água corria num leito de areia fina. Imaginou um encontro, uma conversa com ele. Era meio-dia, à beira-mar, perto de um campo de trigo. O Messias falava com um homem simples e humilde sorrindo com uma candura virginal: e os seus dentes eram tão puros como jasmim. No grande silêncio do mar, o seu murmúrio contínuo contra os recifes, junto do promontório, dir-se-ia os sons longínquos de um órgão. Mas, por detrás dessa doce criatura, no ouro do trigal maduro, as papoilas, símbolos violentos do desejo, resplandeciam...

O desejo!, pensou Giorgio, atraído para a mulher e para a tristeza corporal do seu amor. *Quem há de vencer o desejo?* Vieram-lhe à memória as censuras do Eclesiastes: *Non des mulieri potestatem animae tuae... A mulieri initium factum est peccati, et per illam omnes morimur... A carnibus tuis abscinde illam...* Viu, no sagrado princípio das idades, um jardim encantador, o primeiro homem solitário e triste que atraía a primeira companheira, e ela tornar-se o flagelo do mundo, espalhar por toda a parte a dor e a morte. Mas a volúpia, considerada pecado, pareceu-lhe mais altiva, mais perturbante, que nenhuma embriaguez igualava a embriaguez frenética das atrações a que se davam os mártires da Igreja primitiva, nas prisões onde esperavam os suplícios. Evocou as imagens das mulheres, loucas de medo e de amor, que ofereciam aos beijos um rosto inundado de lágrimas silenciosas.

Aspirando à fé e à redenção, que fazia ele senão aspirar a prazeres e espasmos novos, a volúpias desconhecidas? Faltar ao dever e implorar o perdão, confessar as menores misérias, exagerando-as, e acusar vícios medíocres, engrandecendo-os até à enormidade, pôr incessantemente a alma e a carne doentes nas mãos do médico misericordioso, não têm estas coisas uma fascinação sensual?

A sua paixão impregnou-se, desde o princípio, de um religioso perfume de incenso e de violetas. Lembrou-se da epifania do amor, na capela abandonada da rua Belsiana: a pequena capela misteriosa mergulhava numa penumbra azulada; um grupo de meninas engrinaldava o coro: atrás, uma orquestra de instrumentos de corda distribuía-se diante das estantes de pinho branco; em volta, em bancos de carvalho, sentavam-se os ouvintes, poucos, quase todos brancos e calvos; o regente marcava o compasso; um religioso perfume evolado do incenso e das violetas misturava-se com a música de Bach...

Lembrou-se também do sonho de Orvieto, repetindo a visão da deserta cidade guelfa: janelas fechadas; becos estreitos, onde cresce a erva, um capuchinho que atravessa uma praça, um bispo que, em frente de um hospital, desce de um carro todo negro, com um criado velho à portinhola; uma torre num céu branco, chuvoso, um relógio que bate horas lentamente e, de repente, ao fundo de uma rua, um milagre: o Duomo!

Não pensara ele em refugiar-se no cume daquela rocha de tufo, rodeada de conventos? Não desejou, por mais de uma vez, sinceramente, aquele silêncio, aquela paz? E esse sonho despertava-lhe agora na alma, provocado por uma indolência feminina, num abril tépido e cinzento: *Ter uma amante, ou antes, uma irmã-amante, que fosse muito devota, ir para ali e ficar por lá... Passar horas e horas na catedral, defronte, em roda; colher rosas nos jardins dos conventos, ir comer doces das freiras... Amar muito e dormir muito, numa cama fofa toda coberta de branco, virginal...*

Invadiu-o outra vez a nostalgia lânguida da sombra, do silêncio, da reclusão fechada e isolada onde podiam desabrochar as flores mais débeis, os pensamentos mais subtis e a mais vaga sensualidade.

O TRIUNFO DA MORTE

Qualquer deslumbramento de sol nas linhas mais nítidas e fortes lhe pareceu provocante. E, assim como a imagem da fonte murmurante fascina o cérebro do que tem sede, assim o fascinava a sombra fresca e discreta de uma nave latina.

O eco dos sinos não chegava ao Ermo, a não ser com raros intervalos, nas ondas de uma aragem leve. A igreja da aldeia estava longe, banal talvez, sem nenhuma fama de beleza ou de antigas tradições. Ele precisava de um refúgio próximo e digno dele, onde o seu misticismo pudesse florescer esteticamente, como na profunda urna de mármore que encerra as visões dantescas de Luca Signorelli.

Recordou-se da abadia de S. Clemente, em Casauria que visitara num dia longínquo da sua adolescência: e recordou-se de a ter visitado em companhia de Demétrio. Esta recordação, como todas as que se ligavam ao tio, era tão clara e precisa como se fosse da véspera.

Para reviver esse momento da sua vida, para ressuscitar as imagens de todas as sensações bastou-lhe concentrar-se. Desciam, ele e o tio, pelo grande caminho dos rebanhos, para a abadia ainda escondida atrás dos arvoredos. Uma calma infinita reinava em volta, nos lugares solitários e grandiosos, no largo caminho de erva e pedra, deserto, desigual, marcado por gigantescos vestígios, silencioso, e cuja origem se perdia no mistério das montanhas longínquas e sagradas. Flutuava ainda ali uma santidade primordial, como se as ervas e as pedras acabassem de ser calcadas por uma longa migração de rebanhos bíblicos à procura do horizonte marítimo.

Além, na planície, surgiu a basílica: quase uma ruína. Em volta, o chão estava coberto de destroços e tojo; pedaços de pedra esculpida amontoavam-se de encontro aos pilares; as ervas bravas pendiam de todas as fendas, construções recentes de tijolo e cal fechavam as largas aberturas das arcadas laterais; as portas estavam a cair. E uma confraria de peregrinos dormia a sesta no átrio, bestialmente, sob o nobilíssimo pórtico erigido por Leonate, *o Magnífico*. Mas os três arcos intactos erguiam-se dos seus capitéis diferentes com tão esbelta elegância, e o sol de setembro dava àquela branda pedra loira tão delicada aparência, que ambos, ele e Demétrio, se sentiam perante uma soberana beleza. De facto, à medida que a sua contemplação se tornava mais atenta, a harmonia complexa daquelas linhas tornava-se mais clara e mais pura; e, pouco a pouco, deste audacioso e nunca visto acordo de arcos de abóbada, de arcos de ogiva, de arcos em ferradura, e desses perfis, dessas molduras variadíssimas das arquivoltas, dos bojos das paredes, dos losangos, das palmas, das rosetas recorrentes, das folhagens sinuosas, dos monstros simbólicos, de todas as particularidades da obra, ressaltava pelos olhos ao espírito a única lei rítmica absoluta a que obedeciam unanimemente os grandes blocos e os pequenos ornatos.

Era tal a força secreta deste ritmo, que chegava a vencer todas as discordâncias de ao redor e a dar a visão fantástica de toda a obra, como no século XII, pela alta vontade do abade Leonate, ela surgira numa ilha fértil, cercada e alimentada por um rio caudaloso. Ambos, ao retirarem, levaram consigo esta visão. Era em setembro; e os arredores, naquele verão que morria, tinham um aspeto misto de graça e severidade, uma espécie de oculta correspondência com o espírito de monumento cristão. Duas coroas cingiam o vale calmo; a primeira, de colinas cobertas de vinhedos e olivais; e a segunda, de rochedos nus e aguçados.

Havia neste espetáculo, segundo a expressão de Demétrio, qualquer coisa de semelhante ao sentimento obscuro que anima aquela tela de Leonardo, onde, num fundo de rochedos desolados, sorri uma mulher encantadora. E vinha de um parreiral distante um canto, prelúdio de vindima precoce; e, atrás deles, respondia-lhe a ladainha dos peregrinos que continuavam a viagem. As duas cadências, a sacra e a profana, confundiam-se...

Fascinado pela recordação, ele não teve senão um desejo quimérico: voltar lá, ver outra vez a basílica, instalar-se nela para a

O TRIUNFO DA MORTE

salvar da ruína, restituí-la à sua beleza primitiva, restabelecer o culto, e, após tão longo intervalo de abandono e esquecimento, renovar o *Chronicon casauriense*. Não era aquele, na verdade, o templo mais glorioso das terras dos Abruzzos, edificado numa ilha do rio-pai, sede antiquíssima do poder temporal e espiritual e por tantos séculos centro de uma vida vasta e nobre? A alma clementina permanecia ali ainda, profunda; e, naquela distante tarde de verão, ela revelou-se, a ele e a Demétrio, pelo divino pensamento rítmico que todas as linhas concorriam para exprimir.

Ele disse para Ippolita:

– Talvez mudemos de residência. Lembras-te do sonho de Orvieto?

– Ah! A cidade dos conventos – exclamou ela para onde não me quiseste levar!

– Quero levar-te para uma abadia abandonada, mais solitária que o nosso Ermo, bela como uma catedral, cheia de antiquíssimas recordações, onde há um grande candelabro de mármore branco, maravilhosa flor de arte criada por um artista desconhecido... Erguida sobre esse candelabro, no silêncio, tu iluminarás com o teu rosto as meditações da minha alma.

Riu-se desta frase lírica, considerando intimamente bela a imagem evocada. E a Ippolita, na ingenuidade do seu egoísmo, com aquela tenaz animalidade interior que constitui o fundo do ser feminino, nada a embriagava mais que esta momentânea poesia. Era feliz quando podia aparecer idealizada aos olhos do amante, como na primeira noite, na rua azulada, ou como na capela escondida em meio da música religiosa e dos perfumes evolados, ou como no caminho campestre juncado de giestas. Com a sua voz mais pura, perguntou:

– Quando?

– Se fosse amanhã?

– Pois seja amanhã.

– Vê lá! Se chegas a subir, nunca mais poderás descer.

– Que importa? Ver-te-ei.

– Arderás e consumir-te-ás como um círio.

– Alumiar-te-ei.

– Alumiarás também o meu funeral...

Ele dissera em tom ligeiro esta frase; mas, no fundo de si próprio, com a habitual intensidade de vida fictícia, construía a sua fábula mística. Depois de longos anos de erros pelos abismos da luxúria, viera-lhe o arrependimento. Tendo conhecido naquela mulher todos os mistérios que a sua concupiscência exaltava, implorava agora ao Misericordioso a graça de lhe dissipar a intolerável tristeza desse amor corporal: *Piedade para os meus prazeres de outrora e para o que sofro agora! Fazei, meu Deus, com que eu possa realizar o Sacrifício em Vosso nome!* E fugia, acompanhado da amante, em cata de um refúgio.

Por fim, à entrada deste refúgio, fazia-se o milagre, porque a impura, a corruptora, a implacável Inimiga, a Rosa do Inferno, se despojava subitamente de todos os pecados, se tornava imaculada para subir com o companheiro ao altar. Tornada luminosa, alumiava as trevas santas. No alto do candelabro de mármore onde há muitos séculos não brilhava luz, ela ardia na chama inextinguível e silenciosa do seu amor. *Erguida sobre o candelabro, em silêncio, iluminarás com a tua face as meditações da minha alma, até à morte.* Ardia num fogo interior, sem nunca pedir alimento para a sua chama, sem nada exigir, em recompensa, ao Dileto. *Amabat amare.* Renunciava para sempre a toda a posse, mais alta mesmo na sua pureza soberana que o próprio Deus, pois Deus ama as criaturas mas exige delas, em compensação, ser amado, e torna-se terrível contra quem se recusar a amá-lo. O amor dela era o amor estilista – sublime e solitário – que se nutria de um só sangue e de uma só alma. Sentira cair em volta de si a parte da sua substância que se opunha à oferta total. Nada ficara nela de obscuro e impuro. O corpo transformava--se-lhe num elemento subtil, ágil, claro, incorruptível; os sentidos

O TRIUNFO DA MORTE

confundiram-se-lhe numa suprema e única volúpia. Erguida no alto da estela maravilhosa, ardia e gozava o seu lume e o seu esplendor, como uma chama que tivesse a consciência da sua própria vida inflamada...

Ippolita disse, aplicando o ouvido:

– Não ouves? Mais uma confraria! Amanhã é a Vigília.

As madrugadas, as tardes, os crepúsculos e as noites andavam ainda cheias desses cânticos religiosos. A um bando seguia-se outro, ao sol, ao luar. Todos se encaminhavam para o mesmo fim e celebravam o mesmo nome, arrastados pela veemência da mesma paixão, terríveis e miseráveis, deixando pelo caminho os doentes e os moribundos, sem parar, prontos a abater todos os obstáculos só para atingir o sítio onde estava o bálsamo para todos os seus males, a promessa para todas as suas esperanças. Caminhavam, caminhavam sem descanso, banhando de suor os seus próprios passos, na poeira infinita. Caminhavam, caminhavam...

Que imensa força devia irradiar de uma simples imagem, para emocionar e atrair toda essa pesada massa de carne! Cerca de quatro séculos antes, um velho setuagenário, numa planície devastada pelo granizo, supunha ver no alto de uma árvore a Virgem da Misericórdia. E, desde esse dia, todos os anos, pelo aniversário da aparição, toda a gente das montanhas e do litoral se dirigia em peregrinação ao lugar santo a pedir remédio para os seus sofrimentos. Ippolita já conhecia a lenda, pela boca de Cândia: e havia dias que alimentava o desejo de visitar o santuário.

O predomínio do amor e o hábito do prazer tinham afastado nela o espírito religioso; mas, romana de nascença e, até, nascida em Transtevere, criada numa dessas famílias burguesas onde, por tradição imemorial, a chave das consciências reside sempre nas mãos do padre, era catolicíssima, inclinada a todas as práticas exteriores da Igreja, acometida periodicamente por acessos de alto fervor.

– No entretanto, porque não iremos também a Casalbordino? – disse ela. – Amanhã é a Vigília. Queres ir? Seria um belo espetáculo para ti. Levamos o velho connosco.

Giorgio anuiu. O desejo de Ippolita correspondia ao seu.

Entendia que lhe era preciso acompanhar aquela profunda corrente, fazer parte daquela selvagem aglomeração humana, sentir a aderência material com as ínfimas camadas da sua raça, essas camadas densas e permanentes onde o carácter primitivo se conservava intacto.

– Partiremos amanhã de manhã – acrescentou ele, atraído por uma espécie de ansiedade ao ouvir aproximar-se o canto.

Ippolita contou, segundo a narração de Cândia, algumas das provas atrozes a que se submetiam os peregrinos, por promessa. Tremia, horrorizada. E, à medida que o canto se tornava mais forte, ambos sentiam passar no espírito um sopro trágico.

Estavam na colina, já de noite. A Lua subia no arco do céu. Uma humidade fria estendia-se pelas vastas massas vegetais, ainda vibrantes do aguaceiro da tarde. Todas as folhas gotejavam, e esses milhares de lágrimas cintilavam como diamantes à claridade lunar, transformando o arvoredo. Tendo Giorgio abanado por acaso um tronco, as gotas luminosas caíram dos ramos sacudidos sobre Ippolita, e constelaram-na. Ela soltou um gritinho e pôs-se a rir:

– Ah, maroto! – murmurou, imaginando que Giorgio quisesse surpreendê-la com aquela molha inesperada.

E preparou-se para lhe pagar na mesma moeda. Com os safanões, árvores e arbustos despojaram-se das suas pérolas líquidas com um leve sussurro, enquanto os risos de Ippolita ecoavam de vez em quando pela encosta. Giorgio ria também, subitamente esquecido dos seus fantasmas, deixando-se conquistar por aquela sedução juvenil e penetrar por essa vivificante frescura noturna em que se dilatavam todas as fragrâncias terrestres. Procurava chegar primeiro à árvore que parecesse mais carregada de água, e ela tratava de se lhe antecipar, correndo com segurança pelo declive escorregadio.

Chegavam quase sempre ao mesmo tempo e sacudiam ambos o tronco, ficando ambos sob a chuva. À sombra movediça da folhagem, a brancura dos olhos e dos dentes, tinham, no rosto de Ippolita, um esplendor extraordinário; e as finas gotazinhas, como poeira de diamantes, reluziam-lhe nos cabelos, nas faces, nos lábios, e até nas pestanas, tremendo com o tremer do riso.

– Ah, feiticeira! – exclamou Giorgio, largando o tronco e agarrando-se a ela que, mais uma vez, lhe aparecia num misterioso relâmpago de beleza noturna.

E pôs-se a beijá-la por todo o rosto, sentindo-a, sob os lábios, fresca e suave como um fruto recém-colhido do ramo.

– Toma! Toma! Toma!

Beijava-a cada vez com mais força, na boca, nas faces, nos olhos, nas têmporas, no pescoço, insaciável, como se essa carne fosse nova para ele. E ela, sob estes beijos, tinha a atitude quase extática que costumava tomar quando sentia que o amante estava num momento de verdadeira embriaguez. Nesses instantes, ela parecia disposta a tirar do fundo da sua própria substância o mais doce e o mais forte perfume do amor, para exaltar-lhe a embriaguez até à angústia.

– Toma!

Parou e invadiu-o o cansaço. Havia tocado o extremo limite da sensação e não podia ir mais além.

Já não falaram mais; deram as mãos um ao outro e continuaram o caminho para o Ermo, atravessando os campos, porque na sua marcha descuidada haviam perdido o carreiro. A perturbação da inesperada alegria tornava-os tristes. Sentiam agora uma indolência e melancolia indizíveis. Giorgio parecia admirado e atónito. Foi assim que a Vida, de repente, como que num gesto furtivo na sombra, lhe oferecera um sabor inédito: uma nova sensação, real e profunda, ao declinar de um dia inquieto, passando num claustro de fantasmas flutuantes. Mas era essa a vida? Não seria talvez o sonho? *Uma coisa é sempre a sombra da outra,* pensou ele. *Onde está a Vida está o Sonho, onde estiver o Sonho está a Vida.*

– Olha! – interrompeu Ippolita com um estremecimento de admiração.

E foi como se ilustrasse com um espetáculo o pensamento oculto de Giorgio.

À luz do luar, estendia-se ali uma vinha silenciosa. As vides erguidas enroscavam-se nas varas como em volta de tirsos ágeis; e os pâmpanos diáfanos, contra o horizonte luminoso, com todo o intrincado das suas nervuras subtis, perfeitamente imóveis como coisas minerais, com uma aparência vítrea, hialina, indescritivelmente frágil e efémera, não tinham realidade terrestre nem comunhão alguma com as formas circundantes, e antes pareciam ser o último fragmento visível de um mundo alegórico concebido por um feiticeiro e prestes a desaparecer.

Espontaneamente, veio à memória de Giorgio o versículo do *Cântico:* Vinea mea corum me est.

5

Desde a madrugada, na estação de Casalbordino os comboios despejavam, uns atrás dos outros, imensas ondas de povo. Era gente vinda das pequenas cidades e vilas, à mistura com as confrarias das aldeias mais remotas que não tinham podido ou querido fazer a peregrinação a pé. Precipitavam-se em tumulto das carruagens, amontoavam-se à porta, de encontro às cancelas, gritando, gesticulando e empurrando-se uns aos outros para sair e alcançar os carros e carroças, no meio do estalar dos chicotes e do tilintar dos guizos, ou dispunham-se em longas filas atrás de um crucifixo e, mal a procissão começava a estender-se pela estrada poeirenta, entoavam hinos.

Incomodados pela aglomeração, esperando que a multidão dispersasse, Giorgio e Ippolita voltaram-se instintivamente para o mar próximo. Um campo de linho ondulava em paz sobre o fundo azul das águas. As velas rutilavam como chamas no horizonte puro.

Giorgio disse à companheira:

– Tens coragem? Receio que seja fadiga de mais para ti.

– Não tenho medo. Sou forte. E, depois, é preciso sofrer um pouco para merecer a graça...– disse ela.

– Vais pedir uma? – perguntou ele, sorrindo.

– Só uma.

– Mas nós não estamos em pecado mortal?

– É verdade.

– E então?

– Apesar de tudo, pedi-la-ei.

Tinham levado com eles o velho Cola porque, prático nos lugares e nos costumes, servia de cicerone. Assim que a porta ficou desembaraçada, saíram e instalaram-se num carro que partiu a galope com um grande tilintar de guizos. Os cavalos iam enfeitados e empenachados como selvagens. Os cocheiros traziam penas de pavão no chapéu, e agitavam continuamente o chicote acompanhando com gritos roucos os estalos ruidosos.

– Que distância é daqui até lá? – perguntou Ippolita ao velho, atormentada por uma impaciência e inquietação extraordinárias, como se tivesse de realizar-se nesse dia algum grande acontecimento.

– Meia hora escassa.

– A igreja é antiga?

– Não, senhora. Lembro-me ainda do tempo em que ela não existia. Há cinquenta anos só lá havia uma capelinha.

Sacou de um papel dobrado em quatro, abriu-o e mostrou-o a Giorgio.

– Leia. Está aí a história.

Era uma estampa acompanhada de legenda. A Virgem, num coro de anjos, poisava sobre uma oliveira, e um velho adorava-a, ajoelhado ao pé do tronco. Este velho chamava-se Alessandro Muzio, e a legenda narrava que na noite de 10 de junho do ano de Nosso Senhor de 1527, sendo domingo de Pentecostes, se desencadeou uma tempestade sobre a região de Casalbordino, destruindo as vinhas, os trigos e os olivais. Na manhã seguinte, um velho setuagenário de Pollutri, Alessandro Muzio, proprietário de um campo de trigo em Piano del Lago, pôs-se a caminho para o ver. Doía-lhe o coração à vista da terra desolada; mas, na sua profunda humildade, louvava a justiça de Deus. Devotíssimo da Virgem, rezava o rosário pelo caminho, quando no extremo do vale ouviu o sino que tocava à elevação da Missa. Ajoelhou logo e recolheu-se com todo o fervor na oração, mas, enquanto orava, viu-se rodeado de uma luz que vencia a do Sol e, no meio dela, apareceu-lhe a Mãe de Misericórdia com um manto azul, falando-lhe com doçura: «Vai e conta o que viste. Diz que o arrependimento será recompensado e que me ergam aqui um templo. Nele distribuirei as minhas graças. Vai para o teu campo, que encontrarás o trigo intacto.» E desapareceu com a sua coroa de anjos. O velho ergueu-se, foi até o seu campo e achou o trigo intacto. Correu a Pollutri, apresentou-se ao pároco Mariano d'Idone e contou-lhe o milagre. Num ápice, a notícia espalhou-se por toda a terra de Casalbordino. Todo o povo correu ao lugar santo, viu a terra enxuta em redor da árvore viu ondular a seara próspera, reconheceu o milagre e derramou lágrimas de penitência e ternura.

Pouco depois, o vigário de Arabona lançou a primeira pedra da capela; e foram encarregados da construção Geronimo di Geronimo e Giovanni Fatalone, casalenses. Por cima do altar pintaram a Virgem com o velho Alessandro prostrado em ato de adoração.

A lenda era simples, banal, como muitas outras, fundada no milagre. Desde esse primeiro benefício, era em nome daquela Senhora que os navios se salvavam da tempestade; os campos, do granizo; os viandantes, dos ladrões; e os doentes, da morte. Erguida em meio de um povo desgraçado, a Imagem era uma fonte de perene salvação.

– Esta é a Senhora que mais milagres faz no mundo! – disse Cola di Sciampagna, beijando o papel bento antes de o tornar a pôr no seio. – Dizem que apareceu agora outra no Reino. Mas esta é muito superior. Não tenham medo, que a nossa há de estar sempre adiante de todas…

O seu modo de dizer e a sua atitude revelavam o fanatismo partidário que inflama o sangue de todos os idólatras e que, às vezes, na terra dos Abruzzos, move as populações a guerras ferozes pela supremacia de um ídolo. O velho, como todos os seus irmãos de crenças, não concebia o Ser divino fora da imagem, e era nela que via e adorava a presença real da pessoa celeste. A Imagem no altar vivia como uma criatura de carne e osso, respirava, sorria, mexia as pálpebras, inclinava a cabeça, acenava com a mão. E por toda a parte se dava o mesmo, todas as imagens sagradas, de madeira, de cera, de bronze ou de prata, viviam uma vida sensível na sua matéria preciosa ou vil. Se envelheciam, quebravam, ou se consumiam com o tempo, não cediam o posto a imagens novas sem dar sinais ferozes da sua cólera. Um dia, um pedaço de imagem tornado irreconhecível e sendo deitado ao lume como lenha, tinha derramado sangue vivo aos golpes do machado e proferido palavras ameaçadoras. Outro pedaço, aplainado e disposto entre as aduelas de uma celha, manifestara a sua essência sobrenatural produzindo na água o retrato da sua forma primitiva, integral...

– Olé, Aligi! – gritou o velho a um homem que caminhava penosamente a pé pela berma da estrada, no meio da poeira sufocante. – Olé!

E, voltando-se para os hóspedes, acrescentou piedosamente:

– É um bom cristão, lá dos nossos sítios. Vai pagar a sua promessa. Está convalescente. Vê, senhora, como ele vai estafado? Deixe-o subir para o carro.

– Sim, sim, pare, pare! – disse Ippolita, comovida.

O carro parou.

– Anda, Aligi! Os senhores fazem-te a esmola.

Podes subir.

O bom cristão aproximou-se. Arquejava, curvado sobre o bordão, coberto de poeira, suando em bica, esgotado pelo calor. Cercava-lhe o queixo, de uma orelha à outra, uma barba arruivada, emoldurando-lhe a cara sardenta. Saíam-lhe por debaixo do chapéu madeixas de cabelos ruivos, empastados na testa e nas têmporas; os olhos cavados, convergentes para o nariz, descoloridos, recordavam os dos apopléticos. Ofegante, com a voz rouca, disse:

– Obrigado, Deus lhes pague! A Virgem os acompanhe! Mas não posso subir.

O TRIUNFO DA MORTE

Tinha na mão esquerda uma coisa embrulhada num lenço branco.

– É a tua promessa? – perguntou o velho. – Deixa ver.

Aquele desatou as pontas do lenço e mostrou uma perna de cera, pálida como a de um cadáver, na qual estava pintada uma chaga roxa. O calor amolecera-a e tornara-a lustrosa como se estivesse húmida de suor.

– Não vês que se derrete?

E o velho estendeu a mão para a apalpar.

– Está mole. Se continuas a pé, desfaz-se pelo caminho.

Aligi repetiu:

– Não posso subir. Fiz promessa de ir a pé.

E, inquieto, examinou o gancho que prendia a perna de cera, erguendo-o até à altura dos seus olhos oblíquos.

Pela estrada em fogo, no meio de espessa poeira, sob aquela grande luz violenta, nada era mais triste que ver aquele homem cansado e essa coisa pálida, repugnante como um membro amputado, que devia perpetuar a memória de uma chaga nas paredes já cobertas de simulacros, silenciosos e imóveis, de tanta enfermidade espalhada, há séculos, pela pobre carne humana.

– Anda!

E os cavalos retomaram a marcha.

Depois das pequenas colinas que tinham ficado para trás, a estrada atravessava agora uma planície rica de searas quase maduras. O velho, com a sua loquacidade senil, contava os episódios da doença de Aligi, falava da chaga com gangrena, curada pela mão da Virgem. À direita e à esquerda, as loiras espigas erguiam-se acima das sebes como belas taças a transbordar.

– Lá está o Santuário! – exclamou Ippolita.

E apontou para um edifício de tijolos avermelhados que se erguia no meio de um vasto campo coberto de gente.

Minutos depois, o carro chegava ao pé da multidão.

6

Era um espetáculo maravilhoso e terrível, inaudito, sem semelhança com qualquer outra aglomeração de coisas e pessoas, formado por tão estranha, tão rude e tão heterogénea mescla, que excedia as mais disparatadas alucinações produzidas por um pesadelo. Todas as torpezas, todos os vícios vergonhosos, todas as brutalidades, todos os espasmos e horrores da carne batizada, todas as lágrimas do arrependimento, todas as gargalhadas da devassidão, a loucura, a ambição, a astúcia, a luxúria, a imbecilidade, o medo, a fadiga mortal, a indiferença estúpida, o desespero taciturno, os coros sagrados, o uivar dos endemoninhados, as exibições dos acrobatas, o dobrar dos sinos, os sons dos cornetins, os zurros, os mugidos, os relinchos, a crepitação das fogueiras debaixo das caçarolas, os montes de frutas e doces, as exposições de utensílios, tecidos, armas, brinquedos e rosários, as danças obscenas das bailarinas, as convulsões dos epiléticos, a pancadaria nas desordens, as fugas dos ladrões perseguidos através do aperto, as fezes das maiores corrupções vomitadas pelos becos imundos das cidades distantes sobre uma multidão ignorante e pasmada, nuvens de parasitas, como os moscardos no gado, agarrados a essa massa compacta incapaz de se defender, todas as baixas tentações para os apetites brutais, todas as velhacarias, fraudes e impudências postas a claro, toda essa confusão de coisas estava ali, turbilhonando e fermentando em roda da Casa da Virgem.

GABRIELE D'ANNUNZIO

Era esta uma igreja sólida, de arquitetura vulgar, sem enfeites, construída de tijolo, sem reboco, avermelhada. Encostados às paredes exteriores, aos pilares da fachada, os vendedores de objetos religiosos tinham estabelecido ali as suas tendas e as suas mesas e faziam o seu pequeno comércio. Perto, erguiam-se as barracas dos que vinham de longe, cómicas, guarnecidas de grandes quadros representando batalhas sangrentas e festins de canibais.

À entrada, homens vesgos, de aspeto ignóbil e suspeito, tocavam e vociferavam; mulheres impudicas, de pernas enormes, ventre inchado, seios flácidos mal cobertas com mantilhas sujas e farrapos de lantejoulas, celebravam numa algaraviada extravagante as maravilhas ocultas pelo cortinado vermelho que se erguia à sua passagem. Uma dessas mulheres, já decrépita, parecendo um monstro gerado por um anão e uma bácora, dava à boca viscosa a forma de um focinho de macaco lascivo, enquanto, ao lado, um palhaço enfarinhado e pintado de zarcão sacudia freneticamente uma campainha ensurdecedora.

As confrarias chegavam em alas compridas, atrás de uma cruz, cantando hinos. As mulheres agarravam-se umas às outras por uma ponta do vestido e caminhavam como que extáticas, emparelhadas, com os olhos muito abertos e fixos. As do Trigno usavam roupas de pano vermelho a apertar no meio das costas, com uma faixa multicor acima dos quadris, levantando a saia e apertando-a, fazendo um volume como uma corcova. E, como vinham mortas de fadiga, derreadas, de pernas abertas, arrastando os sapatos pesados como chumbo, tinham o aspeto de estranhos animais gibosos. Muitas exibiam papada, tisnada pelo sol, por baixo da qual brilhavam os cordões de oiro:

Viva Maria!

Emergiam da multidão as sonâmbulas sentadas em frente umas das outras, em pequenos palcos. Vendadas, apenas se lhe via, do rosto, a boca loquaz numa contínua salivação, infatigável. Falavam numa cantilena sempre igual, erguendo e baixando a voz, marcando compasso com uma abanadela de cabeça. De vez em quando, com um ligeiro assobio engoliam a saliva demasiada. Uma gritava, mostrando uma sebenta carta de jogar: «Cá está a âncora da boa esperança!» Outra, cuja boca desmedida fazia aparecer e desaparecer entre os dentes estragados a língua coberta de uma camada amarela, estava toda inclinada para os ouvintes, tendo sobre os joelhos as grandes mãos de veias salientes e no côncavo do avental um monte de moedas de cobre. Os espectadores, em volta, atentíssimos, não perdiam uma palavra, não pestanejavam, não faziam um gesto. Apenas de tempos a tempos humedeciam com a língua os lábios secos.

Viva Maria!

Chegavam novos bandos de peregrinos, passavam e desapareciam. Aqui e além, à sombra das barracas, sob os amplos guarda-sóis azuis, ou em pleno sol, dormiam velhas esgotadas pela fadiga, com a face entre as mãos, sobre a erva seca. Outras, sentadas em roda, com as pernas estendidas pelo terreno, mastigavam custosamente alfarrobas e pão, em silêncio, sem olhar para nada, estranhas à agitação que as rodeava; e viam-se-lhes os bocados grandes de mais passar com esforço pelas suas gargantas amareladas e rugosas como as membranas das tartarugas.

Algumas estavam cheias de chagas, de crostas, de cicatrizes, desdentadas, sem pestanas, sem cabelos; não dormiam, não comiam, estavam imóveis, resignadas, como se esperassem pela morte. E sobre as suas carcaças turbilhonava, densa e furiosa como sobre um cadáver num fosso, uma nuvem de moscas.

Mas, nas tabernas, debaixo das tendas abrasadas pelo sol meridiano, em volta dos barrotes espetados no chão e enfeitados com folhagens, exercitava-se a voracidade dos que tinham custosamente andado a juntar até aquele dia um pequeno pecúlio, a fim de cumprir a promessa e satisfazer um desejo de pândega, enorme, alimentado há muito entre as magras refeições e os duros trabalhos. Viam-se--lhes as caras enterradas nas malgas, movendo as mandíbulas prontas a triturar, partindo a comida com as mãos, com todas as atitudes de animais agarrados a comidas desacostumadas. Fumegavam as largas caçarolas cheias de polvos violáceos, em buracos circulares transformados em fornos, e o vapor espalhava-se em redor, apetecível. Uma rapariga franzina e esverdeada como um gafanhoto oferecia longas filas de queijo em forma de cavalinhos, de passarinhos ou de flores. Um homem, que tinha uma cara lisa e gorda de mulher, brincos de ouro nas orelhas, as mãos e os braços coloridos de anilina como os tintureiros, oferecia sorvetes que pareciam venenos.

Viva Maria!

Novos bandos chegavam e passavam. A multidão regurgitava em redor do pórtico, sem poder penetrar na igreja já repleta, a deitar por fora. Larápios, gatunos, ratoneiros, jogadores, batoteiros, charlatães de toda a espécie, chamavam-na, desviavam-na, atraíam-na. Todos esses irmãos da rapinagem farejavam de longe a presa, disparavam a direito, com segurança, sem nunca errar o tiro. Engodavam os papalvos de mil maneiras, dando-lhes a esperança de um ganho rápido e seguro, incitavam-nos a arriscar-se com infinitas simulações, exasperando-lhes até à febre a cupidez. Depois, quando eles tinham perdido toda a prudência e sangue-frio, despojavam-nos por completo, sem piedade pelos enganos mais fáceis e mais rápidos, deixavam-nos, estupefatos e míseros, rindo-lhes nas bochechas e desaparecendo. Mas o exemplo não salvava os outros de cair na patifaria. Cada um, supondo-se mais avisado e mais esperto, propunha-se vingar o companheiro intrujado e lançava-se furiosamente na ruína. As inumeráveis privações sofridas sem tréguas, para juntar

O TRIUNFO DA MORTE

e converter em pecúnia as economias de um ano inteiro, tiradas real a real das necessidades da vida, essas indizíveis privações que tornam a avareza do agricultor sórdida e crua como a dor dos mendigos, revelava-se toda no tremor da mão calosa que pegava na moeda para a expor ao risco.

Viva Maria!

Novos bandos chegavam e passavam. Uma corrente sempre nova teimava em cortar a multidão confusa e flutuante. Uma cadência sempre igual dominava todos os clamores. A pouco e pouco, o ouvido não distinguia senão o nome claro de Maria sobre o fundo abafado dos diversos ruídos. O hino vencia a algazarra. A onda contínua e forte batia contra as paredes do Santuário incendiadas pelo sol.

Viva Maria! Viva Maria!

Durante mais alguns minutos, Giorgio e Ippolita, desvairados, mortos de cansaço, contemplaram essa multidão formidável, donde emanava um cheiro nauseabundo e donde saíam, aqui e além, caras caiadas de palhaços e cabeças veladas de sibilas.

O nojo apertava-lhes a garganta e impedia-os de fugir; todavia, a atração para aquele espetáculo humano era mais forte, retendo-os na aglomeração, arrastando-os para os lugares onde se exibia a pior miséria, onde se revelavam os maiores excessos de crueldade, de ignorância e de mistificação, onde gritavam vozes, onde corriam lágrimas.

– Aproximemo-nos da igreja – disse Ippolita que, fora de si, parecia invadida pelo fogo da demência que os bandos fanáticos espalhavam, passando com uma fúria tanto maior quanto mais furiosamente o sol lhes batia nas cabeças.

– Não estás cansada? – perguntou Giorgio, pegando-lhe nas mãos. – Se queres, vamo-nos embora. Procuremos um lugar para descansar. Tenho medo que não te sintas aqui bem. Vamo-nos embora, se queres.

– Não, não, estou bem, posso resistir. Aproximemo-nos, entremos na igreja. Vê, toda a gente para lá se encaminha.

– Ouve como gritam!

Os gritos pareciam vir de um massacre, como se homens e mulheres, estrangulando-se uns aos outros, se debatessem em ondas de sangue

Cola disse:

– Estão a pedir milagres.

O velho não se separou dos hóspedes nem um instante, fazendo mil esforços para lhes abrir caminho por entre a multidão, para arranjar espaço em volta deles.

– Querem ir? – perguntou.

– Vamos, vamos – decidiu Ippolita.

O velho seguia adiante, às cotoveladas, em direção ao pórtico. Ipolita ia no ar, quase levada nos braços de Giorgio, que empregava toda a força para sustentar-se a si e a ela. Uma mendiga perseguia-os, importunando-os, pedindo esmola numa voz lamurienta estendendo a mão, tocando-os mesmo, por vezes. Eles apenas viam aquela mão senil deformada por grandes nós nas articulações, de um amarelo azulado, com as unhas compridas e roxas e a pele escoriada entre os dedos, parecendo a mão de um macaco velho e doente.

Por fim, chegaram ao átrio e encostaram-se a um dos pilares, junto do banco de um vendilhão de rosários.

As procissões, esperando a sua vez para entrar, andavam à roda da igreja, de cabeça descoberta, atrás das cruzes, sem nunca interromperem o canto. Homens e mulheres traziam bordões que terminavam em cruz ou num ramo de flores, e apoiavam-se a eles com todo o peso do cansaço. O suor caía-lhes das frontes para as

O TRIUNFO DA MORTE

faces, sujando-lhes os vestidos. Os homens traziam a camisa aberta no peito, o pescoço e os braços nus; e, nas mãos, nos punhos, nos braços, no peito, a pele era tatuada com anil em memória dos santuários visitados, das graças alcançadas, das promessas cumpridas. Todas as deformidades dos músculos e dos ossos, todas as espécies de fealdade corporal, todos os sinais indeléveis deixados pelos trabalhos, pelas intempéries e pelas doenças – crânios em bico ou achatados, calvos ou cabeludos, cobertos de cicatrizes ou excrescências; olhos esbranquiçados e opacos como bolas de requeijão, olhos tristemente glaucos como os dos grandes sapos solitários, narizes achatados como se fora a murro, ou aduncos como bicos de abutre, ou compridos e carnudos como uma tromba, ou quase comidos por uma úlcera roedora; faces raiadas de vermelho como os pâmpanos da vinha no outono, ou amarelas e enrugadas como o ventrículo de um ruminante, ou enriçadas de pelos arruivados como as canas do milho; bocas delgadas como um golpe de navalha, ou abertas e flácidas como figos muito maduros, ou encarquilhadas no seu vazio como folhas secas, ou munidas de dentes formidáveis como presas de javali; beiços rachados, papeiras, escrófulas, erisipelas, pústulas – todos os horrores da carne humana passavam à luz do Sol, diante da casa da Virgem.

Viva Maria!

Cada bando trazia um cruciferário e um chefe. Este era um homem robusto e violento que estimulava constantemente os fiéis com gritos e gestos de possesso, batendo nas costas dos retardatários, arrastando os velhos extenuados, injuriando as mulheres que interrompiam o hino para tomar fôlego. Um gigante azeitonado, cujos olhos chamejavam debaixo de uma grande cabeleira negra, arrastava três mulheres pelas cordas de três cabrestos. Uma mulher ia à frente, nua, dentro de um saco donde saíam apenas a cabeça e os braços. Outra, alta e descarnada, de rosto lívido, olhos esbranquiçados, caminhava à frente como uma sonâmbula, sem cantar, sem nunca se voltar, deixando ver no peito uma fita vermelha que se parecia com a atadura ensanguentada de uma ferida mortal; e, a cada instante, vacilava, como se já não tivesse forças para se ter nas pernas e estivesse a ponto de cair para nunca mais se levantar. Ainda outra, ameaçadora como uma fera, verdadeira Fúria rústica, com um xaile cor de sangue em volta dos quadris ossudos, e na frente um bordado brilhante como o dorso de um peixe, agitava um crucifixo negro para guiar e excitar o bando. Outra levava à cabeça um berço coberto com um pano preto, como Liberata na noite fúnebre.

Viva Maria!

Giravam, giravam sem parança, acelerando o passo, erguendo a voz, gritando cada vez mais e gesticulando como energúmenos. As virgens, com os seus raros cabelos soltos e impregnados de azeite, quase calvas no cocuruto, estúpidas como ovelhas, na cara e nas atitudes, avançavam em filas, cada uma com a mão no ombro da companheira, olhos no chão, cheias de compunção: miseráveis criaturas cujos ventres deviam perpetuar sem prazer, na carne batizada, os instintos e a tristeza da besta primitiva.

Numa espécie de caixão profundo, levado à mão por quatro homens, jazia um paralítico, abafado em gordura, com as mãos pendentes, tortas e enroscadas como raízes por um monstruoso reumatismo. Um tremor contínuo lhas agitava, o suor corria-lhe abundantemente, pela testa, do crânio calvo, cobrindo-lhe a face larga, levemente rosada, finamente raiada de vermelho como o baço dos bois. Trazia um grande número de escapulários ao pescoço, com o registo da imagem em cima do ventre. Ofegava, gemendo, como no estertor da agonia, já moribundo, exalando um cheiro insuportável a podridão, espalhando-se-lhe por todos os poros o tormento atroz

O TRIUNFO DA MORTE

que lhe causavam as últimas palpitações de vida; e, no entanto, não queria morrer, fazendo-se transportar aos pés da Virgem, para que lhe acudisse. Não longe dele, outros homens vigorosos, habituados a levar nas procissões solenes os andores maciços ou os grandes estandartes, arrastavam um possesso pelos braços, que se lhes debatia nas mãos, rugindo, com a roupa em farrapos, babando-se, os olhos saídos das órbitas, o pescoço com as artérias salientes, os cabelos desgrenhados, roxo como um enforcado. Passou também Aligi, o homem do milagre, mais pálido agora que a sua perna de cera. E de novo todos os outros passaram no seu girar contínuo: passaram as três mulheres do cabresto, passou a Fúria do crucifixo negro, a taciturna do braço ensanguentado, a que levava o berço à cabeça e a vestida de saco, fechada na sua mortificação, com o rosto banhado de lágrimas silenciosas que lhe brotavam sob as pálpebras fechadas, figura de outras eras isolada entre a multidão, como envolvida na aura do antigo rigor penitencial, ressuscitando na alma de Giorgio a visão da grande e pura basílica clementina cuja grosseira cripta primitiva lembrava os cristãos do século IX, o tempo de Ludovico II...

Viva Maria!

Giravam incessantemente, acelerando o passo, erguendo a voz, endoidecidos pelo sol que lhes batia na testa e na nuca, excitados pelos gritos dos turbulentos e pelos clamores ouvidos na igreja, quando passavam diante da porta, arrastados por um frenesi selvagem que impelia aos sacrifícios sangrentos, às torturas da carne, às provações mais desumanas, sobre a pedra santa, e encher de lágrimas o sulco que nela deixaram milhares e milhares de joelhos.

Giravam, giravam, aumentando a número, apertando-se, acotovelando-se com tal concordância de fúria, que tinham o aspeto, não de um ajuntamento de simples homens, mas de uma massa compacta, cega matéria, projetada por uma força vertiginosa.

Viva Maria!
Maria viva!

De entre a massa, um mancebo caiu de repente, ferido por um ataque de doença crónica. Os que estavam próximos cercaram-no e retiraram-no para fora da turba-multa: muitos outros, no meio da multidão que ocupava o largo, vieram ver o espetáculo.

– Que aconteceu? – perguntou Ippolita, empalidecendo, com uma extraordinária alteração no rosto e na voz.

– Nada, nada... é do sol – respondeu Giorgio, pegando-lhe pelo braço e retirando-a.

Mas Ippolita percebeu. Viu dois homens abrir à força os queixos do epilético e meter-lhe uma chave na boca: para impedir que cortasse a língua com os dentes? E, por sugestão, sentira nos seus próprios dentes aquele ranger horrível; um arrepio instintivo atravessou-a até as mais profundas raízes do seu ser, onde o «mal sagrado» dormia com possibilidades de despertar.

– É algum que sofre do mal de S. Donato – disse Cola di Sciampagna. – Não tenham medo.

– Vamos embora daqui! Vamos depressa! – insistia Giorgio, inquieto, incomodado, tentando arrastar a mulher. *E se ela caísse ali, de repente? E se a doença a atacasse, ali, em plena multidão?* Gelou-o um frio interior. Voltaram-lhe à memória as cartas escritas de Caronno, em que ela lhe fizera a espantosa revelação, em termos desesperados. E, de novo, como então, imaginava «as mãos pálidas e crispadas e, entre os dedos, a madeixa de cabelos arrancados...»

– Vamos depressa. Queres entrar na igreja?

Ela não falava, como ferida por uma pancada na nuca.

– Queres entrar? – repetiu Giorgio, sacudindo-a e tentando dissimular a sua inquietação.

Ele quis perguntar-lhe: «Em que estás a pensar?», mas não se atreveu. Viu-lhe tal tristeza nos olhos que se lhe apertou o coração e a garganta. Depois, o receio de que aquele silêncio e terror pudessem ser os indícios de um ataque iminente encheu-o de uma espécie de pânico. Sem refletir, balbuciou:

– Sentes-te mal?

E estas palavras ansiosas, que denunciavam o receio e o medo oculto, aumentaram a perturbação de ambos.

– Não, não! – disse ela, estremecendo visivelmente, cheia de horror, agarrando-se a Giorgio para que ele a defendesse do perigo.

E, comprimidos pela multidão, desvairados, aflitos, miseráveis como os outros, precisando, como eles, de piedade e socorro, esmagados pelo mesmo peso da carne mortal, ambos comunicaram profundamente com a multidão, no meio da qual tremiam e sofriam; ambos esqueceram na imensidade da miséria humana os limites das suas almas.

– Entremos – disse ela com a voz estrangulada, sem se desprender de Giorgio.

Cola advertiu que não era possível entrar pela porta principal.

– Mas – acrescentou – eu conheço outra porta.

Venham atrás de mim.

Abriram passagem muito a custo. E, no entanto, sustentava-os uma energia fictícia, impelia-os uma cega obstinação quase semelhante à que levava os fanáticos a voltear sem fim. Tinham sofrido o contágio. Daí em diante, Giorgio reconhecia que não era já senhor de si. Dominavam-no os nervos, impunham-lhe a desordem e o exagero das sensações.

– Venham atrás de mim – repetia o velho, rompendo a onda humana à força de cotoveladas e agitando-se para proteger os hóspedes dos encontrões.

Entraram, por uma porta lateral, numa espécie de sacristia cujas paredes se viam, através de uma fumarada azul, completamente cobertas de ex-votos de cera, ali dependurados em testemunho dos milagres feitos pela Virgem. Pernas, braços, mãos, pés, seios, pedaços informes que representavam tumores, gangrenas e úlceras, grosseiras representações de doenças monstruosas, pinturas de chagas vermelhas e roxas que viviam na palidez de cera, todas estas imagens, imóveis nas quatro paredes altas, tinham um aspeto mortuário, faziam horror e medo, lembrando um mausoléu onde se empilhassem os membros amputados num hospital. Montões de corpos humanos cobriam o pavimento, inertes, e, em meio desse amontoado, surgiam rostos lívidos, bocas sanguinolentas, cabeças cheias de pó, crânios calvos, cabelos brancos. Eram quase todos velhos fulminados pelo êxtase diante do altar, levados em braços e dispostos como cadáveres em tempo de peste. Um velho saía da igreja amparado por dois homens que choravam; o movimento fazia-lhe cair a cabeça ora para o peito, ora para as costas, e pingavam-lhe na camisa gotas de sangue das escoriações do nariz, dos lábios e do queixo. Atrás dele continuavam os gritos desesperados, gritos de dementes implorando a graça que não obtiveram.

– Nossa Senhora! Nossa Senhora! Nossa Senhora!

Era um clamor inaudito, mais atroz que os uivos do homem que arde vivo num incêndio, sem esperança, mais terrível que um apelo de náufrago condenado à morte certa no mar noturno.

– Nossa Senhora! Nossa Senhora! Nossa Senhora!

Mil braços se estendiam para o altar, num frenesi selvagem.

As mulheres arrastavam-se de joelhos, soluçando, arrancando os cabelos, batendo nas ancas, batendo com a cabeça nas lajes, contorcendo-se como epiléticas e endemoninhadas. Muitas, de gatas pelo pavimento, aguentando nos cotovelos e nos dedos dos pés o corpo horizontal, avançavam lentamente para o altar. Rastejavam como répteis, contraíam-se, apoiando-se nos polegares, com pequenos impulsos consecutivos; e viam-se-lhes por fora das saias os pés calosos e amarelados, os artelhos salientes e agudos. De vez em quando, as mãos ajudavam o esforço dos cotovelos, tremendo, junto da boca que beijava o chão, perto da língua que traçava na poeira sinais da cruz de saliva misturada com sangue. E os corpos, arrastando-se, passavam por esses rastos ensanguentados sem os apagar, ao mesmo tempo que, diante de cada cabeça, um homem, de pé, batia no lajedo com a ponta do bordão para indicar o caminho que conduzia ao altar.

– Nossa Senhora! Nossa Senhora! Nossa Senhora!

As parentas, arrastando-se de joelhos de cada lado do sulco, dirigiam o suplício votivo. De quando em quando, inclinavam-se para encorajar os desgraçados, socorrendo-os quando eles estavam quase a desmaiar, sustentando-os pelas covas dos braços ou arejando-lhes a cabeça com um lenço. E, ao fazer isso, vertiam lágrimas ardentes, chorando mais ainda quando ajudavam velhos e adolescentes que cumpriam a mesma promessa. Porque não eram só as mulheres, mas também os velhos, os adultos, os adolescentes, que, para chegar ao altar e se tornar dignos de erguer os olhos para a imagem, se sujeitavam ao suplício. Cada um punha a língua onde o outro tinha deixado um vestígio húmido; cada um batia com o queixo e a testa onde o outro deixara um pedaço de pele, uma gota de sangue, de suor e lágrimas. De repente, um raio de luz, entrando pela porta maior, penetrando pelos interstícios da multidão, iluminava as plantas dos pés enrugados, calejados pela gleba árida ou pela penedia da montanha, deformados como se não fossem humanos, mas bestiais; iluminava nucas peludas ou calvas, brancas de velhice, ou loiras, ou negras, erguendo-se em pescoços de toiro que inchavam com o esforço, ou trémulos e débeis como cabeça esverdeada de velha tartaruga a sair da casca, ou como crânios desenterrados e trazendo ainda, aderentes, cabelos negros e pedaços de coiro avermelhado.

Às vezes, nesse rastejar de répteis, espalhava-se uma onda de incenso azul velando por um momento aquela humildade, aquela esperança e dor corporal, quase piedosa. Novos penitentes abriam caminho, apresentavam-se diante do altar a pedir o milagre; e encobriam com as suas sombras e as suas vozes os corpos derrubados que dir-se-ia nunca chegarem a pôr-se de pé.

– Nossa Senhora! Nossa Senhora! Nossa Senhora!

As mães descobriam os seios mirrados, mostrando-os à Virgem, implorando a graça do leite, enquanto, atrás, as parentas traziam as crianças macilentas, quase moribundas, soltando gemidos infantis. As esposas oravam pela fecundidade do seu ventre estéril e davam como oferta os seus vestidos e joias de casamento.

– Faz tu o milagre, por esse Filho que tens nos braços, Virgem Maria!

Oravam, primeiro em voz baixa, contando o seu sofrimento por entre as lágrimas, como se comunicassem com a Imagem por um colóquio secreto, como se a Imagem se inclinasse para elas do alto, para lhes ouvir os lamentos. Depois, gradualmente, exaltavam-se até ao furor, até à demência. Parecia quererem, à força de clamores e gestos loucos, arrancar a anuência ao milagre. Acumulavam toda a sua energia para soltar um uivo agudo, que penetrasse no íntimo do coração da Virgem.

– Faz-me o milagre! Faz-me o milagre!

E paravam, olhando aflitivamente, com os olhos dilatados e fixos, na esperança de surpreender, por fim, um sinal no rosto da criatura celeste que cintilava, inacessível, num reflexo de gemas, entre as colunas do altar.

Uma nova onda de fanáticos chegava, tomava lugar e estendia-se a todo o comprimento da grade. Os altos gritos e os gestos violentos alternavam com as ofertas. Para além da grade que intercetava o acesso ao altar-mor, os padres recebiam nas suas mãos gordas e pálidas as moedas e as joias. Ao estenderem a direita e a esquerda, para um lado e para outro, cambaleavam como feras presas na jaula. Por detrás, havia grandes bandejas metálicas onde as promessas caíam, tilintando.

A um lado, perto da porta da sacristia, viam-se outros padres debruçados sobre uma mesa: contavam o dinheiro e examinavam as joias, enquanto um, ossudo e loiro, escrevia com uma pena de pato num grande registo. Largavam este serviço, cada um por sua vez, para ir dizer missa. De vez em quando, a campainha tocava e o turíbulo erguia-se no ar, fumegando. Longos rolos azulados se estendiam sobre as cabeças tonsuradas, dissipando-se para além da grade. O perfume bento misturava-se ao fétido humano.

– *Ora pro no bis, Sancta Dei Genitrix.*

– *Ut digni efficiamur promissionibus Chisti.*

Às vezes, durante as pausas imprevistas e terríveis como as da tempestade, quando a multidão estava oprimida pela ansiedade da espera, ouviam-se, distintas, as palavras latinas...

– *Concede nos famulos tuos...*

Pelo grande portal entravam pomposamente dois esposos, acompanhados de toda a parentela, num resplendor de joias, num reflexo de sedas. A esposa, fresca e forte, tinha uma cabeça de rainha bárbara, de sobrancelhas espessas e fartas, cabelos negros ondulados e brilhantes, boca túmida e vermelha onde os dentes incisivos, irregulares, erguiam o lábio superior escurecido por uma sombra viril. Dava-lhe três voltas ao pescoço um cordão de grossas contas de oiro e pendiam-lhe das orelhas, sobre as faces, grandes arrecadas floridas de filigranas. Cingia-lhe o seio um corpete cintilante como uma cota de malha. Caminhava com gravidade, toda absorvida nos seus pensamentos, quase sem bulir as pálpebras, apoiando no ombro do esposo a mão carregada de anéis. O marido era também novo, de estatura mais baixa, quase imberbe, muito pálido, com uma expressão de profunda tristeza, como se o devorasse um mal secreto. Parecia que ambos tinham impressa no seu aspeto a fatalidade de um mistério primitivo.

Ouviu-se cochichar à sua passagem. Eles não falavam nem voltavam a cabeça, seguidos pelos parentes, homens e mulheres, presos em cadeia pelos braços como numa dança antiga. Que promessa iriam eles fazer? Que favor pediriam? A notícia corria, baixinho, de boca em boca: pediam para o jovem marido a volta da potência genital que, com certeza, algum malefício lhe tirara.

Quando se aproximaram da grade, ergueram ambos os olhos para a Imagem, em silêncio; e assim permaneceram imóveis durante algum tempo, absortos na mesma súplica muda. Mas, por detrás deles, as duas mães estenderam os braços, agitaram as mãos rugosas e tisnadas que debalde haviam espalhado o trigo augural no dia das bodas. Estenderam os braços e gritaram:

– Nossa Senhora! Nossa Senhora! Nossa Senhora!

Com gestos lentos, a esposa arrancou dos dedos os anéis e ofereceu-lhos. Depois, despojou-se das suas pesadas arrecadas de oiro, tirou o seu cordão de família. Oferecia ao altar toda aquela riqueza.

– Tomai, Virgem bendita! Tomai, Santíssima Maria dos Milagres! – exclamavam as mães, com a voz já rouca de gritar, com redobradas demonstrações de fervor, olhando-se uma à outra de revés, a ver qual das duas suplantava a outra em gritaria perante a massa atenta dos devotos.

– Tomai! Tomai!

Viam cair as joias nas mãos do padre impassível; depois, ouviam tilintar na bandeja o precioso metal, adquirido à custa do trabalho obstinado de muitas gerações, guardado durante anos e anos no fundo da arca e posto a uso em cada dia de novo casamento. Viam cair a riqueza da família, que desaparecia para sempre. A violência do sacrifício desesperava-as, e a sua agitação comunicava-se aos outros parentes que, por fim, se puseram a gritar ao mesmo tempo. Só o jovem esposo estava calado, tendo os seus olhos, donde brotavam dois fios de lágrimas silenciosas, sempre fitos na Imagem.

Houve, em seguida, uma pausa, durante a qual se ouviam as palavras latinas da missa e as cadências do hino que as confrarias cantavam fervilhando em volta da igreja. Depois, o par, permanecendo na atitude primitiva e com os olhos sempre fitos na Imagem, recuou lentamente. Um novo bando de fiéis interpôs-se entre ele e a grade, gritando. Ainda por alguns segundos a jovem esposa sobressaía no meio daquele tumulto, agora despojada das suas joias nupciais, mais bela e mais forte, inundada de uma espécie de mistério dionisíaco, exalando sobre aquela multidão bárbara como que um sopro de vida antiquíssima; e desapareceu – visão inolvidável!

Arrancado para fora do tempo e da realidade, Giorgio seguiu-a com o olhar, até desaparecer. O seu espírito vivia no horror de um mundo desconhecido, em presença de um povo sem nome, participando num rito de origem bastante obscura. Os rostos dos homens e das mulheres surgiam numa visão de delírio, com os caracteres de outra humanidade diferente da sua, formados por outra matéria, e os olhares, os gestos, as vozes e todos os sinais percetíveis, feriram-no de espanto, como se não tivessem nenhuma analogia com as habituais expressões humanas que conhecera até aí. Certas fisionomias exerciam nele uma súbita atração magnética. Seguia-as no meio da multidão, arrastando Ippolita, acompanhava-as com o olhar, erguendo-se nas pontas dos pés; vigiava todos os seus atos; ouvia os seus gritos repercutirem-se no seu próprio coração; sentia-se invadir pela mesma loucura; e experimentava também uma necessidade brutal de gritar e agitar-se.

De vez em quando, Ippolita e ele fitavam-se no rosto, viam-se pálidos, convulsos, espantados, esgotados. Mas nem um nem outro estavam dispostos a deixar o lugar terrível, embora lhes faltassem as forças a ambos. Arrastados pela multidão, quase erguidos no ar, por vezes, andavam aqui e além no meio da vozearia, agarrados às mãos ou aos braços, enquanto o velho fazia esforços contínuos para os ajudar e defender.

Uma procissão que chegava impeliu-os contra a grade. Durante alguns minutos ficaram ali, presos, cercados por todos os lados, envolvidos na fumarada do incenso, aturdidos pelos gritos, sufocados pelo calor, no auge da agitação e da demência.

– Nossa Senhora! Nossa Senhora! Nossa Senhora!

Eram as mulheres-répteis que, chegadas à meta, se levantavam. Uma delas foi erguida pelos parentes, rígida como um cadáver.

Puseram-na em pé, sacudiram-na; parecia morta. Tinha o rosto coberto de pó, a fronte e o nariz esfolados, a boca cheia de sangue. As que a ajudavam, sopraram-lhe na cara para a fazer voltar a si, enxugaram-lhe a boca com um lenço que se tingiu de vermelho, abanaram-na de novo e chamaram-na ao ouvido pelo seu nome. De repente, deixou cair a cabeça para trás; depois, atirou-se contra a grade, agarrou-se aos varões de ferro, inteiriçada e a uivar como uma parturiente.

Gritava e debatia-se acima de qualquer outro clamor. Uma torrente de lágrimas inundava-lhe a face, lavando o pó e o sangue.

– Nossa Senhora! Nossa Senhora! Nossa Senhora!

E atrás, ao lado, outras mulheres surgiam, vacilavam, reanimavam-se, imploravam.

– O milagre! O milagre!

Perdiam a fala, empalideciam e caíam pesadamente, sendo levadas como fardos, enquanto outras parecia terem surgido debaixo da terra.

– O milagre! O milagre!

Estes gritos, que despedaçavam o peito donde saíam, estas sílabas repetidas sem descanso com a persistência da própria fé invencível, a fumarada espessa que adensava como uma nuvem de tempestade, o contacto dos corpos, a confusão dos hálitos, a vista do sangue e das lágrimas – tudo isto fez com que, num instante, a multidão inteira se achasse possuída por uma só alma e se tornasse num ser único, miserável e terrível, que tinha apenas um gesto, uma voz, um espasmo e um furor. Todos os males se tornariam num único mal que a Virgem devia curar, e todas as esperanças se fundiriam numa única esperança que a Virgem devia compensar.

– O milagre! O milagre!

E, por baixo da Imagem cintilante, as chamas das velas bruxuleavam àquela rajada de paixão.

7

A gora Giorgio e Ippolita estavam sentados ao ar livre, fora do bulício, debaixo das árvores, assombrados e abatidos, como dois náufragos livres de perigo, silenciosos, quase privados de pensamento, embora de vez em quando os atravessasse ainda um arrepio do recente horror. Ippolita tinha os olhos vermelhos de chorar. No Santuário, na hora trágica, ambos haviam sido tomados pelo delírio comum e, com o medo da loucura, fugiram.

Sentaram-se agora à parte, no extremo da esplanada, debaixo das árvores. Aquele recanto estava quase deserto. Viam-se somente, em volta de alguns troncos torcidos de oliveira, bandos de animais de carga, de albardas sem ninguém, numa imobilidade de formas inanimadas que faziam mais triste a sombra da árvore. Ouvia-se o rumor da multidão formigando ao longe e as cadências do eco do canto sagrado: os sinos dobravam; e viam-se as peregrinações caminhando em longas filas, girar em volta da igreja entrando e saindo.

– Queres dormir? – perguntou Giorgio, ao reparar que Ippolita fechava as pálpebras.

– Não; mas não posso olhar...

Giorgio sentia a mesma repugnância. A continuidade e agudeza das sensações tinham vencido a resistência dos seus órgãos. O espetáculo tornara-se intolerável. Levantou-se.

– Vem, levanta-te! – disse ele. – Vamos sentar-nos mais longe. Desceram para um vale cultivado, em busca de uma sombra. O sol estava ardentíssimo. Ambos se lembraram da casa de S. Vito, dos belos quartos arejados que dão para o mar.

– Sofres muito? – perguntou Giorgio, descobrindo no rosto da amiga sinais evidentes de sofrimento e nos olhos a sombria tristeza que, ainda há pouco, o incomodava, no meio da multidão, junto do pilar do pórtico.

– Não. Estou cansadíssima.

– Queres dormir? Porque não dormes um bocadinho? Encosta-te a mim. Verás que te encontras depois melhor. Queres?

– Não, não.

– Encosta-te. Esperemos que volte Cola e regressaremos a Casalbordino. Enquanto ele não vem, descansa.

Ela tirou o chapéu, inclinou-se para ele, encostando a cabeça.

– Que linda que estás! – disse ele contemplando-a naquela atitude.

Ippolita sorriu. De novo o sofrimento a transfigurava, dando--lhe uma sedução mais profunda. Ele acrescentou:

– Há quanto tempo não me dás um beijo?

Beijaram-se.

– Agora dorme um pouco – implorou ele com ternura.

O seu sentimento de amor parecia-lhe rejuvenescer depois de tantas coisas horríveis e estranhas que o esmagavam. Recomeçava a isolar-se, a concentrar-se, a repelir qualquer comunhão que não fosse com a sua eleita. O seu espírito libertava-se, com uma inconcebível rapidez, de todos os fantasmas gerados durante o período da ilusão mística, do ideal ascético; sacudia o jugo do «divino» que tentara substituir pela sua vontade inerte, na impossibilidade de a despertar. Tinha, agora, pela «fé» o mesmo nojo que sentira na igreja pela besta imunda que rastejava no pó consagrado. Imaginava as mãos papudas e brancas dos padres que recebiam as oferendas,

O TRIUNFO DA MORTE

o bambolear contínuo das figuras negras dentro da grade fechada. Tudo isso era ignóbil, negava a presença do Senhor que ele esperava conhecer por uma revelação fulminante. Mas, enfim, a grande experiência estava realizada: Experimentara o contacto material com a camada ínfima da sua raça, do qual lhe resultou apenas um sentimento de invencível horror. O seu ser não tinha raízes naquele terreno, nem podia ter nada em comum com aquela multidão que, como a maior parte das espécies animais, atingira o tipo definitivo, encarnando para sempre na sua carne bruta a moralidade dos seus costumes. Desde há quantos séculos e por quantas gerações se perpetuou esse tipo imutável? Por isso a espécie humana tinha um fundo inteiramente inerte que persistia sob as ondulações das zonas superiores móveis; o tipo ideal da humanidade não se realizava num futuro longínquo, ao cabo desconhecido de uma evolução progressiva. Só podia manifestar-se no cume das ondas, nos seres mais elevados. Sabia agora que, tentando encontrar-se integral e reconhecer a sua verdadeira essência por meio de um contacto imediato com a raça donde saíra, errava como um homem que quisesse determinar as causas da forma, da dimensão, da direção, da velocidade e da força de uma onda marítima pela ação do volume de água subjacente. A experiência falhara.

Era tão estranho a essa multidão como a uma tribo de australianos; tão estranho à sua terra natal, à sua pátria, como era estranho à sua família e ao seu lar. Devia renunciar para sempre a essa vã procura do ponto fixo, do apoio estável, do sustentáculo seguro. *A sensação que tenho do meu ser assemelha-se à que poderia ter um homem que, condenado a ter-se em pé numa superfície constantemente oscilante e desequilibrada, sentisse faltar-lhe o apoio a cada instante, em qualquer sítio onde pusesse o pé.* Já em outra ocasião se servira daquela imagem para descrever a sua perpétua ansiedade. Mas porque se não tornaria ele, visto querer conservar a vida, bastante forte e ágil à força de método, para se habituar a manter o equilíbrio no meio

GABRIELE D'ANNUNZIO

dos impulsos diversos e dançar mesmo à beira do precipício, livre e ousadamente? Sem dúvida, ele queria conservar a vida. Provavam--no à evidência as suas próprias experiências sucessivas. Um instinto profundo, conservado ainda intacto, insurgia-se com artifícios sempre novos contra o desfalecimento mortal. Esse sonho ascético que ele construía com tanta riqueza, preparado com tanta elegância, seria outra coisa além de um expediente para lutar contra a morte? Não pôs ele, logo a princípio, o dilema: ou seguir o exemplo de Demétrio ou entregar-se ao céu? Escolheu o céu para conservar a vida. *Habitua, daqui em diante, o teu espírito a adquirir o desgosto pela verdade e pela certeza, se queres viver. Renuncia à experiência penetrante. Respeita as sombras. Crê na linha visível e na palavra proferida. Não procures nada além do mundo de aparências que os teus sentidos maravilhosamente criaram. Adora a ilusão.*

Achava agora um certo encanto nesta hora fugitiva. A profundeza da sua consciência e a extensão infinita da sua sensibilidade ensoberbeciam-no, Os fenómenos inumeráveis que, de instante a instante, se sucediam no seu mundo interior, faziam-lhe parecer limitado o poder compreensivo da sua alma. Teve, realmente, um encanto singular para ele essa hora fugitiva em que julgou descobrir relações ocultas e analogias secretas entre as representações do Acaso e o seu próprio sentimento.

Ouvia-se ao longe o rumor confuso da multidão selvagem de que ele acabava de separar-se, e esse rumor confuso provocava-lhe, por momentos, a visão instantânea de uma grande fornalha sinistra onde se debatessem demoníacos numa confusão trágica. E, acima daquele rumor incessante, distinguia-se ainda, a cada sopro da brisa, o agitar benfazejo dos ramos que protegiam a sua meditação e o repouso de Ippolita, que dormia, com a boca semicerrada, mal respirando; e um leve suor cobria-lhe a testa. Tinha as mãos juntas sobre o peito, descalças, pálidas, e a imaginação de Giorgio via-lhe entre os dedos «a madeixa de cabelos arrancados». Como aquela madeixa, a imagem do epilético, do homem que caiu de repente junto do pórtico, aparecia e desaparecia na luz crua, sobre o chão ardente; e torcia-se nos braços dos dois homens que queriam abrir-lhe os queixos à força para lhe meter uma chave na boca. Aparecia e desaparecia esse fantasma, como se fosse o sonho da dormente, exteriorizado e tornado visível. *E se ela acordasse e o mal sagrado se declarasse?* pensava Giorgio com um arrepio íntimo. *A imagem que se forma no meu cérebro é-me transmitida por ela. É talvez o seu sonho que eu vejo. E o seu sonho tem, provavelmente, por motivo uma perturbação orgânica que principia e aumentará até ao acesso. Um sonho não é muitas vezes o presságio de uma doença que se conserva latente?* Demorou-se muito tempo a meditar naqueles mistérios de substância animal, vagamente entrevistos. Sobre o fundo difuso da sua sensibilidade física, esclarecido já pelos cinco sentidos superiores, outros sentidos intermediários acabavam de surgir pouco a pouco, revelando-lhe, nas suas subtis precisões, um mundo até então desconhecido. Não poderia ele encontrar na doença oculta de Ippolita um estado favorável para comunicar com ela de algum modo extraordinário?

Olhou-a atentamente, como o fizera no leito, no primeiro dia remoto. Brincavam-lhe no rosto as leves sombras dos ramos pendentes. Ouvia o tumulto incessante que se alastrava do santuário para a claridade infinita. A tristeza pesou-lhe novamente sobre o seu coração; o cansaço fulminou-o outra vez. Encostou a cabeça ao tronco da árvore e fechou os olhos, sem pensar em nada.

Ia a invadi-lo o sono, quando um sobressalto de Ippolita o agitou.

– Giorgio!

Acordava espantada, perturbada, sem reconhecer o lugar e, ofuscada pela luz intensa, cobria as pálpebras com as mãos, lamentando-se:

– Meu Deus, que dor!

Queixava-se de uma dor nas fontes.

– Onde estamos?... Oh! Foi tudo um estúpido sonho.

– Não te devia ter trazido – disse Giorgio, inquieto.

– Estou mais desgostoso...

– Não tenho forças para me erguer. Ajuda-me.

Levantou-a pelos braços. Ela vacilava, e, atacada de vertigens, agarrou-se a ele.

– Que tens? Que te dói? – gritou ele, com a voz mudada, cheia de terror, julgando que ela ia ser fulminada pela doença, ali, em pleno campo, longe de qualquer socorro.

– Que tens? Que tens?

E agarrou-a com força, apertando-a contra o coração que batia com horrível violência.

– Não, não, não é nada – balbuciou Ippolita que, de repente, acabava de compreender o seu terror ao vê-lo empalidecer. – Não é nada... A cabeça anda-me um pouco à roda. O calor atordoou-me. Não é nada...

Tinha os lábios quase brancos e evitava olhar para o amante, nos olhos. Este não podia vencer a aflição e sentia uma grande pena de ter despertado nela a preocupação do medo e a vergonha. Voltaram-lhe à memória as palavras de uma carta: «E se o mal me atacasse nos teus braços? Não, não; não tornarei a ver-te, não quero mais ver-te!»

– Já passou – disse ela com uma voz fraca. – Estou melhor. O que tenho é sede. Onde se poderá beber?

– Além, perto da igreja, onde ergueram as tendas – respondeu Giorgio.

Ela recusou vivamente, com um sinal de cabeça.

– Vou eu e tu esperas-me aqui.

Ela recusou obstinada.

– Mandamos lá Cola, que deve estar perto. Vou chamá-lo.

– Pois sim, chama-o. Mas regressemos a Casalbordino. Bebo lá. Eu aguento. Vamo-nos embora.

O TRIUNFO DA MORTE

Encostou-se ao braço de Giorgio. Subiram a ladeira; ao chegarem ao cimo, viram a planície coberta de gente, as barracas brancas, o monumento avermelhado. Em volta dos troncos torcidos das oliveiras estavam ainda, sempre imóveis, as formas melancólicas dos jumentos. Perto, na mesma sombra onde tinham, antes, procurado um asilo, estava sentada uma velha que, pelo aspeto, parecia centenária: imóvel também, as mãos sobre os joelhos, as pernas descarnadas a verem-se fora das saias. Os seus cabelos brancos desciam ao longo das faces de cera; a sua boca sem lábios parecia uma ruga profunda; os olhos estavam fechados para sempre debaixo das pálpebras ensanguentadas; em todo o seu aspeto havia, como que difusa, uma memória de inúmeras dores.

– Estará morta? – perguntou Ippolita, baixinho, parando, com medo e respeito.

A tumulto da multidão ouvia-se em volta do Santuário. As procissões voltejavam cantando, debaixo de um sol atroz. Uma delas saía do grande portal e dirigia-se para o espaço livre, atrás da cruz. Chegados ao extremo da esplanada, homens e mulheres pararam e voltaram-se para a igreja, formando semicírculos, as mulheres acocoradas, os homens de pé, o cruciferário ao meio. Oraram e benzeram-se. Depois soltaram para a igreja um grande grito unânime: a última saudação. E continuaram a sua marcha, entoando o cântico.

Viva Maria! Maria viva!

A velha não mudou de posição. Alguma coisa de grande, de terrível e infinitamente sobrenatural emanava da sua velhice solitária, à sombra da oliveira seca e quase petrificada, cujo tronco fendido parecia marcado pelo fogo do céu. Se vivia ainda, os seus olhos, pelo menos, não viam, os seus ouvidos não ouviam e todos os sentidos estavam apagados. Apesar disso, tinha o aspeto de uma testemunha voltada para a parte invisível da eternidade. *A Morte não é tão misteriosa como o resto da vida nesta ruína humana*, pensou Giorgio. E, ao mesmo tempo, vinha-lhe ao espírito, acompanhada de uma extraordinária emoção, a ideia vaga de um mito antiquíssimo: *Por que não acordas a mãe secular que dorme à entrada da morte? No seu sonho reside a ciência primitiva. Por que não interrogas a sábia mãe terrestre?...»*

Reproduziam-se-lhe na memória palavras vagas, fragmentos de incertas epopeias antigas; linhas indefinidas de símbolos ondeavam e envolviam-no.

– Vamo-nos, Giorgio! – disse Ippolita, sacudindo-o levemente, após um intervalo de silêncio meditativo. – Como tudo aqui é triste!

Tinha a voz extenuada e, nos olhos, aquela sombra pálida em que o amante lia um horror e um rancor inexprimível.

Não se atrevia a confortá-la, receando que ela sentisse nesse conforto uma preocupação da horrível ameaça que parecia pairar sobre ela desde o momento em que viu o epilético cair entre a multidão.

Mas, alguns passos mais adiante, parou de novo, sufocada por uma amargura incoercível, estrangulada por um nó de choro que não pudesse conter. Olhou o amante e olhou em volta, desvairadamente.

– Meu Deus, meu Deus, que tristeza!

Era uma tristeza toda física, brutal, que subia do fundo do seu ser como uma coisa compacta e pesada esmagando-a com um peso insuportável. Queria deixar-se cair por terra, como debaixo de um peso enorme, para nunca mais se levantar; queria perder os sentidos, tornar-se inerte, acabar com a vida.

– Diz-me, diz-me: que queres que te faça? Que posso fazer para te aliviar – balbuciava Giorgio, apertando-lhe a mão, agitado por um terror louco.

Aquela tristeza não seria já o começo da doença?

Durante alguns momentos, ela permaneceu de olhos fixos e ligeiramente espantados. Estremeceu, ferida pelo clamor soltado, na vizinhança, por uma procissão que saudava o templo, ao partir.

– Leva-me para qualquer parte. Talvez haja um hotel em Casalbordino... Onde estará Cola?

Giorgio alongava a vista, esperando descobrir o velho.

– Talvez ele ande à nossa procura no meio da multidão – disse ele. – Ou quem sabe se partiu já para Casalbordino julgando que nos encontraria lá...

– Vamos sós, então. Além, em baixo, vejo os carros.

– Vamos se queres. Mas encosta-te a mim.

Dirigiram-se para a estrada que branqueava ao lado da esplanada. Dir-se-ia que o tumulto os acompanhava. Por detrás deles o cornetim de um saltimbanco arrancava sons agudíssimos. A cadência sempre igual do hino persistia por cima de todos os outros ruídos na sua continuidade irritante.

Viva Maria! Maria viva!

Apareceu-lhes, de repente, um mendigo, como se tivesse saído debaixo da terra; estendeu a mão:

– Uma esmola pelo amor de Nossa Senhora!

Era um rapaz com a cabeça envolta num lenço vermelho, com uma ponta a tapar-lhe um dos olhos. Levantou-a e mostrou um olho enorme, inchado como uma bolsa, com pus, sobre o qual o bater das pálpebras causava arrepio horrível à vista.

– Uma esmola, pelo amor de Nossa Senhora!

Giorgio deu-lhe uma esmola; e ele recobriu a chaga.

Mas, um pouco mais adiante, um homem gigantesco, sanguíneo, maneta, arregaçou a camisa para deixar ver a cicatriz enrugada e vermelha da amputação.

– Uma mordedura! A mordedura de um cavalo! Vede, vede!

E atirou-se ao chão, beijando a terra diversas vezes, gritando, cada vez com mais força:

– Misericórdia!...

Debaixo de uma árvore jazia outro, cambaio, num ninho formado por uma albarda, uma pele de cabra, uma lata vazia de petróleo e grandes pedras. Enrolado numa coberta sórdida, donde saíam duas pernas cabeludas e sujas de lama seca, agitava furiosamente a mão, torcida como uma raiz, para enxotar as moscas que o atacavam, em nuvens.

– Esmola! Esmola! Nossa Senhora vos ouça! Uma esmolinha!

À vista doutros mendigos que se aproximavam, Ippolita apressou o passo. Giorgio fez sinal ao cocheiro mais próximo. Mal subiram para o carro, Ippolita exclamou, com um suspiro de alívio:

– Ah! Até que enfim!

– Há algum hotel em Casalbordino? – perguntou Giorgio ao cocheiro.

– Sim senhor, há um.

– Quanto tempo se demora a lá chegar?

– Meia hora escassa.

– Vamos lá.

Ele pegou nas mãos de Ippolita e tentou distraí-la.

– Ânimo! Ânimo! Daqui a pouco estaremos num quarto onde podemos descansar. Não veremos mais nada, nem ouviremos ninguém. Eu também estou morto de fadiga e tenho a cabeça desfeita...

Acrescentou, sorrindo:

– Não tens fome?

Ela correspondeu ao seu sorriso. Ele ainda acrescentou, evocando a recordação do velho hotel de Ludovico Togni:

– Será como em Albano? Lembras-te?

Parecia que ela se reanimava pouco e pouco. Queria levá-la a pensamentos leves e alegres.

– Que será feito do Pancrácio?

– Ah! Se aqui apanhássemos uma das suas laranjas! Lembras-te? Nem sei o que dava agora por uma laranja.

– Tens muita sede? Sentes-te mal?

– Não... Estou melhor... Nem acredito que este suplício tenha acabado. Meu Deus! Nunca esquecerei este dia, nunca! nunca!

– Pobre alma!

Beijou-lhe as mãos, ternamente. Depois, apontando para os campos que limitavam a estrada, exclamou:

– Olha como os trigos estão belos! Purifiquemos os nossos olhos!

Aqui e além estendiam-se as searas, imaculadas, já maduras para a foice, altas e bastas, respirando a luz pelas pontas leves das suas espigas inumeráveis que, de vez em quando, pareciam brilhar, quase convertidas num oiro evanescente. Solitárias sob a límpida abóbada do céu, exalavam um espírito de pureza, do qual os seus corações contristados receberam como que um refrigério.

– Que brilho tão intenso! – disse Ippolita, semicerrando os longos cílios.

– Tens aí esses cortinados...

Ela sorriu. Parecia que a nuvem da sua tristeza ia dissipar-se. Vários carros vinham em fila na direção oposta, descendo para o Santuário. Levantavam, à passagem, uma nuvem de poeira sufocante. Por alguns minutos, a estrada, os arvoredos, os campos, tudo em volta desapareceu debaixo dela.

– Uma esmolinha pelo amor de Nossa Senhora! Esmola! Esmola!

– Dai uma esmolinha a uma pobre alma de Deus!

– Esmola! Esmola!

– Deem-me uma esmolinha.

– Um bocadinho de pão!

– Uma esmola!

Uma, duas, três, quatro, cinco vozes, às quais se seguiram outras e outras vozes ainda invisíveis, romperam no meio da poeira, roucas, agudas, ásperas, cavernosas, humildes, irritadas, chorosas, todas diferentes e discordantes...

– Uma esmolinha!

– Esmola!

– Olhai! Olhai!

– Tende dó, pela Santíssima Virgem dos Milagres!

– Esmola! Esmola!

– Olhai!

E, através do pó, surgiu confusamente um bando formigante de monstros. Um agitava o coto das mãos cortadas, com sangue, como se a amputação fosse recente ou mal cicatrizada. Outro tinha as palmas das mãos metidas num disco de couro, e servia-se delas para arrastar a massa do seu corpo inerte. Outro apresentava uma grande papeira engelhada e roxa que abanava como a de um boi. Ainda outro, por causa de uma excrescência no lábio, parecia ter entre os dentes um bocado de fígado cru. Outro mostrava o rosto comido por uma corrosão profunda que lhe descobria as fossas nasais e o maxilar superior. Outros exibiam diversos horrores, à porfia, com gestos violentos, atitudes quase ameaçadoras, como para fazer valer um direito.

– Olhai! Olhai!

– Deemem-me um esmolinha!

– Olhai! Olhai! Olhai!

– A mim! A mim!

– Uma esmolinha!

– A mim!

Era um assalto, quase uma extorsão. Dir-se-ia que estavam todos resolvidos a exigir a esmola, embora tivessem de agarrar-se às rodas e pendurar-se nas pernas dos cavalos.

– Olhai! Olhai!

Enquanto Giorgio procurava na algibeira o dinheiro para o arremessar, Ippolita cingia-se de encontro a ele, com a garganta

O TRIUNFO DA MORTE

estrangulada de nojo, incapaz de dominar o fantástico terror que a invadia sob aquela intensa claridade branca, numa terra desconhecida e cheia de uma vida tão lúgubre.

– Olhai! Olhai!

– Uma esmolinha!

– A mim! A mim!

Mas o cocheiro, perdendo a paciência, ergueu-se subitamente na boleia, brandiu o chicote com a mão robusta e pôs-se a atirar com força sobre os mendigos, acompanhando com insultos cada chicotada. A correia cortava o ar, estalando. Os mendigos gritavam maldições, mas não se retiravam. Cada um queria a sua parte.

– A mim! A mim!

Então Giorgio atirou um punhado de moedas para o pó, e o pó cobriu o bando de monstros, abafando as blasfémias. O homem das mãos cortadas e o das pernas inertes tentaram ainda seguir o carro; mas, com medo do chicote, pararam.

– Não tenha medo, minha senhora – disse o cocheiro. – Garanto-lhe que ninguém se chega.

Erguiam-se novos lamentos, gemiam, gritavam, invocavam a Virgem e Jesus, declaravam a natureza dos aleijões e das chagas, contando a sua desgraça. Adiante do assalto feito pelos primeiros grupos de facínoras, um exército de pedintes estendia-se em cadeia dupla à beira da estrada, até à casaria da povoação distante.

– Meu Deus, meu Deus! Que país maldito! – murmurou Ippolita, exausta, sentindo-se desfalecer. – Vamo-nos embora. Voltemos para trás, Giorgio, peço-te: voltemos para trás.

Nada, nem o turbilhão da loucura que arrastava as procissões fanáticas em roda do templo, nem os gritos desesperados que pareciam sair de um incêndio, de um naufrágio ou de um massacre; nem os velhos inanimados e sangrentos que jaziam empilhados ao comprido das paredes da sala votiva, nem as mulheres convulsas que rastejavam para o altar, rasgando a língua na pedra; nem o supremo clamor que escapava das entranhas da multidão confundida numa dor única e numa única esperança: nada, nada igualava em horror o espetáculo deste grande caminho poeirento, ofuscante de brancura, onde todos os monstros da miséria humana, todos os restos de uma raça arruinada, todos os corpos descidos ao nível da animalidade imunda e da matéria excrementícia, exibiam as suas podridões entre os andrajos, proclamando-as.

Era uma tribo inumerável que enchia os declives e as valetas, com a família, os filhos, os parentes, os utensílios. Viam-se mulheres seminuas e magras como cadelas paridas, crianças esverdeadas como lagartas, enfezadas, de olhos vorazes, lábios brancos, muito calados, fermentando-lhes no sangue a doença hereditária. Cada tribo tinha o seu monstro: um manco, um maneta, um papeirento, um cego, um leproso, um epilético. Cada um tinha como património a sua úlcera a explorar, para fazer render. O monstro, impelido pelos seus, saía do grupo, adiantava-se na poeira, gesticulava e implorava, em benefício comum.

– Dai-me uma esmolinha, se quereis ser atendidos! Dai-me a vossa esmola! Olhai a minha desgraça!

Um monstro negro e achatado como um mulato, com uma grande cabeleira leonina, ajuntava o pó nos cabelos e depois sacudia a cabeça envolvendo-se numa nuvem. Uma mulher herniada, sem idade, sem figura humana, acocorada debaixo de uma tenda, levantava o avental para deixar ver a sua hérnia enorme e amarelada como uma bexiga repleta de sebo. Assentado no chão, um elefantíaco mostrava com o dedo a perna grossa como o tronco de um carvalho, coberta de rugas e côdeas amarelas e de nódoas negras ou bronzeadas, tão grossa que dir-se-ia não lhe pertencer. Um cego, de joelhos, com as mãos voltadas para o céu, numa posição de êxtase, tinha sobre a vasta fronte calva dois buracos ensanguentados. Outros e outros se apresentavam, a perder de vista, no meio do esplendor do sol. Todo o caminho estava infestado deles, sem intervalos. As

O TRIUNFO DA MORTE

súplicas ouviam-se incessantemente, elevavam-se, desciam, em coro, desarmónicas, com mil tons. A amplidão do campo solitário, o céu deserto e mudo, a reverberação alucinante da estrada em fogo, a imobilidade das formas digitais, todas as coisas em redor tornavam a hora mais trágica, evocando a bíblica imagem de um caminho de desolação que levasse às portas de uma cidade maldita.

– Vamo-nos embora! Voltemos para trás! Peço-te, Giorgio, que voltemos para trás! – repetia Ippolita com um arrepio de horror, dominada pela ideia supersticiosa de um castigo divino, temendo outros espetáculos mais atrozes, debaixo daquele céu ardente e vazio onde começava a espalhar-se um rugido metálico.

– Mas para onde havemos de ir? Para onde?

– Seja para onde for. Não importa. Voltemos para trás, para além, para o lado do mar. Esperemos lá a hora da partida... Peço-te!

E o jejum, a tortura da sede, o abrasado da atmosfera, aumentavam em ambos a perturbação do espírito.

– Vês? vês? – exclamou ela, fora de si, como em frente de uma aparição sobrenatural. – Vês? Isto parece que não acaba!

Na luz branca e implacável avançava para eles um bando de homens e mulheres que traziam aos ombros um doente de rosto cadavérico, uma criatura amarelada, magra como um esqueleto, enfaixada em panos, como uma múmia, com os pés descalços. E o pregoeiro, homem moreno e serpentino, com os olhos de louco, mostrando a moribunda, contava em voz alta como ela, doente há anos com um fluxo de sangue, obtivera da Virgem o milagre, na madrugada desse mesmo dia. E pedia uma esmola para que ela, livre do mal, pudesse convalescer. Agitava a bandeja, onde tilintavam alguns cobres.

– Nossa Senhora fez o milagre. O milagre! O milagre! Dai-me uma esmolinha! Em nome de Maria Santíssima e Misericordiosíssima, dai-me uma esmolinha!

E os homens e mulheres, todos juntos, contraíam o rosto como se estivessem a chorar. A doente, com um gesto vago, erguia um pouco as mãos ossudas cujos dedos se mexiam no ar, como para apanhar alguma coisa. E os seus pés descalços, amarelados como as mãos e como o rosto, luzentes no tornozelo, tinham uma rigidez mortal. Tudo aquilo se exibia à luz branca e implacável, de perto, de perto, cada vez mais de perto...

– Volta para trás, para trás! – gritou Giorgio ao cocheiro. – Volta e sem parar!

– Chegamos já, meu senhor. De que tem medo?

– Volta para trás!

E a ordem foi tão formal que o cocheiro fez voltar os cavalos, no meio dos clamores ensurdecedores.

– Bate! Bate!

E, do cimo ao fundo da ladeira, foi uma fuga no meio das nuvens espessas da poeira cortada de vez em quando por um grito rouco...

– Para onde vamos, meu senhor? – perguntou o cocheiro, inclinando-se no meio da nuvem.

– Para além, para além, para o mar! Bate para a frente!

Giorgio amparava Ippolita quase desmaiada, sem conseguir reanimá-la. Tinha, de tudo o que se passava, apenas uma sensação confusa. Imagens reais e imagens fantásticas turbilhonavam-lhe no espírito e alucinavam-no. Um sussurro contínuo enchia-lhe os ouvidos e não o deixava ouvir distintamente nenhum outro ruído. Tinha o coração oprimido por uma ansiedade angustiosa, como um pesadelo, a ansiedade de sair do espaço daquele sonho horrível, de recuperar a lucidez primitiva, de sentir palpitar sobre o peito a criatura amada, de tornar a ver o seu sorriso meigo.

Viva Maria!

Mais uma vez a onda do hino chegou até ele; mais uma vez a casa da Virgem lhe apareceu, à esquerda, sobre o formigar imenso, avermelhada num incêndio de sol, dominando os cimos das barracas profanas, irradiando um poder formidável.

Viva Maria!
Maria viva!

A onda apagou-se; e, numa curva da ladeira, o Santuário desapareceu. De súbito, uma aragem fresca deslizou pelas vastas searas, que se inclinaram. Uma larga faixa azul cortou o horizonte:

– O mar! O mar! – exclamou Giorgio, como se acabasse de alcançar a salvação.

E o peito dilatou-se-lhe.

– Ânimo, querida! Olha o mar!

V

TEMPVS DESTRVENDI

1

Na *loggia,* a mesa tinha um ar alegre, com as porcelanas claras, os cristais azulinos, os cravos vermelhos, à luz doirada de um grande candeeiro fixo que atraía as borboletas noturnas errando no crepúsculo.

– Olha, Giorgio, olha! Uma borboleta infernal! Tem olhos de diabo. Vê-los a luzir?

Ippolita apontava para uma borboleta, maior que as outras, de aspeto estranho, coberta com uma espessa penugem loira, de olhos salientes que, contra a luz, brilhavam como dois carbúnculos.

– Dirige-se para ti! Dirige-se para ti! Acautela-te! Riu estrepitosamente, divertindo-se com a atrapalhação instintiva que Giorgio costumava ter, quando um desses insetos queria tocá-lo.

– Preciso de o agarrar! – exclamou ela com o entusiasmo de um capricho infantil.

Preparou-se para apanhar a borboleta infernal, que, sem pousar, voejava à volta do candeeiro.

– Que fúria! – disse Giorgio para a entusiasmar. – Mas não a agarras.

– Hei de agarrá-la – replicou a teimosa, olhando-o no fundo dos olhos.

– Queres apostar?

– A quanto?

GABRIELE D'ANNUNZIO

— Ao que quiseres.

— Está bem: uma aposta à discrição.

— Pois sim.

À luz quente, o seu rosto tinha o mais rico e suave dos coloridos, a cor ideal «feita de âmbar pálido e oiro mate, com alguns tons de rosa esmaecida à mistura», na qual Giorgio Aurispa ainda há pouco tempo julgava ver o mistério e a beleza da velha alma veneziana emigrada para o doce reino de Chipre. Trazia nos cabelos um cravo aceso como um desejo; e os seus olhos, sombreados pelos cílios, brilhavam como, à hora do crepúsculo, os lagos entre os salgueirais.

Naquele momento, ela surgia como a mulher de gozo, o forte e delicado objeto de prazer, o animal voluptuoso e magnífico destinado a embelezar um festim, a ornar um leito, a provocar as fantasias equívocas de uma estética lúbrica: alegre, buliçosa, meiga, lasciva e cruel.

Giorgio olhava-a com uma curiosidade atenta, e pensava: *Quantos aspetos diferentes ela reveste a meus olhos! A sua forma é desenhada pelo meu desejo; as suas sombras são produzidas pelo meu pensamento. Tal como me aparece a cada instante, não é mais que o resultado da minha contínua criação interior. Existe só em mim, os seus aspetos são mutáveis como os sonhos de um doente.* Gravis de um suavis! *Quando?* Conservava apenas uma recordação muito confusa da época em que a havia decorado com este título de ideal nobreza, beijando-a na fronte.

Essa exaltação era agora para ele quase inconcebível. Passavam-lhe confusamente na memória palavras proferidas por ela, que pareciam revelar um espírito profundo. *O que então falava nela não era o meu espírito, o meu? Foi uma das minhas ambições oferecer à minha alma triste esses lábios sinuosos, para que ela pudesse exalar a sua dor por um instrumento de insigne beleza.*

Olhou esses lábios. Contraíam-se levemente, não sem graça, participando da intensidade de atenção com que Ippolita procurava o momento oportuno de surpreender a borboleta.

Espiava-a com uma cautela astuta; queria, com um grito único e fulminante, apertar no côncavo da mão a presa alada, que errava em torno da luz. Franzia as sobrancelhas e esticava-se como um arco pronto a disparar. O assalto deu-se duas ou três vezes, mas sem resultado. A borboleta não se deixava agarrar.

– Dá-te por vencida – disse Giorgio. – Não abusarei da aposta.

– Não.

– Anda, dá-te por vencida.

– Não; hei de apanhá-la.

E continuou a caça com uma paciência exasperante.

– Oh! Lá fugiu! – exclamou Giorgio que perdera de vista a ágil adoradora da chama. – Voou!

Ippolita sofreu uma verdadeira deceção: a aposta entusiasmava-a seriamente. Ergueu-se e estendeu um olhar penetrante em redor, a fim de descobrir a fugitiva.

– Cá está ela! – exclamou triunfante. – Acolá na parede. Vê-la?

E fez sinal de estar arrependida por ter gritado.

– Não bole – continuou baixinho, voltando-se para o companheiro.

A borboleta pousou na parede luminosa e permanecia imóvel, semelhante a uma pequena nódoa negra. Com infinitas precauções, Ippolita aproximou-se; e o seu belo corpo direito e flexível desenhava-se, em sombra, na própria parede branca. Rápida, a sua mão levantou-se, desceu e fechou-se.

– É minha! Tenho-a na mão!

E exultava, numa alegria infantil.

– Que castigo hei de eu dar-te? Vou metê-la no teu pescoço. Tu também estás em meu poder.

E fazia menção de cumprir a ameaça, como no dia da corrida pela colina.

Giorgio ria, vencido pela espontaneidade daquela alegria, que despertava nele tudo o que ainda possuía de juvenil. E disse-lhe:

– Anda, senta-te agora e come a tua fruta, sossegada.

– Espera, espera!

– Que vais fazer?

– Espera aí.

Tirou o alfinete que prendia os cravos nos cabelos e meteu-o entre os lábios. Depois, suavemente, entreabriu a mão, pegou na borboleta pelas asas, e preparou-se para a atravessar.

– Que crueldade! – exclamou Giorgio. – Como és cruel!

Ela sorria, toda entretida na sua tarefa, enquanto a pequena vítima batia as asas, já atravessada.

– Que crueldade! – repetiu Giorgio numa voz mais baixa, mais grave, descobrindo na fisionomia de Ippolita uma expressão ambígua, entre complacente e repugnante, que parecia significar ter ela um prazer especial em excitar e afligir artificialmente a sua própria sensibilidade.

Lembrava-se de, em diversas circunstâncias, ter ela já revelado um gosto mórbido por aquele género de excitação. Nenhum puro sentimento de piedade lhe encheu a alma, nem diante das lágrimas e do sangue dos peregrinos do Santuário, nem em presença do menino na agonia. Imaginava-a apressando o passo para o grupo dos curiosos debruçados no parapeito do Píncio, para ver os sinais que o suicida deixara no chão.

A crueldade está latente no fundo do seu amor. Há nela alguma coisa de destrutivo, que se manifesta tanto mais claramente quanto mais forte é o ardor das suas carícias...

E a imagem horrível, quase grotesca, daquela mulher, aparecia-lhe de novo, tal como a viram seus olhos semicerrados na convulsão da volúpia ou na inércia do esgotamento supremo.

– Olha! – disse ela, mostrando-lhe a borboleta atravessada, que ainda batia as asas. – Olha como brilham os seus olhos!

E colocava-a de diferentes modos em frente da luz, como quando se quer avivar o brilho de uma pedra preciosa.

O TRIUNFO DA MORTE

– Que bela joia! – acrescentou.

Num gesto dengoso, prendeu-a no cabelo. Em seguida, olhando Giorgio nas pupilas:

– Tu, tu não fazes senão pensar, pensar, pensar! Mas em que pensas? Dantes, ao menos, falavas; e às vezes até de mais. Agora tornaste--te macambúzio, com um ar de mistério e de conspiração. Preparas alguma coisa contra mim? Fala, mesmo que isso me incomode.

O tom da sua voz, repentinamente mudado, exprimia impaciência e repreensão. Convencia-se mais uma vez de que o amante não fora senão um espectador refletido e solitário, uma testemunha vigilante e talvez hostil.

– Fala, anda! Prefiro as palavras más de outro tempo ao silêncio misterioso de agora. Que tens? Sentes-te aborrecido de aqui estar? És infeliz? Aflige-te a minha presença contínua? Desiludi-te?

Atacado de frente e de súbito, ele exasperou-se, mas conteve o azedume, fingindo até um sorriso.

– A que propósito vêm essas perguntas estranhas? – inquiriu ele com serenidade. – Aborrece-te que eu pense? Como sempre, penso em ti e em tudo que te diz respeito.

E, imediatamente, com um sorriso doce, receando que ela desconfiasse de alguma sombra de ironia nas suas palavras, acrescentou:

– Tornas o meu espírito fecundo. Quando estou na tua presença, a minha vida íntima é tão cheia que o som da minha própria voz me desagrada.

Alegraram-na aquelas palavras afetadas, que parecia elevarem-na a uma missão espiritual, proclamarem-na criadora de uma vida superior. A expressão do seu rosto tornou-se grave enquanto, no cabelo, a borboleta noturna agitava sem cessar as asas matizadas.

– Deixas-me calar sem desconfiança – continuou ele, percebendo a mudança produzida pelo seu artifício naquela alma feminina que as idealidades do amor fascinavam. – Consentes que eu me cale; mas pedes-me que fale, quando me vês morrer com as carícias que me fazes? Pois bem: não é só a tua boca que tem o poder de me causar sensações que vão além de todo o limite conhecido. De minuto a minuto, provocas-me excessos de sentir e excessos de pensar. Nunca poderás perceber que perturbações suscita no meu cérebro uma única das tuas atitudes visíveis. Não podes imaginar que íntimos espetáculos evoca dentro de mim o mais simples dos teus gestos. Quando te mexes, quando falas, presenceio uma série de prodígios. Às vezes, dás-me uma como que reminiscência de uma vida que nunca vivi. Imensidades de trevas se iluminam de súbito e permanecem para mim como conquistas inesperadas. Que são, pois, o pão, o vinho, os frutos, todas as coisas materiais que impressionam os meus sentidos? Que são as próprias operações dos meus órgãos, as manifestações externas da minha vida corporal? Quando falo, parece-me quase que o som da minha voz não pode atingir as profundezas em que vivo. Parece-me que, para não perturbar a minha visão, devo permanecer imóvel e mudo, enquanto tu passas, perpetuamente transformada, através dos mundos que tu própria revelaste...

Falava devagar, com os olhos fixos em Ippolita, fascinado por aquele rosto extraordinariamente luminoso, coroado por uma cabeleira escura e profunda como a noite, no meio da qual uma coisa viva, a morrer, punha um palpitar contínuo. Aquele rosto tão próximo, e todavia intangível, os objetos espalhados pela mesa, as altas flores purpurinas e o voltear das leves formas aladas em torno do foco de luz, a serenidade pura que descia das estrelas e a brisa musical que vinha do mar, todas as imagens que a sua sensibilidade refletia, tudo tomava, para ele, aspetos de sonho. A sua própria pessoa, a sua voz até, pareciam-lhe artificiais. Os seus pensamentos e as suas palavras associavam-se de um modo fácil e vago. Como na noite de luar, junto da vinha maravilhosa, a substância da sua vida e da vida universal dissolvia-se num vapor de sonho.

2

Debaixo da barraca armada na praia, depois do banho, seminu ainda, ele olhava Ippolita, que se deixara ficar ao sol, à beira da água, embrulhada no seu penteado branco. Tinha nos olhos cintilações quase dolorosas, e a luz forte do meio-dia causara-lhe uma sensação nova de mal-estar físico junto a uma espécie de vago espanto. Era a hora terrível. A hora pânica, a hora suprema da luz e do silêncio pairando sobre o vácuo da vida. Compreendia a superstição pagã, o horror sagrado dos meios dias caniculares na praia habitada por um deus cruel e oculto.

No fundo do seu vago espanto, movia-se alguma coisa de semelhante à ansiedade do homem que espera uma aparição súbita e formidável. Apresentava-se a si mesmo puerilmente fraco e medroso, falto de coragem e de força, como depois de uma experiência sem resultado. Banhando o seu corpo no mar, oferecendo a sua fronte ao pleno sol, percorrendo a nado uma curta distância, experimentando-se no seu exercício predileto, medindo a sua respiração pelo sopro do espaço sem limites, sentira por indubitáveis indícios o empobrecimento do seu vigor, o declinar da sua juventude, a obra destruidora da Inimiga; sentira de novo o círculo de ferro estreitar-se em volta da sua atividade vital e reduzir mais um espaço dela à inércia e à impotência. A sensação daquela fraqueza muscular tornava-se-lhe mais profunda quando olhava atentamente aquela mulher, de pé, no esplendor do dia.

Para secar os cabelos, ela soltou-os; e as tranças, coladas pela água, caíam-lhe sobre os ombros, tão escuras que pareciam quase roxas. O seu corpo esbelto e direito, como se fosse envolvido nas dobras de um peplo, refletia-se metade na superfície glauca do mar e na transparência luminosa do céu.

Apenas se lhe entrevia fora dos cabelos o perfil do rosto inclinado, pensativo. Estava toda absorvida no prazer alternado de pôr os pés na areia tórrida enquanto pudesse suportar o calor e mergulhá-los depois, muito quentes, na onda acariciadora que beijava a praia. Esta dupla sensação dava-lhe um prazer infinito, a que ela se abandonava. Molhava-se, fortificava-se pelo contacto com as coisas livres e sãs, pela absorção agradável da água salgada e do sol. Como podia ela ser tão doente e tão forte ao mesmo tempo? Como conciliar no seu ser tantas contradições, tomar tantos aspetos diversos num só dia, numa só hora? A mulher taciturna e triste que ocultava o mal sagrado, a doença astral; a amante ávida e convulsa, cujos entusiasmos eram, por vezes, terríveis; cuja luxúria tinha por vezes aparências lúgubres de agonia, aquela mesma criatura, em pé, à beira do mar, tinha sentimentos capazes de recolher e saborear todas as naturais delícias espalhadas pelas coisas que a rodeavam, e assemelhava-se às imagens de Beleza antiga inclinadas sobre o cristal harmonioso de um Helesponto.

A superioridade daquela resistência era evidente. Giorgio considerava-a com um despeito que, aumentando pouco a pouco, assumia a gravidade de um rancor. O sentimento da própria fraqueza perturbava-se com o ódio, à medida que a sua perspicácia se tornava mais lúcida e quase vingativa.

Não eram belos os pés nus que ela ora aquecia na areia, ora refrescava na água; apresentavam, até, dedos disformes, plebeus, sem nenhuma distinção; indicavam manifestamente uma baixa origem. Giorgio olhava-os atentamente, e só a eles, com uma extraordinária lucidez de perceção e exame, como se as particularidades da sua forma tivessem de revelar-lhe um segredo. E pensava:

Que coisas impuras não se fermentam naquele sangue! Todos os instintos hereditários da sua raça persistem nela, indestrutíveis, prontos a desenvolver-se e insurgir-se contra qualquer coação. Jamais conseguirei torná-la pura. Não posso mais que sobrepor à sua pessoa real as imagens vacilantes dos meus sonhos: e à minha embriaguez solitária não pode oferecer senão o indispensável instrumento dos seus órgãos.

Mas, ao passo que a sua inteligência reduzia aquela mulher a um simples motivo para a sua imaginação e despojava de qualquer valor a forma palpável, a própria agudeza de perceção particular fazia-lhe sentir que o que mais o prendia era precisamente a qualidade real dessa carne, e não só o que nela havia de mais belo, mas sobretudo o que nela havia de menos belo. A descoberta de uma fealdade não desprendia o laço, nem diminuía a fascinação. Os traços mais vulgares exerciam nele uma atração irritante.

Conhecia bem aquele fenómeno que se repetia várias vezes quando os seus olhos viram, com uma extrema clareza, acentuarem-se na pessoa da Ippolita os mais pequenos defeitos; e sofreram por muito tempo a sua atração, obrigados a fixá-los, a examiná-los, a exagerá-los. E nos seus sentidos e no seu espírito experimentou uma perturbação inexprimível, acompanhada quase sempre de um súbito ardor de desejo. Era, com certeza, o indício mais terrível da grande obsessão carnal que uma criatura humana exerce sobre outra. Tal era o malefício a que obedecia o amante sem nome, que, na amante, amava sobretudo os sinais deixados pelos anos no pescoço pálido, a risca do cabelo cada vez mais larga, os lábios brancos onde o salgado das lágrimas tornava mais durável o sabor dos beijos.

Refletia na fuga dos anos, na cadeia apertada para sempre pelo hábito, na incomensurável tristeza do amor convertido em vício de enfado. Viu-se a si, ligado para o futuro àquela carne como o escravo à grilheta, falto de vontade e pensamento, estúpido e vazio; viu a concubina arruinar-se, envelhecer, entregar-se sem resistência à obra lenta do tempo, deixar cair das mãos inertes o véu rasgado das ilusões, para conservar, no entanto, o seu poder fatal; viu a casa deserta, desolada, silenciosa, à espera da suprema visitante: a morte!...

Lembrou-se da gritaria dos pequenos bastardos, que ele ouviu na casa paterna, na tarde longínqua. E pensou: *Ela é estéril, as suas entranhas foram amaldiçoadas; todos os germes ali morrem como num forno ardente. Ilude e embaraça sem cessar, em mim, o instinto mais profundo da vida.*

A inutilidade do seu amor apareceu-lhe como uma transgressão monstruosa da lei suprema. Mas, já que o seu amor não era mais que uma inquieta luxúria, por que tinha, então, aquele carácter de inevitável fatalidade? Não era o instinto de perpetuar a raça o motivo único e verdadeiro de todo o amor sexual? Não era este instinto cego e eterno a origem do desejo, e não devia o desejo ter por fim, oculto ou manifesto, a geração imposta pela Natureza? Porque o prendia, então, à mulher estéril, um laço tão forte? Porque se obstinava nele a terrível «vontade» da Espécie em reclamar furiosamente, em exigir o tributo vital desse corpo arruinado já pela doença e incapaz de conceber? Faltava ao seu amor a principal razão: a afirmação e o desenvolvimento da vida para além dos limites da existência individual. Faltava à mulher amada o mais alto mistério do sexo: «o sofrimento da que dá à luz.» A desgraça de ambos provinha justamente daquela persistente monstruosidade.

– Porque não queres apanhar sol? – perguntou, de repente, Ippolita, voltando-se para ele. – Olha como eu lhe resisto. Quero tornar-me realmente no que tu dizes: *como a azeitona.* Agradar-te-ei mais?

Encostava-se à barraca, levantando com as mãos as extremidades da sua longa túnica, pondo nos gestos uma graça quase lasciva, como que invadida por uma súbita languidez.

– Agradar-te-ei?

Inclinando-se um pouco, entrou na barraca. Sob a abundância das dobras brancas o seu corpo magro e flexível movia-se com uma graça felina, exalando um calor e um perfume que excitaram singularmente a perturbada sensibilidade do rapaz. E, enquanto ela se estendia na esteira ao lado dele, choviam-lhe em torno do seu rosto afogueado os cabelos ainda húmidos da água salgada, no meio dos quais lhe reluzia o branco dos olhos e rubescia a boca como um fruto entre a folhagem.

– Queres-me... como uma azeitona?

Havia uma sombra na sua voz, no seu rosto, no seu sorriso: uma sombra infinitamente misteriosa e fascinadora. Dir-se-ia que adivinhava no jovem a secreta hostilidade e se preparava para triunfar dela.

– Para onde estás a olhar? – perguntou quase de repente, estremecendo. – Não, não olhes! São muito feios.

E retirou os pés, escondendo-os entre as pregas.

– Não, não, não quero.

Teve um momento de despeito e vergonha: franziu as sobrancelhas, como se surpreendesse no olhar dele uma centelha da verdade cruel.

– Mau! – acrescentou ainda, passado um momento, num tom ambíguo entre a meiguice e o rancor.

Ele disse, um pouco nervoso:

– Tu bem sabes que para mim és toda bela.

E fez um movimento para a atrair, oferecendo-lhe um beijo.

– Não. Espera. Não olhes!

Desencostou-se dele e foi para um canto da barraca; rapidamente, com gestos furtivos, calçou as meias de seda preta; depois voltou-se, impudica, com um indefinível sorriso nos lábios. E, sob o olhar dele, estendendo as pernas, uma após outra, perfeitas no seu invólucro luzente, prendeu as ligas por cima de um e de outro joelho.

Havia no seu gesto alguma coisa de voluntariamente lascivo, e no seu sorriso uma ponta de subtil ironia.

Esta muda e terrível eloquência tomava para ele esta significação bem clara: *Sou sempre a invencível. Conheces em mim todos os prazeres de que tem sede o teu desejo infinito, e revestir-me-ei de mentiras para provocar infinitamente o teu desejo. Que me importa a tua perspicácia? Posso, num instante, recompor o véu, que tu rasgas; posso atar-te, num momento, a venda que tu arrancas; sou mais forte que o teu pensamento. Sei o segredo das minhas transfigurações na tua alma. Conheço os gestos e as palavras que têm a virtude de me transfigurar em ti próprio. O cheiro da minha pele tem o poder de dissolver um mundo em ti.*

E um mundo dissolvia-se nele, enquanto ela se aproximava, serpentina e insidiosa, para se estender, ao lado, na esteira de junco. Mais uma vez a realidade se convertia confusamente numa ficção cheia de imagens alucinantes. A reverberação do mar enchia a barraca de uma tremulação de oiro e misturava mil palhetas de oiro nos fios do tecido. Pela abertura, via-se a imensidade do mar calmo, a vasta imobilidade das águas sob um fulgor quase lúgubre. E, pouco a pouco, até aquelas aparências se dissiparam. No silêncio, ele apenas ouvia o ritmo do seu próprio sangue.

Na sombra, não viu senão os dois grandes olhos fixos nele com uma espécie de fúria. Ela envolvia-o todo com um múltiplo contacto, como se participasse da natureza de uma nuvem. E, por todos os poros daquela pele ardente, ele aspirava a fragrância marítima, como a sublimação de um sol através de uma chama. Na espessura daquela cabeleira ainda húmida encontrou o mistério das florestas de algas mais profundas. E, na alucinação final da consciência, julgou tocar o fundo de um abismo batendo com a nuca na rocha.

Ouviu, depois, como se viesse de longe, por entre um ranger de roupa, a voz de Ippólita, que dizia:

– Queres ficar mais um pouco? Dormes?

Giorgio abriu os olhos e murmurou estremunhado:

– Não, não durmo…

– Que tens?

– Morro.

O TRIUNFO DA MORTE

Tentou sorrir. Entreviu a brancura dos dentes dela, que sorria.
– Queres que te ajude a vestir?
– Não. Visto-me já. Vai, vai, que eu vou lá ter contigo – murmurou, como cheio de sono.
– Então eu vou andando. Tenho muita fome. Veste-te e vem.
– Sim, é já.
Teve um grande sobressalto ao sentir de repente os lábios dela nos seus lábios. Reabriu os olhos e tentou sorrir.
– Tem dó!
Ouviu o ranger da areia debaixo dos pés que se afastavam. O grande silêncio recaiu na praia. De vez em quando, vinha da costa e das rochas vizinhas um leve estalido, um ruído fraco, como o que fazem os animais bebendo na pia.

Passaram-se alguns minutos, durante os quais lutou contra uma prostração que ameaçava transformar-se em letargo. Por fim ergueu-se, com dificuldade; abanou a cabeça para dissipar o nevoeiro e olhou em volta desvairadamente. Experimentava em todo o seu ser uma estranha sensação de vácuo; não sabia coordenar as ideias; quase não podia pensar nem realizar qualquer ato sem um esforço enorme. Lançou um olhar para fora da barraca, e de novo o invadiu o horror da luz. *Oh! pudesse eu deitar-me outra vez e nunca mais me levantar! Morrer! Nunca mais a tornar a ver.* Esmagava-o a grave certeza de que em breve iria tornar a ver essa mulher, conservar-se perto dela, receber os seus beijos, ouvir as suas palavras.

Antes de começar a vestir-se, hesitou. Diversas ideias loucas lhe atravessaram o cérebro exausto. Vestiu-se maquinalmente. Saiu da barraca, e o deslumbramento obrigou-o a fechar os olhos. Através do tecido das suas pálpebras, viu uma grande claridade vermelha. Teve uma ligeira vertigem.

Quando voltou a abrir os olhos, o espetáculo das coisas exteriores deu-lhe uma sensação inexprimível. Era como se voltasse a ver aquelas coisas depois de um tempo indefinido, numa outra existência.

A areia, batida pelo sol, tinha uma brancura de cal. Sobre o imenso e lúgubre espelho da água, o céu incandescente parecia apagar-se de momento a momento, sob o peso de um desses tristes silêncios que acompanham a expetativa de uma catástrofe desconhecida. Os promontórios arenosos, com as suas grandes enseadas desertas, erguiam à guisa de torres, no cimo dos recifes negros, as suas cristas arborizadas, onde as oliveiras se ofereciam ao sol em atitudes de ira e de loucura. Estendido sobre a rocha e semelhante a um monstro à espreita, o Trabocco, com os seus aparelhos, tinha um aspeto formidável. Pelo meio do intrincado dos barrotes e do cordame viam-se os pescadores inclinados para a água, fixos, imóveis como bronzes; e sobre as suas vidas trágicas pesava o sortilégio mortal.

De repente, na calmaria e no silêncio, uma voz soou aos ouvidos de Giorgio; a voz da mulher que o chamava do alto do Ermo.

Sentiu um abalo e voltou-se com uma palpitação sufocante. A voz repetiu o chamamento, límpida e forte como se quisesse afirmar o seu poder.

– Anda!

Enquanto ele subia a ladeira, a boca fumarenta de um dos túneis soltou no ar um ronco que se repercutiu na enseada. Parou à beira da linha, invadido novamente por uma pequena vertigem, ao mesmo tempo que o clarão de uma ideia louca atravessou o seu cérebro vazio: *Atravessar-me agora nas calhas... Acabar com tudo num segundo.*

Ensurdecedor, veloz e sinistro, o comboio que passava atirou-lhe à cara o vento da sua carreira; depois, silvando e roncando, desapareceu na boca do túnel oposto, que fumegava negrejante ao sol.

3

Da madrugada ao crepúsculo, os cantos dos segadores e das ceifeiras alternavam-se nas encostas da colina fecunda.
Os coros masculinos, com uma veemência báquica, celebravam a alegria dos grandes festins e a excelência do vinho velho. Para os homens da foice, o tempo da ceifa era o tempo da abundância. De hora a hora, desde a madrugada até o crepúsculo, segundo o costume antigo, interrompiam o trabalho para comer e beber à sombra do colmo, no meio das gamelas novas, em honra do patrão generoso.

E cada um tirava da sua tigela a parte de alimento para saciar uma ceifeira. Assim, à hora da refeição, Booz dissera à Ruth moabita: «Vem aqui e come o pão, e molha o teu bocado no vinagre; e Ruth tinha vindo sentar-se perto dos segadores e fartou-se.»

Mas os coros femininos prolongavam-se em cadências, quase religiosas, com uma suavidade lenta e solene, revelando a santidade original do trabalho alimentar, a nobreza primitiva dessa tarefa em que, na terra dos antepassados, o suor dos homens consagrava o nascimento do pão.

Giorgio escutava-os e acompanhava-os, com a alma, à escuta; e, pouco a pouco, sentia-se percorrido por uma influência benéfica e inesperada. A sua alma parecia dilatar-se gradualmente, por uma aspiração cada vez mais larga e serena, à medida que a onda do canto se tornava mais pura, propagada nos meios-dias ainda

GABRIELE D'ANNUNZIO

tórridos, mas onde a esperança das noites pacificadoras começava a espalhar uma espécie de calma extática. Era uma aspiração renovadora para as fontes da vida, para as origens. Era talvez o último abalo da sua juventude, ferida no mais fundo da sua energia substancial, o extremo desejo para a reconquista de um bem perdido, daí em diante, para sempre.

O tempo da ceifa estava a acabar. Passando ao longo dos campos segados, entrevia belos usos que pareciam ritos de uma liturgia geórgica. Um dia parou perto de um campo já despojado, onde as ceifeiras acabavam de construir a última meda, e assistiu à cerimónia.

Sobre as coisas fatigadas pelo ardor do dia pairava a hora límpida e doce que ia recolher na sua esfera de cristal as cinzas impalpáveis do dia acabado. O campo desenhava-se em paralelogramo sobre um planalto cercado de oliveiras gigantescas, que deixavam ver por entre os ramos a faixa azul do Adriático, misteriosa como o velário entrevisto no templo por detrás das palmas de prata. Erguiam-se, com intervalos iguais, grandes medas em forma de cones, densas e esplêndidas de riqueza acumulada pelos braços dos homens e celebrada pelo canto das mulheres. A meio do campo, o bando de segadores fazia uma circunferência em volta do chefe, depois de acabado o trabalho. Eram homens robustos, tostados, vestidos de linho. Nos braços, nas pernas, nos pés descalços, traziam as deformações que a longa e lenta persistência dos trabalhos dá aos membros que trabalham. Reluzia a foice na mão de cada homem, curva e delgada como o primeiro quarto da lua. De vez em quando, com um gesto simples da mão livre, enxugavam o suor da fronte e aspergiam com ele a terra onde brilhava a palha sob os raios oblíquos.

O chefe, por seu turno, fez o mesmo gesto; e, erguendo a mão para abençoar, exclamou, no seu idioma sonoro, rico de ritmos e consonâncias:

– Deixemos o campo, em nome do Pai, e do Filho, e do Espírito Santo!

Em coro, os homens da foice responderam, num grito enorme:

– Ámen!

E o chefe continuou:

– Bendito seja o nosso patrão e a nossa patroa! Os homens responderam:

– Ámen!

E o chefe, numa voz que se inflamava e engrossava gradualmente:

– Bendito o que nos deu o bom comer!

– Ámen!

– Bendito aquele que disse: «Não botes água no vinho dos ceifeiros!»

– Ámen!

– Bendito seja o patrão que ordenou à senhora: «Dá sem medida e deita o mosto no vinho dos ceifeiros!»

– Ámen!

As bênçãos iam de parente em parente; ao que matou a ovelha, ao que lavou as ervas e os legumes, ao que limpou o tacho de cobre, ao que adubou a carne. E o abençoador, no ardor do entusiasmo, agitado como que por um estro poético repentino, encontrava rimas e exprimia-se espontaneamente em dísticos. O bando respondia-lhe com imensos clamores, que se repercutiam em redor, ao mesmo tempo que o ferro das foices se iluminava com os clarões crepusculares e a gamela erguida no alto das medas tinha a aparência de uma chama.

– Benditas as mulheres que cantam as lindas cantigas, trazendo cântaros de vinho velho!

– Ámen!

Foi um trovão de júbilo. Depois calaram-se todos e viram aproximar-se o coro das mulheres, portadoras dos últimos dons do campo ceifado.

As mulheres, em duas alas, sustentando nos braços grandes cântaros pintados, cantavam. E ao estranho espectador que as via avançar por entre os troncos das oliveiras como por um intercolúnio sobre o fundo marítimo, davam a ideia de uma dessas teorias votivas que se desenvolvem harmoniosamente, em baixo relevo, nos frisos dos templos ou à roda dos sarcófagos.

Quando voltou para o Ermo, aquela imagem de beleza acompanhou-o ao longo do atalho. Pensava nessa companhia caminhando lentamente no meio das pompas da tarde, nas quais flutuavam ainda as ondas dos coros.

Numa volta, parou para ouvir uma voz melodiosa, que se aproximava e que ele reconheceu. E teve, ao reconhecê-la, um movimento espontâneo de alegria: era a voz de Favetta, a jovem cantadeira de olhos de falcão, a voz vibrante que acordava sempre nele a recordação da deliciosa manhã de maio, resplandecendo no labirinto das giestas, na solidão do jardim de ouro, onde, assombrado, julgou descobrir o segredo da alegria.

Sem desconfiar da presença do estranho, oculto pela sebe, Favetta avançava, conduzindo uma vaca pela correia. Cantava, de cabeça erguida, a boca aberta para o céu, o rosto em plena luz; e, da sua garganta, o canto saía fluido, límpido, cristalino como uma fonte. Atrás dela, o belo animal branco caminhava pacificamente; e a cada passo, a barbela ondulava, e a massa do úbere a abarrotar de leite da pastagem baloiçava entre as pernas. Ao reparar no estranho, a cantadeira calou-se e fez menção de parar.

– Ó, Favetta! – exclamou ele, indo ao seu encontro com um ar alegre, como se tivesse encontrado uma amiga de outros tempos. – Para onde vais?

Ela corou, ouvindo chamar pelo seu nome, e sorriu, atrapalhada.

– Levo a minha vaca para o curral – respondeu. Como se parasse subitamente, o focinho do animal roçou-lhe pelas costas, e o seu busto altivo erguia-se entre os comos, como no crescente de uma lira.

– Andas sempre a cantar! – disse Giorgio, admirando-a naquela atitude. – Sempre!

O TRIUNFO DA MORTE

– Pois, senhor – disse ela sorrindo – se deixássemos de cantar, que nos ficava?

– Lembras-te daquela manhã em que colheste as flores de giesta?

– As flores de giesta para a sua esposa?

– Sim, lembras-te?

– Lembro – respondeu ela.

– Canta-me outra vez aquela canção.

– Sozinha, não posso.

– Então, canta outra.

– Assim, na sua presença? Tenho vergonha. Cantarei pelo caminho. Adeus, meu senhor.

– Adeus, Favetta.

E continuou o seu caminho pelo atalho, arrastando o animal pacífico. Depois de alguns passos, entoou a cantiga com toda a força dos pulmões, dominando os arredores do campo luminoso.

O Sol acabava de pôr-se, e uma luz extraordinariamente viva espalhava-se pelas costas e pelo mar; uma onda imensa de ouro impalpável subia do céu ocidental para o zénite e descia do lado oposto, cuja transparência glauca atravessava com lentidão. O Adriático tornava-se gradualmente mais claro e mais suave aproximando-se daquela cor que têm as primeiras folhas dos salgueiros sobre os rebentos novos. Só as velas vermelhas, tão soberbas como se fossem de púrpura, interrompiam a claridade difusa.

É uma festa, pensava Giorgio, deslumbrado pelo esplendor do poente e sentindo palpitar em volta de si a alegria da vida. *Onde respira ela, a criatura humana, para quem todo o dia, da aurora ao crepúsculo, é uma festa consagrada por alguma conquista nova? Onde vive o dominador, o coroado com a coroa do riso, aquela coroa de ridentes rosas de que fala Zaratustra, o dominador forte e tirânico, livre do jugo de qualquer falsa moralidade, seguro do sentimento do seu poderio, convencido de que a essência da pessoa supera em valor todos os atributos acessórios, destinado a elevar-se sobre o Bem e sobre o Mal, pela energia da sua vontade, capaz até de obrigar a vida a manter-lhe as suas promessas?* Na colina, os cantos do pão renascido continuavam, alternavam--se. As longas filas femininas surgiam na encosta e desapareciam. Aqui e ali, no ar sem brisa, colunas de fumo subiam de fogos invisíveis, muito lentas. O espetáculo tornava-se solene e parecia recuar ao mistério dos séculos primitivos, à santidade de uma celebração de Dionisíacas rurais.

É esta a mesma gente que ainda ontem se arrastava, chorando, sobre as Lages gastas do Santuário e as beijava com a língua a sangrar? Comparava os dois espetáculos e os dois coros que lhe revelavam um sentido religioso tão diverso como a triste igreja nos Milagres e aquela imensa cúpula doirada com o mais rico ouro crepuscular. Sob o influxo do ideal ascético invocado pelo seu esgotamento, quisera experimentar o contacto com a multidão dos idólatras esperando poder voltar a aprofundar as raízes na ínfima camada da sua raça e recuperar assim a sua primitiva substância. Mas aquela sua tendência a remontar às Origens não devia antes ser dirigida a fazer reentrar na sua própria raça os princípios de uma virtude vital, ultrapotente e ultrapacífica, cujos vestígios se lhe descobriam até àquele dia, até àquela hora?

E recordou-se do antiquíssimo nome da sua cidade natal, o grande nome solar: *Aelion, «Aelion urbs florens atque vetusta simul»,* como era louvada na elegia de Menenio Alejeo, poeta da insigne estirpe de Rómulo. E reviu a nobre cidade de pedra com as suas torres milenárias, a altiva Guardia ao lado da Mejella, da montanha mãe, do grande tronco inabalável. Na cerimónia da sua fundação, o sacerdote conjurava a fortuna, voltado para o Sol nascente, imolando-se a vítima sobre a ara com perfumes de loiro e mirto; e os guerreiros haviam balizado os limites com tiras de pano branco no topo das lanças cravadas na terra.

Guardia plena banis fert ardua signa leanis.

Nas suas armas havia o leão em memória da empresa de Hércules adorado pelo povo prisco. E os leões de mármore, que tinham sustentado sobre o dorso as colunas do templo dedicado ao deus tutelar, jaziam agora junto das pilastras do pórtico de Santa Maria Maior, o pórtico dos aristocratas, aquele cujo acesso era reservado aos fidalgos.

Naquele pórtico aberto para o vale fértil e o Adriático distante, naquele pórtico moreno que recebia a primeira saudação do Sol, estavam esculpidos os símbolos heráldicos dos nobres; dos Orsini, dos Ugni, dos Aurispa, dos Scioli, dos Stella, dos Vallereggia, dos Cassaura, dos Palleaurea, dos Spina, dos Comino. *O sentimento do poder* tivera ali o seu posto de honra; o privilégio florira da tepidez do sangue derramado. Todos aqueles homens fortes não haviam tido outro intento senão expandir e impor o seu profundo instinto de predomínio. A moral deles, como a do Helénico, tinha a sua raiz na soberana concessão da sua dignidade e destinava-se à glorificação soberba da vida.

Guardia plena bonis fert ardua signa leonis.

E Giorgio Aurispa lembrou-se das palavras de Zaratustra: «Quando o vosso coração palpitar na sua maior plenitude e estiver para transbordar – como o rio, abençoado e temido pelos habitantes da margem – aí tendes a fonte da vossa virtude.»

Quantas vezes experimentou ele a sensação dessa plenitude? Quantas vezes sentira espalhar-se em toda a sua substância a volúpia da energia? Voltavam-lhe à lembrança episódios distantes, com os quais ele supunha que regressava o fantasma dessa alegria. E as suas fictícias aspirações para o ideal «dionisíaco», para a vida «ascensional» tomavam forma nas palavras do discípulo ao Mestre destruidor e criador: «Em verdade, mil olhares se volvem hoje para a tua montanha e para o teu *cedro*. Um desejo ardente se ergueu no meio do caminho. E já muitos se apressaram a perguntar: «Quem é, então, Zaratustra?» E todos aqueles em cujos ouvidos tu, porventura, infundiste o teu canto e o teu mel, todos os ocultos, todos os sozinhos e os solitários no meio da turba, todos interrogaram, de súbito, o seu coração, dizendo: «Zaratustra continua ainda entre os vivos? Não vale a pena viver mais: tudo é inútil, tudo é vão, se não se viver com Zaratustra.»

No seu esgotamento mortal, sentindo-se morrer, ele invocava uma vez mais um defensor da vida. Em verdade, como um riso juvenil tilintando em mil bocas, Zaratustra penetra em todas as catacumbas, rindo de todos quantos fazem retinir um molho de chaves lúgubres.

O teu riso, ó Zaratustra, desfá-los-á e abatê-los-á como um sopro: e a sua queda e destruição testemunharão o teu poder. E até na hora em que tombem sobre nós o longo crepúsculo e o esvaimento da morte, tu não desertarás do nosso horizonte, ó Defensor da Vida, tu, que descobriste novas estrelas e novos esplendores noturnos! Na verdade, até o riso tu desenrolaste sobre a nossa cabeça, como uma tenda variegada. Doravante, irromperá de todos os sepulcros um riso juvenil, e um vento triunfal varrerá todo o esvaimento mortal. Tu próprio serás o fiador e o áugure!

O verbo de Zaratustra, o Mestre que ensinava o *Super-homem* goethiano, parecia-lhe o mais viril e o mais nobre que ainda um poeta e um filósofo da idade moderna tivessem proferido. Ele, o fraco, o oprimido, o titubeante, o enfermiço, tinha escutado, com profundo desassossego, aquela voz inaudita que troçava com tão ásperos sarcasmos da fraqueza, da irritabilidade, da sensibilidade mórbida, do culto da piedade, do evangelho da renúncia, da necessidade da crença, da necessidade da humilhação, da necessidade de redimir-se, todas, em suma, as mais ambíguas necessidades da época, todas as visíveis e miseráveis efeminações da velha alma europeia, todas as monstruosas reflorescências da epidemia cristã das raças decrépitas. Ele, o solitário, o contemplativo, o espectador impassível, o mal seguro adepto de Gautama, dera ouvidos com uma estranha ansiedade àquela voz que *afirmava* a vida, que considerava a dor como a disciplina dos fortes, que repudiava todas as crenças e em especial *a fé na Moral,* que proclamava a justiça da desigualdade, exaltava as energias tenebrosas, o sentimento da força, o instinto de luta e predomínio, o excesso das atividades geradoras e fecundantes, todas as virtudes do homem dionisíaco, do vencedor, do destruidor, do criador. «Criar!» dizia Zaratustra. «Eis o ato que liberta da dor e torna menos duro o peso da vida. Mas, para que exista o que cria, é necessária a ajuda de que sofrimentos e de que metamorfoses!» E Giorgio Aurispa pensara, mais de uma vez, perante a vastidão da sua consciência dolorosa: *A fúria de sofrer, com a minha tendência para multiplicar infinitamente os fenómenos do meu mundo interior, para que a minha vida seja completa não devo senão procurar o meio de tornar a minha dor ativa. A ciência do necessário deve ter por termo natural à ação, à criação.* E mais de uma vez, em certas vertigens causadas pelo excesso da dor, evocava ele próprio a memória daquele rei que, nas voluntárias torturas suportadas durante mil anos, conquistou tal segurança no seu poder e tamanha confiança em si mesmo, que aprendeu a construir um «novo céu». *Oh! Como terei eu a fé em mim próprio? Devora-me a dúvida, a dúvida corrói-me a vontade e dilacera-me o sonho. Dai-me todos os suplícios do universo, mas fazei com que encontre no fundo de qualquer inferno a minha vontade incandescente e que eu possa moldá-la para desdobrar completamente sobre a minha cabeça o maior dos meus sonhos à semelhança de um novo cérebro.*

Zaratustra dizia:

Sou, finalmente, aquele que bendiz e o que afirma, e por muito tempo combate o ferocíssimo lutador para ter um dia a mão livre para abençoar. E eis a minha bênção: – Ser sobre todas as coisas como o seu próprio céu, como a sua abóbada imutável, a sua cúpula azul, a sua eterna firmeza: – e bendito é o que assim abençoa! Para que todas as coisas sejam batizadas nas fontes da eternidade, as do Bem e as do Mal, e o Bem e o Mal são sombras fugazes, brumas de aflição, nuvens ao vento.

Acaso! – Eis o título de nobreza mais antigo do mundo. Eu o bani de todas as coisas, eu libertei todas as coisas do jugo da finalidade. E espalhei essa liberdade e essa serenidade celeste sobre todas as coisas, como uma cúpula azul, ao passo que aprendi que nem sobre elas, nem dentro delas, nenhuma *vontade eterna* quer.

Não estava nesta sentença uma grande e pura elevação da vida? Não era o profeta de uma Aurora o que libertava os espíritos de todo o passado, de todo o presente, e os impelia por mil fontes e mil estradas para o futuro, para «a terra dos filhos», para a terra ainda não descoberta, para o regaço dos mares mais remotos, onde um dia havia de aparecer o Ser superior ao homem, o Ser sobre-humano, o *Super-homem?* A forma ideal para que tendia a espécie com uma contínua ascensão, passando pelas suas metamorfoses, como se podia alcançar a não ser com a profusão da vida? *Que um raio sideral brilhe no teu amor! Que seja esta a tua esperança: possa eu gerar o Super-hornem!*

Giorgio Aurispa sabia que eram estéreis os seus amores, estéril a sua agitação como a do oceano que começava a ondear ao vento do crepúsculo. Em nenhum filho perpetuara a marca da sua substância, preservara as suas feições, propagara o movimento ascensional do espírito para a realização de possibilidades cada vez mais altas. A nenhuma obra dera a essência do seu intelecto, manifestara harmonicamente o poder das suas múltiplas faculdades, revelara inteiramente *o seu universo*. A sua esterilidade era incurável. A sua existência reduzia-se a um simples fluxo de sensações, de emoções, de ideias privadas de qualquer fundamento substancial. Ele ofuscava o homem de Gautama. A sua personalidade era apenas uma associação temporária de fenómenos gravitando em redor de um eixo, «como um cão amarrado a um poste». Só podia aspirar a um fim. E para pôr cobro a todos os sonhos, tinha de sonhar apenas não querer mais sonhar.

A que propósito, então, naquela tarde estival, no meio dos cantos da colheita, na festa sagrada do pão renascido, evocava ele o fantasma do último defensor da vida?

O oiro crepuscular estava quase morto, apagado, e uma cinza etérea caía do alto do céu. Mas sobre o horizonte marítimo uma zona verde como um berilo, extraordinariamente límpida e lúcida, resistia à sombra e difundia sobre a linha da água um misterioso sorriso. No alto onde ele chegara, tornavam-se gigantescos, na sombra, os contornos dos rochedos e dos promontórios distantes; e davam a ideia de imensas formas animadas que respirassem profundamente, adormecendo junto do mar.

Ah! Aquele sorriso da alma que desmaia na sua plenitude, curvado sob a riqueza da sua própria felicidade, e espera, e estende as mãos!, pensava Giorgio com uma inveja e um pesar infinitos, recordando o belo salmo de Zaratustra.

Ó minha alma! Fiz beber ao teu solo toda a sabedoria, todo o vinho novo e o vinho velho e forte da imemorial sabedoria.

Ó minha alma! Despejei sobre ti todo o sol, todas as noites, todo o silêncio, e todos os desejos; e tu cresceste então aos meus olhos, como uma vinha!

Ó minha alma! Eis-te repleta, trasbordante, eis-te como uma vinha de seios túmidos, cheia de cachos de âmbar e oiro!

Carregada com a tua própria felicidade, curvando sob a riqueza, tu esperas – tanta é a tua plenitude! – E ainda te envergonhas da tua espera!

Ó minha alma! Não está agora em nenhures uma alma tão amante, tão aliciante, tão vasta! Onde se juntaram, melhor que em ti, o futuro e o passado? Ó minha alma! Tudo te dei, tudo te votei por minhas mãos. E agora... agora sorris-te e dizes-me cheia de languidez: – A qual de nós ambos se deve agradecer?

Não deve, talvez, aquele que dá, render agradecimentos ao que recebe? Não será o dar uma necessidade? O receber não equivalerá ao ter piedade?

Ó minha alma! Eu compreendo o sorriso de todo o teu cansaço! A tua própria plenitude languidesce e estende as mãos!

Até ele, Giorgio Aurispa, enchera a sua alma de todas as sabedorias e loucuras, de todas as verdades e erros; e vertera nela todos os desejos, os mais doces e os mais atrozes; e dera-lhe todas as formas e todas as atitudes; e tentara-a com todos os enigmas; e enfeitara-a com todos os simulacros e todos os símbolos; e tornara-a mais vasta, cada vez mais vasta. Mas era bem outra a sua expectativa e bem outro o seu cansaço!

Como uma alegoria, representava-se-lhe espontaneamente na memória aquele grande claustro de cem colunas erguido pelo divino Miguel Ângelo nas termas de Diocleciano, onde, numa tarde de setembro, julgara ver reconhecida por sinais uma habitual condição da sua alma. Era uma tarde de setembro; «o perfume e a palidez de alguma primavera exumada» andavam difusos no céu silente que se curvava sobre o grande claustro harmonioso. No meio do espaço místico, os ciprestes miguel-angelescos, tortos e inclinados por um ciclone, rudes e negros, de uma tenacidade secular, diziam a infinita tristeza da meditação solitária e a inutilidade de qualquer firme resistência contra a injúria das forças cegas. Mas, à sombra deles, sobre fustes vestidos de hera, surgiam, em ordem simétrica, marmóreas cabeças colossais de toiros, cavalos, licornes e carneiros; emblemas da pessoa animal – posto que, em redor, sobre a erva rasa, por entre

O TRIUNFO DA MORTE

as moitas de murta, nos intercolúnios, contra as paredes dos pórti-
cos, aparecessem os fragmentos aparentes de uma bela vida carnal
e soberba: pregas de peplos em volta de seios mutilados; cabelos
pendendo como cachos sobre testas curtas; ventres femininos des-
nudos, moles, com sinais de umbigo como assinalados pela graça;
mãos animadas segurando a orla de uma clâmide; braços hercúleos,
com bicípites tensos num esforço terrível; seios enormes, capazes de
amamentar uma prole titânica; doces nomes de mulheres e libertos
esculpidos em cipos funerários; ânforas comemorativas de um vinho
de cem anos; rostos de deuses serenos ou máscaras de boca rotunda
e vazia sobre hastes de mármores fibrosos como vegetais; uma dança
de ménades em relevo num sarcófago branco, um sátira oferecendo
um cacho a uma cabra, uma serpente saindo de um cesto, uma grinalda de frutos e flores.

4

Desde a trágica noite em que Cândia, em voz baixa, falou do sortilégio que pesava sobre os homens do Trabocco, aquela grande ossatura esbranquiçada, estendida por cima dos recifes, tinha, mais de uma vez, atraído os olhares e excitado a curiosidade dos hóspedes. No crescente da pequena baía musical, aquela forma hirta e insidiosa, eternamente à espreita, parecia desmentir a benignidade da solidão. Nos meios-dias ardentes e imóveis, nos crepúsculos nevoentos, tinha, às vezes, aspetos formidáveis. Por momentos, quando tudo descansava, ouvia-se ranger o cabrestante e estalar toda a carcaça. Nas noites sem luar via-se a vermelhidão dos archotes refletida nas águas.

Numa tarde de ociosidade fatigante, Giorgio propôs a Ippolita:

– Queres ir ao Trabocco?

Ippolita respondeu:

– Se quiseres, vamos. Mas como hei de eu atravessar a ponte? Já tentei uma vez…

– Levo-te pela mão.

– É muito estreita.

– Vamos a ver.

E foram. Desceram o atalho. À esquina encontraram uma espécie de escadaria talhada no granito, desigual, cujos degraus irregulares se prolongavam até os recifes no extremo da ponte vacilante.

– Vês? Que hei de eu fazer? – disse Ippolita com pena. – Sinto a cabeça à roda só de olhar para lá.

A primeira parte da ponte compunha-se de uma única prancha, estreitíssima, sustentada por escoras fixas na rocha; a outra parte, mais larga, era formada por tábuas transversais, de uma brancura quase de prata, carunchosas, secas, mal juntas, tão pouco espessas que parecia deverem quebrar-se à menor pressão dos pés.

– Não queres experimentar? – perguntou Giorgio, com uma sensação íntima de estranho alívio ao reparar que Ippolita não conseguiria nunca realizar essa passagem perigosa. – Olha: é alguém que vem dar-nos a mão.

Um rapaz seminu vinha correndo da plataforma, ágil como um gato, moreno como um bronze rico de oiro. Debaixo do seu pé infalível, as tábuas estalavam, as vigas dobravam-se. Chegado à extremidade da ponte, junto dos estrangeiros, animou-os com gestos enérgicos a confiarem nele, olhando-os com os olhos penetrantes de ave de rapina.

– Não queres tentar? – continuou Giorgio sorrindo.

Resoluta, adiantou um pé sobre a prancha vacilante, fitou os rochedos e a água, depois retirou-se, incapaz de dominar a sua perturbação.

– Receio uma vertigem – disse ela. – Tenho a certeza de que vou cair. – E acrescentou com visível tristeza: – Vai, vai sozinho; não tens medo?

– Não; mas tu que hás de fazer?

– Vou sentar-me à sombra, à espera. – disse, mas acrescentou ainda, hesitando, como a tentar retê-lo: – Mas, porque vais?

– Vou. Tenho curiosidade de ver.

Estava triste de não o poder acompanhar, incomodada por o deixar ir a um sítio onde ela não chegava; e o que parecia entristecê-la e incomodá-la era não só renunciar a uma curiosidade e a um prazer, mas também qualquer outra coisa, mal distinta. O que a fazia sofrer também era o obstáculo temporário que ela não podia vencer. Tão essencial se tornou para ela a necessidade de conservar o amante sempre preso por um laço sensível, de estar com ele em constante contacto, dominá-lo, possuí-lo!

E disse-lhe num tom de despeito impercetível:

– Vai, vai, anda.

Giorgio acabava de observar no fundo de si mesmo um sentimento que contrastava com o sentimento instintivo de Ippolita; era uma espécie de alívio em reconhecer que havia finalmente um lugar inacessível a Ippolita, um refúgio completamente isolado contra a Inimiga, um asilo protegido pelas rochas e pelas águas, onde poderia encontrar algumas horas de verdadeiro repouso. E estas duas impressões íntimas, embora mal distintas e até um pouco pueris, mas sem dúvida contrárias, demonstravam o estado real dos amantes em presença um do outro; um, vítima consciente condenada à morte; a outra, algoz inconsciente e meigo.

– Adeus, cá vou – disse Giorgio com um tom de provocação na voz e na atitude.

Embora não confiasse muito em si, recusou o auxílio do rapaz e avançou com todo o cuidado, com um passo sossegado e cauteloso, sem hesitar nem vacilar, na prancha oscilante. Assim que pôs o pé na parte mais larga, acelerou o passo, sempre preocupado com o olhar de Ippolita, dando instintivamente ao seu esforço o calor de uma espécie de reação hostil. Quando pisou a prancha da plataforma, teve a sensação ilusória de se encontrar na ponte de um navio. Num momento a fresquidão do mar sussurrante, que se quebrava nos recifes, ressuscitou na sua memória certas reminiscências da vida passada a bordo do *Don Juan;* e sentiu por todo o seu ser um estremecimento súbito, com a ideia quimérica de levantar âncora. «À vela! À vela!»

Pouco depois, os seus olhares caíram sobre os objetos que o rodeavam, cujas mínimas particularidades notou com a sua extraordinária lucidez.

Turchino saudou-o com um gesto brusco, sem palavra nem sorriso a suavizá-lo, como se nenhum acontecimento, por mais insólito e extraordinário que fosse, tivesse a faculdade de interromper, um minuto, a preocupação terrível que se lhe revelava no rosto terroso, quase sem queixo, pouco maior que um punho, com um comprido nariz saliente, afilado como um focinho de peixe, no meio de dois olhitos cintilantes. A mesma preocupação lia-se no aspeto dos dois filhos, que o saudaram também em silêncio e continuaram no seu trabalho sem se arrancarem à sua imortal tristeza. Eram rapazes de mais de vinte anos, descarnados, tostados, agitando-se numa contínua inquietação muscular, como endemoninhados. Todos os seus movimentos tinham o ar de contração convulsiva, de sobressalto; e, debaixo da pele do rosto sem queixo, viam-se-lhes, às vezes, os músculos tremer.

– Boa pesca? – perguntou Giorgio, apontando a larga rede imersa, com as bordas à flor da água.

– Por hoje, nada, meu senhor – murmurou Turchino, num tom de cólera reprimida. E, depois de uma pausa, continuou:

– Quem sabe? Talvez o senhor nos traga boa pesca...

– Tirem a rede. Vamos lá ver.

Os filhos aprontaram-se para manobrar o cabrestante. Pelos interstícios da prancha viam-se as ondas brilhar, espumando. Num extremo da plataforma erguia-se uma choupana baixa, de teto de palha, cujo cimo era coberto por uma fila de telhas vermelhas e ornamentado com um pau de carvalho trabalhado em forma de cabeça de boi, com grandes comos retorcidos, para afugentar os malefícios.

Outros amuletos pendiam do telhado, misturados com discos de madeira, nos quais estavam colados com pedaços de espelho, redondos como olhos; um braçado de forquilhas de quatro dentes, enferrujadas, descansavam à entrada. À direita e à esquerda, dois grandes mastros verticais erguiam-se sobre a rocha, sustentados na base por estacas de todas as grossuras, que se cruzavam e

O TRIUNFO DA MORTE

encabrestavam, presas umas às outras por enormes pregos, apertadas por arames e cordagens, reforçadas com mil engenhos contra a
fúria do mar. Outros dois mastros horizontais cortavam os primeiros em cruz e estendiam-se como gurupés para além dos recifes,
sobre a água profunda e abundante de peixes. Das extremidades
fendidas dos quatro mastros, pendiam roldanas com cordas cor-
respondentes aos extremos da rede quadrada. Mais cordas passavam por outras roldanas ao cimo de barrotes mais pequenos; até
às rochas mais longínquas, estacas enterradas amparavam cabos
de reforço; inúmeras pranchas pregadas às traves consolidavam
os pontos fracos. A luta demorada e pertinaz contra os furores e
insídias do mar estava escrita naquela enorme carcaça, no meio
dos nós, dos pregos, dos aparelhos. A máquina parecia ter vida
própria, com um aspeto e figura de corpo animado. A madeira,
exposta durante anos e anos ao sol, à chuva, às tempestades, mostrava todas as fibras, descobria a suas rugosidades e os seus nós,
revelava todas as particularidades resistentes da sua estrutura,
desnudando-se, consumindo-se, tornando-se branca como uma
tíbia ou luzente como a prata, ou escura como o sílex, e adqui-
rindo um carácter e uma significação especial, um sinal tão distin-
tivo como o de uma pessoa, sobre a qual a velhice e o sofrimento
tivessem realizado a sua obra cruel.

O cabrestante rangia, girando com o impulso das quatro barras,
e toda a máquina tremia e estalava enquanto a vasta rede emergia a
pouco e pouco das profundezas verdes, com um reflexo doirado.

– Nada! – rosnou o pai, ao ver surgir à flor da água o fundo
vazio da rede.

Os filhos abandonaram ao mesmo tempo as barras; e, com um
ranger mais estridente, o cabrestante girou, mastigando o ar com a
violência dos seus quatro braços, capazes de cortar um homem em
dois. A rede mergulhou; todos se calaram. No silêncio, só se ouvia o
sussurro do mar contra os recifes.

O peso da maldição pesava sobre aquelas vidas miseráveis. Giorgio perdeu toda a curiosidade de interrogar, de descobrir, de saber; mas sentia que aquela companhia taciturna e trágica ia ter para ele, bem depressa, uma atração quase de afinidade dolorosa. Não era ele também vítima de uma maldição? E olhou instintivamente para a praia, onde a figura da mulher aparecia desenhada sobre um fundo de rocha.

5

Quase todos os dias voltava ao Trabocco a horas diferentes. Tornou-se para ele o lugar favorito do seu sonho e da sua meditação. Os pescadores habituaram-se às suas visitas; recebiam-no respeitosamente, preparavam-lhe uma cama à beira da choupana, feita com uma vela já velha que cheirava a alcatrão. E ele era sempre liberal com eles. Ao ouvir o rumor das águas, fitando o cimo de um mastro imóvel no azul, evocava as suas recordações náuticas, revivia a sua vida errante dos estios remotos, essa vida de liberdade sem limites que lhe parecia agora extraordinariamente bela, quase quimérica. Lembrava-se da sua última travessia do Adriático, alguns meses depois da Epifania do Amor, durante uma época de tristezas e entusiasmos poéticos, sob a influência de Percy Shelley, desse divino Ariel que o mar transformou em alguma coisa de rico e estranho: *into something rich and strange*. Lembrava-se também do desembarque em Rimini, da entrada de Malamocco, da ancoragem em frente do cais dos Schiavon, todo doirado pelo sol de setembro… Onde estaria agora o seu velho companheiro de viagem, Adolfo Astorgi? Onde estaria o *Don Juan?* Poucos dias antes, recebera notícias dele, vindas de Cândia, em carta que parecia impregnada ainda do cheiro a betume e lhe anunciava a remessa próxima de uma quantidade de doces orientais.

Adolfo Astorgi era, na verdade, um espírito fraterno; o único com que pôde viver muito tempo numa comunhão completa, sem

GABRIELE D'ANNUNZIO

sentir o aborrecimento, o mal-estar e a repugnância que lhe causavam quase sempre a intimidade prolongada com os outros amigos. Que infelicidade estar ele tão longe agora!... E, às vezes, parecia-lhe um salvador inesperado, que surgisse com o seu barco nas águas de San Vito para lhe propor a fuga.

Na sua fraqueza incurável, naquela abolição absoluta da vontade altiva, demorava-se às vezes em sonhos daquela natureza, invocava alguém forte e imperioso que o sacudisse com violência, e, quebrando todas as cadeias com um golpe brusco e decisivo, o arrebatasse para sempre, o levasse para longe, internando-o numa região remotíssima onde não fosse conhecido de ninguém nem conhecesse ninguém, e onde pudesse, ou recomeçar a sua vida, ou morrer de uma morte menos desesperada.

Ele tinha de morrer. Sabia-se condenado irrevogavelmente; estava convencido de que o ato final se realizaria na semana anterior ao quinto aniversário, de fins de julho a princípios de agosto. Depois da tentação que, no horror do meio-dia, diante das calhas luzentes, lhe atravessou o espírito como um relâmpago, parecia-lhe ter já encontrado o meio. Sentia continuamente nos ouvidos o apito do comboio, e experimentava uma estranha inquietação quando se aproximava a hora sabida da sua passagem. Como um dos túneis atravessava a ponta do Trabocco, podia, do seu leito, ouvir o surdo fragor que fazia tremer toda a eminência; e, às vezes, distraído por outros pensamentos, tinha um arrepio de espanto, como se ouvisse de repente o ruir do seu destino.

Não era esse o mesmo pensamento que dominava nele e nos outros homens taciturnos? Não sentiam todos, e ele, nas suas cabeças, até nos mais fulgurantes calores caniculares, a mesma sombra? Era, talvez, por essa comunhão que gostava daquela companhia. Ao som da música da água, deixava-se embalar nos braços do fantasma criado por ele próprio, enquanto a vontade de viver lhe fugia pouco a pouco, como o calor abandona um cadáver.

O TRIUNFO DA MORTE

Reinavam então as grandes calmarias de julho. O mar apresentava-se todo branco, leitoso, aqui e ali esverdeado, nas proximidades da costa. Uma bruma levemente tingida de roxo velava o litoral; o cabo do Moro, a Nicchiòla, a ponta de Ortona, a Penna del Vasto. As ondulações quase impercetíveis da bonança produziam nos recifes uma harmonia sussurrante, compassada por intervalos iguais. No cimo de um dos grandes mastros horizontais, estava de sentinela um dos rapazes, de olho à espreita, fitando para baixo o espelho da água; e, de quando em quando, para obrigar algum peixe atordoado a entrar na rede, atirava uma pedra, cujo ruído aumentava a melancolia das coisas.

As vezes, o hóspede adormecia com as carícias dos ritmos lentos. Aqueles sonos breves eram a única compensação das noites de insónia. Costumava pretextar uma necessidade de repouso para que Ippolita o deixasse ficar no Trabocco o tempo que quisesse. Ele assegurava-lhe que não podia dormir senão sobre aquelas pranchas, no meio das exalações dos rochedos, na música do mar.

Para essa música aplicava ele o ouvido cada vez mais atento e subtil. E, daí em diante, ficou a conhecer todos os seus mistérios, a compreender todas as suas significações. O fraco barulho da ressaca, como o rumor da língua de um animal que mata a sede – o ruído súbito da vaga alterosa que, vindo do largo, choca e esmaga a onda refluída da praia, a nota mais humilde, a nota mais soberba, e as inumeráveis gradações intermédias e as diversas pausas dos intervalos, e os acordes mais simples e mais complexos e todas as energias daquela profunda orquestra marítima, no golfo sonoro: tudo ele conhecia, tudo ele compreendia.

Misteriosa, a toada crepuscular alargava-se e avolumava-se, lenta, muito lenta, sob um céu de puras violetas, que, por entre a sua espessura etérea, deixava brilhar os primeiros olhares tímidos das constelações ainda veladas. Aqui e ali, sopros errantes levantavam e impeliam as ondas, raras a princípio, depois mais fortes; levantavam e impeliam as ondas, cujos frágeis cimos floriam, roubavam ao crepúsculo um clarão, espumavam um instante e recaíam lânguidas. Ora como um som abafado de címbalos, ora como discos de prata batidos uns contra os outros, ora como cristais precipitados por uma ladeira, tal era o som que as ondas produziam no silêncio, tombando e morrendo.

Novas ondas se levantavam, geradas por um sopro mais forte, recurvavam-se, límpidas, refletindo nas sinuosidades a extrema graça do dia, quebravam-se quase com indolência, à semelhança de brancas roseiras movediças que se desfolhassem, deixando espumas duradoiras como pétalas no espelho que se dilatava, enquanto elas desapareciam para sempre. Levantavam-se outras, aumentavam de rapidez e força, aproximavam-se da praia, açoitavam-na com um ruído triunfal, seguido de um murmúrio difuso, como um machucar de folhas secas. E, enquanto durava ainda aquele atrito ilusório da floresta inexistente, outras vagas, além, no crescente do golfo, quebravam-se em intervalos cada vez mais curtos, acompanhadas do mesmo murmúrio, de maneira que o espaço sonoro parecia alargar-se até o infinito pelas perpétuas vibrações de uma miríade de folhas mirradas.

Esta silvestre harmonia imitativa era a trama constante em que as vagas punham os seus ritmos ininterruptos, desfazendo-se contra os recifes. Chegava a onda, com uma veemência de amor ou de cólera, aos blocos inabaláveis; precipitava-se sobre eles, rugindo, feita espuma, invadindo com a sua fluidez as passagens mais estreitas e ocultas. Dir-se-ia que uma alma natural e soberana enchera com a sua agitação frenética um instrumento vasto e múltiplo como um órgão, passando por todas as discordâncias, ferindo todas as notas da alegria e da dor.

Ria, gemia, implorava, cantava, acariciava, suspirava e ameaçava; alegre, flébil, humilde, irónica, meiga, desesperada, cruel. Trepava ao cimo das rochas mais altas para encher pequenas

O TRIUNFO DA MORTE

cavidades redondas como taças votivas; infiltrava-se nas fendas oblíquas onde pululavam moluscos, desfazia-se sobre os macios tapetes de coralinas, rasgando-os, ou então rastejava por eles, leve, como a serpente pelo musgo. O gotejar rítmico das águas no interior das cavernas ocultas, o gorgolejar das fontes semelhante ao bater de um grande coração, o murmúrio rouco das correntes pela escarpa das encostas, o rugir surdo da torrente apertada entre duas paredes de granito, o ribombar repetido do rio que se precipita do alto de uma catarata, todos os sons que produz a água viva sobre a pedra inerte e todas as combinações dos seus ecos, tudo ela imitava. Imitava a palavra que se murmura na sombra, às escondidas, o suspiro exalado numa angústia mortal, o clamor de uma multidão sepultada nas profundezas de uma catacumba, o soluçar de um peito titânico, a gargalhada estrepitosa e cruel, todos os sons que a boca humana produz na tristeza ou na alegria, e o rugido e o berro. Os coros noturnos dos espíritos de línguas aéreas, o cochichar dos fantasmas perseguidos pela aurora, os risos reprimidos das criaturas fluidas e maléficas à espreita nas entradas dos antros, o chamamento das flores vocais no paraíso da luxúria, o voltear da dança mágica sob a lua, todos os sons que o ouvido do poeta escuta em segredo, todos os encantamentos da sereia antiga, tudo ela imitava. Una e múltipla, frágil e imperecível, continha em si todas as linguagens da Vida e do Sonho.

Foi isto, no espírito concentrado do ouvinte, como que a ressurreição de um mundo. A grandeza da sinfonia marítima ressuscitou-lhe a fé no poder ilimitado da Música. Estava assombrado por ter podido privar por tanto tempo o seu espírito daquele alimento quotidiano, ter renunciado ao único meio concedido ao homem para se libertar da ilusão da aparência e para descobrir no universo interior da alma a Essência real das coisas. Assombrava-o ter esquecido por tanto tempo o culto religioso que, com Demétrio, praticara desde os primeiros anos da sua infância com tanto fervor. Para Demétrio e para ele, não era a Música uma Religião? Não lhes revelara ela a ambos o mistério da vida suprema? Ela repetiu-lhes, mas com um sentido diferente, as palavras de Cristo: «O nosso reino não é deste mundo.»

E surgiu-lhe o homem doce e pensativo, o rosto cheio de uma melancolia viril, ao qual dava uma estranha expressão a madeixa de cabelos brancos, por entre os cabelos negros, partindo do meio da testa.

Mais uma vez Giorgio se sentia penetrado pela fascinação sobrenatural, que, do fundo do seu túmulo, exercia sobre si aquele homem existente para além da vida. Vieram-lhe à memória coisas remotas, semelhantes a ondas de harmonia, indistintas; pedaços de ideias comunicadas por aquele revelador pareceram-lhe assumir formas vagas de ritmos; a imagem ideal do defunto pareceu transformar-se musicalmente, perder os seus contornos visíveis, reentrar na unidade profunda do Ser, naquela unidade que o solitário violinista, à luz da sua inspiração, descobrira sob a diversidade das Aparências.

Certamente, pensava ele, *foi a Música que o iniciou no mistério da Morte, que lhe mostrou, para além da Vida, um noturno império de maravilhas. A harmonia, elemento superior ao tempo e ao espaço, fez-lhe entrever como uma beatitude a possibilidade de se libertar deles, de o arrancar à vontade individual que o encerrava no cárcere de uma pessoa confinada num lugar estreito, que o sujeitava eternamente à matéria bruta da substância corporal. Como sentira mil vezes em si, nas horas de inspiração, o despertar da vontade universal, como experimentara uma alegria extraordinária em reconhecer a unidade suprema que reside no fundo de todas as coisas, julgava prolongar-se no infinito por meio da morte, dissolver-se na harmonia contínua do Grande Todo, e participar da eterna volúpia do Futuro. Por que não terei eu também a mesma iniciadora no mesmo mistério?*

Altas imagens surgiram no seu espírito, enquanto as estrelas despontavam, uma a uma, no silêncio dos céus. Encontrou alguns dos seus sonhos mais poéticos. Lembrou-se do enorme sentimento de alegria e liberdade que experimentara, um dia, ao identificar-se fantasticamente com um desconhecido que jazia num caixão, ao cimo de um majestoso catafalco rodeado de brandões, enquanto da profundidade da sombra sagrada, no órgão, na orquestra e nas vozes humanas, a alma de Beethoven, o divino revelador, falava com o Invisível. Reviu a nave quimérica, ocupada por um órgão gigantesco que, entre o céu e o mar, nos longes infinitos, derramava, pela sua floresta de tubos, torrentes de harmonia sobre a calma das ondas, enquanto os fogos crepusculares flamejavam no extremo horizonte, ou se espalhava na noite a serenidade estática da lua cheia, ou, sobre os círculos das trevas, as constelações brilhavam nos seus carros de cristal. Reconstituía aquele maravilhoso templo da Morte, todo de mármore branco, onde, por entre as colunas, músicos insignes seduziam com os seus acordes os mancebos que passavam, e punham tanta arte em os iniciar que nunca nenhum deles, depois de pôr o pé na soleira da fúnebre porta, se retirava para saudar a luz onde até aí encontrara a alegria.

Quero uma maneira nobre de morrer. Que a Beleza estenda um dos seus véus sob o meu último passo: é isto simplesmente o que peço ao meu Destino.

Um entusiasmo lírico dilatava o seu pensamento. A morte de Percy Shelley, tantas vezes invejada e sonhada por ele à sombra e ao bater da vela, reapareceu-lhe num imenso relâmpago de poesia. Aquele destino tinha uma grandiosidade e uma tristeza sobre-humanas. *A sua morte é misteriosa e solene como a dos antiquíssimos heróis helénicos, que uma virtude invisível arrebatava de súbito da terra e levava, transformados, pela esfera jovial. Como no canto de Ariel, nada dele se aniquilou; mas o mar converteu-o em alguma coisa de rico e estranho. O seu corpo jovem arde numa pira, junto do Apenino, em face do Tirreno solitário, sob o arco azul do céu. Arde com os aromas, com o incenso, o azeite, o vinho e o sal. As chamas crepitantes sobem no ar imóvel, vibram e cantam para o sol que faz cintilar os mármores nos cimos das montanhas. Enquanto o corpo não acaba de consumir-se, uma andorinha do mar volteja em redor da pira. E depois que o corpo incinerado se desagrega, aparece nu e intacto o coração* – Cor Cordium. *Não teria ele também como o poeta do* Epipsychidión, *amado Antígona numa existência anterior?*

Por baixo dele, em volta, a sinfonia do mar crescia, na sombra e, em cima, o silêncio do céu estrelado tornava-se mais profundo. Mas, do lado da costa, aproximava-se um ruído, diferente de qualquer outro ruído reconhecível. E, ao voltar-se para aquele lado, viu os dois faróis do comboio como dois fulgurantes olhos de fogo.

Ensurdecedor, rápido e sinistro, o comboio passou, abalando o promontório; num segundo, percorrera a via descoberta; depois, silvando e roncando, desapareceu na boca do túnel oposto.

Giorgio levantou-se de um salto. Reparou que tinha ficado só.

– Giorgio! Giorgio! Onde estás tu?

Era Ippolita que o chamava, inquieta, à sua procura; era um grito de ansiedade e de espanto.

– Giorgio, onde estás?

6

I ppolita deu sinais de grande alegria quando Giorgio lhe comunicou a próxima chegada do piano e das músicas. Como lhe estava agradecida por essa gentil surpresa! Tinham, finalmente, com que destruir aquela ociosidade das longas horas do dia e evitar as tentações... Ria, aludindo a essa sua obra carnal interrompida apenas pelos silêncios do cansaço, ou pela fuga de algum dos dois.

– Desta maneira – disse ela, rindo com uma ponta de malícia, mas sem azedume – desta maneira nunca mais fugirás para esse maldito Trabocco... Não é assim?

Aproximou-se, agarrou-lhe na cabeça, apertou-lhe as fontes com as mãos e, fitando-o no fundo dos olhos:

– Confessa que vais para lá *por causa disto* – murmurou ela, numa voz mórbida, como para o induzir a confessar.

– Por causa de quê? – perguntou ele, experimentando ao contacto daquelas mãos a sensação que se experimenta ao empalidecer.

– Porque tens medo dos meus beijos.

Pronunciou aquelas palavras com lentidão, quase compassando as sílabas, numa voz que se tornou de repente singularmente límpida; e tinha no olhar um misto de paixão, de ironia, de crueldade e orgulho indefiníveis.

– Não é verdade? – insistiu ela. – Não é verdade?

Continuou a apertar-lhe as fontes entre as mãos; mas, a pouco e pouco, os seus dedos insinuavam-se-lhe nos cabelos, roçavam-lhe, levissimamente, pelas orelhas, desciam-lhe até à nuca, com uma daquelas múltiplas carícias de que ela se tornara mestra soberana. – Não é verdade? – repetia, pondo até naquela repetição uma subtil meiguice, pondo na voz aquele tom que ela sabia já, por experiência, capaz de perturbar o amante. – Não é verdade?

Ele não respondeu; fechava os olhos e abandonava-se; sentia a vida fugir-lhe, dissipar-se o mundo.

Mais uma vez sucumbia ao simples contacto daquelas mãos magras; mais uma vez a Inimiga experimentava triunfalmente o seu poder sobre ele. Afigurava-se-lhe que ela queria dizer: *Tu não podes fugir-me. Sei que tens medo de mim, mas o desejo que em ti provoco é mais forte que o teu pavor. E nada me embriaga tanto como ler esse pavor nos teus olhos, surpreendê-lo no estremecer das tuas fibras.*

Na ingenuidade do seu egoísmo, revelava não ter a consciência do mal que fazia, da obra destruidora que realizava sem dó nem descanso. Habituada às singularidades do amante – às suas melancolias, às suas contemplações intensas e mudas, às suas inquietações súbitas, aos seus entusiasmos sombrios e quase loucos, às suas palavras amargas e ambíguas – não compreendia a gravidade da situação presente, que ela agravava mais de hora a hora. Excluída pouco a pouco de qualquer participação na vida interior de Giorgio, se bem que o taciturno a tivesse já exaltado como a criadora daquela vida, pusera toda a sua ciência, primeiro por instinto, depois por deliberação, em consolidar o seu domínio sensual. A nova maneira de viver, ao ar livre, no campo, à beira-mar, favorecia a expansão da sua animalidade; provocava na sua natureza uma força fictícia e a necessidade de a exercer até ao excesso. A ociosidade completa, a ausência de cuidados vulgares, a presença contínua do amante, a comunidade de leito, a simplicidade dos vestidos de verão, o banho quotidiano,

O TRIUNFO DA MORTE

todos os hábitos novos contribuíam para requintar e multiplicar os seus artifícios voluptuosos, dando-lhe frequentíssimas ocasiões de os repetir. Dir-se-ia, na verdade, que ela tirava uma desforra terrível da sua frieza dos primeiros dias e da sua inexperiência dos primeiros meses, corrompendo por sua vez aquele que a tinha corrompido. Tornou-se tão perspicaz, tão segura dos seus efeitos, revelava uma tal prontidão de invenções imprevistas, uma graça tão fácil de atitudes e gestos, punha, às vezes, ao oferecer-se, um frenesi tão violento, que Giorgio já não reconhecia nela a criatura exangue e ferida, submissa às carícias mais temerárias com espanto profundo, ignorante, desvairada, que lhe oferecia aquele divino e cruel espetáculo da agonia do pudor esmagado pela paixão vitoriosa.

Ainda há pouco, contemplando-a adormecida, tinha pensado:

A verdadeira comunhão sexual é também uma quimera. Os sentidos da minha amante são tão obscuros como a sua alma. Nunca chegarei a surpreender nas suas fibras um secreto desgosto, um apetite mal satisfeito, uma irritação não acalmada. Nunca poderei conhecer as sensações diferentes que lhe dá a mesma carícia repetida em momentos diversos... Pois bem: aquele conhecimento adquiriu-o ela a respeito dele; estava de posse dessa infalível ciência; conhecia as sensibilidades mais secretas e subtis do amante e sabia movê-las com uma maravilhosa intuição dos estados físicos que dela dependiam, das suas correspondências, das suas associações e das suas alternativas.

Nele, a sensação de prazer recebida numa parte do corpo, tendia a dilatar-se, a complicar-se, a exagerar-se, acordando fantasmas de sensações anteriores análogas e, portanto, produzindo um estado de consciência capaz de obter aquela amplitude, aquela multiplicidade e aquelas subtilezas. Isto é: nele – pela sua extraordinária tendência de fazer do conhecido desconhecido – a uma simples sensação real de prazer corresponde quase sempre o fantasma ideal de uma sensação múltipla e difusa, mais rara e mais alta. O poder de

GABRIELE D'ANNUNZIO

Ippolita, quase mágico, consistia precisamente em adivinhar aquele fantasma íntimo e em convertê-lo em realidade sensível aos nervos do amante. E era como se ela seguisse exatamente uma sugestão muda.

Mas naquele desejo inextinguível que ateara em Giorgio ardia ela própria e sentia em si mesma os efeitos do mal, ao provocá-lo. A consciência do seu poder, mil vezes experimentado sem falhar, embriagava-a; e aquela embriaguez cegava-a, impedindo-a de ver a grande sombra que todos os dias crescia atrás da cabeça do seu escravo. O terror que ela descobrira nos olhos de Giorgio, as tentativas de fuga, as hostilidades mal dissimuladas, excitavam-na em vez de a conter. A tendência fictícia para as coisas extraordinárias, para a vida transcendente e para o mistério, gosto que Giorgio desenvolveu nela, apagava-lhe aqueles sintomas reveladores de uma profunda alteração. Um dia, o seu amante, separado dela, oprimido pela angústia do desejo e do ciúme, escrevera-lhe: «Será isto o amor? Oh, não! É uma espécie de enfermidade prodigiosa, que não pode florescer *senão em mim*, para minha alegria e minha pena. Este sentimento, estou em crer que jamais nenhuma outra criatura humana o experimentou.» Orgulhava-se ao reconhecer, de hora a hora, os efeitos estranhos do seu exclusivo domínio sobre o doente. E não tinha outro fim senão exercer aquela tirania com um misto de leviandade e gravidade, passando alternativamente – como ainda há pouco – da brincadeira para o abuso.

7

À s vezes, à beira-mar, contemplando a mulher inconsciente junto da onda mansa e perigosa, Giorgio pensava: *Eu podia fazer com que ela morresse. De vez em quando, tenta nadar agarrando--se a mim. Ser-me-ia fácil estrangulá-la debaixo da água, afogá-la. Não haveria nenhuma desconfiança; o crime teria a aparência de um acidente. Só então, em presença do cadáver da Inimiga, é que eu teria probabilidades de resolver o meu problema. Mas, sendo ela hoje o centro de toda a minha existência, que transformações se realizariam em mim amanhã, depois do seu desaparecimento? Quantas vezes não tenho eu experimentado um sentimento de paz e liberdade, supondo-a morta, enterrada no seu túmulo?... Talvez eu conseguisse salvar-me e reconquistar a vida, se matasse a Inimiga, se destruísse o obstáculo.*

Demorava-se nessas reflexões; tentava construir uma representação de si mesmo, liberto e calmo, num futuro sem amor; e comprazia-se em envolver o corpo luxurioso da amante num sudário fantástico.

Ippolita era tímida na água. Nunca se atreveu a levar as suas experiências de natação para além da zona das águas baixas. Um medo repentino invadia-a quando sentia a terra firme fugir-lhe, de repente, debaixo dos pés. Giorgio incitava-a a aventurar-se, com o seu auxílio, até ao Escolho de Fuori, bloco isolado a pequena distância da costa, a vinte braças de terra firme. Para lá chegar a nado, bastava um leve esforço.

– Coragem! – dizia-lhe ele para a convencer. – Não podes aprender sem te arriscares. Conservar-me-ei ao teu lado.

Envolvia-a assim no seu pensamento homicida; e sentia um longo arrepio interior todas as vezes que, nos incidentes do banho, refletia na extrema facilidade com que poderia realizar os seus intentos. Mas faltava-lhe a energia necessária, e limitava-se a tentar o acaso, propondo aquela pequena aventura. No seu estado atual de fraqueza, até ele correria perigo se, com o medo, Ippolita se lhe agarrasse violentamente. Essa probabilidade, porém, não o dissuadia de tentar a experiência; pelo contrário, arrastava-o a isso com a maior resolução.

– Coragem! Como vês, a rocha é tão pertinho que, para a tocar, basta estender a mão. Não tenhas medo da profundidade. Deves nadar com calma a meu lado. Lá tomarás ar. Descansamos e colhemos coralinas. Queres? Coragem!

Fatigava-o dissimular a sua ansiedade. Ela resistia, hesitava, entre o medo e o capricho.

– E se me faltam as forças para lá chegar?

– Segurar-te-ei.

– E se não bastar a tua força?

– Basta. Não vês que a rocha é pertinho?

Sorrindo, ela chegou aos lábios, com a ponta dos dedos molhados, algumas gotas de água.

– Tão salgada! – disse ela, fazendo caretas.

Depois, vencida a última repugnância, decidiu-se de repente.

– Vamos! Estou pronta.

O seu coração palpitava tão forte como o do seu companheiro.

Como a água estava tranquilíssima, quase imóvel, as primeiras braçadas correram bem. Mas, de súbito, por falta de hábito, começou a beber; encheu-se de medo; gritou, debatendo-se, e bebeu outra vez.

O TRIUNFO DA MORTE

– Acode-me, Giorgio! Acode-me!

Instintivamente, precipitou-se para ela, para as suas mãos crispadas que o prenderam. Pela prisão e com o peso, fraquejou, e teve a visão súbita do fim previsto.

– Não me agarres assim! – exclamou. – Não me agarres, deixa-me um braço livre!

E o instinto brutal da vida deu-lhe novo vigor. Fez um esforço extraordinário, venceu com aquele peso a curta distância, e chegou à rocha sem forças.

– Agarra-te – disse ele a Ippolita, sentindo-se incapaz de a levantar.

Vendo-se salva, recobrou a sua ligeireza de ação, mas, bastou-lhe sentar-se na rocha, a arfar e pingando, rompeu em soluços.

Chorava com violência, com um choro pueril que não enternecia, mas até exasperava o companheiro. Nunca a vira derramar tantas lágrimas, com os olhos tão inchados e ardentes, com aquela deformação da boca. Achava-a feia e tímida. Tinha-lhe um ódio profundo, lamentando tê-la tirado da água com tanto trabalho. Imaginou-a afogada, desaparecida no mar; imaginava a sua própria emoção ao vê-la desaparecer; e, em seguida, os sinais de dor que mostraria em público, e a sua atitude perante o cadáver arrojado pelas ondas.

Admirada de se ver abandonada às suas lágrimas, sem um conforto, voltou-se para ele. Já não soluçava.

– Como hei de eu fazer – perguntou ela – para regressar à praia?

– Repetes a experiência – respondeu ele com ar de troça.

– Não, isso nunca!

– Pois, então?

– Fico aqui.

– Está bem. Adeus.

E fez o gesto de se atirar à água.

– Adeus! Eu grito! Alguém virá para me levar.

Do choro passou à gargalhada, com os olhos ainda cobertos de lágrimas.

– Que tens tu nesse braço? – continuou ela.

– As marcas das tuas unhas.

E mostrou-lhe as arranhaduras ensanguentadas.

– Dói-te?

Enternecia-se, tocando-lhe delicadamente.

– A culpa foi tua – acrescentou. – Foste tu que me convenceste a vir. Eu não queria... – e acrescentou, sorridente: – Era um processo para te veres livre de mim? E com um sobressalto que a sacudiu toda:

– Oh! Que morte triste! A água é tão amarga! Inclinou a cabeça e sentiu a água correr-lhe das orelhas, tépida como sangue.

A rocha, ao sol, estava quente, escura e rugosa como o dorso de um animal vivo; e, nas profundezas, formigava uma vida inumerável. Viam-se as plantas verdes ondular à flor da água, com a ligeireza de cabelos soltos, com um suave murmúrio. Uma espécie de sedução lenta brotava dessa rocha solitária que recebia o calor celeste comunicando-o àquele seu povo de criaturas felizes.

Como para obedecer àquela sedução, Giorgio estendeu-se de costas. Durante alguns segundos, aplicou apenas a sua consciência a notar o bem-estar vago que penetrava na sua pele húmida, secando ao calor emanado da pedra e dos raios diretos do Sol. Imagens de sensações remotas reviviam na sua memória. Recordava os banhos castos de outrora, as longas imobilidades na areia mais ardente e suave que um corpo feminino, a oferta anual dos despojos epidérmicos ao Deus canicular. Oh! A solidão, a liberdade, o amor sem companhia, o amor pelas mulheres mortas ou inacessíveis! A presença de Ippolita impedia-lhe qualquer abandono, provocava-lhe constantemente a imagem do contacto físico, da cópula realizada por órgãos ignóbeis, do espasmo infecundo e triste, que se tomou na única manifestação do seu amor.

O TRIUNFO DA MORTE

– Em que pensas? – perguntou Ippolita, tocando-lhe. – Queres aqui ficar?

Ele levantou-se e respondeu:

– Vamos.

A vida da Inimiga estava ainda nas suas mãos. Podia destruí-la. Lançou em volta um rápido olhar. Um silêncio enorme enchia a colina e a praia; no Trabocco, os pescadores, taciturnos, vigiavam a rede.

– Vamos, coragem! – repetia-lhe ele, sorrindo.

– Não, nunca mais!

– Então ficamos aqui?

– Não. Chama os homens do Trabocco.

– Vão-se rir de nós.

– Pois bem. Chamo-os eu mesma.

– Mas, se tu não tiveres medo, se não te agarrares a mim como há pouco, eu posso levar-te.

– Não, não. Quero ser levada na *cannizza*.

Estava tão resoluta, que Giorgio cedeu. Pôs-se de pé sobre a rocha e, fazendo das mãos porta-voz, chamou um dos filhos do Turchino.

– Daniele! Daniele!

Àquela chamada repetida, um dos pescadores deixou o cabrestante, atravessou a ponte, desceu aos rochedos, e pôs-se a correr pela praia.

– Daniele, traz a *cannizza*.

O homem ouviu, voltou para trás, dirigiu-se às jangadas de canas juntas em forma de um sistro e estendidas, ao sol, na areia, à espera da ocasião propícia para a pesca. Arrastou uma para a água, saltou para cima, empurrando-a com uma vara comprida, e impeliu-a para o Escolho de Fuon.

8

N a manhã seguinte (era um domingo) Giorgio, sentado debaixo de um carvalho, ouvia o velho Cola contar como alguns dias antes, em Tocco Casauria, o Messias Novo fora preso pela polícia e levado para a prisão de S. Valentino com alguns dos seus discípulos.

– Nosso Senhor Jesus Cristo também sofreu o ódio dos fariseus – dizia o velho, abanando a cabeça. – A um, que veio trazer a paz e a abundância aos campos, também o encarceraram!

– Oh pai! – exclamou Cândia. – Não se aflija, o Messias há de sair da prisão quando ele quiser, e ainda o havemos de ver pelos nossos sítios. Espere!

Estava encostada ao umbral da porta, suportando sem fadiga a sua plácida gravidez; e nos seus grandes olhos escuros brilhava uma infinita serenidade.

De repente, Albadora, a Cybele setuagenária que dera à luz vinte e dois filhos, subiu ao pátio, pelo atalho; e, apontando a costa vizinha do promontório da esquerda, anunciou muito comovida:

– Afogou-se além um menino.

Cândia fez o sinal da cruz. Giorgio levantou-se e subiu à *loggia* para observar o sítio indicado. Via-se na praia, junto do promontório, próximo dos recifes e do túnel, uma mancha branca; era, sem dúvida, o lençol que cobria o pequeno cadáver. Um grupo de gente rodeava-o.

Como Ippolita fora à missa, com Elena, à capela do Porto, teve a curiosidade de descer, e disse aos hospedeiros:

– Vou ver.

– Para que vai afligir-se? – perguntou Cândia.

Entrou rapidamente no caminho e desceu por um atalho até a praia, avançado ao longo do mar. Chegado ao lugar do sinistro, arfava um pouco. Perguntou:

– Que aconteceu?

Os aldeões cumprimentaram-no, dando-lhe lugar. Um deles respondeu, tranquilo:

– Foi o *filho de uma mãe* que morreu afogado.

Um outro, vestido de linho, que parecia de guarda ao cadáver, abaixou-se e levantou o lençol.

O pequeno corpo apareceu, inerte, estendido na areia dura. Era um garoto de oito ou nove anos, aloirado, magro e alto.

À maneira de travesseiro, puseram-lhe por baixo da cabeça as suas pobres roupas embrulhadas: a camisa, os calções azuis, a faixa encarnada, o chapéu mole de feltro. O rosto estava quase lívido, com o nariz achatado, a testa saliente, cílios muito compridos, boca entreaberta, de grossos lábios roxos, entre os quais brilhavam os raros dentes brancos. O pescoço era delgado, flácido como uma haste seca, cheio de pequenas rugas; frágil a articulação dos braços; os braços negros, cobertos de uma penugem leve como a das penas que vestem as aves quando recém-nascidas. As costas desenhavam-se distintamente; uma linha mais escura dividia ao meio a pele do peito; o umbigo saía-lhe fora como um nó. Os pés, um tanto inchados, tinham a mesma cor amarelada das mãos, pequenas mãos calosas, cheias de cravos, com unhas brancas que principiavam a arroxear. No braço esquerdo, nas coxas, perto das virilhas, e mais abaixo, nos joelhos, ao longo das pernas, apareciam manchas arroxeadas. Todas as particularidades daquele corpo miserável tinham, aos olhos de Giorgio, um significado extraordinário, imobilizadas como estavam e para sempre inertes na rigidez da morte.

– Como se afogou ele? Onde? – perguntou em voz baixa.

O homem vestido de linho fez, com alguns sinais de impaciência, a narração que, com certeza, já várias vezes repetira. Tinha um aspeto bestial, quadrado, de sobrancelhas hirsutas, boca larga, dura, feroz. O pequeno, logo depois de haver conduzido o seu rebanho para o curral, almoçou e desceu para se banhar, juntamente com outro rapaz. Mal pôs o pé na água, caiu e afogou-se. Aos gritos do companheiro, acudiu uma pessoa da casa de cima, que o retirou meio morto, sem molhar as pernas acima dos joelhos. Colocou-lhe a cabeça para baixo, para o fazer vomitar a água, sacudiu-o, mas inutilmente.

E para indicar até onde avançou o desgraçado, o homem apanhou um seixo e arremessou-o ao mar.

– Ali. Mesmo ali, a três braças da costa!

O mar calmo arfava junto da cabeça do pequeno morto, docemente. Mas o sol abrasava a areia e, sobre o cadáver pálido, alguma coisa de impalpável caía daquele céu de fogo e daquelas rudes testemunhas.

– Porque não o levam para a sombra, para uma casa, para uma cama? – perguntou Giorgio.

– Não se pode mexer-lhe – sentenciou o guarda. – Enquanto não chegar a justiça, não se lhe pode mexer.

– Mas, ao menos, levem-no para a sombra, para cima daquele entulho.

Obstinadamente, o guarda repetiu:

– Não se lhe pode mexer.

E nada era mais triste que essa frágil criatura morta, estendida em cima dos seixos e guardada por aquele animal impassível que repetia sempre a mesma coisa e fazia sempre o mesmo gesto para atirar o seixo ao mar:

– Ali. Mesmo ali...

Chegou uma mulher, megera de nariz adunco, olhos escuros, boca áspera: a mãe do companheiro do morto. Via-se distintamente nela uma inquietação de desconfiança, como se temesse qualquer acusação contra o seu filho. Falava asperamente, mostrando-se quase irritada contra a vítima.

– Era o seu destino. Deus disse: «Vai para o mar e afoga-te.» Gesticulava com veemência.

– Para que foi ele para lá, se não sabia nadar?

Um rapaz que não era dali, filho de um marinheiro, repetiu com desdém:

– Sim, para que foi ele para lá? Nós, sim, que sabemos nadar...

Chegava mais gente que olhava com fria curiosidade, que parava ou passava adiante. Um grupo enchia a trincheira do caminho de ferro: outro observava do alto do promontório, como num espetáculo. Rapazitos, assentados ou ajoelhados, atiravam pedrinhas ao ar para as apanhar, alternadamente, nas costas ou na palma das mãos. Em todos havia uma profunda indiferença pela desgraça alheia e pela morte.

Outra mulher, que vinha da missa, apareceu com o seu vestido de seda, coberta com todo o seu oiro. O guarda contou-lhe também o facto, impaciente, indicando-lhe o sítio na água. Ela era faladora.

– Digo sempre aos meus filhos: «Se vão para o mar, mato-os.» O mar é o mar. Quem é que se salva?

Pôs-se a contar histórias de afogados; e lembrava o caso daquele afogado sem cabeça que as ondas arrojaram a S. Vito e que foi descoberto por um pequeno, entre as rochas.

– Aqui, entre estas rochas. O pequeno correu a dizer: «Um morto.» A princípio julgámos que seria brincadeira. Contudo, sempre fomos ver e lá o encontrámos. O cadáver estava sem cabeça. Veio a justiça. Enterraram-no à noite. Estava todo despedaçado, numa pasta, mas conservava ainda os sapatos nos pés. O juiz disse:

«Olhem, são melhores que os meus.» Devia ser homem rico. Era um marchante. Mataram-no, cortaram-lhe a cabeça e atiraram-no à água no Tronto...

Ela continuava, com uma voz estrídula, engolindo de vez em quando a saliva com um leve ruído.

– E a mãe? Quando virá a mãe?

A este nome, todas as mulheres soltaram exclamações de dó.

Voltaram-se todas, supondo vê-la na praia ardente, ao longe. Algumas davam informações a respeito dela.

– Chamava-se Riccangela, era viúva e tinha sete filhos. Pusera aquele a servir em casa de uns lavradores para guardar o gado e ganhar uma côdea de pão.

Uma dizia, olhando o cadáver:

– A mãe fez tantos sacrifícios para o criar!

Outra dizia:

– Para sustentar os filhos chegou a pedir esmola. Outra ainda contava que, alguns meses antes, o pobrezinho estivera quase a afogar-se no charco de um pátio: um palmo de água. Todos repetiram:

– Era o seu destino: assim tinha de morrer.

E a expetativa tornava-as inquietas, ansiosas.

– A mãe! Deve estar a chegar!

Giorgio, sentindo confranger-se-lhe o coração, exclamou:

– Mas levem-no para a sombra, para uma casa, para que a mãe não o veja nu, em cima das pedras, debaixo deste sol!

Obstinadamente, o guarda objetava:

– Não se lhe pode mexer. Enquanto não chegar a Justiça, não se lhe mexe.

Os circunstantes olhavam para o estranho com surpresa: *o forasteiro de Cândia.* O seu número aumentava. Uns ocupavam o entulho plantado de acácias, outros cobriam o cimo do promontório árido, a pique sobre os recifes. Aqui e além, estendido sobre os grandes blocos monstruosos, um barquito de caniços brilhava como oiro junto do enorme desabamento do rochedo, como a ruína de uma torre ciclópica contra a imensidade do mar.

De repente, do cimo, uma voz anunciou:

– Lá vem ela!

Outras vozes repetiram:

– É a mãe! É a mãe!

Toda a gente se voltou; alguns desceram do entulho; os do promontório debruçaram-se para a frente. A expetativa emudeceu todos os circunstantes. O guarda tornou a cobrir o cadáver com o lençol. No silêncio, o mar arfava apenas e as acácias murmuravam.

Então, no silêncio, ouviram-se gritos. Era a mãe que vinha ao longo da costa, ao sol. Trazia a roupa das viúvas e, com o corpo inclinado, tropeçava na areia, gritando:

– Meu filho! Meu filho!

Ergueu as mãos ao céu, bateu depois nos joelhos, gritando:

– Meu filho!

Um dos filhos mais velhos, com um lenço vermelho ao pescoço, seguia-a com ar aparvalhado, enxugando as lágrimas as costas da mão. Ela caminhava ao longo da costa, curvada, batendo nos joelhos, direita ao lençol. E, enquanto chamava pelo morto, a sua boca deixava escapar gritos que nada tinham de humano, semelhantes ao uivar de um cão selvagem. À medida que se aproximava, curvava-se mais, com as mãos quase no chão; atirou-se sobre o lençol, com um uivo.

Levantou-se. Com a sua mão rude e negra, endurecida por todos os trabalhos, descobriu o cadáver. Olhou-o alguns instantes, imóvel, como petrificada. Depois, por diversas vezes, com uma voz aguda, com toda a força dos pulmões, gritou como se quisesse acordá-lo:

– Filho! Filho! Filho!

As lágrimas sufocavam-na. De joelhos, furiosa, batia nas ancas com os punhos. Olhou em volta com olhos desesperados. Parecia recolher-se num intervalo daquela violência.

O TRIUNFO DA MORTE

E começou, então, a cantar.

Cantava a sua dor num ritmo que subia e descia constantemente, como o palpitar de um coração.

Era a antiga melodia que, desde tempos imemoriais, na terra
dos Abruzzo, as mulheres cantavam sobre os restos dos seus parentes. Era a eloquência melodiosa da dor sagrada que espontaneamente
achava na profundeza do ser aquele ritmo hereditário com que as
mães de outrora carpiam os seus prantos. Ela cantava, cantava:

– Abre os olhos, levanta-te, caminha, meu filho! Como estás
bonito! Como estás bonito!

Cantava:

– Por um bocado de pão, afoguei-te, meu filho! Por um bocado
de pão entreguei-te à morte, meu filho! E foi para isto que eu te criei!

Mas a mulher de nariz adunco interrompeu-a, irritante:

– Não, não foste tu que o afogaste. Foi o Destino.

Não, tu não o entregaste à morte. *Tinha-lo posto no meio do
pão.*

E, fazendo um gesto para a colina onde estava a casa que lhe
recebera o pequeno, acrescentou:

– Tratavam-no ali *como um brinquinho...*

A mãe continuava:

– Meu filho! Quem te mandou, quem te mandou aqui para te
afogares?

E a mulher irritante:

– Quem o mandou? Foi o Nosso Senhor. Disse-lhe: «vai para o
mar e afoga-te.»

Como Giorgio afirmasse, baixinho, a um dos circunstantes,
que o rapaz, socorrido a tempo, podia salvar-se, e que o mataram
pondo-o de cabeça para baixo, viu fitar-se nele o olhar fixo da mãe.

– Faça-lhe alguma coisa, meu senhor! – pediu-lhe ela. – Faça-
-lhe alguma coisa.

E pôs-se a rezar:

- Senhora dos Milagres, fazei este milagre.

E tocando a cabeça do morto:

- Filho! Filho! Filho! Levanta-te! Caminha!

Diante dela estava, de joelhos, um irmão do morto.

Chorava sem dor, olhando de vez em quando em redor, com um rosto que se tornara, de súbito, indiferente. Outro irmão, o mais velho, estava sentado perto, à sombra de uma rocha, e simulava o pesar escondendo o rosto entre as mãos. Para consolar a mãe, as mulheres inclinavam-se em volta dela com gestos de dó e acompanhavam a cantilena com gemidos e ais. Ela cantava:

- Para que te afastei de casa? Para que te entreguei à morte? Fiz tudo para criar os meus filhos. Tudo, tudo, tudo, exceto vender-me... E foi por um bocado de pão que te perdi. Assim, assim tinhas de morrer! Afogaram-te, meu filho!

Então, a mulher de nariz de ave de rapina, num arranco de cólera, levantou as saias, entrou na água até o joelho e gritou:

- Olha: chegou até aqui! Olha! A água está como óleo. É sinal de que tinha de morrer assim.

E voltou para a praia em dois passos.

- Olha! - repetiu, indicando na areia os vestígios profundos do homem que retirou o corpo. - Olha!

A mãe olhava com espanto; mas dir-se-ia que não via nada, que nada compreendia. Depois das desesperadas explosões de dor, sucediam-se nela pausas curtas e obscuridades de consciência. Calava-se; tocava num pé ou numa perna do morto com um gesto maquinal, enxugava as lágrimas ao seu avental preto; e parecia sossegar. Depois, de repente, abalava-a toda uma nova explosão, precipitando-se sobre o cadáver.

- E não posso levar-te! Não posso levar-te, nos meus braços, à igreja! Filho! Filho!

Apalpava-o da cabeça aos pés, acariciando-o lentamente. A sua angústia selvagem suavizava-se numa ternura infinita. A sua mão tostada e calosa de trabalhadora tornava-se extraordinariamente meiga quando tocava nos olhos, na boca, na testa do filho.

– Como estás bonito! Como estás bonito! Tocou-lhe no lábio inferior, já roxo; e aquela leve pressão fez-lhe correr da boca uma espuma esbranquiçada. Tirou-lhe dos olhos um cisco, docemente, como se receasse magoá-lo.

– Como estás lindo, amor da minha alma!

Eram longas, muito longas e loiras as pestanas. Nas fontes e nas faces tinha uma penugem fina, clara como oiro.

– Não me ouves? Levanta-te! Anda!

Pegou no chapeuzito, velho, mole como um trapo. Fitou-o, beijou-o e disse:

– Quero guardá-lo para relíquia, e hei de trazê-lo sempre ao peito.

Pegou na faixa vermelha e disse:

– Quero vesti-lo.

A mulher impertinente, que não deixava o seu lugar, apoiou:

– Vamos vesti-lo.

E ela própria tirou as roupas de debaixo da cabeça do morto, rebuscou a algibeira do casaco e encontrou um pedaço de pão e um figo.

– Vês? Tinham acabado de lhe dar de comer. Tratavam-no *como um brinquinho.*

A mãe olhou para a camisita, suja, rota, sobre a qual lhe caíam as lágrimas, e disse:

– E tem de ficar com esta camisa!

Prontamente, a mulher voltou-se para cima e disse para um dos seus:

– Traz depressa uma camisa nova do Nufrillo!

Trouxeram a camisa nova. Quando a mãe levantou o pequeno morto, da boca caiu-lhe um pouco de água que lhe escorreu pelo peito.

– Nossa Senhora dos Milagres, faz este milagre! – suplicou ela, erguendo os olhos para o céu numa suprema imploração.

Depois tornou a deitar a sua doce criatura. Pegou na camisa velha, na faixa vermelha, no chapéu; enrolou tudo num embrulho e disse:

– Será o meu travesseiro; de noite descanso nele e com ele quero morrer.

Colocou a pobre relíquia na areia, junto da cabeça do filhinho, encostou-se a ela, de lado, como numa cama.

Ficaram ambos ao lado um do outro, mãe e filho, sobre as pedras duras, debaixo do céu em fogo, perto do mar homicida. E ela cantava agora a mesma cantilena que em tempos o adormecera num sono inocente, no berço.

– Levanta-te Riccangela! Levanta-te! – pediam as mulheres em volta.

Ela não as ouvia.

– O meu filho está deitado sobre as pedras; eu não hei de deitar--me também? Assim, sobre as pedras, o meu filho!

– Levanta-te, Riccangela! Vem!

Levantou-se. Olhou ainda com uma intensidade terrível para o pequeno rosto lívido do morto. Chamou-o mais uma vez com toda a força dos pulmões:

– Filho! Filho! Filho!

Depois, com as suas próprias mãos, cobriu com o lençol os restos mudos. E as mulheres rodearam-na, levaram-na um pouco mais para longe, para a sombra de um rochedo, obrigaram-na a sentar-se, chorando com ela.

Pouco a pouco, os espectadores debandaram, dispersaram-se. Apenas ficaram algumas mulheres e o homem vestido de linho, o guarda impassível que esperava a Justiça.

O sol canicular feria a areia, dava ao lençol fúnebre uma brancura alucinante. O promontório erguia, no meio do calor, a sua aridez desolada, a pique sobre os recifes sinuosos. O mar, imenso e verde, tinha uma respiração sempre igual. Dir-se-ia que a hora, lenta, nunca mais acabaria!

À sombra da rocha, defronte do lençol branco, levantado pela forma rígida do cadáver, a mãe continuava a sua cantilena no ritmo consagrado por tantas antigas e novas dores da sua raça. E dir-se-ia que a sua lamentação nunca mais tinha fim.

9

Ao voltar da capela do Porto, Ippolita soubera do desastre. Acompanhada de Elena, quis ir ter com Giorgio à praia. Mas, no lugar trágico, em presença do lençol que branquejava na areia, sentiu faltarem-lhe as forças. Atacada por uma crise de lágrimas, voltou para casa, esperando Giorgio, a chorar.

Compadecia-se menos do pobre morto do que de si mesma, ao lembrar-se do perigo que correra havia pouco tempo, no banho. E uma repulsão instintiva, indomável, surgia nela contra o mar.

– Não quero tomar mais banhos no mar, e não quero que te banhes também – ordenou ela a Giorgio, quase duramente, manifestando um propósito firme e inabalável. – Não quero, ouviste?

Passaram o resto daquele domingo numa inquietação aflitiva, chegando continuamente à *loggia* para ver a mancha branca, além, na praia. Giorgio conservava nos olhos a imagem do cadáver, tão vivamente posta em relevo, que lhe parecia quase palpável. E tinha nos ouvidos a cadência da cantilena materna. Continuaria ela ainda a sua lamentação à sombra da rocha? Ficaria só, diante do mar e da morte? Reviu na sua alma uma outra mãe, reviu a hora da longínqua manhã de maio na casa longínqua, quando sentiu de repente a vida maternal aproximar-se da sua com uma espécie de aderência, quando sentiu as correspondências misteriosas do sangue comum e a tristeza do destino suspenso sobre as cabeças de ambos. Torná-la-iam a ver os seus olhos mortais? Tornaria a ver o seu leve sorriso que, sem alterar nenhuma linha do rosto, parecia estender um ligeiro véu de esperança muito fugitivo sobre os vestígios indeléveis da dor? Ser--lhe-ia dado beijar ainda aquela mão longa e descarnada cuja carícia não podia ser comparada a nenhuma outra? Reviveu a hora remota das lágrimas quando, à janela, recebeu à luz de um sorriso a terrível revelação, quando tornou finalmente a ouvir a voz querida, a voz única e inolvidável de conforto, de conselho, de perdão, de infinita bondade, quando, enfim, reconhecera a terna criatura de outrora, a adorada.

Reviveu a hora do adeus, do adeus sem lágrimas e todavia tão cruel, quando ele mentiu por pudor, ao ler nos olhos da mãe enganada, a pergunta tristíssima: *Por quem me abandonas?*, E todas as tristezas passadas lhe vieram à memória, com todas as imagens dolorosas: aquele rosto pálido, as pálpebras inchadas, vermelhas e ardentes, o sorriso doce e pungente de Cristina, o menino enfermiço de grande cabeça sempre caída sobre o peito quase exânime, a máscara cadavérica da pobre idiota gulosa: *Por quem me abandonas?*

Sentia-se penetrado por uma onda de moleza; desfalecia, dissolvia-se; experimentava uma vaga necessidade de inclinar a cabeça, de esconder o rosto num seio, ser acariciado castamente, saborear devagarinho a sua amargura secreta, adormecer e morrer a pouco e pouco. Era como se todas as feminilidades da sua alma desabrochassem juntas e flutuassem.

Passou pelo atalho um homem com um pequeno caixão de pinho branco à cabeça.

A hora adiantada da tarde, a Justiça chegou à praia. O pequeno morto, erguido de cima dos seixos, foi levado numa padiola e desapareceu. Até ao Ermo chegavam lancinantes gritos. Depois, tudo se calou. O silêncio, subindo do mar calmo, tornou a envolver os arredores.

O mar estava tão sereno e tão serena a atmosfera, que parecia estar suspensa a vida. Uma claridade azulada estendia-se uniformemente sobre todas as coisas. Ippolita retirou-se para dentro e foi deitar-se na cama. Giorgio deixou-se ficar na *loggia,* sentado. Ambos sofriam sem poder conter a sua dor. O tempo passava.

– Chamaste-me? – perguntou Giorgio, que supôs ter ouvido o seu nome.

– Não – respondeu ela.

– Que fazes? Dormes?

Ela não respondeu.

Giorgio tornou a sentar-se na cadeira e semicerrou os olhos. O seu pensamento dirigia-se sempre para a Montanha. Naquele silêncio, sentia o silêncio do jardim solitário e abandonado, onde os pequenos ciprestes, altos e direitos, se erguiam imóveis para o céu, religiosamente, como círios votivos donde, pelas janelas dos quartos desertos, conservados intactos como relicários, descia uma religiosa suavidade de recordações.

E surgiu-lhe, de novo, o homem doce e pensativo, o rosto cheio de uma melancolia viril a que dava uma expressão estranha a madeixa de cabelos brancos, no meio dos cabelos negros, que partia do centro da testa.

«Oh! porquê?» dizia ele a Demétrio. «Por que não obedeci à tua sugestão, da última vez que entrei naqueles quartos habitados ainda pelo teu espírito? Porque quis eu tentar de novo a vida e cobrir-me de vergonha a teus olhos? Como pude perder-me, continuando a procurar a *segurança* na posse de outra alma, quando eu possuía a tua e tu vivias em mim?»

Depois da morte física, a alma de Demétrio *preservara-se* no sobrevivente sem nenhuma diminuição, atingindo e conservando até o supremo grau da sua intensidade. Tudo o que na pessoa viva se dispersava ao contacto com os seus semelhantes, todos os atos, todos os gestos, todas as palavras espalhadas no decorrer do tempo, todas as manifestações diversas que formavam o carácter especial do seu ser em relação com os outros; todas as formas, constantes ou variáveis que distinguiam a sua personalidade no meio das outras personalidades e faziam dele um homem à parte na multidão humana; enfim, tudo o que diferenciava a sua vida própria das outras vidas, tudo isto se acumulava, concentrava e circunscrevia na única ligação ideal que prendia o defunto ao sobrevivente.

E a divina custódia, guardada na Catedral da sua cidade, parecia consagrar aquele alto mistério: *Ego Demetrius Aurispa et unicus Giorgius filius meus.*

A criatura impura que jazia agora no leito luxurioso veio interpor-se a ambos. A terrível corruptora era, não só o obstáculo à vida, mas também o obstáculo à morte: *a essa morte.* Era a Inimiga de ambos.

E Giorgio, em espírito, dirigiu-se para a Montanha, entrou na sua velha casa, nos seus quartos desertos. Como naquele dia de maio, atravessou o limiar trágico. E, como naquele dia, sentia sobre a sua vontade a obscura imposição. O quinto aniversário estava próximo. De que maneira havia de o celebrar?

Um grito súbito de Ippolita causou-lhe um violento sobressalto. Pôs-se de pé, num salto, e correu.

– Que foi?

Sentada na cama, espantada, passava as mãos pela cabeça e pelas pálpebras, como para tirar alguma coisa que a incomodasse. Fitou no amante os grandes olhos desvairados. Depois, com um gesto brusco, lançou-lhe o braço ao pescoço, e cobriu-lhe o rosto de beijos e lágrimas.

– Mas que tens? Que foi? – perguntava ele, inquieto, admirado.

– Nada, nada.

– Porque choras?

– Sonhei...

– Que sonhaste tu? Diz-me!

Em vez de responder, apertou-o e beijou-o mais ainda.

Ele agarrou-lhe os punhos, desprendeu-se dela e quis olhá-la no rosto.

– Diz, diz, que sonhaste?

– Nada... Um sonho mau...

– Que sonho?

Ela defendia-se da insistência. Nele, a perturbação aumentava com o desejo de saber.

– Anda lá, diz.

Toda sacudida por um outro arrepio, balbuciou:

– Sonhei... Que levantava o lençol... Lá adiante... E vi-te...

E abafou as palavras em beijos.

VI
A INVENCÍVEL

1

E scolhido por um amigo e alugado em Ancona, expedido para
S. Vito e transportado com grande trabalho para o Ermo, o
piano foi recebido por Ippolita com uma alegria infantil. Colocaram-
-no na sala a que Giorgio chamava biblioteca, a maior e melhor da
casa, onde estava o divã com os seus almofadões, as grandes cadeiras de vime, a rede de dormir, as esteiras, os tapetes, todos os objetos
favoráveis à vida horizontal e ao sonho. De Roma, veio-lhes também
uma caixa com músicas.

Durante muitos dias, foi um novo delírio. Ambos, invadidos por
uma sobrexcitação quase louca, renunciaram a todos os seus hábitos,
esqueceram tudo e abismaram-se completamente naquela volúpia.

Não os incomodava já a sufocação das longas tardes; não tinham
as pesadas e irresistíveis sonolências, podiam prolongar os serões
quase até à madrugada; podiam estar muito tempo sem comer, que
nada sofriam, nem davam conta de nada, como se a sua vida corporal se purificasse, como se a sua substância se sublimasse e se des-
pojasse de todas as vis necessidades. Julgavam sentir crescer a sua
paixão, quimericamente, para além de todos os limites, e o palpitar
do seu coração atingiu um poder prodigioso. Às vezes, parecia-lhes
terem encontrado aquele minuto de supremo esquecimento, aquele
minuto único que passou por eles no primeiro crepúsculo, e a sensação inexprimível de sentir indefinidamente dispersar-se no espaço

GABRIELE D'ANNUNZIO

a sua substância ligeira como um vapor. Parecia-lhes infinitamente distante dos lugares conhecidos o ponto onde respiravam, muito afastado, isoladíssimo, ignorado, inacessível, quase fora do mundo.

Aproximava-os uma misteriosa virtude, juntava-os, misturava--os, tornava-os semelhantes pela carne e pelo espírito, e unia-os num só. Uma misteriosa virtude os separava, os desunia, os repelia para a sua solidão, cavando entre eles um abismo, pondo no fundo do seu ser um desejo desesperado e mortal.

Naquelas alternativas experimentaram o prazer e o sofrimento. Tornaram a subir ao êxtase primitivo do seu amor, para descerem até ao extremo e inútil esforço para se possuírem. Subiram mais uma vez, subiram ao princípio da primeira ilusão, respiraram a sombra mística, onde, pela primeira vez, as suas almas trementes tinham trocado a mesma palavra muda; e tornavam a descer, desciam para o suplício da expetativa desiludida, entravam numa atmosfera de nevoeiros espessos e sufocantes, igual a um turbilhão de centelhas e cinzas ardentes.

Cada um dos compositores mágicos que eles amavam tecia em volta da sua sensibilidade excitada um sortilégio diferente. Uma *Página* de Robert Schumann evocava a imagem de um antiquíssimo amor que estendia sobre si mesmo, à maneira de um firmamento artificial, a teia das suas recordações mais belas, e que, com uma doçura de espanto e tristeza, os via empalidecer pouco a pouco. Um *Improviso* de Frederico Chopin dizia, como num sonho: «Oiço, de noite, enquanto dormes sobre o meu coração, oiço no silêncio da noite uma gota que cai, que cai lentamente, que cai sempre muito perto e muito longe! Oiço, de noite, a gota que cai sobre o meu coração, o sangue que cai do meu coração, gota a gota, enquanto tu dormes, enquanto tu dormes, e eu só!» Altos cortinados de púrpura, sombrios como a paixão sem piedade, em volta de um leito profundo como um sepulcro, evocava a *Erótica* de Edvard Grieg; e também uma promessa de morte numa volúpia silenciosa e um reino sem

O TRIUNFO DA MORTE

limites, rico de todos os bens da terra, esperando em vão o seu rei desaparecido, o seu rei que morreu na púrpura nupcial e funerária. Mas no prelúdio do *Tristão e Isolda* o transporte do amor para a morte manifestava-se com uma veemência inaudita, e o desejo insaciável exaltava-se até ao delírio da destruição...

«Para beber, além, em tua honra, a taça do eterno amor, queria comigo, sobre o mesmo altar, consagrar-te à morte.»

E esse imenso turbilhão de harmonia envolveu-os a ambos irresistivelmente, estreitou-os, levou-os, arrebatou-os para o «maravilhoso império».

Não era do pobre instrumento, incapaz de dar o menor eco dessa plenitude torrencial, mas da eloquência, do entusiasmo do exegeta, que Ippolita tirava toda a grandiosidade daquela Revelação trágica. E, como um dia a deserta cidade guelfa dos conventos e dos mosteiros, também agora a palavra do amante trazia à sua imaginação a velha cidade escura de Bayreuth, solitária em frente das montanhas bávaras numa paisagem mística onde se espalhou a mesma alma de que Albrecht Dürer impregnou a trama das linhas, o fundo das suas estampas e das suas telas.

Giorgio não esqueceu nenhum episódio da sua primeira peregrinação religiosa ao Teatro Ideal; podia reviver todos os momentos da sua extraordinária emoção quando descobriu na doce colina, no extremo da grande avenida arborizada, o edifício consagrado à festa suprema da Arte; podia reconstituir a solenidade do vasto anfiteatro rodeado de colunas e arcadas, o mistério do Golfo Místico. Na sombra e no silêncio do espaço concentrado, na sombra e no silêncio extático de todas as almas, ergueu-se da orquestra invisível um suspiro, exalou-se um gemido, uma voz murmurante dizia o primeiro apelo doloroso do desejo solitário, a primeira confusa angústia no pressentimento do suplício futuro. E aquele suspiro, aquele gemido e aquela voz, subiam do sofrimento indefinido até a agudeza de um grito imperioso, exprimindo o orgulho de um sonho, a ansiedade de uma aspiração sobre-humana, a vontade terrível e implacável da posse. Com uma fúria devorante, como um incêndio que rebentasse de um abismo desconhecido, o desejo dilatava-se, agitava-se, flamejava, cada vez mais alto, sempre mais alto, alimentado pela mais pura essência de uma dupla vida.

O delírio da chama melodiosa apoderava-se de todas as coisas, tudo o que de soberano no mundo vibrava perdidamente no imenso delírio exalava a sua alegria e a sua dor mais oculta, sublimando-se e consumindo-se. Mas, de repente, os esforços de uma resistência, as cóleras de uma luta estremeciam e rugiam no ímpeto daquela ascensão tempestuosa; e aquele grande fator de vida, desfeito de repente contra um obstáculo invisível, caía, extinguia-se, não irrompia mais. Na sombra e no silêncio do espaço concentrado, na sombra e no silêncio arrepiante de todas as almas, um suspiro se erguia do Golfo Místico, um gemido morria; uma voz cansada dizia na tristeza da eterna solidão a aspiração para a noite eterna, para o divino e original esquecimento.

E eis que outra voz, uma voz de realidade humana, modelada por lábios humanos, jovem e forte, mista de melancolia, de ironia e ameaça, cantava uma canção do mar, no alto do mastro, sobre o navio que levava ao rei Marcos a loira esposa irlandesa. Cantava: «Para o ocidente erra o olhar, para o oriente vai o navio. Fresco, o vento sopra para a terra natal. Ó filha da Irlanda, onde te demoras tu? O que enche a minha vela são os teus suspiros? Sopra, sopra, ó vento! Desventura, ah! Desventura, filha da Irlanda, amor: selvagem!» Era o aviso profético da sentinela, alegre e ameaçador, cheio de carícias e azedumes, inexprimível. E a orquestra calava-se. «Sopra, sopra ó vento! Desventura, ah! Desventura, filha da Irlanda, amor selvagem!» A voz cantava sozinha sobre o mar tranquilo, no silêncio, enquanto, na sua tenda, Isolda, imóvel no seu leito, parecia mergulhada no sonho obscuro do seu destino.

Começava assim o Drama. O sopro trágico que tinha agitado o prelúdio passava e repassava na orquestra. De súbito, o poder da

O TRIUNFO DA MORTE

destruição manifestava-se na mulher mágica contra o homem seu eleito, condenado por ela à morte. A sua cólera irrompia com a energia dos elementos cegos; invocava todas as forças terríveis da terra e do céu para perder o homem que não podia possuir. «Desperta à minha voz, poder intrépido: levanta-te do coração onde te escondeste. Ó ventos incertos, ouvi a minha vontade! Sacudi a letargia deste mar sonhador, ressuscitai do seu fundo a implacável cupidez, mostrai-lhe a presa que lhe ofereço! Despedaçai o navio, engoli os seus despojos! Tudo quanto palpita e respira, ó ventos, eu vo-lo dou como prémio!» Ao aviso da sentinela, respondia o pressentimento de Brangaene: «Ó desventura! Que ruínas eu pressinto, Isolda!» E a mulher doce e delicada tentava acalmar aquela fúria louca. «Oh! Conta-me a tua tristeza, diz-me o teu segredo, Isolda!» E Isolda: «O meu coração sufoca. Abre, abre todo o cortinado!»

Aparecia Tristão, de pé, imóvel, de braços cruzados, os olhos fixos nos longes do mar. Do cimo do mastro, a sentinela continuava a sua canção na onda crescente da orquestra. «Desventura, ah! Desventura!» Enquanto os olhos de Isolda, iluminados por uma chama sombria, contemplavam o herói, surgia do Golfo Místico o motivo fatal: o grande e terrível símbolo do amor e da morte, em que se encerra toda a essência da ficção trágica. E, com os seus próprios lábios, Isolda proferia a sentença: «Escolhido por mim, por mim perdido.»

A paixão dava-lhe uma vontade homicida, despertava nas raízes do seu ser um instinto hostil à existência, uma necessidade de dissolução, de aniquilamento. Exasperava-se, procurando em si e em volta de si um poder fulminante que ferisse e destruísse sem deixar vestígios. O seu ódio tornava-se mais atroz em presença do herói calmo e imóvel que sentia condensar-se sobre a sua cabeça a ameaça e sabia a inutilidade de qualquer defesa. A sua boca enchia-se de um amargo sarcasmo: «Que pensas a respeito deste escravo?», perguntava ela a Brangaene, com um sorriso inquieto. De um herói fazia um escravo, declarando-se dominadora. «Diz-lhe que eu ordeno ao meu vassalo que tema a sua soberana, a mim, Isolda.» Enviava-lhe, deste modo, o desafio para uma luta suprema; atirava-lhe assim o apelo da força à força. Uma sombria solenidade acompanhava os passos do herói até ao limiar da tenda, quando soara a hora irrevogável, quando o filtro enchera já a taça e o destino já apertara o seu círculo em redor das duas vidas. Isolda, apoiada no seu leito, pálida como se a grande febre lhe houvesse consumido todo o sangue das veias, esperava em silêncio; em silêncio, Tristão aparecia à entrada: ambos à altura de toda a sua grandeza. Mas a orquestra dizia a indefinível ansiedade dos seus corações.

A partir desse momento, recomeçava a tempestuosa ascensão. Dir-se-ia que de novo o Golfo Místico se inflamava como uma fornalha e lançava mais alto, sempre mais alto, as suas chamas crepitantes. «Conforto único para um eterno luto, licor salutar de esquecimento, eu te bebo sem temor!» E Tristão levava aos lábios a taça. «Metade é para mim! Bebo-a por ti!», exclamava Isolda, arrancando-lhe a taça das mãos. A taça de oiro caiu, vazia. Teriam bebido ambos a morte? Teriam de morrer? Momento de sobre--humana agonia. O filtro de morte não era senão um veneno de amor que os penetrava com um fogo imortal. Assombrados a princípio, imóveis, fitavam-se, procuravam nos olhos um do outro o indício do fim a que se supunham condenados. Mas uma vida nova, incomparavelmente mais intensa que a por eles vivida, agitava todas as suas fibras, palpitava-lhes nas têmporas e nos pulsos, enchia-lhes os corações de uma onda imensa: «Tristão!» «Isolda!» Chamavam-se; estavam sós. Em volta, já nada havia. Todas as aparências se tinham apagado, o passado estava abolido, o futuro era apenas uma treva que nem os relâmpagos da repentina embriaguez podiam romper. Viviam; chamavam-se com uma voz forte; atraíam-se um ao outro por uma fatalidade que nenhuma força poderia evitar daí em diante. «Tristão!» «Isolda!»

O TRIUNFO DA MORTE

E a melodia da paixão desenvolvia-se, alargava-se, exaltava-se, palpitava e soluçava, gritava e cantava sobre a profunda tempestade das harmonias cada vez mais agitadas. Dolorosa e alegre, voava irresistivelmente para as culminâncias dos êxtases desconhecidos, para as alturas da suprema volúpia. «Libertado do mundo, possuo-te finalmente, ó tu que és o único que enches a minha alma, suprema volúpia do amor!»

– Salvé! Salvé, Marcos! Salvé! – gritava a marinhagem, ao som das trombetas, saudando o Rei que deixava a praia para ir ao encontro da loira esposa. – Salvé, Cornualha!

Era o tumulto da vida comum, o clamor da alegria profana, o esplendor deslumbrante do dia. Perguntava o Eleito, perguntava o Perdido, erguendo o olhar onde flutuava a nuvem negra do sonho: «Quem se aproxima?» «O Rei.» «Qual Rei?» Isolda, pálida e convulsa no seu manto real, perguntava: «Onde estou eu? Ainda vivo? Hei de viver ainda?» Doce e terrível, o tema do filtro subia, envolvia-os, estrangulava-os na sua espiral ardente. As trombetas tocavam: «Salvé, Marcos! Salvé, Cornualha! Glória ao Rei!»

Mas, no segundo prelúdio, todos os ais de uma alegria muito forte, todas as aspirações do desejo exasperado, todos os sobressaltos da expetativa furiosa alternavam, misturavam-se, confundiam-se. A impaciência da alma feminina comunicava os seus frémitos a todas as noites, a todas as coisas que, na pura noite de verão, respiravam e despertavam. A alma, ébria, lançava apelo a todas as coisas para que ficassem vigilantes sob as estrelas, para que assistissem à festa do seu amor, ao banquete nupcial da sua alegria. Insubmergível, flutuava no oceano inquieto das harmonias a melodia; fatal, iluminando-se, escurecendo-se. A onda do Golfo Místico, como a respiração de um peito sobre-humano, inchava, levantava-se, caía para erguer-se de novo, para recair outra vez, para diminuir lentamente.

«Ouves? Parece que o ruído se dissipou, ao longe.» Isolda não ouvia senão os sons imaginados pelo seu desejo. As trompas da caça noturna soavam na floresta, distintas, próximas. «É o sussurro enganador das folhas agitadas pelo vento... Aquele som tão suave não é o das buzinas; é o murmúrio da fonte que brota e desce na noite silenciosa...» Não ouvia senão os sons encantadores provocados na sua alma pelo desejo, compondo o antigo e sempre novo sortilégio. Na orquestra, como nos seus sentidos iludidos, as ressonâncias da caça transformavam-se, mudavam-se por encantamento e dissolviam-se nos infinitos rumores da floresta, na misteriosa eloquência da noite estival. Todas as seduções subtis envolviam a mulher ofegante e sugeriam-lhe a embriaguez próxima, ao mesmo tempo que Brangaene avisava e suplicava em vão, no terror do seu pressentimento: «Oh! Deixa resplandecer o facho protetor! Deixa que a sua luz te mostre o perigo!» Nada tinha o poder de iluminar a cegueira do desejo. «Quando ele for o facho da minha vida, apagá-lo-ei sem receio. Apago-o sem medo.» Num gesto de supremo desdém, intrépida e altiva, Isolda lançava o facho por terra, oferecia a sua vida e a do Eleito à noite fatal; entrava com ele na sombra, para sempre.

Então, desenrolava-se o mais inebriante poema da paixão humana, triunfalmente, como em espiral até as alturas do êxtase. Era o primeiro abraço frenético, misto de angústia e alegria, em que as almas ávidas de se confundirem encontravam o obstáculo impenetrável dos corpos; era o primeiro desgosto contra o tempo em que ainda não existia o amor, contra o passado vazio e inútil. Era o ódio contra a luz inimiga, contra o dia pérfido que agravava todos os sofrimentos, que sugeria todas as aparências enganadoras, que favorecia o orgulho e oprimia a ternura. Era o hino à noite amiga, à sombra benéfica, ao divino mistério onde apareciam as maravilhas das visões interiores, onde se ouviam as vozes distantes dos mundos, onde floresciam corolas ideais, em hastes inflexíveis. «Desde que o sol se escondeu no nosso peito, as estrelas da felicidade espalham a sua luz ridente.»

E na orquestra falavam todas as eloquências, cantavam todas as alegrias, choravam todas as dores que a voz humana nunca exprimiu.

O TRIUNFO DA MORTE

As melodias emergiam das profundezas sinfónicas, desenvolviam-
-se, interrompiam-se, sobrepunham-se, misturavam-se, fundiam-se,
dissolviam-se e desapareciam, para reaparecerem. Uma espécie de
ânsia cada vez mais irrequieta e tormentosa passava por todos os
instrumentos, significando um contínuo esforço, sempre vão, para
atingir o inacessível. Na impetuosidade das progressões cromáticas
havia a louca persecução de um bem que fugia a cada instante, embora
resplandecendo perto. Nas mutações do tom, do ritmo e compasso,
nas sucessões das síncopes, havia uma procura sem tréguas, uma
luxúria sem limites, um longo suplício do desejo sempre iludido e
nunca extinto. Um motivo, símbolo do eterno desejo, eternamente
exasperado pela posse enganadora, repetia-se a cada passo com uma
persistência cruel: alargava-se, dominava, ora iluminando os cimos
das ondas harmónicas, ora escurecendo-as com uma sombra trágica.

A espantosa virtude do filtro manifestava-se já na alma dos
dois amantes votados à morte. Nada podia extinguir ou suavizar
esse ardor fatal; nada, a não ser a morte. Tentaram em vão todas as
carícias, concentraram em vão todas as forças para se unirem num
abraço supremo, para se possuírem finalmente, para se tornarem um
único ser. Um obstáculo irredutível interpunha-se-lhes, separava-os,
tornava-os estranhos e solitários. Na sua substância corporal, na sua
personalidade viva, estava o obstáculo. E um ódio secreto surgia
em ambos: uma necessidade de matar e de morrer. Na própria carícia reconheciam a impossibilidade de transpor o limite material dos
seus sentidos humanos. Os lábios encontravam os lábios e ficavam
parados. «Quem sucumbe à morte – dizia Tristão – senão o que nos
separa, senão o que impede Tristão de amar Isolda para sempre, de
viver eternamente para ela só?» E entravam já na sombra infinita. O
mundo das aparências desaparecia. «Assim», dizia Tristão, «havemos de morrer, não querendo viver senão para o amor, inseparáveis,
sempre unidos, sem fim, sem despertar, sem medo, sem nome no
seio do amor...» As palavras ouviam-se distintamente no *pianíssimo*

GABRIELE D'ANNUNZIO

da orquestra. Um novo êxtase arrebatava os dois amantes e levava-
-os ao limiar do maravilhoso império noturno. Já eles gozavam ante-
cipadamente a beatitude da dissolução, sentiam-se livres do peso da
pessoa, sentiam a sua substância sublimar-se e flutuar, difusa numa
alegria sem fim. «Sem fim, sem despertar, sem medo, sem nome...»
«Tende cautela, tende cautela! A noite dá lugar ao dia!», adver-
tia de cima o invisível Brangaene: «Tende cautela!» e o arrepio do
frio matutino atravessava o parque: acordava as flores. A luz fria
da madrugada aparecia lentamente a esconder as estrelas que palpitavam mais. «Tende cautela!» Aviso vão da sentinela fiel. Eles
não ouviam; não queriam, não podiam despertar. Sob a ameaça do
dia, mergulhavam cada vez mais na sombra, onde não podia chegar
nunca nenhuma claridade do crepúsculo. «Que a noite nos envolva
eternamente!» E um turbilhão de harmonias os envolvia, apertava-
-os nas suas espirais veementes, transportava-os para a praia distante
que o seu desejo invocava, onde nenhuma dor oprimia o impulso da
alma amante para além de todos os langores, de todo o sofrimento,
de toda a solidão, na serenidade infinita do seu sonho supremo.

«Salva-te, Tristão!» Era o grito de Kourwenal após o grito
de Brangaene. Era o assalto imprevisto e brutal que interrompia o
amplexo estático. E, ao passo que o tema do amor continuava na
orquestra, o motivo da caça revelava-se com um ruído metálico.
O rei e os cortesãos apareciam. Tristão escondia, com o seu grande
manto, Isolda, deitada no leito de flores: furtava-a aos olhares e à
luz, afirmando com aquele gesto o seu domínio, exprimindo o seu
direito incontestável. «Que triste dia, pela última vez!» Pela última
vez, na atitude calma e firme do herói, aceitava a luta com as forças
estranhas, certo de que para o futuro nada podia alterar ou suspender
o curso do seu destino. Enquanto a soberana dor do rei Marcos se
exalava numa melopeia lenta e profunda, ele calava-se, inabalável,
no seu pensamento secreto. E, finalmente, respondia às perguntas
do rei: «Este mistério não posso revelar-to. Nunca poderás conhecer

O TRIUNFO DA MORTE

o que perguntas.» O motivo do filtro condensava naquela resposta a obscuridade do mistério, a gravidade do acontecimento irreparável. «Queres acompanhar Tristão, Isolda?» perguntava ele à rainha, naturalmente, na presença de todos. «Na terra para onde quero ir não brilha o sol. É a região das trevas, o país noturno donde me enviou minha mãe quando, concebido por ela na morte, na morte eu vim ao mundo...» E Isolda: «Isolda quer ir para onde é a pátria de Tristão. Quer acompanhá-lo, doce e fiel, pelo caminho que ele lhe indicar...»

E o herói moribundo precedia-a naquela terra, ferido pelo traidor Melot.

No entanto, o terceiro prelúdio evocava a visão da praia remota; das rochas áridas e desoladas, em cujas enseadas ocultas o mar parecia chorar sem descanso um luto inconsolável. Um nevoeiro de lenda e poesia misteriosa envolvia as formas rígidas da rocha, que apareciam como numa aurora incerta ou num crepúsculo quase extinto. E o som da flauta pastoril despertava as imagens confusas da vida passada, das coisas perdidas na noite dos tempos.

«Que diz o antigo lamento?» suspirava Tristão. «Onde estou eu?»

O pastor modulava na cana frágil a melodia imorredoira, transmitida pelos antepassados através das idades; e, na sua profunda inconsciência, não tinha inquietações.

E Tristão, a cuja alma aqueles sons humildes revelavam tudo: «Não fiquei no lugar onde despertei. Mas onde estabeleci eu residência? Não sei dizer-to. Lá, não vi o sol, nem o país, nem os habitantes, mas o que eu aqui vi não sei dizer-to... Foi lá que estive sempre e para lá irei para sempre, para o vasto império da noite universal. Lá, uma só e única ciência nos foi dada: o divino, o eterno, o originário esquecimento!» O delírio da febre agitava-o; o ardor do filtro corroía-lhe as fibras mais íntimas. «Oh! O que eu sofro não podes tu sofrê-lo! Este desejo terrível que me devora, este fogo implacável que me consome... Oh! Se eu pudesse dizer-to! Se tu pudesses compreender-me!»

395

E o pastor inconsciente soprava, soprava na sua flauta. Era a mesma ária, as notas sempre as mesmas; falavam da vida que já não existia, falavam das coisas remotas e perdidas.

«Velha e grave melodia», dizia Tristão, «os teus sons tristes chegavam até mim na aragem da noite quando, em tempos distantes, a morte do pai foi anunciada a seu filho. Na madrugada cinzenta, procuravas-me, cada vez mais inquieta, quando o filho soube da morte da mãe. Quando meu pai me gerou e morreu, quando minha mãe me deu à luz e expirou, a velha melodia também chegou aos meus ouvidos, lânguida e triste. Interrogou-me um dia e ainda agora me fala. Para que destino nasci? Para que destino? A velha melodia repete-mo ainda: – Para desejar e morrer! Para morrer de desejo! – Oh! Não, não. Não é esse o teu significado... Desejar, desejar, desejar a morte; mas não morrer de desejo!...» Cada vez mais forte, cada vez mais tenaz, o filtro corroía-o até a medula. Todo o seu ser se torcia num intolerável espasmo. De vez em quando, a orquestra crepitava como um incêndio. Às vezes, a violência da dor atravessava-a com o ímpeto de um furacão, avivando as chamas. Sacudiam-na sobressaltos súbitos, soltava gritos, atrozes ais abafados morriam nela. «O filtro! O filtro! O terrível filtro! Com que fúria eu o sinto subir do meu coração ao meu cérebro! Agora, nenhum remédio, nenhuma suave morte poderá libertar-me da tortura do desejo. Em nenhum lugar, em nenhum lugar, ai de mim!, encontrarei repouso. A noite repele-me para o dia, e o disco do sol alimenta-se do meu perpétuo sofrer. Ah! Como o sol ardente me queima e consome! E não ter, ao menos, não ter eu nunca o refrigério de uma sombra para este ardor, doravante! Que bálsamo poderia dar um alívio ao meu horrível suplício?» Tinha nas suas veias e nos seus nervos o desejo de todos os homens, de toda a espécie, acumulado de geração em geração, agravado pelas culpas de todos os pais e de todos os filhos, pelos delírios de todos, pelas angústias de todos. No seu sangue refloriam os germes da concupiscência secular, misturavam-se as impurezas mais diversas,

O TRIUNFO DA MORTE

fermentavam os venenos mais subtis e violentos, que, desde tempos imemoriais, rubras bocas sinuosas de mulher derramaram sobre os homens ávidos e subjugados. Era o herdeiro do eterno mal.

«Esse terrível filtro que me condena ao suplício, fui eu, eu mesmo, que o preparei! Com as agitações de meu pai, com as convulsões de minha mãe com todas as lágrimas de amor derramadas noutros tempos, com o riso e o pranto, com as volúpias e com as chagas, eu, eu mesmo, compus o veneno deste filtro. E bebi-o em grandes tragos de delícias... Maldito sejas, filtro terrível! Maldito seja quem te fez!» E tornava a cair no seu catre, extenuado, inanimado, para depois recuperar os sentidos, para sentir de novo o ardor da sua chaga, para ver com os olhos alucinados a imagem soberana atravessando os campos do mar. «Ela vem, ela vem à terra, docemente embalada em grandes ondas de flores embriagantes. O seu sorriso derrama sobre mim uma divina consolação; dá-me a fresquidão suprema...» Assim ele evocava, assim ele *via,* com os olhos fechados para a luz comum, a Maga, a senhora dos bálsamos, a que sarava de todas as feridas. «Ela vem, ela vem! Não a vês, Kourwenal, ainda não a vês?» E as ondas revoltas do Golfo Místico traziam, confusamente, das profundezas, todas as melodias já, ouvidas, misturavam-nas, arrastavam-nas, submergiam-nas num abismo, juntavam-nas de novo à superfície, trituravam-nas: as que tinham exprimido a ansiedade do conflito decisivo sobre a ponte do navio, aquelas em que se ouviu o referver da beberagem derramada na taça de oiro e o sussurro das artérias, invadidas pelo fogo líquido, aquelas em que se ouvia o misterioso hálito da noite de verão, insinuadora da volúpia infinita; todas as melodias com todas as imagens, com todas as recordações. E sobre aquele imenso naufrágio a melodia fatal passava, alta, soberana, implacável, repetindo de vez em quando a atroz condenação: «Desejar, desejar, desejar até à morte; mas não morrer de desejo!»

«O navio lança a âncora! Isolda, eis Isolda! Dirige-se para a margem!», exclamava Kourwenal do cimo da torre. E, no delírio da alegria, Tristão rasgava as ligaduras da sua ferida, fazendo correr o sangue, inundando a terra, a purpurear o mundo. À aproximação de Isolda e da Morte, julgava ouvir a luz. «Não oiço eu a luz? Não ouvem meus ouvidos a luz?» Deslumbrava-o um grande sol interior, de todos os átomos da sua substância partiam raios de sol que, em ondas luminosas e harmoniosas, se espalhavam pelo universo. A luz era música, a música era luz.

E agora verdadeiramente o Golfo Místico irradiava como um céu. As sonoridades da orquestra pareciam imitar as longínquas harmonias planetárias que, outrora, almas de contempladores vigilantes julgavam surpreender no silêncio noturno. Pouco a pouco, os longos frémitos de inquietação, os longos sobressaltos da angústia, o arfar das procuras inúteis, os esforços do desejo sempre iludido e todas as agitações da miséria terrestre acalmavam, dispersavam-se. Tristão atravessara, enfim, a fronteira do «império maravilhoso», entrara na eterna noite. E Isolda, debruçada sobre o corpo inerte, sentia enfim desaparecer lentamente o peso que a esmagava ainda. A melodia fatal, tornada mais clara e solene, consagrava a grande núpcia fúnebre. Em seguida, as notas, semelhantes a fios etéreos, afinavam-se para tecer em volta do amante véus diáfanos de pureza. Assim começava uma espécie de ascensão jubilosa, por graus do esplendor, na asa de um hino. «Com que suave sorriso ele sorri! Não o vês? Como resplandece de luz sideral! Não a vedes vós? Não a ouvis? Serei eu só a ouvir esta melodia nova, infinitamente doce e consoladora, que brota das profundezas do seu ser, e me arrebata e me penetra e me envolve?» A Feiticeira da Irlanda, a formidável senhora dos filtros, a árbitra hereditária dos obscuros poderes terrestres, aquela que, do alto do navio, invocara os turbilhões e as tempestades, aquela cujo amor escolheu o mais forte e o mais nobre dos heróis para envenenar e perder, aquela que fechara o caminho da glória e da vitória a um «dominador do mundo», a envenenadora, a homicida, transformava- -se, pela virtude da morte, num ser de luz e de alegria, isento de toda a luxúria impura, livre de baixas ligações, palpitando e respirando no seio da alma difusa do universo. «Esses sons reais, distintos, que murmuram ao meu ouvido, não serão as ondas calmas do ar?» Tudo nela se dissolvia, se fundia, se dilatava, voltando à fluidez original, ao imenso oceano elementar donde surgiam as formas, onde as formas desapareciam para se renovar e renascer. No Golfo Místico, as transformações e as transfigurações realizavam-se de nota a nota, de harmonia em harmonia, continuamente. Dir-se-ia que todas as coisas se decompunham nele, exalando as suas essências ocultas e inundando-se em símbolos imateriais. Cores nunca vistas nas pétalas das mais delicadas flores da terra, perfumes de uma subtileza quase imperceptível, flutuavam nele. Visões de paraísos ocultos revelavam-se num relâmpago, desabrochavam germes de mundos em formação. E o delírio pânico subia, subia; o coro do Grande Todo cobria a única voz humana. Transfigurada, Isolda entrava triunfalmente no maravilhoso império. «Perder-se, abismar-se, dissipar-se sem consciência na infinita palpitação da alma universal: suprema volúpia!»

2

Assim, durante dias inteiros, os dois solitários viveram na grande ficção, respiraram aquela atmosfera ardente, saturaram-se daquele esquecimento mortal. Julgaram que eles mesmos se transformavam, que atingiam um círculo superior da existência, igualavam as personagens do drama nas alturas vertiginosas do seu sonho de amor. Não parecia que também eles tinham bebido um filtro? Não eram eles torturados também por um desejo sem limites? Não estavam presos por um laço indissolúvel e não sentiam às vezes na volúpia os espasmos da agonia, não ouviam o rugir da morte? Giorgio, como Tristão quando ouvia a antiga melodia tocada pelo pastor, achava naquela música a revelação direta de uma angústia onde supunha surpreender, enfim, a essência verdadeira da sua própria alma e o trágico segredo do seu destino. Nenhum outro homem podia, melhor que ele, penetrar a significação simbólica e mística do Filtro e nenhum homem, melhor que ele, poderia calcular a profundeza do drama interior – unicamente interior – em que o herói pensativo consumia as suas forças. Nenhum poderia compreender melhor o grito desesperado da vítima: «Este terrível filtro, que me condena ao suplício, *fui eu, eu mesmo que o compus!*...»

Começou então a sua fúnebre sedução sobre a amante. Queria persuadi-la lentamente a morrer; queria atraí-la consigo para um fim misterioso e doce, naquele puro verão do Adriático, cheio de transparência e perfumes. A grande frase de Amor – que se desenvolvia num tão largo círculo de luz em torno da transfiguração de Isolda – encerrou Ippolita no seu sortilégio. Repetia-se continuamente em voz baixa, algumas vezes até em voz alta, mostrando-se como que inundada de júbilo:

– Não gostarias de morrer da morte de Isolda? – perguntou-lhe Giorgio, sorrindo.

– Queria – respondeu ela. – Mas na terra não se morre assim.

– E se eu morresse? – continuou ele, sorrindo. – Se tu me visses morto, *na realidade e não num sonho?*

– Creio que também morreria, mas de desespero.

– E se eu te propusesse morrer comigo, ao mesmo tempo, do mesmo modo?

Ela ficou pensativa, durante alguns segundos, de olhos no chão. Depois, levantando para ele um olhar carregado de toda a doçura da vida, disse:

– Para que morrer, se te amo, se me amas, se nada nos impede de viver só para nós?

– A vida agrada-te – murmurou ele, com velada amargura.

– Sim – afirmou ela com uma espécie de violência – a vida agrada-me, porque tu me agradas também.

– E se eu morresse? – repetiu ele sem sorrir, porque mais uma vez sentia crescer em si a hostilidade instintiva contra a bela criatura luxuriosa que respirava o ar como uma alegria.

– Não hás de morrer – afirmou ela com o mesmo ardor.

– És novo, por que havias de morrer?

Na voz, na atitude, em toda a sua pessoa, havia uma insólita difusão de bem-estar. Tinha o aspeto que as criaturas vivas têm somente nas ocasiões em que a sua vida decorre harmoniosa, num equilíbrio temporário de todas as energias, de acordo com favoráveis condições exteriores. Como em outras ocasiões, parecia desabrochar na bondade do ar marítimo, na frescura da noite estival, lembrando uma daquelas magníficas flores crepusculares que abrem a coroa das suas pétalas ao pôr do Sol.

Depois de um longo silêncio, durante o qual se ouvia o barulho do mar sobre a areia, como um triturar de folhas secas, Giorgio perguntou:

– Crês no Destino?

– Creio.

Sem disposição para a gravidade triste que levavam as palavras de Giorgio, respondeu num tom leve de troça. Ele, magoado, acrescentou asperamente:

– Sabes que dia é hoje?

Perplexa, inquieta, perguntou:

– Que dia?

Ele hesitou. Até ali, tivera o cuidado de não lhe dizer o aniversário da morte de Demétrio: uma repugnância cada vez mais atroz não o deixara proferir aquele nome puro, evocar aquela alta imagem, fora do santuário. Parecia-lhe que profanava a sua dor religiosa, admitindo Ippolita a compartilhar dela. E o que mais avivava aquele sentimento era o achar-se então num dos frequentes intervalos de lucidez cruel em que ele via em Ippolita a mulher deliciosa a «flor da concupiscência», a Inimiga. Conteve-se e exclamou com um súbito sorriso falso:

– Olha! Festa em Ortona!

Apontava, no longe glauco, a cidade marítima que se coroava de luzes.

– Que estranho estás hoje! – disse Ippolita. Depois, fixando-o com a expressão singular que costumava ter quando queria sossegá-lo e acariciá-lo, acrescentou:

– Vem para aqui; vem sentar-te ao meu lado... Ele estava de pé, na sombra, no limiar de uma das portas que abriam para a *loggia.* Ela estava sentada fora, no parapeito, vestida com um leve vestido branco, numa atitude preguiçosa, recortando todo o busto sobre o fundo do mar, onde caíam ainda as claridades do crepúsculo; e o perfil da sua cabeça morena desenhava-se numa zona de âmbar límpido.

Tinha o ar de quem renasce, como se saísse de um lugar fechado e sufocante, de uma atmosfera pesada de exalações envenenadas. Aos olhos de Giorgio parecia evaporar-se como um frasco de perfumes, deixar dispersar a vida ideal acumulada nela pelo poder da Música, abandonar pouco a pouco sonhos importunos e voltar à primitiva animalidade.

Como sempre, pensava Giorgio, *não faz mais que recolher e conservar docilmente as atitudes que lhe dei. A vida interior foi e é nela sempre artificial. Interrompida uma vez a minha sugestão, volta à sua natureza, torna-se uma mulher, um instrumento de baixa lascívia. Nada poderá mudar a sua substância, nada a poderá purificar! Tem sangue plebeu e, nesse sangue, quantas heranças ignóbeis! Mas eu nunca mais poderei libertar-me do desejo que ela incendiou em mim: nunca poderei extirpá-lo da minha carne. Daqui em diante, não poderei viver com ela, nem sem ela. Sei que tenho de morrer; mas deixá-la-ei a outro?* O ódio contra a inconsciente criatura nunca se manifestara com tanta violência. Magoava-a sem piedade, com um azedume que o assombrava. Dir-se-ia que se vingava de alguma infidelidade, de alguma deslealdade que tivesse passado todos os limites da perfídia. Sentia o ódio invejoso do náufrago que, no momento de se afogar, vê o seu companheiro quase a salvar-se, a recuperar a vida. Para ele, aquele aniversário trazia-lhe uma nova confirmação da sentença que sabia ser irrevogável. Aquele dia era para ele a Epifania da Morte. Sentia que já não era senhor de si; sentia o domínio absoluto da ideia fixa que, de um momento para o outro, podia sugerir-lhe o ato extremo e, ao mesmo tempo, comunicar à sua vontade o impulso eficaz. *Hei de morrer sozinho?* repetia a si próprio, enquanto lhe atravessavam o cérebro, confusamente, ideias criminosas. *Hei de morrer sozinho?*

Estremeceu quando Ippolita lhe tocou no rosto e lhe passou os braços à volta do pescoço.

– Causo-te medo? – perguntou ela.

Ao vê-lo desaparecer na sombra, cada vez mais espessa, que encobria o vão da porta, invadiu-a uma estranha inquietação quando se ergueu para o abraçar.

– Em que estás a pensar? Que tens? Porque estás hoje assim?

Falava-lhe numa voz insinuante e, sempre abraçada a ele, acariciava-lhe a cabeça. Na escuridão, ele via-lhe empalidecer misteriosamente o rosto e reluzirem-lhe os olhos. Assaltou-o um tremor irresistível.

– Estás a tremer? Que tens? Que tens?

Desprendeu-se dele, procurou um castiçal na mesa e acendeu-o. Aproximou-se, aflita, e pegou-lhe nas mãos.

– Sentes-te mal?

– Sinto – balbuciou ele – não estou hoje bem. É um dos meus dias maus...

Não era a primeira vez que ela o ouvia queixar-se de vagos sofrimentos físicos, de dores surdas e dispersas, arrepios e formigueiros dolorosos, vertigens e pesadelos. Considerava aqueles sofrimentos imaginários; supunha-os efeitos da habitual melancolia, do excesso de pensar; e não conhecia melhor remédio que as carícias, os risos e as brincadeiras.

– Que te dói?

– Não sei dizer-to.

– Eu sei muito bem a causa... A música excita-te demasiado. Durante uma semana não torno a tocar.

– Não, não; havemos de continuar.

– De maneira nenhuma.

Dirigiu-se para o piano, desceu a tampa sobre o teclado, fechou-o e guardou a chave.

– Amanhã recomeçamos os nossos grandes passeios; vamos passar toda a manhã na praia. Queres? Agora vem para a *loggia.*

E chamou-o com um gesto carinhoso.

– Olha que linda noite! O cheiro que têm os rochedos!

Aspirou o perfume salgado, estremecendo, e agarrando-se a ele.

– Temos tudo para ser felizes; e tu... ainda hás de ter saudades deste tempo quando ele passar! Os dias voam. Há já perto de três meses que vivemos aqui.

– Então pensas em deixar-me? – perguntou ele, inquieto, desconfiado.

– Não, não – respondeu ela, tranquilizando-o – ainda, não. Mas começa a tornar-se difícil para mim, perante a minha mãe, o prolongamento da ausência. Hoje mesmo recebi uma carta a chamar-me. Como sabes, precisa lá de mim. Quando falto em casa, tudo corre mal.

– Queres voltar em breve para Roma?

– Não. Hei de encontrar alguma desculpa. Sabes que a minha mãe está convencida de que estou em companhia de uma amiga. A minha irmã ajudou-me e ajuda-me a tornar verosímil esta mentira; tanto mais que a nossa mãe sabe que preciso de banhos e que o ano passado passei mal por os não ter tomado. Lembras-te? Passei o verão em Caronno, em casa de minha irmã. Que verão horrível!

– E depois?

– Posso, com certeza, ficar contigo todo o mês de agosto e talvez a primeira semana de setembro...

– E depois?

– Depois hás de deixar-me voltar para Roma e vais lá ter. Combinaremos então o que se há de fazer para o futuro. Tenho um projeto em mente.

– Que é?

– Hei de dizer-to, mas agora vamos jantar. Não tens fome?

O jantar estava pronto. Como de costume, a mesa foi posta ao ar livre, na *loggia.* Acenderam o candeeiro grande.

– Olha! – exclamou ela, quando a criada trouxe para a mesa a sopa fumegante. – Isto é obra de Cândia.

Tinha pedido a Cândia que lhe fizesse uma sopa rústica, à moda da região: uma mistura saborosa, abundante de gengibre, com cor e aroma agradável. Provou-a muitas vezes, atraída pelo cheiro, na casa dos velhos, e ficou a gostar muito dela.

– É deliciosa!

Encheu um prato, com um gesto de lambarice infantil, e engoliu a primeira colherada sofregamente.

– Nunca comi coisa melhor!

Chamou Cândia em voz alta para lhe agradecer.

– Cândia! Cândia!

A mulher apareceu ao fundo da escadaria, rindo:

– Está a seu gosto, senhora?

– Muito!

– Que lhe faça bom proveito!

E os risos francos da mulher grávida subiram no ar calmo.

Giorgio manifestava tomar parte naquela alegria. A mudança súbita do seu humor era visível. Deitou vinho e bebeu-o de um trago. Fez esforços para vencer a sua repugnância pela comida, tão grave nos últimos tempos, que, às vezes, só ver a carne a sangrar lhe repugnava.

– Estás melhor? – perguntou Ippolita, inclinando-se para ele e aproximando a cadeira dela.

– Sim, agora sinto-me bem.

E tornou a beber.

– Olha! – exclamou ela. – Olha Ortona em festa!

Ambos olharam para a cidade distante, coroada de lumes, na colina que se estendia para além do mar escuro. Grupos de balões luminosos, semelhantes a constelações de fogos, subiam lentamente no ar tranquilo e pareciam multiplicar-se sem cessar, enchendo toda aquela faixa do céu.

– Durante estes dias – disse ele – a minha irmã Cristina está em Ortona, em casa dos Vallereggia, seus parentes.

– Escreveu-te?

– Escreveu.

– Como eu gostava de a ver! Parece-se contigo, não? Cristina é a tua predileta.

Durante alguns momentos, ficou pensativa. Depois continuou:

– Gostava de ver a tua mãe! Tenho pensado muitas vezes nela.

E depois de outra pausa, com voz terna:

– Deve adorar-te!

Uma emoção imprevista encheu o coração de Giorgio; e reapareceu-lhe a visão do interior da casa abandonada e esquecida. Por instantes, todas as tristezas passadas voltaram ao seu espírito, com dolorosas imagens: o rosto cansado de sua mãe, as suas pálpebras inchadas e vermelhas das lágrimas, o sorriso doce e pungente de Cristina, o menino doente de grande cabeça pendente sobre o peito, quase sem fôlego, a máscara cadavérica da pobre idiota gulosa. E os olhos gastos de sua mãe perguntavam-lhe de novo, como na hora da separação: «*Por quem* me deixas?»

De novo a sua alma se dirigiu para a casa longínqua, inclinando-se de repente como uma árvore assaltada pela rajada. E a resolução secreta – tomada nos braços de Ippolita – vacilou ao choque de um aviso obscuro, quando ele reviu em espírito a porta fechada do quarto onde estava a cama de Demétrio, quando ele reviu a capela mortuária no ângulo do cemitério protegido pela sombra azulada e solene da Montanha.

Mas Ippolita falava sempre, loquaz. Como tantas outras vezes, entregava-se imprudentemente às suas recordações domésticas. E ele, como de todas aquelas vezes, pôs-se a escutar, examinando com tristeza certas linhas vulgares que tinha a boca daquela mulher

O TRIUNFO DA MORTE

na abundância e no entusiasmo da conversa, examinando o gesto que lhe era habitual quando se entusiasmava, esse gesto tão desgracioso que até parecia não lhe pertencer:

– Viste um dia a minha mãe na rua, lembras-te? – dizia ela. – Que diferença entre ela e meu pai! Meu pai foi sempre bom e afetuoso para nós, nunca nos bateu, nem repreendeu asperamente. Ela é violenta, impetuosa, quase cruel. Ah! Se te contasse o martírio de minha irmã, da pobre Adriana! Ela recalcitrava sempre, o que fazia arreliar a minha mãe, que lhe batia até lhe fazer sangue. Eu sabia desarmá-la, confessando as minhas faltas e pedindo-lhe perdão. Contudo, apesar da sua rispidez, tinha-nos imenso amor... No nosso quarto havia uma janela que dava para uma cisterna; e nós, por brincadeira, púnhamo-nos à janela a tirar água com um balde. Um dia, a minha mãe saiu, deixando-nos sozinhas em casa. Daí a pouco, ficámos surpreendidas por vê-la entrar debulhada em lágrimas, aflita, cansada. Apertou-me nos braços e cobriu-me de beijos, chorando perdidamente. Na rua, tivera o pressentimento de que eu caíra da janela!

Giorgio viu, em espírito, o rosto da velha histérica, onde apareciam exagerados todos os defeitos do rosto da filha: queixada inferior desenvolvida, queixo comprido, narinas largas.

Reviu aquela cabeça de Fúria, coberta de cabelos negros e secos, espessos, e os olhos escuros enterrados na arcada supraciliar, que revelavam o ardor fanático da beata e a avareza desesperada da pequena burguesa do Transtevero.

– Vês esta cicatriz que tenho debaixo do queixo? – continuava Ippolita. – Foi a minha mãe que ma fez. Íamos para a escola, eu e a minha irmã, e tínhamos uns vestidos mais lindos para levar, que havíamos de despir quando voltássemos. Um dia, ao entrar, encontrei sobre a mesa um esquentador, e peguei-lhe para aquecer as mãos geladas. A minha mãe disse-me: «Vai-te despir!» Eu respondi: «Vou já» e continuei a aquecer-me. Ela repetiu: «Vai-te despir.»

GABRIELE D'ANNUNZIO

E eu: «Vou já.» Ela tinha na mão uma escova com que escovava um vestido. Demorei-me no meio da sala com o esquentador. O vestido estava-me bem. Ela repetiu pela terceira vez: «Vai-te despir.» E eu: «Já vou.» Furiosa, atirou-me com a escova e quebrou o esquentador. Um pedaço da asa feriu-me aqui, debaixo do queixo, e cortou-me uma veia. O sangue começou a correr. Minha tia correu logo em meu socorro, mas a minha mãe nem se mexeu, nem olhou para mim. O sangue corria. Por felicidade, encontraram imediatamente um médico, que ligou a veia. A minha mãe continuou calada. Quando o meu pai chegou e me viu com a ligadura, perguntou-me o que tinha. Ela, sem uma palavra, fixou-me e eu respondi: «Caí na escada.» Ela ficou silenciosa. Depois sofri muito por causa daquela perda de sangue... Mas Adriana, quantas pancadas apanhou, sobretudo por causa do Júlio, meu cunhado. Nunca me poderá esquecer uma cena terrível...

Ippolita parou. Talvez acabasse de surpreender no rosto de Giorgio algum sinal equívoco.

– Estou a aborrecer-te com todo este palavreado?

– Não, não, continua. Não vês como estou a ouvir-te?

– Morávamos então em Ripetta, em casa de uma família Angelini, com a qual tínhamos relações de amizade. Luigi Sergi, irmão de meu cunhado Júlio, vivia no andar de baixo, com a sua mulher, Eugénia. Luigi era um homem estudioso, instruído, modesto; Eugénia era uma mulher da pior espécie. Embora o seu marido ganhasse muito, ela obrigava-o sempre a endividar-se: não se sabia como gastava tanto dinheiro. Segundo diziam as más línguas, esse dinheiro servia-lhe para sustentar os amantes... Era feiíssima; e a sua fealdade fazia acreditar naquele boato infame. A minha irmã relacionou-se com Eugénia, não sei como, e ia muitas vezes ao andar de baixo, sob pretexto de ir aprender francês com Luigi. Aquilo desagradava à mamã, que desconfiava das irmãs Angelini, meninas de certa idade que fingiam amizade pelos Sergi, mas que, na realidade, os detestavam como *buzzurri,* e se entretinham a dizer mal deles. «Consentir

O TRIUNFO DA MORTE

que a Adriana vá a casa de uma mulher perdida!» As severidades aumentaram. Mas Eugénia protegia sempre os amores de Júlio e Adriana. Ele ia muitas vezes a Roma e a Milão tratar dos seus negócios. E, exatamente no dia em que ele devia chegar, a minha irmã quis a todo o custo descer ao andar de baixo. A minha mãe proibiu-a de sair, mas ela insistiu. Na discussão, a mamã bateu-lhe. Agarraram-se ambas pelos cabelos; a minha irmã chegou a morder-lhe num braço, fugindo depois pelas escadas abaixo. Mas, enquanto ela batia à porta dos Sergi, a mamã agarrou-a e, em pleno patamar, houve uma cena violenta que nunca esquecerei. Levaram Adriana para casa, quase morta. Adoeceu, teve convulsões. A mamã, arrependida, rodeou-a de carinhos, tornou-se meiga como nunca... Passados dias, antes de estar completamente curada, Adriana fugiu com o Júlio... Mas creio que já te tinha contado isto.

E, depois daquelas confidências ingénuas, a que ela se abandonava, sem desconfiar do efeito produzido sobre o amante por aquelas recordações banais, continuou o seu jantar interrompido.

Houve um momento de silêncio. Depois, acrescentou, rindo:

– Já vês que terrível mulher é a minha mãe. Não sabes, não saberás nunca, quanto ela me martirizou, ao rebentar a luta contra... *ele...* Meu Deus, que dias! Ficou pensativa por alguns momentos.

Giorgio fixava na imprudente um olhar cheio de ódio, e ciúmes, sofrendo naquele instante todas as suas dores de dois anos. Com os esclarecimentos fornecidos pela incauta, reconstituía a sua vida anterior, não sem lhe atribuir as banalidades mais mesquinhas, não sem a descer aos contactos mais infamantes. Se o casamento da irmã foi realizado sob os auspícios de uma ninfomaníaca, em que condições, por força daquelas circunstâncias, se realizara o de Ippolita? Em que meio decorreu a sua mocidade? Por que intrigas caiu ela nas mãos do homem odioso que lhe deu o seu nome? E imaginou a vida íntima de certas casitas burguesas da velha Roma, que exalam um fétido a cozinha e um cheiro a sacristia, que saem da dupla corrupção

GABRIELE D'ANNUNZIO

doméstica e clerical. A profecia de Afonso Exili subiu-lhe à memória: «Sabes quem será talvez o teu sucessor? É o Monti, o *mercante di campagna*. Tem muito dinheiro, o Monti!»

Achou provável que Ippolita acabasse daquele modo, por um amor lucrativo, com o consentimento tácito dos seus, pouco a pouco engodados por uma vida mais desafogada, livres de encargos, gozando um bem-estar maior que aquele que lhes proporcionava antigamente o estado matrimonial da filha.

E se eu mesmo fizesse uma oferta semelhante, propondo francamente a Ippolita essa situação? Ela disse-me há pouco que tinha uma coisa pensada para o próximo inverno. Não poderíamos nós combinar isso? Tenho a certeza de que, depois de haver considerado a seriedade da proposta e a estabilidade da situação, essa velha feroz não teria muita repugnância em aceitar-me para substituir o genro fugitivo. Talvez aí acabássemos por viver juntos até o fim da vida. O sarcasmo torturava-lhe o coração com uma crueza intolerável. Nervosamente, deitou mais vinho e bebeu-o.

– Bebes tanto vinho esta noite! – exclamou Ippolita, fitando-o nos olhos.

– Tenho sede. E tu, não bebes?

O copo de Ippolita estava vazio.

– Bebe! – disse Giorgio, fazendo o gesto de deitar o vinho.

– Não – respondeu ela. – Prefiro água, como de costume. Nenhum vinho me agrada, à exceção do *Champagne*. Lembras-te, em Albano, o assombro do bom Pancrácio, quando a rolha não saltava, sendo preciso recorrer ao saca-rolhas?

– Deve haver alguma garrafa lá em baixo, no baú. Vou ver.

E Giorgio levantou-se rapidamente.

– Não, não! Esta noite, não!

Ela queria retê-lo. Mas, como ele se apressasse a descer, disse:

– Também vou.

412

O TRIUNFO DA MORTE

E, alegre, leve, desceu com ele a uma sala do rés-do-chão que servia de copa.

Cândia apareceu com um candeeiro. Procuraram no fundo do baú e encontraram duas garrafas, de gargalos de prata, as últimas.

– Ei-las! – exclamou Ippolita, invadida já por uma excitação sensual. – Ei-las! Ainda há duas! – E ergueu-as, brilhantes, à luz.

– Vamos lá!

Como saísse a correr, no meio de gargalhadas, foi de encontro ao ventre de Cândia e parou para a examinar.

– Deus te abençoe. – disse – Hás de apresentar aí um latagão! Para quando?

– Eh! Senhora, de um momento para o outro – disse Cândia. – Talvez ainda esta noite...

– Esta noite?

– Já sinto algumas dores.

– Chama-me. Quero ajudar-te.

– Para que se há de incomodar? A minha mãe já o fez vinte e duas vezes...

E a nora da Cibele Setuagenária, para designar o número, levantou quatro vezes a mão com os cinco dedos abertos e mostrou depois o polegar e o indicador em força.

– Vinte e dois! – repetiu, enquanto os seus dentes sãos brilhavam num sorriso.

Baixando os olhos para o regaço de Ippolita, acrescentou:

– E tu? Que esperas?

Ippolita fugiu a correr, subiu as escadas e colocou as garrafas na mesa. Durante alguns segundos, ficou desvairada, um pouco ofegante. Em seguida, ergueu a cabeça.

– Olha Ortona!

E estendeu a mão para a cidade em festa, que parecia enviar-lhe uma brisa de júbilo. Uma claridade avermelhada espalhava-se no alto da colina como sobre uma cratera; e desta claridade continuavam a subir na sombra azul inúmeros balões que, dispondo-se em vastos círculos, davam a imagem de uma imensa catedral luminosa, refletida pelo mar.

– Abramos primeiro uma caixa de *lukumi* – disse ela, enquanto Giorgio se ocupava a tirar a cápsula metálica de uma das garrafas.

Sobre a mesa, rica de flores, frutos e doces, voejavam as borboletas noturnas. A espuma do vinho generoso salpicou a toalha.

– À nossa felicidade! – brindou ela, estendendo a taça.

– À nossa paz! – disse ele, estendendo a sua.

Os cristais tocaram-se com tanta força, que se partiram. O vinho claro entornou-se na mesa e molhou um monte de belos pêssegos suculentos.

– Bom sinal! Bom sinal! – gritava Ippolita, mais entusiasmada com esta aspersão do que se bebesse o vinho a grandes tragos.

Pôs a mão sobre os pêssegos húmidos amontoados, diante dela. Eram magníficos, todos vermelhos de um lado só, como se a última aurora os pintasse, vendo-os pender, maduros, do ramo. Esta cor estranha parecia reanimá-los.

– Que maravilha! – disse ela, pegando no mais bonito.

E, sem lhe tirar a casca, trincou-o avidamente. O suco escorreu--lhe pelos cantos da boca, amarelo como mel líquido.

– Trinca tu agora!

E deu-lhe o fruto sumarento, com o mesmo gesto com que lhe oferecera o resto do pão, debaixo do carvalho, no entardecer do primeiro dia.

Esta recordação despertou na memória de Giorgio, que sentiu a necessidade de a comunicar.

– Lembras-te – disse ele – no primeiro dia, quando tu comeste do pão ainda quente do forno e mo ofereceste, fresco e húmido? Lembras-te? Que bom que ele me pareceu!

– Lembro-me de tudo. Então havia de esquecer o menor incidente daquele dia?

Reviu em espírito o atalho juncado de giestas, a fresca e gentil homenagem espalhada no seu caminho. Por alguns momentos ficou muda, absorvida nessa visão de poesia.

– As giestas! – murmurou, com um sorriso de imprevisto pesar. Depois acrescentou:

– Lembras-te? Toda a colina era um tapete amarelo, e o perfume causava vertigens.

Acrescentou ainda, após uma pausa:

– Que estranha planta! Hoje, ao ver uma moita hirsuta, quem poderia imaginar aquela festa?

Por toda a parte, no seu caminho, encontravam aquelas moitas com as compridas hastes aguçadas, tendo ao cimo vagens negras cobertas de uma penugem esbranquiçada, cada uma encerrando grãos e abrigando um verme esverdeado.

– Bebe! – disse Giorgio, deitando em novas taças o vinho brilhante.

– À nossa futura primavera de amor! – disse Ippolita. E bebeu até à última gota.

Giorgio encheu logo a taça vazia. Ela pôs os dedos numa caixa de *lukumi,* perguntando:

– Queres de âmbar ou de rosa?

Eram os doces orientais enviados por Adolfo Astorgi: uma espécie de pasta elástica, cor de âmbar ou de rosa, polvilhada de pistácios, tão aromática que dava à boca a ilusão de uma flor carnuda e cheia de mel.

– Quem sabe onde estará agora o *Don Juan?* – disse Giorgio, recebendo os doces dos dedos de Ippolita, brancos do açúcar.

E pela sua alma passou a nostalgia das ilhas longínquas, das ilhas embalsamadas pelo *bitume* e que, talvez, naquele momento, enviassem todas as suas delícias noturnas da brisa a inchar a vela grande.

Nas palavras de Giorgio, Ippolita descobriu a saudade.

– Preferias estar a bordo, com o teu amigo, lá longe, a estar aqui sozinho comigo? – perguntou.

– Nem aqui, nem lá. Noutra parte! – replicou ele, sorrindo, num tom de brincadeira.

E ergueu-se para estender os lábios à amante.

Ela beijou-o profundamente, com a boca toda pegajosa e açucarada de não ter ainda engolido o doce, enquanto as borboletas noturnas voejavam à volta deles.

– Não bebes? – disse ele, depois de a beijar, com a voz um tanto alterada.

Ela despejou rapidamente a taça.

– Está quase morno – disse, depois de beber. – Lembras-te do *frappé* do Danieli, em Veneza? Oh! Gosto muito de o ver correr lentamente, lentamente, em flocos!

Quando falava das coisas que lhe agradavam ou das carícias prediletas, ela tinha na voz uma singular morbidez; para articular expressivamente as sílabas, dava aos lábios uma sensualidade profunda. Ora, em cada uma dessas palavras, em cada um desses gestos, Giorgio encontrava um motivo de agudo sofrimento.

Achavam-se reunidas nela as virtudes soberanas da mulher destinada a dominar o mundo pelo flagelo da sua beleza impura. Estas qualidades refinara-as e complicara-as a paixão. Estava agora no apogeu da força. Se, de repente, ela se visse livre e sem compromissos, que caminho escolheria para continuar a vida? Giorgio não tinha nenhumas dúvidas; sabia bem qual era. Conformava-se com a certeza de que a sua influência sobre ela era limitada às coisas dos sentidos e a certas atitudes artificiais do espírito.

O fundo plebeu persistia na sua densidade impenetrável.

Estava convencido de que desse fundo plebeu lhe derivava a faculdade de adaptar-se facilmente ao contacto de um amante que não se distinguisse por nenhumas qualidades superiores, nem físicas,

O TRIUNFO DA MORTE

nem espirituais: em resumo, um amante vulgar. E, despejando na taça o vinho preferido por ela, o vinho que se usa para alegrar as ceias secretas, para animar as pequenas orgias modernas à porta fechada, imaginava-a como «a romana pálida e voraz, incomparável na arte de arruinar um homem».

– Como a tua mão treme! – notou Ippolita, fitando-o.

– É verdade – disse ele, simulando, no tremor, alegria. – Tenho já um grãozito, sabes? E tu, não bebes? Má!

Ela riu e bebeu pela terceira vez, cheia de uma infantil alegria ao lembrar-se de que havia de embebedar-se e sentir obscurecer-se--lhe a pouco e pouco a inteligência. Os vapores do vinho já produziam os seus efeitos. O demónio histérico começava a agitá-la.

– Olha como me enegreceram os braços! – exclamou ela, arregaçando as largas mangas brancas até os cotovelos. – Vê agora os meus pulsos!

Embora de carnação morena, de uma cor de oiro quente e mate, mostrava nos pulsos a pele extremamente fina, muito mais clara, de uma palidez singular. O sol queimara-a na parte exposta dos braços; mas, em baixo, os pulsos tinham ficado mais claros. Sobre aquela delicadeza, através daquela palidez, as veias transpareciam, ténues, e todavia muito visíveis, de um azul intenso que se aproximava um tanto do roxo. Giorgio mais de uma vez pensara nas palavras de Cleópatra ao Mensageiro da Itália: «Toma! Aqui tens as minhas veias azuis para beijar!»

Ippolita estendeu-lhe os dois pulsos, dizendo:

– Beija!

Ele pegou num e fez com a faca o gesto de o cortar.

– Corta, se queres! – desafiou ela. – Nem me mexo.

Durante o gesto, olhava fixamente a delicada trama azul sob aquela pele tão clara que parecia pertencer a outro corpo, a um corpo de mulher loira. E a singularidade atraía-o, e tentava-o esteticamente, sugerindo-lhe uma imagem trágica de beleza.

– É o teu ponto vulnerável! – disse ele com um sorriso. – O sinal é seguro. Hás de morrer com as veias cortadas. Dá cá a outra mão.

Aproximou-lhe os dois pulsos e fez novamente o gesto de os cortar de um só golpe. Surgia-lhe no espírito a imagem completa: no limiar de mármore de uma porta cheia de sombra e expectativa, aquela que devia morrer surgia, estendendo os braços nus. Das extremidades dos braços jorravam e palpitavam duas fontes vermelhas das veias cortadas. E, no meio delas, a face tomava lentamente uma palidez sobrenatural, as cavidades dos olhos enchiam-se de um mistério infinito, a imagem de uma palavra indizível desenhava-se-lhe na boca fechada. De repente, os dois jatos paravam. O corpo exangue caía para trás, como uma massa, na sombra.

– Diz-me o que sonhas! – pediu-lhe Ippolita ao vê-lo absorvido.

Ele descreveu-lhe a sua fantasia.

– Belíssimo! – disse ela com admiração, como diante de um quadro.

E acendeu um cigarro. Com a ponta dos lábios lançou uma onda de fumo contra o candeeiro, em volta do qual voejavam as borboletas noturnas. Olhou por um momento a agitação das pequenas asas matizadas no meio das nuvens de fumo. Depois voltou-se para Ortona, que cintilava de luzes. Pôs-se de pé e levantou os olhos para as estrelas.

– Que noite tão quente! – disse, respirando com força. – Não tens calor?

Deitou fora o cigarro. Descobriu outra vez os braços. Aproximou-se dele; inclinou-lhe bruscamente a cabeça; envolveu-o numa longa carícia.

Tremia por todas as fibras, como há pouco, quando ela o agarrou no quarto invadido pela sombra do lusco-fusco.

– Não, não, deixa-me! – balbuciou ele, repelindo-a. – Podem ver-nos.

O TRIUNFO DA MORTE

Ela separou-se dele. Vacilava um pouco nas pernas e parecia embriagada. Parecia que um nevoeiro lhe passava por diante dos olhos e pelo cérebro, toldando-lhe a vista e o pensamento.

– Que calor! – suspirou, apalpando com as mãos a testa e as faces ardentes. – Apetece-me quase despir-me.

Giorgio, dominado agora pela ideia fixa, repetia para consigo: «Deverei morrer sozinho?» À medida que o tempo passava, o ato violento atraía-o com uma espécie de urgência. Atrás de si, no quarto de dormir, ouvia-se o tiquetaque do relógio e as pancadas rítmicas de uma espadela numa eira distante. Estes dois ruídos cadenciados e semelhantes exageravam nele a sensação da fuga do tempo, e davam-lhe uma espécie de terror aflitivo.

– Olha, Ortona a arder! – exclamou Ippolita, indicando a cidade em festa que iluminava o céu. – Tantos foguetes!

Inúmeros foguetes, partindo de um ponto único, espalhavam-se no céu como um grande leque de oiro que, lentamente, de baixo para cima, se dissolvesse numa chuva de centelhas esparsas; e, de repente, no meio desta chuva, outro leque se renovava, inteiro e esplêndido, para novamente se dissolver e formar-se outra vez, enquanto as águas refletiam a imagem trémula. Ouvia-se um ruído surdo, como de uma fuzilaria longínqua, entrecortada de ruídos mais fortes que se seguiam às explosões de bombas multicores nas alturas do céu. E a cada estrépito, a cidade, o porto, o grande molhe em volta, apareciam, numa luz diferente, fantasticamente transfigurados.

Encostada ao parapeito, Ippolita admirava o espetáculo e saudava os esplendores mais vivos com exclamações de alegria. De vez em quando, espalhava-se sobre a sua figura branca um reflexo de incêndio.

Está excitada, quase embriagada, disposta a todas as loucuras, pensava Giorgio, fitando-a. *Poderia propor-lhe um passeio que ela muito queria realizar: percorrer um dos túneis à luz de um archote. Eu desceria ao Trabocco a buscar o archote. Ela esperava-me à*

419

entrada da ponte; em seguida, eu conduzia-a ao túnel por um atalho que conheço. Procederei de modo que o comboio nos apanhe de surpresa... Uma imprudência, uma desgraça...

A ideia pareceu-lhe fácil de realizar; apresentou-se-lhe ao espírito com extraordinária clareza, como se surgisse do fundo da sua consciência desde o dia em que, diante dos carris reluzentes, a primeira ideia confusa lhe atravessou o cérebro. *Ela tem de morrer também.* A sua resolução afirmava-se imutável. Ouvia atrás de si o bater do relógio, cheio de uma ânsia que não podia dominar. Aproximava-se a hora. Não tinha senão o tempo de descer. Era preciso agir sem demora, certificar-se imediatamente da hora certa marcada pelo relógio. Mas parecia-lhe impossível levantar-se da cadeira; parecia--lhe que, se lhe dirigisse a palavra, a voz lhe faltaria.

Pôs-se de pé ao ouvir ao longe o ronco seu conhecido.

Era tarde de mais! E o coração batia-lhe tão fortemente, que julgou morrer de aflição à medida que o ronco e o silvo se aproximavam.

– O comboio! – disse Ippolita, voltando-se. – Anda ver.

Como ele se apressou, ela cingiu-lhe o pescoço com o seu braço nu, apoiando-se-lhe ao ombro.

– Vai a entrar no túnel – continuou, notando a diferença do ruído.

Aos ouvidos de Giorgio o fragor crescia espantosamente. Via, como numa alucinação, ele e a amante sob a abóbada negra, a rápida aproximação dos faróis nas trevas, a rápida luta nos carris, a queda simultânea, os corpos esmagados pelo peso horrível. E, ao mesmo tempo, sentia o contacto da mulher flexível, meiga, sempre dominadora; experimentava, ao lado do horror físico por esta bárbara destruição, um ódio exasperado contra aquela que parecia escapar-lhe.

Debruçados ambos no parapeito, viram passar o comboio ensurdecedor, rápido e sinistro, que abalava a casa até aos alicerces e lhes comunicava a eles o mesmo abalo.

– De noite – disse Ippolita, agarrando-se mais a ele –, tenho medo, quando o comboio faz estremecer a casa, ao passar. Tu não tens medo? Às vezes sinto que tremes...

Ele não escutava aquelas palavras. Havia dentro dele um imenso tumulto: era a agitação mais rude e mais obscura que a sua alma experimentara até aí. Fervilhavam-lhe no cérebro pensamentos e imagens incoerentes, e o seu coração dobrava-se sob mil golpes cruéis. Mas uma imagem fixa dominava as outras, ocupava o centro da sua alma.

Cinco anos antes, àquela hora, que fazia ele? Velava um cadáver, contemplava um rosto coberto com um véu negro e umas mãos compridas e brancas...

As mãos de Ippolita tocavam-no inquietamente, insinuavam-se-lhe nos cabelos, deslizavam pela nuca. Ele sentia no pescoço, por baixo das orelhas, a sua boca, húmida e sugadora como uma ventosa. Num movimento instintivo que não pode reprimir, escusou-se, retirando-se. Ela riu, com o riso singular e impudico que lhe tilintava nos dentes quando se encontrava diante de uma repulsa do amante. E o obcecado ouviu outra vez as sílabas lentas e límpidas *Tens medo dos meus beijos.*

Um ruído surdo, à mistura com outros distintos, chegou ainda da cidade em festa. Era ainda o fogo de artifício. Ippolita voltou-se para o espetáculo.

– Olha! Parece que Ortona está em chamas! Estendia-se pelo céu uma imensa vermelhidão que se refletia nas águas; e, no meio dela, desenhava-se o contorno da cidade incendiada. Os foguetes desfaziam-se em fulgurações incessantes, as bombas estalavam em largas rosas de esplendores.

Ainda passarei esta noite?, perguntava Giorgio a si próprio. *Recomeçarei a viver, amanhã? E até quando?,* um nojo tão forte como uma náusea, um ódio quase selvagem, subia das raízes do seu ser ao lembrar-se de que na noite próxima teria ainda aquela mulher junto de si, no mesmo travesseiro, de que ouviria ainda na sua insónia a respiração dela, a dormir, de que sentiria também o cheiro e o contacto daquela pele escaldante, de que sucumbiria e se levantaria de manhã para viver na ociosidade habitual, no meio da tortura das perpétuas alternativas.

Feriu-o um clarão, chamando o seu olhar para o espetáculo exterior. Uma grande rosa de claridade lunar desabrochava sobre a cidade em festa, e além, na margem, iluminava a perder de vista a sucessão de pequenas baías chanfradas e de pontas salientes. O cabo de Moro, a Nicchiola, o Trabocco, os recifes próximos ou distantes, até a Penna del Vasto, apareceram por momentos na imensa irradiação.

O promontório!, lembrou, de súbito, a Giorgio, uma voz secreta, enquanto o seu olhar caía sobre a altura bem conhecida que as oliveiras torcidas coroavam A luz branca extinguiu-se. A cidade longínqua emudeceu, distinta ainda na noite pelas iluminações. No silêncio, Giorgio notou outra vez as oscilações do pêndulo e as pancadas rítmicas da espadela. Mas, agora, podia dominar o seu sofrimento; sentia-se mais forte e mais lúcido.

– Queres sair um pouco? – perguntou ele a Ippolita, numa voz quase alterada. – Iremos para um lugar desconhecido, deitar-nos-e-mos na relva a tomar o fresco. Vês? A noite é claríssima, quase como uma noite de lua cheia.

– Não, não, deixemo-nos ficar! – respondeu ela com meiguice.

– Ainda é cedo. Já tens sono? Bem sabes que não posso deitar--me cedo; não durmo e passo mal... Gostava de dar um pequeno passeio. Vamos, não sejas preguiçosa. Podes vir como estás, sem te incomodares.

– Não, não, deixemo-nos estar.

Passava-lhe novamente em volta do pescoço os braços nus, lânguida, atraente, desejando-o.

O TRIUNFO DA MORTE

– Deixemo-nos ficar. Vem estender-te comigo no divã – pedia ela, invadida por um desejo mais agudo à medida que ele lhe resistia.
– Anda comigo!

De toda ela irradiava concupiscência e beleza. A sua beleza iluminava como um facho. O seu longo corpo de serpente vibrava através da finura do vestido. Os grandes olhos escuros espalhavam um encanto fascinador. Ela era a luxúria soberana que repetia: «Sou sempre a invencível... Sou mais forte que o teu pensamento... O cheiro da minha pele tem o condão de dissolver um mundo em ti».

– Não, não quero! – declarou Giorgio, apertando-lhe os pulsos com uma resolução quase brutal que não pôde moderar...

– Ah! Tu não queres? – replicou ela, zombeteira, divertindo-se com a luta, certa de que venceria, incapaz de renunciar naquele instante ao seu capricho.

Ele arrependeu-se do ímpeto. Para a poder apanhar na armadilha, devia mostrar-se doce e meigo, fingir entusiasmo e ternura. Em seguida convencê-la-ia, com certeza, ao passeio noturno, ao último passeio. Mas, por outro lado, sentia também a absoluta necessidade de não perder a energia nervosa momentânea que lhe era necessária para a *ação* próxima.

– Ah! Não queres? – repetiu ela, agarrando-se a ele, fitando-o de perto, com os olhos nos seus, numa espécie de furor reprimido.

Ele deixou-se arrastar para a sala. Caíram ambos enlaçados sobre o divã.

Mas ela, de repente, foi atacada por um riso nervoso, frenético, incoercível, lúgubre como o rir de uma demente.

Assustado, deixou-a. Ficou a olhá-la com manifesto horror, pensando: *Estará doida?*

Ela ria, ria, ria torcendo-se, escondendo o rosto entre as mãos, mordendo-se nos dedos, apertando a cinta; ria, ria, sem se conter, no meio de grandes soluços.

De vez em quando, parava uns momentos; depois recomeçava com novo ímpeto. E nada mais lúgubre que esses risos loucos no silêncio da alta noite.

– Não tenhas medo! Não tenhas medo! – dizia ela, nos intervalos, ao ver o amante perplexo e espantado. – Eu já sossego. Vai-te embora, sai, peço-te!

Ele dirigiu-se para a *loggia,* como num sonho. Todavia, o seu cérebro conservava uma lucidez e uma vigilância estranhas.

Todos os seus atos, todas as suas perceções, tinham para ele a irrealidade de um sonho e tomavam ao mesmo tempo um significado tão profundo como o de uma alegoria. Ouvia ainda atrás dele as gargalhadas mal reprimidas: conservava ainda nos dedos a sensação da coisa impura. Via sobre si e em volta de si a beleza da noite estival. Sabia o que estava para suceder.

Os risos findaram. De novo, no silêncio ouviu as vibrações do pêndulo e as pancadas da espadela na eira distante. Um gemido vindo da casa dos velhos fê-lo estremecer. Era a dor da pobre parturiente.

Tudo tem de suceder!, pensou ele. E, voltando-se, entrou pela porta, sem vacilar.

Ippolita estava no divã, composta, pálida, os olhos semicerrados à chegada do amante, sorriu.

– Anda, senta-te! – murmurou, com um gesto vago.

Inclinando-se para ela, Giorgio viu-lhe entre as pestanas a humidade das lágrimas. Sentou-se. Perguntou:

– Dói-te alguma coisa?

– Sinto-me um pouco sufocada – respondeu. – Tenho aqui um peso, como uma bola a subir e a descer...

E apontou para o meio do peito.

– Abafa-se nesta sala – disse ele. – Devias fazer um esforço para te ergueres, para saíres. O ar far-te-ia bem. A noite está magnífica. Vamos!

O TRIUNFO DA MORTE

Levantou-se e estendeu-lhe as mãos. Ela deu-lhe as suas e deixou-se atrair. De pé, abanou a cabeça para lançar para trás os cabelos ainda soltos. Depois inclinou-se para procurar no divã os ganchos caídos.

– Onde estarão eles?

– Que procuras?

– Os meus ganchos.

– Deixa isso. Amanhã vais encontra-los.

– Preciso agora deles para segurar o cabelo.

– Deixa os cabelos soltos. Gosto mais de te ver assim.

Ela sorriu. Saíram para a *loggia*. Ergueu os olhos para as estrelas e respirou o perfume da noite de verão. – Vês como a noite está bela? – disse Giorgio, com uma voz rouca mas doce.

– Batem o linho – disse Ippolita, com o ouvido atento ao ritmo contínuo.

– Desçamos – disse Giorgio. – Passeemos um pouco. Vamos até os olivais, lá em baixo.

Parecia suspenso dos lábios dela.

– Não, não. Fiquemos aqui. Bem vês como estou... E indicava o vestido...

– Que importa? Quem é que nos vê? A esta hora não se encontra vivalma. Vem mesmo assim. Eu vou também sem chapéu. Esta região é quase um jardim para nós. Desçamos.

Ela hesitou alguns momentos. Mas bem reconhecia a necessidade de mudar de ares, de sair daquela casa, onde julgava ainda ouvir o eco das suas horríveis gargalhadas.

– Desçamos – consentiu.

Àquelas palavras, Giorgio convenceu-se de que o seu coração deixava de bater.

Num movimento instintivo, aproximou-se do limiar da sala cheia de luz. Lançou para dentro um olhar de angústia, um olhar de despedida. Todo o turbilhão das suas recordações se lhe ergueu na alma, perdidamente.

– Deixamos o candeeiro aceso? – perguntou ele, sem refletir, sentindo na sua própria voz uma sensação inexprimível de coisa longínqua e estranha.

– Sim! – respondeu Ippolita.

Desceram.

Na escada, deram as mãos, pisando vagarosamente degrau por degrau.

Notaram no pátio uma sombra de homem imóvel e silenciosa. Reconheceram o velho.

– Por aqui a estas horas, Cola? – disse Ippolita.

– Não tens sono?

– Estou acordado por causa de Cândia – respondeu o velho.

– Vai bem?

– Vai.

A porta da casa estava alumiada.

– Espera um bocadinho – disse Ippolita. – Vou ver a Cândia.

– Não, agora não – pediu Giorgio. – Logo, à volta.

– Está bem, então à volta. Adeus Cola.

E tropeçou ao entrar no atalho.

– Cautela – advertiu a sombra do velho.

Giorgio deu-lhe o braço.

– Queres apoiar-te a mim?

Ela enfiou o braço no braço dele.

Caminharam em silêncio por algum tempo.

A noite estava clara, gloriosa com todas as suas coroas. A Ursa Maior brilhava-lhes sobre as cabeças, no seu sétuplo mistério. Silencioso e puro como, em cima, o céu. O Adriático dava apenas sinal de si pela respiração e pelo perfume.

– Porque vais tão depressa? – perguntou Ippolita.

Giorgio abrandou o passo. Dominado por um único pensamento, perseguido pela necessidade do ato, não tinha de todas as coisas restantes mais que uma noção confusa. A sua vida íntima parecia desagregar-se, decompor-se, dissolver-se numa fermentação abafada que invadia as camadas mais profundas do seu ser e trazia à superfície fragmentos informes, de natureza diversa, tão pouco reconhecíveis como se não pertencessem à mesma vida e até lhe fossem estranhos. Todas aquelas coisas estranhas, intrincadas, desencontradas e violentas, percebia-as vagamente, como num meio sono, ao passo que um ponto único do seu cérebro conservava uma lucidez extraordinária, e, por uma linha rígida, o guiava para o ato final.

– Que melancolia, aquele bater da espadela na eira! – disse Ippolita, parando. – Toda a noite batem o linho. Isto não te causa tristeza?

E abandonava-se no braço de Giorgio, roçando-lhe a face com os cabelos.

– Lembras-te dos calceteiros que, em Albano, consertavam o chão, de manhã até a noite, debaixo da nossa janela?

A sua voz era velada de tristeza, um pouco cansada.

– Chegávamos a dormir, às vezes, com aquele ruído.

Calou-se, inquieta.

– Porque te voltas a cada momento?

– Parece-me que ouço os passos de um homem descalço – respondeu Giorgio, baixo. – Paremos.

Pararam, à escuta.

Giorgio estava sob a impressão do mesmo horror que o gelara diante da porta da sala fúnebre. Todo ele tremia, fascinado pelo mistério, julgando ter passado já os confins de um mundo desconhecido.

– É o *Giardino* – disse Ippolita, ao ver o cão que se aproximava. – Seguiu-nos.

E, por várias vezes, chamou o cão fiel que correu aos saltos. Inclinou-se para o afagar, falar-lhe num tom especial que costumava empregar, quando acariciava os animais que estimava.

– Tu nunca deixarás a tua amiguinha, não? Nunca a deixas?

O cão, agradecido, espojou-se no chão.

Giorgio deu alguns passos. Sentia um certo alívio ao ver-se livre do braço de Ippolita; até ali, aquele contacto provocara-lhe um inexprimível mal-estar físico. Imaginava o ato súbito e violento que tinha de realizar; imaginava o aperto mortal dos seus braços em volta do corpo daquela mulher; e desejava não a tocar até o momento extremo.

– Vamos, anda, estamos já no sítio combinado – disse ele, guiando-a para os olivais, que branquejavam à luz das estrelas.

Parou no extremo do planalto e olhou para se certificar de que ela o acompanhava. Mais uma vez lançou em volta um olhar desvairado, como para abraçar a imagem da noite. Pareceu-lhe que, naquele planalto, o silêncio se tornara profundo. Não se ouviam senão as pancadas rítmicas da espadela na eira distante.

– Anda! – repetiu ele com voz clara, tomado de súbita energia.

E, passando por entre os troncos torcidos, sentindo debaixo dos pés a macieza da erva, dirigiu-se para a beira do precipício.

A borda formava uma saliência circular, livre por todos os lados, sem nenhuma proteção. Ele apoiou as mãos nos joelhos, inclinou o busto e adiantou a cabeça com cuidado. Examinou os recifes, em baixo, viu um recanto da praia arenosa. O pequeno morto estendido na areia veio-lhe à memória. Lembrou-se também da nódoa escura vista por ele e por Ippolita do alto do Pincio sobre a calçada, junto da muralha; tornou a ouvir as respostas dos carroceiros ao homem esverdeado; e, confusamente, todos os fantasmas daquela tarde tão longínqua voltaram a passar-lhe na alma.

– Tem cuidado! – gritou Ippolita, alcançando-o. – Toma cuidado!

O cão ladrava no olival.

– Ouves, Giorgio? Tira-te daí.

O promontório caía a pique sobre os recifes negros e desertos em volta dos quais se agitava a água com um fraco sussurro, baloiçando nas suas lentas ondulações os reflexos das estrelas.

– Giorgio! Giorgio!

– Não tenhas medo – disse ele com voz rouca. – Vem cá! Anda!
Vem ver os pescadores que pescam ao candeio no meio dos rochedos.

– Não, não! Tenho medo da vertigem.

– Vem. Eu seguro-te.

– Não, não.

Ela estava chocada pelo acento insólito da voz de Giorgio, e um medo vago começava a invadi-la.

– Anda!

Aproximou-se dela com as mãos estendidas. Agarrou-a brusca-mente pelos punhos, arrastou-a alguns passos; depois, apertou-a nos seus braços, deu um salto e tentou atirá-la para o abismo.

– Não! Não! Não!

Ela resistia com uma energia furiosa. Conseguiu desprender-se, saltou para trás, sufocada e trémula.

– Estás louco? – gritou-lhe com a voz encolerizada. – Estás louco?

Mas, quando o viu aproximar-se dela, calado, quando se sentiu agarrada pelos punhos com uma violência mais brutal e arrastada de novo para o perigo, compreendeu tudo, e um grande clarão sinistro fulminou-lhe a alma de terror.

– Não, não, Giorgio! Deixa-me! Deixa-me! Só um minuto. Ouve! Ouve! Só um momento! Quero dizer-te...

Louca de terror, suplicava, torcendo-se. Tentava fazê-lo parar, enternecê-lo.

– Um minuto! Ouve! Amo-te! Perdoa-me! Perdoa-me!

Balbuciava palavras incoerentes, desesperada, sentindo-se enfraquecer, perder terreno, vendo a morte.

– Assassino! – gritou-lhe, furiosa.

E defendia-se com as unhas, com os dentes, como, uma fera.

– Assassino! – gritou, sentindo-se agarrada pelos cabelos, caída por terra à borda do abismo, perdida.

O cão ladrava contra o grupo.

Foi uma luta breve e feroz, como entre inimigos implacáveis que tivessem guardado até aquele momento, no fundo da alma, um ódio supremo...

E precipitaram-se, abraçados, na morte.

O presente livro, *Il Trionfo della Morte*, foi publicado pela primeira vez em Itália em 1894. Apesar de ter sido editado no século XIX, figura nesta coletânea de clássicos do século XX por ser a obra-prima de um escritor que deixou uma marca indelével neste século: Gabriele D'Annunzio.
Neste mesmo ano, no dia 23 de junho, foi criado, na Sorbonne, em Paris, o Comité Olímpico Internacional, responsável pelos Jogos Olímpicos Modernos.